Beltz & Gelberg Taschenbuch 582

Marian van der Heiden, 1953 in Rotterdam geboren, war Lehrerin und Weltreisende. Sie wurde nicht zuletzt durch die Geburt ihrer beiden Töchter angeregt, sich Gedanken darüber zu machen, wie die zukünftige Welt aussehen würde. Sie lebt heute in den französischen Pyrenäen. *Elmare* ist ihr erstes Buch bei Beltz & Gelberg.

Marian van der Heiden

Elmare

Roman

Aus dem Niederländischen
von Anna Blankenburg

BELTZ
& Gelberg

www.beltz.de
Beltz & Gelberg Taschenbuch 582

Die niederländische Originalausgabe erschien u.d.T. *De derde zoon*
bei Uigeverij Ploegsma bv, Amsterdam

Aus dem Niederländischen von Anna Blankenburg
Neue Rechtschreibung
Einbandgestaltung: Max Bartholl
Einbandbild: Dieter Wiesmüller
Gesamtherstellung: Druckhaus Beltz, Hemsbach
Printed in Germany
ISBN 3 407 78582 8
1 2 3 4 5   07 06 05 04 03

Das kleine Böse, das wir in uns haben, müssen wir umarmen, um damit umgehen zu können. Wenn das Böse jedoch nach außen wirkt, gerät es zu einem großen Bösen und außer Kontrolle.

Ich danke meinen beiden Töchtern, die aufmerksam mitgedacht, mich unterstützt und angeregt haben. Dank auch dem Unwetter oben in den Bergen!

MvdH

Der Wettkampf

Über der Flevosee ging die Sonne unter und färbte das Wasser um die Schwimmhäuser von Elmare blutrot. Virgil saß auf dem eisernen Geländer, das rund um das Haus seiner Eltern verlief. Unter ihm schlugen die Wellen träge gegen die Wand des Schwimmhauses. Von hier aus hatte er einen großartigen Blick auf das Wasser. Bei klarem Wetter konnte er in der Ferne die großen Gebäude von Novamonde sehen. Vor allem die runden Türme der Parkhäuser waren gut sichtbar, sie ragten hoch über die neue Stadt hinaus. Das spitze, kupferne Dach des höchsten Gebäudes glitzerte, wenn die Sonne darauf schien. Der Turm war vor ein paar Monaten gebaut worden, und es war Virgil aufgefallen, dass an jedem Donnerstag in der Abenddämmerung ein geheimnisvolles blaues Licht an seiner Spitze zu sehen war.

Seine Eltern hatten gesagt, das bilde er sich nur ein. Nach ihrer Meinung hatte Virgil eine etwas zu blühende Fantasie. Leonore meinte, das käme davon, dass er ihr drittes Kind sei, der dritte Sohn von Leonore und Steven Wensveen.

Virgil glitt vom Geländer und gab der Hauswand einen

Tritt. Drinnen stieß jemand einen Schrei aus, aber Virgil tat so, als würde er nichts hören. Er sah, dass der, auf den er gewartet hatte, näher kam: Peter, sein bester Freund.
Er kletterte die schmale Leiter auf das Dach ihres Hauses hoch und bedeutete Peter, ihm nachzukommen. Von da oben hatten sie einen guten Blick über die Wasserstadt. Die Straßen von Elmare bestanden aus Pontons, die mit kräftigen Stahltrossen untereinander vertäut waren. Die Schwimmhäuser waren daran in ordentlichen Reihen festgemacht. Alle Pontonstraßen führten zum Avidium, dem einzigen hohen Gebäude von Elmare.
Peter blickte ihn mit gerunzelter Stirn an. „Was ist denn los? Warum sollte ich herkommen?"
Virgil zeigte auf die große Stadt in der Ferne. „Die tun so, als wär ich blöd. Aber an jedem Donnerstag passiert hier was Komisches. Der neue Turm da von Novamonde, siehst du den? Auf den musst du achten. Da! Jetzt geht's los."
Über dem grünen Dach des hohen Turms waren Blitze zu sehen. Es sah sogar so aus, als würde das Dach rot, aber das konnte auch von der untergehenden Sonne kommen. Dann verschwand die Erscheinung wieder.
Virgil blickte Peter fragend an. „Hast du's auch gesehen?"
Peter nickte, zuckte aber dabei mit den Schultern. „Halt ein kleines Feuerwerk."
Virgil war enttäuscht, dass Peter nicht stärker beeindruckt war. Er selbst wollte solche Rätsel immer lösen.

Er kletterte hinter Peter nach unten und setze sich neben ihn auf das Geländer.
„Geht mit dem Wettkampf heute Abend bei dir alles klar?", fragte Peter. Er schien die helle Erscheinung schon wieder vergessen zu haben.
Virgil nickte. „Das Skateboard läuft noch nicht so ganz, wie ich will, aber ich muss sowieso noch was dran tun. Hat es mit der Halfpipe geklappt?"
„Die haben wir losgemacht." Peter lachte. „Es ist nur gut, dass niemand gesehen hat, was wir letzte Woche getan haben. Die Jungs haben Kästen gesammelt. Die liegen drunter."
„Bist du dir sicher, dass der ganze Kram nicht umkippt?", fragte Virgil bedenklich. „Ich hab keine Lust zu stürzen und mir den Schädel einzuschlagen."
Peter grinste, holte einen Kamm aus der Hosentasche und kämmte sich sorgfältig die langen Haare wieder nach hinten, die ein plötzlicher Windstoß zerzaust hatte. „Was ist denn mit deinem Brett?"
„Der Motor stottert manchmal, das ist alles." Virgil mochte nicht weiter darüber reden, denn Peter verstand von technischen Dingen so viel wie eine Seekuh. Er hatte sich bei seinem Vater Geld für ein neues Skateboard mit Motor verdient. Virgil hatte versucht, selbst eins zu bauen, doch das war nicht leicht. Mehrfach war er kurz davor gewesen, alles hinzuschmeißen, wenn bei einer Probefahrt schon wieder irgendwo etwas Wasser eingedrungen war. Doch Virgil gab so schnell nicht auf. Seine

Mutter meinte, er wäre genau so ein Holzkopf wie sein Großvater.
„Und dein Brett?“
„Läuft wie geschmiert“, sagte Peter selbstzufrieden. „Lars hat auch ein neues, aus Novamonde importiert. Wir müssen heut Abend Acht geben.“
Virgil nickte und blickte über das Meer. „Erinnerst du dich noch an die Geschichten darüber, was unter und auf dem Meeresboden liegt?“, fragte er nachdenklich.
Peter kratzte sich am Kopf. „Etwas südlich von hier lag Velgo, oder?“
Virgil schüttelte den Kopf. „Fast richtig. Es ist der untergegangene Velgopolder.“
„Na ja, untergegangen“, schnaubte Peter neben ihm. „Die haben das Land doch einfach geflutet. Nova Badewanne. Ha!“
Virgil grinste, denn das war zwar nur eine flapsige Bemerkung von Peter, aber eine, die er morgen in der Schule besser nicht laut wiederholen sollte.
Virgil sah zu der großen Stadt und Peter folgte seinem Blick. „Das ist vielleicht eine Stadt. Wenn ich hier mit meiner Ausbildung fertig bin, geh ich da hin. Elmare ist für mich zu klein.“
Auch Virgil hatte schon daran gedacht, es aber noch nicht laut ausgesprochen. In der Schule wurde ihnen ständig eingetrichtert, sie müssten auf Elmare stolz sein. „Wissen Sie eigentlich, wie groß Elmare ist, Herr Alewijn?“, machte er die Stimme eines ihrer Lehrer nach.

„Wir haben sechstausendzweihundertfünfzig Schwimmhäuser“, antwortete Peter ohne zu zögern, „und seit heute gibt es ein Haus mehr.“
„Was meinst du?“, fragte Virgil wieder mit seiner eigenen Stimme und blickte Peter neugierig an. „Sind neue Leute hergezogen?“
Peter nickte. „Wir kriegen eine Neue in unsere Klasse. Ist heute mit ihrem Vater angekommen, dem neuen Direktor.“
„Direktor? Was meinst du damit?“
„Mann, du bist auch nicht von dieser Welt!“ Peter stand auf. „Der neue Guru. Der Nachfolger von Joep van Reijden. Jemand aus Novamonde. Titus Zuidema!“
Da verstand Virgil. Er war mehr „von dieser Welt“ als Peter wohl dachte. „Wie kommen die dazu, jemand aus Novamonde zu nehmen?“, fragte er verwundert. „Ich hab gedacht, die nehmen nur Leute aus Elmare.“ Peters Vater arbeitete beim Kommunikationszentrum, und daher wusste Peter oft früher von solchen Sachen als andere.
„Das ist einfach eine Frage des Geldes“, sagte Peter mit gewichtiger Stimme. „Der Mann hat die Anteile vom alten Joep übernommen. Und mein Vater sagt, dass dieser Mann es wirklich bringt. In Novamonde hat er eine bekannte Talkshow gemacht. Und seine Tochter bringt's auch wirklich.“ Er verdrehte die Augen, und Virgil musste über ihn lachen. „Und weißt du was? Sie kommt heute Abend auch.“
Virgil erstarrte. „Wer hat sie gefragt?

„Ich“, sagte Peter und grinste breit. „Das war doch ’ne tolle Idee.“
Was hatte der sich dabei bloß gedacht? Jemand Fremden mitzubringen zu einem Wettkampf, der streng geheim bleiben musste! Virgil holte tief Luft und boxte seinen Freund gegen die Brust. „Peter“, sagte er freundlich, „du bist bescheuert.“
„Virgil, Essen!“, hallte Leonores Stimme über das Wasser.
Die Jungen rutschten vom Geländer und Peter verabschiedete sich mit einer lässigen Handbewegung.

Es kostete Virgil ziemliche Mühe, nach dem Essen unbemerkt aus dem Haus zu kommen.
Erst wollten Steven und Leonore, dass er mit ihnen eine Nachrichtensendung ansah. Als Virgil daraufhin sagte, dass er noch einmal in die Werkstatt ginge, wollte Steven mitgehen.
„Ich hab da noch ’ne Verabredung, Paps“, sagte Virgil drängend. „Mit Peter.“
Als Virgil „Paps“ sagte, war Steven klar, dass es ihm wichtig war. Er ließ sich wieder auf das Sofa plumpsen und murmelte wie gewohnt: „Komm nicht zu spät nach Haus.“
Virgil ging zu seinem Bruder Jasper in ihr gemeinsames Zimmer. Sie schliefen übereinander, Virgil im oberen Bett. Unter dem Fenster war ein Brett befestigt, das als Schreibtisch diente. Jasper hatte beschlossen, dass das

sein Schreibtisch sei, und Virgil hatte sich damit abgefunden.

„Jasper!" Etwas unsicher zupfte Virgil seinen älteren Bruder am Pullover. „Kann ich heute Abend ... Bitte, könntest du mir vielleicht deinen Pass leihen?"

Jasper drehte sich um und rückte seine Brille zurecht. Vor ihm lag ein neues Schulbuch, das er im kommenden Schuljahr brauchen würde. Er wollte damit schon während der Ferien anfangen, um sicher zu gehen, dass er auch in diesem Schuljahr der Beste in der Klasse würde.

„Meinen Pass?"

Virgil wippte unruhig hin und her. Er hasste Jaspers langsame Art zu sprechen. Sein Bruder hatte selten Lust, ihm zu helfen.

„Was hast du vor?"

Immer diese Fragerei. Virgil zog die Schultern hoch. Wenn er es erzählte, würde sein Bruder vielleicht mitgehen wollen. Oder es Steven erzählen. „Halt so, mit Peter."

Jasper drehte sich an seinem Tisch um. „Soweit ich weiß, ist das Infocenter abends geschlossen."

Virgil stöhnte. Es war klar, dass Jasper es ihm schwer machen wollte. „Vergiss es", sagte er kurz und drehte sich um. „Ich komm schon selber klar."

Er nahm seine winddichte kurze Jacke vom Haken und für alle Fälle die ledernen Handschuhe, die Steven manchmal anzog. Er schlüpfte zur Tür hinaus und lief zur Werkstatt, wo er sein Skateboard sorgfältig in ein altes Tuch wickelte.

Draußen ging ein schöner Wind, nicht stärker als Windstärke fünf. Es war bewölkt, aber der Wind riss ab und zu die Wolken auf und ließ den Vollmond durchscheinen. Der ideale Abend für ihren Wettkampf.
Virgil lief über die Pontons, die sachte unter seinen Füßen schwankten. Er musste auf die andere Seite des großen Gebäudes, wo die Anlegestelle der Geschäfte von Elmare war. Schnelle Schiffe kamen von Novamonde und legten an der nördlichen Seite von Elmare an, um so schnell wie möglich ihre Ladung zu löschen. Die Schiffsbesatzung kam nicht weiter als auf den Kai. Man sah Fremde in Elmare nicht so gern.
Jenseits der Kontrollstelle standen Virgils Freunde. Einige von ihnen trugen genau wie er etwas auf dem Rücken, andere waren nur mitgekommen, um dabei zu sein. Und das waren vor allem die, die ununterbrochen flüsterten, sich gegenseitig auf die Schultern schlugen und ihre Mützen so weit in die Stirn gezogen hatten, dass es auffiel. Mützen waren Kennzeichen der echten Skater, jeder hatte so etwas auf dem Kopf. Sie versuchten sich gegenseitig mit besonders bunten Kappen zu überbieten, mit Mützen ohne Schirm oder mit eng anliegenden Kapuzen.
Virgil seufzte. Sie hatten heute Abend wieder nicht auf ihn gewartet. Er kramte die alte Mütze seines Großvaters, Bert Wensveen, aus der Tasche und zog sie sich über den Kopf. Ein kleines Problem lag vor ihm: Um auf die Rückseite des hohen Gebäudes zu kommen, musste er an der Kontrollstelle vorbei. Das war ein rechteckiger Pfos-

ten, der oben einen Schlitz hatte, in den man seinen Pass schieben musste. Wenn man an dem Pfosten vorbeiging, ohne das zu tun, gab es Alarm.
Aber Virgil hatte keinen Pass. Er kauerte sich nieder und ließ sich über den Rand des Pontons gleiten. Mit den Füßen tastete er nach einem Halt, bis er den Vorsprung fand, auf dem er mit den Fußspitzen stehen konnte. Langsam schob er sich seitwärts, bis er an dem Kontrollpunkt vorbei war. Dann zog er sich hoch und kam direkt vor Peter wieder auf die Füße, der kaum reagierte, als Virgil vor ihm auftauchte.
Es war kein Wunder, dass ihn Peter kaum beachtete, denn dessen Aufmerksamkeit wurde heute Abend von jemandem in Beschlag genommen, der viel spannender war als Virgil: ein Mädchen.
Sie war groß. Virgil schätzte, dass sie ebenso groß war wie er, vielleicht sogar größer. Ihre hellblonden Haare flatterten im Abendwind. Mit einer ungeduldigen Bewegung strich sie ab und zu eine Locke nach hinten, die ihr ins Gesicht fiel, mit einer Bewegung, die zugleich anmutig und eingeübt wirkte. Über den Jeans trug sie eine offene Lederjacke, unter der ein enger Pullover zu sehen war. Virgil schluckte, als er sie lachen sah. Es war wahr, an ihr stimmte alles. Jedenfalls ... So beiläufig wie möglich ging er auf seinen Freund zu und musste ihn anstoßen um seine Aufmerksamkeit zu erlangen.
„Wo warst du?“, fragte Peter geistesabwesend. „Also, das ist Sara Zuidema.“

Sie sah ihn an. Im blassen Mondlicht konnte er unmöglich erkennen, ob ihre Augen dunkelblau oder braun waren. Sie wirkte etwas verdutzt. Sie wusste natürlich nicht, wer er war.
Mit knallrotem Kopf zog Virgil seine schwarze Mütze ab. „Ich bin Virgil“, sagte er stotternd und versuchte mit beiden Händen seine Haare etwas in Ordnung zu bringen. Das Mädchen lachte.
„Ach“, sagte sie. Sie hatte eine dunkle Stimme und sprach langsam, fast ein bisschen schleppend. „Virgil. Den Namen hab ich noch nie gehört.“
„Ein Scherz von meinen Eltern“, sagte Virgil schnell und stopfte die Mütze in seine Tasche. „Ist alles in Ordnung, Peter?“
Peter nickte mindestens dreimal. „Die Wetten sind abgeschlossen. Etwas Brennstoff getankt, die Haare gekämmt …“
Sara lachte wieder, und Virgil blickte sie weiter wie gebannt an. Mädchen waren ihm bisher meist egal gewesen. Er wusste, dass es sie gab und dass sie ganz anders waren als Jungen. Virgil hatte beobachtet, so wie er alles beobachtete und methodisch in seinem Kopf speicherte, dass eine bestimmte Sorte Mädchen fast nur in Gruppen auftrat. Wenn er oder ein anderer Junge an so einer Gruppe vorbeiging, wurde plötzlich noch mehr gekichert und geflüstert als sonst und er hatte nicht die leiseste Ahnung warum. Und ebenso wenig wusste er, was sie dachten und ob sie überhaupt dachten. Es waren Mädchen, die auf den

Tischen saßen oder rumhingen und damit beschäftigt waren, sich zurechtzumachen.
Dann gab es noch die anderen Mädchen: Die hatte er meistens alleine oder zu zweit gesehen, ein Buch unter dem Arm und eine Brille auf der Nase. Die waren meistens in tief schürfende Gespräche verwickelt und nahmen nichts und niemanden wahr. Sie sahen fast immer nur den jeweiligen Lehrer an, der für sie offensichtlich unglaublich interessant und fesselnd war. Sie stellten dann auch ständig intelligente Fragen.
Bei Sara Zuidema hatte er nur den einen Gedanken: Sie war anders.
Irgendjemand machte die Bemerkung, sie wären jetzt vollzählig, und sie gingen zusammen zur Halfpipe, die am Ende des schwimmenden Kais stand. Virgil ging hinterher und versuchte, Peter noch Anweisungen zu geben, aber er hätte ebenso gut einem Nilpferd was von Mathematik erzählen können, denn Peter hatte nur Augen für Sara.
Virgil gab seinen Versuch auf. Er blickte zu Lars, dem großen Jungen, der ihn herausgefordert hatte. Der Typ war fast genauso gut wie er. Aber Virgil wusste, dass ihm selbst etwas fehlte, was Lars im Übermaß hatte, denn der war einfach tollkühn. Bei allem Ehrgeiz war er nicht bereit, jedes Risiko auf sich zu nehmen. Er wollte gewinnen, aber allein wegen der Tatsache, dass er mit seinem Skateboard besser zurechtkam und schneller fuhr.
Es war so, wie Peter gesagt hatte: Das eine Ende der Half-

pipe stand heute Abend steil nach oben. Ohne sich um die anderen zu kümmern, kniete Virgil sich davor und ließ seine Finger über die raue Oberfläche der Anlegestelle gleiten. Er befühlte die Struktur und schätzte ab, wie stark die Bremswirkung auf sein Brett sein würde.
Plötzlich fiel ein Schatten auf ihn. „Betest du schon mal?“, fragte eine spöttische Stimme. Virgil stand auf und klopfte sich den Dreck von der Hose. Er beachtete Lars, der zwischen seinen Freunden stand, nicht weiter und sagte nur kurz: „Was in der Art.“
Er fing an, sein Brett auszuwickeln. Lars machte neugierig einen Schritt nach vorn, aber Virgil drehte sich ab und sah sich nach Peter um. Wo war sein Freund jetzt, wo er ihn brauchte?
„Hast du Geheimnisse?“, schrie einer von Lars Freunden. „Sollen wir mal nachschauen?“
Plötzlich stand Sara zwischen ihnen. Sie blickte den großen Jungen kurz an und drehte sich dann zu Virgil um. „Hier.“ Mit einer geschmeidigen Bewegung löste sie ihr Halstuch und hielt es Virgil hin. Der spürte, wie sein Gesicht heiß wurde. Ungeschickt nahm er das Tuch und hielt es verlegen in der Hand. Sara kam einen Schritt näher. Sie roch, als hätte sie alle Parfümfläschchen ihrer Mutter ausgiebig probiert. „Gib mal deine Hand her.“
Gehorsam streckte Virgil die Hand aus und sie band ihm das Tuch um das Handgelenk. „Jetzt gewinnst du auch ein bisschen für mich“, sagte sie mit ihrer dunklen Stimme.

Virgil löste seinen Blick von ihr und sah zur Halfpipe. Das rostige Metall war sorgfältig eingeschmiert. Dahinter war ein Podest aus alten Kisten aufgebaut worden. Er machte seine Hand los, nickte dem Mädchen unbeholfen zu und ging zu dem schwankenden Stapel.

Als er oben auf dem Podest stand, nahm ihn der Wettkampf wieder voll in Beschlag. Er sprang ein paar Mal auf und nieder, um zu prüfen, ob es wackelte. Aber es war gute Arbeit, das Podest stand fest. Virgil nickte zufrieden und stellte sich zu den anderen Skatern. Die Mütze von Opa Bert zog er wieder über die Haare, die Handschuhe aber nicht mehr an. So konnten alle das Halstuch sehen. Einige fingen an zu pfeifen und zu schreien. Sie waren so weit von den Schwimmhäusern entfernt, dass es wahrscheinlich niemand hörte.

Peter riss die Arme hoch und überbrüllte die anderen: „Hört mal zu! Heute Abend geht es hin und zurück! Sara gibt das Startzeichen. Ihr kennt die Regeln: Wer am weitesten kommt, hat gewonnen. Es gibt nur eine Bedingung, ihr müsst anhalten, bevor ihr ins Wasser fallt!“ Die Jungen um ihn herum grinsten.

Virgil kniff die Augen etwas zusammen und spähte zur anderen Seite des Kais. Die schien ihm ausreichend entfernt.

Peter kletterte auch nach oben und schrie: „Sara, schick sie los!“

Sara trat einen Schritt vor. Es wurde still. Unwillkürlich hielten alle den Atem an. Sara hob die Arme und rief: „Bei

drei geht's los. Eins, zwei ..." – sie riss die Arme nach unten – „drei!"
Virgil startete nicht sofort. Er brauchte Platz, denn mit den zehn Jungen vor ihm konnte er nicht die Fahrt machen, die er brauchte. Er wartete eine Sekunde und konzentrierte sich. Dann sprang er plötzlich mit einem solchen Hechtsprung von der Schanze, dass die anderen unten zusammenzuckten.
Gleich am Anfang Tempo machen, darauf kam es an. Die Räder seine Bretts sangen auf dem rostigen Metall. Beim Übergang auf den Ponton machte er eine leichte Wendung und knallte mit seinem Brett auf die raue Oberfläche. Jetzt die Geschwindigkeit halten, dass war wichtig. Links und rechts überholte er die anderen, die ihn enttäuscht vorbeiließen. Er musste ein paar Mal nachtreten, die Arme weit ausgestreckt, um das Gleichgewicht zu halten, und dann lag der gerade Kai vor ihm.
Virgil schoss über den Kai. Er war der Erste, er war der Schnellste. Alles lief genau so, wie er es erwartet hatte. Hinter ihm war Lars, der versuchte, Tempo zu machen, indem er sich nach vorne beugte. Virgil stand aufrecht auf seinem Brett und flog über die Pontons – heute Abend konnte er alles. Geschickt umfuhr er ein herumliegendes aufgerolltes Tau, fuhr im Bogen um einen Haufen Abfall herum und blieb weiter an der Spitze.
Hinter sich hörte er Geschrei und jemanden rufen, aber Virgil sah sich nicht um. Er wollte nicht nur gegen Lars gewinnen, er wollte an diesem Abend höher kommen,

als jemals zuvor. Mit dieser Geschwindigkeit, dem Wind im Rücken und dem Vollmond über sich könnte er sogar über die Flevosee fahren, direkt nach Novamonde.
Doch er durfte nicht den Kopf verlieren. Plötzlich schob sich eine Wolke vor den Mond und es wurde dunkel. Nun konnte er nicht mehr sehen, auf welche Gefahren er zufuhr. Vigil spürte, wie ihm der Schweiß im Nacken prickelte. Aber er achtete nicht weiter darauf. Er kniete sich auf sein Brett und spähte verbissen auf den Boden vor ihm. Er wollte nicht an Geschwindigkeit verlieren, aber zu stürzen war ein zu großes Risiko. Das Geschrei hinter sich hörte er nicht mehr, doch er konnte sich auf einmal gut vorstellen, was passiert war. Einer war vielleicht vom Brett gefallen, Bein gebrochen, ein anderer vielleicht …
Steven hatte ihn immer wieder ermahnt, einen Helm zu tragen, aber Virgil hatte nur mit den Schultern gezuckt. Niemand trug beim Skaten einen Helm. Das gehörte sich einfach nicht. Jetzt aber auf dem dunklen Kai, wo die Leute achtlos ihr Zeug zurückgelassen hatten, wo scharfe Glassplitter herumliegen konnten, wurde es ihm unheimlich. Er hatte zu Peter gesagt, dass er seinen Kopf heil durchbringen wollte, aber dann musste er jetzt auch scharf hinsehen.
Durch sein Zögern hatte er an Geschwindigkeit verloren, und nun erschrak er von Lars' Schrei, als der ihn überholte. Im selben Augenblick kam der Mond wieder zum Vorschein, und Virgil konnte das Stück vor sich wieder überblicken. Höchste Zeit, den Motor anzuwerfen.

Er ließ sich weiter nach unten sinken und tastete mit den Fingern der rechten Hand nach der Reißleine. Ein kurzer Ruck, und der Motor müsste anspringen. Da tauchte unvermutet ein neues Hindernis auf. Papierfetzen wurden ihm in den Weg geweht. Schnell richtete Virgil sich wieder auf, machte eine Wendung nach rechts, drohte das Gleichgewicht zu verlieren und musste scharf nach links, um sich halten zu können. Dadurch kam er fast zum Stillstand. Virgil bückte sich, griff die Reißleine, ruckte daran, der Motor sprang an und er wollte sich wieder aufrichten, während das Skateboard schneller und schneller wurde, aber er kam nicht hoch: Seine Hand hing fest!
Tief gebückt auf dem dahinrasenden Brett stehend, versuchte Virgil zu begreifen, was passiert war. Dann wurde ihm langsam klar: Das Tuch, das ihm Sara so provozierend um das Handgelenk gebunden hatte, hatte sich in einem Rad verfangen. Während der Motor ihn rasend schnell vorwärts trieb, konnte er von seinem eigenen Skateboard nicht loskommen.
Das Tuch mit der linken Hand zu lösen, war unmöglich, denn sein rechtes Handgelenk saß unter dem Brett fest. Und wenn er plötzlich stoppte, würde er das Brett mit einem Mordsschlag abkriegen, denn er konnte nicht wie sonst das Skateboard von sich wegschieben und dann auffangen. Virgil blickte zum Ende des Kais. Durch seine Angst hatte er nicht gemerkt, dass es schon viel näher war, als er gedacht hatte. Nun richtete er seine Aufmerksamkeit auf Lars schräg vor ihm und sah, dass er ihn ein-

holen würde. Während das Brett weiterdonnerte, kauerte Virgil sich vorsichtig nieder, bis er mit dem rechten Knie aufkam. Nun stütze er sich mit dem rechten Bein ab und steuerte mit dem Oberkörper.
Sein Handgelenk saß unverrückbar und das Tuch zog sich immer fester. Plötzlich machte Lars eine seltsame Bewegung und fiel sich überschlagend vom Brett. Virgil flog an ihm vorbei.
„Der macht Kuntstückchen!", schrie Lars und trat wütend gegen sein Skateboard. „Der setzt sich einfach hin, verdammt noch mal!"
Virgil konnte nun das Wasser am Ende des Kais sehen. Er steuerte direkt darauf zu. Irgendetwas musste er tun, um langsamer zu werden. Er versuchte, mit dem Fuß auf dem Ponton zu bremsen, aber das half nur wenig. Der Schmerz an seinem Handgelenk wurde unerträglich, und in der rechten Hand hatte er kein Gefühl mehr. Irgendwie musste er von dem Skateboard runter. Überlegen nutzte nichts mehr, gut nachzudenken war schon gar nicht mehr drin. Virgil ließ sich seitlich von seinem Brett fallen, versuchte ungeschickt auszuweichen und sah sein Skateboard in die Luft schießen. Anstatt dem Brett auszuweichen, zog er das Ding gerade auf sich zu und bekam einen donnernden Schlag seitlich gegen den Kopf. Dann wurde es dunkel.

„Virgil?" Von weit weg hörte er seinen Namen. „He, Mann, sag doch was?"

Er lag auf dem Rücken, und jemand saß neben ihm. Irgendwas Kaltes und Nasses lag auf seinem Kopf, der pochte, als würde jemand mit dem Hammer draufschlagen. Er machte die Augen auf und sah in das beunruhigte Gesicht von Peter.

„Was machst du denn bloß für Sachen, Mann! Lars sagt, du hättest Kunstückchen gemacht. Und dann hab ich dich hier gefunden und du hast das blöde Brett nicht loslassen können!" Virgil wolle etwas sagen, aber Peter sprudelte weiter: „Es ist nur gut, dass ich mein Überlebensmesser bei mir habe. Deine Hand war schon mächtig blau." Er leuchtete mit der Taschenlampe auf etwas neben Virgil. „Und dein Brett ist im Eimer. Dein Kopf war doch härter, Mann."

„Aber ich hab gewonnen", wollte Virgil sagen, doch sein Mund war zu trocken.

„Kannst du aufstehen? Ich fürchte, du musst ins Krankenhaus."

Virgil strich sich mit der linken Hand über den Kopf. Das Nasse und Kalte war ein Taschentuch voller Blut, wie er im Licht von Peters Taschenlampe sah. Er versuchte sich zu erinnern, wo seine Füße waren, und bewegte nacheinander die Beine. Die schienen noch heil zu sein.

„Eine neue Hose wirst du wohl brauchen", stellte Peter fest. „Und die Schuhe haben auch schon bessere Tage gesehen."

Stöhnend richtete sich Virgil auf und blickte benommen um sich. Um ihn herum stand ein ganzer Kreis von Menschen, die ihn anstarrten, als wäre er eine Geistererscheinung. Als sie sahen, dass er sich hinsetzte, stießen sie sich erleichtert an.

„Du hast wie ein Toter ausgesehen", redete Peter immer weiter. Vor Nervosität konnte er wohl den Mund nicht mehr halten. „Kannst du jetzt aufstehen?"

Lars kam vor und winkte einem seiner Freunde. Ganz vorsichtig halfen sie Virgil auf. Er schwankte, sein Magen verkrampfte sich und bitterer Magensaft stieg ihm in die Kehle. Heftig schluckend fand Virgil sein Gleichgewicht wieder.

„He, Glückwunsch", sagte Lars unbeholfen. „Dein Brett war echt schnell. Schade, das mit dem Sturz."

„Ist mit dir alles in Ordnung?", brachte Virgil mühsam raus.

Lars nickte. „Ja, und mit meinem Brett auch. Aber ich find, mit 'nem Motor unterm Brett skaten, das ist nichts. Das ist lebensgefährlich."

Virgil nickte. Er sah sich um und fragte dann Peter: „Ist sie weg?"

Peter verstand sofort. „War auf einmal verschwunden."

Sie machten sich auf den Rückweg. Peter trug das kaputte Skateboard. Im kühlen Nachtwind wehten die Fetzen eins bunten Tuchs hinter ihnen her, aber niemand achtete mehr darauf. Etwa in der Mitte des Kais trafen sie auf eine andere Gruppe, die versuchte einen Jungen zu tragen. Sein Hosenbein war zerfetzt, und er schrie bei jedem Schritt, den seine Kumpels machten. Virgil blieb stehen

und stütze sich auf die Arme von Lars und dessen Freund. Es überraschte ihn, wie dumm sich die Jungen anstellten. Sie mussten das Bein schienen.
„Nehmt doch sein Skateboard“, sagte er. „Habt ihr denn nichts, um sein Bein dran festzubinden?“
Die Jungen sahen ihn dumpf an. „Wir sind doch nicht von der Krankenstation“, sagte einer.
Virgil stöhnte. „Einfach mal nachdenken, ist das denn zu viel verlangt?“, fragte er müde. Schulterzuckend taten die Jungen, was er gesagt hatte.
An der Kontrollstelle gab Peter Virgil seinen Pass und kletterte selbst die Kante des Pontons entlang. Als sie beim Avidium ankamen, bestimmte Peter, Virgil solle mit ihm zum Krankenhaus gehen. Da erst merkte Virgil, dass er die Mütze seines Großvaters nicht mehr auf dem Kopf hatte.
Peter war der Einzige, der Virgil dann ganz bis nach Hause begleitete, aber dann ließ ihn auch sein bester Freund allein. Virgil holte tief Luft und machte die Haustür auf. Er wusste, dass seine Eltern noch auf waren, und ehrlich gesagt, war er froh darüber, denn er fühlte sich am Ende seiner Kräfte.
Den anderen Jungen, der das Bein gebrochen hatte, hatten sie im Krankenhaus aufgenommen. Aber ihn, den dritten Sohn, hatten sie weggeschickt. Der Krankenpfleger vom Nachtdienst hatte zwar noch anerkennend festgestellt, dass wenigstens einer von ihnen von seinem Verstand Gebrauch gemacht habe, als der Junge mit ge-

schientem Bein reingebracht wurde. Doch er war unerbittlich, als er hörte, dass Virgil keinen Pass hatte. „Damit darf ich gar nicht erst anfangen", hatte er gesagt. „Das endet dann damit, dass jedermann hier reingelaufen kommt und kostenlos ärztliche Hilfe verlangt."

Sie hatten ihm nicht einmal einen Verband gemacht, um das Blut aus seiner Wunde zu stillen. Peter hatte ihm ein altes Tuch um den Kopf gebunden, aber Virgil spürte, wie das Blut durchsickerte. Er ließ die Jacke auf den Boden fallen und ging schwankend ins Wohnzimmer.

Durch die runden Fenster und die hölzerne Vertäfelung glich das Haus innen noch ein bisschen einem alten Wohnboot. Auf dem Boden lag ein ausgebleichter Teppich. Es gab ein Sofa mit einer tiefen Kuhle mittendrin. Ein alter Multivisionsapparat stand dem Sofa gegenüber, auf dem seine Eltern saßen.

„Virgil!" Leonore sprang auf und sah ihren jüngsten Sohn bestürzt an. „Was ist los? Wo kommst du her?"

Auch Steven war aufgestanden und blickte schweigend auf seinen Sohn. Dann kam er in Bewegung. Er ging zu Virgil, führte ihn zum Sofa und half ihm, sich hinzulegen. „Leonore, warmes Wasser. Und Tücher." Er kniete sich neben Virgil und entfernte vorsichtig das blutige Tuch. Virgil schloss die Augen.

Er war zu Hause. Er würde zwar was zu hören bekommen, aber sie würden sich zumindest um ihn kümmern. Das hatten sie immer getan, schon als er unerwünscht auf die Welt gekommen war und hier in Elmare keine

Existenzberechtigung bekommen hatte. Er musste wieder an die Geschichte von seiner Geburt denken, die ihm Leonore, als er klein war, oft erzählt hatte. Er war völlig überraschend gekommen. Leonore hatte sich keine Gedanken darüber gemacht, dass sie zum dritten Mal schwanger war, und hörte nicht weiter auf die Ärzte, die ihr helfen wollten. Das Ergebnis war ein gesundes Baby gewesen, das sie mit Unterstützung ihres Mannes zur Welt brachte. Aber auch dann hatte das Krankenhaus jede Hilfe verweigert. Wenn sie das erzählte, musste Leonore immer lachen und sagte dann, das klänge wie die Weihnachtsgeschichte, aber ohne Stern und Engel. „Doch es war kein Platz in der Herberge“, fügte sie meistens noch hinzu. „Aber bei uns schon, mein Schatz!“ Früher ließ Virgil sich nach einem solchen Ausruf gerne knuddeln, aber mit vierzehn war er jetzt wohl zu alt dafür. Doch er war glücklich, als er die sanften Hände seiner Mutter auf seinem Gesicht spürte, während sie vorsichtig die Wunde untersuchte.
Steven ließ ihn seine Besorgtheit auf andere Art fühlen. Nach und nach holte er die ganze Geschichte aus Virgil raus, der mit geschlossenen Augen so knapp wie möglich antwortete. Doch obwohl Virgil versuchte, einige Teile auszulassen, verstand sein Vater schließlich nur allzu gut, was an diesem Abend passiert war.
„Das ist doch nicht zu fassen!“ Virgil machte ein Auge auf und sah seinen Vater durch das kleine Wohnzimmer stapfen. „Ein Skateboardrennen mitten in der Nacht! Du könntest tot sein!“

„Wenn du weiter so rumschreist …“, bemerkte Leonore nur und drückte ein nasses Tuch über einer Schüssel mit warmem Wasser aus. „Weißt du, was ich eine echte Schande finde, dass sie ihn im Krankenhaus weggeschickt haben!“
Virgils Blick fiel auf den Tisch vor der Küche. Jedes Mal, wenn er an diesem Tisch aß, wurde er daran erinnert. Er war der dritte Sohn. Ein Tisch hat nur vier Seiten, auch wenn sein Vater geschickt ein zusätzliches Brett angesetzt hatte, machte gerade das es besonders deutlich: Du bist hier zu viel. Natürlich hatten sie ihn nach Hause geschickt.
„Du weißt es doch.“ Steven hob verzweifelt seine Arme. „Er hat keinen Pass. So lange er gesund bleibt …“ Er warf einen Blick auf seinen lädierten Sohn und fuhr mit sarkastischer Stimme fort: „Zumindest waren wir Wensveens immer bemerkenswert gesund. Nicht mal eine Erkältung im Winter. Aber natürlich muss der Herr Sohn bei Vollmond ein Rennen auf dem Kai machen. Virgil, ich hatte mehr von dir erwartet!“
„Aber diesmal hätte ich gewonnen“, versuchte Virgil zu erklären. Er wollte, dass seine Mutter mit dem Reinigen der Wunde fertig würde, aber vor allem wollte er, dass Steven aufhörte zu schreien. „Ohne Pass keine Hilfe. So ist das eben in Elmare“, sagte er seufzend. „Ich versteh gar nicht, warum sie mich noch zur Schule gehen lassen.“
„Wenn sich die Geschichte rumspricht, frag ich mich, ob …“, brummte Steven, aber Leonore schüttelte den

Kopf, während sie Verbandsstoff um Virgils Kopf wickelte.
„Was meinst du eigentlich mit ‚diesmal'“, wollte sein Vater wissen. „Wie lange geht das schon so?“
„Will ich nicht sagen“, murmelte Virgil.
„Das also war die Erfindung, an der du in der Werkstatt gearbeitet hast“, sagte Steven anklagend. „Etwas, um dich damit tot zu fahren! Mein Werkzeug benutzt du nicht mehr!“
„Steven!“, sagte Leonore und stand auf. Sie nahm ihren Mann beim Arm. „Ich weiß genau, wie sehr du erschrocken bist und dass du nur so schreist, weil du Virgil so gern hast. Aber bring ihn doch erst mal ins Bett. Morgen kannst du dann weiterschreien.“
„Natürlich hab ich ihn gern, den blöden Kerl“, maulte Steven und bückte sich. Er legte seinen Arm um Virgil und zog ihn hoch. „Ich versteh bloß nicht, warum die Kinder ein solches Risiko eingehen. Virgil, morgen erklärst du mir mal, was der Kick an der Geschichte ist. Wir versuchen alles so gut wie möglich für dich hinzukriegen, und du spielst mit deinem Leben. Warum, frag ich mich. Kannst du laufen, oder soll ich helfen?“
„Ich bin viel zu schwer für dich“, sagte Virgil, aber er merkte, wie ihm die Knie weich wurden.
„Dass du dich da nicht täuschst, du magere Missgeburt!“, sagte Steven streng und half seinem jüngsten Sohn in sein Zimmer.
Jasper sah mit neugierigen Augen zu, wie seine Eltern

Virgil ins Bett brachten. Leonore sagte noch: „Wenn du was brauchst, ruf mich“, und machte dann die Tür zu. Jasper richtete sich auf und betrachtete seinen jüngeren Bruder. „Ich hab mir schon gedacht“, sagte er selbstzufrieden, „dass du da mitmachst. Bei dem blöden Wettkampf. Für so was leihe ich meinen Pass nicht aus.“
„Hast du es gewusst?“, flüsterte Virgil.
„Ja, es ist drüber geredet worden. Ihr macht ja anscheinend dauernd solche Sachen. Wer hat diesmal gewonnen?“
„Ich“, murmelte Virgil. Er wollte noch was über das Unglück mit dem Halstuch von Sara sagen, aber auch das Sprechen tat weh. Leise sagte er noch: „Da gibt es ein neues Mädchen.“ Dann schlief er ein.

Allgemein bekannt wurde die ganze Angelegenheit durch den Jungen, der im Krankenhaus lag und erzählte, wie er zu seinem gebrochenen Bein gekommen war. Er nannte auch die Namen von denen, die bei dem Rennen mitgemacht hatten. Die Folge davon waren Standpauken und erhabene Worte. Virgil bekam einen Brief nach Hause, den Steven ihm persönlich vorlas.
Von Peter hörte er, dass das Podest, das sie mit so viel Mühe aufgebaut hatten, von den Leuten vom Ordnungsdienst abgerissen worden war. Zum Glück konnten sie die Halfpipe noch benutzen, das halbrunde Teil, auf dem Virgil so viel geübt hatte. Aber es wurde gedroht, wenn sich so etwas noch einmal wiederhole, würde auch die entfernt.

Laut Leonore, die in ihren medizinischen Büchern nachgeschlagen hatte, hatte Virgil eine Gehirnerschütterung. Sie beschloss, dass Virgil eine Woche lang ernsthaft im Bett bleiben sollte. Und während Virgil im abgedunkelten Zimmer in seinem schmalen Bett lag, hatte er jede Menge Zeit zum Grübeln. Er dachte vor allem an Sara Zuidema. Es gab also auch solche Mädchen, Mädchen, von denen man als Junge mehr wissen wollte.

Nach einer Woche zog er auf das Sofa im Wohnzimmer um. Die Wunde heilte gut, aber Steven meinte, er würde für immer eine Narbe behalten. „Die ist gut, damit du dich immer an diese Blödsinnigkeit erinnerst“, hatte sein Vater gesagt. „Du gleichst verdammt meinem Vater, er war immer stolz auf alles, was er riskiert hat.“

„Habt ihr noch mal Post von Opa bekommen?“, fragte Virgil neugierig. Aber Steven schüttelte den Kopf. „Nein. Der alte Seeräuber gondelt wahrscheinlich mitten auf dem Ozean rum. Ich habe es die Woche über Funk versucht, aber er ist nicht zu erreichen.“

Zwei Jahre war es jetzt schon her, seit Opa Wensveen fortgefahren war. Virgil dachte an das alte Küstenschiff seines Großvaters, bei dem noch alles wie früher war. Bert war stolz auf sein Schiff und hatte Virgil gerne mit an Bord genommen. Eine kurze Tagesfahrt mit den großen Dieselmotoren, und die Akkus waren wieder aufgeladen. Bert hatte die Bedingungen in Elmare nicht gemocht. Das wa der Grund, warum er wegefahren war.

Eines Tages war bekannt gemacht worden, dass alle

Wohnboote, Binnenschiffe und Schwimmhäuser an die Leitungen in den Pontons angeschlossen werden müssten. Bert lief eine Woche lang herum und schimpfte. „Die wollen bestimmt, dass ich im Pensionistenheim ein Zimmer nehme!“, hatte er sich empört. „Ich bin doch nicht verrückt! Ich hock mich doch nicht zwischen die alten Kerle, die schon Elmare mit aufgebaut haben, um mit denen Tag ein Tag aus nur rumzujammern. Ich bleibe lieber Skipper auf meinem eigenen Kahn!“ Kurz danach war er losgefahren.

Virgil vermisste seinen Großvater. Jedes Mal, wenn er in den Spiegel sah, was er in der letzten Zeit öfter machte, fand er, dass er seinem Großvater immer ähnlicher wurde. Sein Gesicht war in diesem Sommer hagerer geworden, wodurch seine Nase länger wirkte. Virgil mochte diese Nase als Erbstück seines Großvaters nicht besonders. Aber seine hellblauen Augen waren noch immer von derselben Eindringlichkeit. Manchmal meinte Leonore, mit diesen Augen könne er einfach durch jemanden hindurchsehen. Und Steven fügte dann hinzu: „Gut hinsehen, aber reden – besser nicht.“ Und das stimmte auch. Virgil sagte nicht viel, aber er sah sich umso aufmerksamer um. Erst wenn er gut über etwas nachgedacht hatte, sagte er seine Meinung, und meistens fuhr er sich vorher mit den Händen durch die buschigen krausen Haare, sodass sie nach allen Seiten abstanden. Das blonde Haar hatte Virgil von seiner Mutter, wobei sie aber nicht die gleichen lästigen dichten Locken hatte wie er.

Gar nicht ähnlich war Virgil seinem ältesten Bruder Matt mit seinem glatten, braunen Haar, der zu allem eine Meinung hatte und die auch lautstark von sich gab, allerdings ohne vorher groß darüber nachgedacht zu haben. Auch seinem zweiten Bruder war er nicht sehr ähnlich. Jasper, der die Haare ordentlich kurz geschnitten trug und ab und zu mit bedächtiger Stimme eine Bemerkung machte. Virgil liebte das Abenteuer und er arbeitete gerne in der Werkstatt seines Vaters, aber das Reden überließ er anderen. Die drei Brüder gingen in so unterschiedliche Richtungen wie die Speichen des Steuerrads von einem alten Schiff.

Virgil lag auf dem Sofa und blickte zu seinen Brüdern hinüber, die mit den Eltern am Tisch saßen. Seine Mutter schöpfte Matts Teller voll Suppe. Mit erhobener Schöpfkelle hielt sie kurz ein und lauschte auf die Geräusche draußen. „Hört ihr den Wind? Es sollte mich nicht wundern, wenn es heute Nacht Sturm gibt." Virgil wusste, dass seine Mutter immer Angst vor stürmischem Wetter hatte.

Nun hörte er seinen Vater sagen: „Du brauchst keine Angst zu haben. Richtigen Sturm kriegen wir erst im Herbst oder wenn der Winter kommt."

„Jetzt klingst du genau wie dein Vater!", sagte Leonore und Matt kicherte mit dem Mund voll Suppe. Er machte eine Ausbildung als Monteur und war zurzeit Praktikant beim Wartungsdienst. Die gesamte Versorgung für Elmare wurde zentral aus dem Avidium geregelt. Es war das einzige Haus in Elmare, das ein echtes Gebäude war mit Fundamenten, die fest auf dem Grund der Flevosee standen. Im Avidium befanden sich auch die Studios, das Omegatheater und die Schulräume, in denen alle Kinder und Jugendlichen von Elmare unterrichtet wurden. Im ersten Untergeschoss mündeten alle Leitungen, die in den Pontons verborgen waren. Und fast auf dem Grund der Flevosee waren die Maschinenräume, in denen arbeitete Matt. Und jeden Tag kam er mit frischen Ölflecken auf der Hose nach Hause.

„Die Ferien sind jetzt bald rum, Jungs", bemerkte Leonore. Jasper nickte. Er kam nun in die letzte Klasse und würde hart arbeiten, denn er wollte genügend Punkte haben, um ein Stipendium zu bekommen. Virgil langweilte sich oft in der Schule. Ihm fiel das Lernen nicht allzu schwer, aber immer wieder hatte er Sehnsucht danach, draußen zu sein, an der frischen Luft. Oft zeichnete er heimlich in seinen Schulheften. Aber nun war er doch froh, dass das Ende der Ferien kam. Das Wetter war dieses Jahr nicht zum Aushalten gewesen. Wenn die Temperatur über dreißig Grad stieg, wurde der Teer der Schwimmhäuser warm und stank. Aber sie hatten kein Geld, um in Urlaub zu fahren, und selbst für einen Ausflug nach Novamonde reichte es nicht. Abgesehen davon hätte er aber auch gar nicht fahren können, denn wenn er Elmare verließ, war es keineswegs sicher, dass man ihn auch wieder hereinließ.

Novamonde, die neue Welt. Virgil fand den Namen für

das Gebiet, das nach der großen Flut übrig geblieben war, gut gewählt. Hier in Elmare wollten die Leute so wenig wie möglich mit der anderen Welt zu tun haben. In den chaotischen Jahren nach der Hiobsnacht hatten ein paar Wohnbootbewohner und Schiffseigner die Chance genutzt, um die freie Stadt Elmare auszurufen. Und bis jetzt war es ihnen noch immer gelungen, selbstständig zu bleiben. Das Leben in Elmare war streng geregelt, aber über alle Regeln wurde ausführlich in Versammlungen diskutiert und demokratisch abgestimmt. Wer hier wohnen wollte, hatte sich ganz bewusst dafür entschieden, auf diese Art zu leben. Und die meisten Menschen wirkten ganz zufrieden. Virgil dachte an seinen Großvater. Der war nicht so zufrieden gewesen, aber der hatte wenigstens sein Schiff und konnte hinfahren, wonach ihm der Sinn stand. Er, Virgil, konnte nicht weg, er musste hier zurechtkommen.

Leonore unterbrach seine Gedanken, als sie ihm seine Suppe brachte. Behutsam stützte sie seinen Kopf, als Virgil sich hochzog. „Willst du noch ein Kissen?“, fragte sie fürsorglich. „Was macht dein Kopf heute?“

„Etwas besser“, brummelte Virgil. Seine Mutter lächelte und strich ihm eine widerborstige Locke aus der Stirn. „Hier, deine Suppe.“

Da kam ein lautes Signal aus dem Multiviser und Leonore sprang erschrocken auf. „Mist! Heut ist Mittwoch! Ich hab die Wäsche vergessen. Wie spät ist es?“

Steven schüttelte den Kopf. „Wenn du dich beeilst,

schaffst du es grad noch“, sagte er. Es kam oft vor, dass Leonore vergaß, welcher Tag es war. Nur am Mittwoch konnten in den Haushalten von Elmare die Wäscheaufbereiter gefüllt werden. Dann sorgten die Leitungen in den Pontons für den Rest.

Diese zentrale Wäscheaufbereitung in Elmare war eine von den Sachen, auf die man besonders stolz war. Die Ersparnis von Energie und Material war besonders groß. Ärgerlich war nur, dass man eine Woche lang nicht waschen konnte, wenn man zu spät dran war. Leonore rannte ins Badezimmer, um hastig möglichst viel Wäscheteile in die Maschine zu stopfen, während Steven anfing, den Tisch abzudecken.

Das war auch etwas, woran sich Bert Wensveen nicht hatte gewöhnen können. Weil alle Einrichtungen für alle galten, mussten alle am selben Tag dasselbe tun. Sogar die Elektrizität war zentral gesteuert. Um zwölf Uhr nachts gingen alle Lichter aus, und selbst der Multiviser konnte nicht mehr benutzt werden. Inzwischen, älter geworden, fragte sich auch Virgil, ob das alles so ganz ideal war.

Matt ging sich umziehen. Er wollte heute Abend noch zu seiner Freundin. Jasper verschwand in sein Zimmer, Virgil döste weg und schrak wieder hoch, als sich sein Vater auf die Sofalehne setzte.

„Virgil, wir müssen mal miteinander reden.“ Virgil seufzte. Diese Einleitung von Steven bedeutete immer ein ernsthaftes „Von-Mann-zu-Mann-Gespräch“, und darauf hatte er gerade gar keine Lust. Er hätte lieber über die Au-

gen von Sara Zuidema nachgedacht. Waren die nun braun oder blau gewesen?
„Virgil, ich begreif das nicht, warum ein intelligenter Junge wie du ein solches Risiko auf sich nimmt", sagte Steven ernst. „Es scheint fast so, als würdet ihr jungen Leute die Gefahr suchen, statt ihr aus dem Weg zu gehen."
„Das war doch gar kein so großes Risiko", murmelte Virgil. „Ich hatte mir alles genau überlegt."
„Und warum bist du dann verunglückt?", fragte Steven streng.
Virgil zog die Schultern hoch. „Irgend so ein dummer Zufall."
„Virgil, hier in Elmare braucht man nicht an irgend so einem dummen Zufall zu sterben!", sagte Steven. „Hier wird alles für dich getan. Wir kriegen genug zu essen und es wird für dich gesorgt, von der Wiege bis zum Grab … Ich meine, selbst du, in deiner speziellen Situation wirst hier gut behandelt, und wenn du dir wirklich Mühe gibst, kriegst du sicher auch einen Arbeitsplatz. Elmare ist eine gut organisierte Gesellschaft, Virgil."
„Vielleicht zu gut organisiert", sagte Leonore nachdenklich, während sie reinkam.
„Genau!" Virgil nickte heftig und griff sich sofort an den Kopf. Etwas ruhiger sprach er weiter: „Das meine ich auch. Alles ist hier schon festgelegt, für jedes Problem gibt es schon eine Lösung, hier ist es einfach so schrecklich …"
„Solide?", fragte Leonore.

„Langweilig?!“, sagte Steven nachdenklich.
Virgil nickte. „Beides – und noch viel mehr. Ich werd da noch mal verrückt von und dann will ich etwas tun, etwas Besonderes, etwas, das sich noch kein anderer ausgedacht hat. Ihr müsst euch mal vorstellen, was das für ein Gefühl war, als ich über den Kai geschossen bin! Es war wie … als könnte ich …“ Er brach ab, denn Worte waren nicht seine Stärke, und er hatte schon mehr gesagt als sonst.
Seine Eltern wirkten nachdenklich. „Ich glaube, ich versteh dich gut“, sagte Steven. „Du gleichst meinem Vater doch mehr, als ich gedacht hab.“
„Oder mir“, sagte Leonore, und sie brachen alle drei in Gelächter aus.
Steven nahm Virgil bei den Schultern. „Geh früh schlafen“, sagte er freundlich. „Du bist noch ziemlich blass, auch wenn die Wunde gut verheilt. Ich hoffe bloß, dass du aus der Sache was gelernt hast.“
Virgil nickte.

Zum Glück hatte Virgil eine robuste Natur. Nach einer Woche lief er schon wieder draußen herum und genoss den Wind in den Haaren. Die Narbe an seiner Schläfe war noch feuerrot, aber die Schwellung war abgeklungen. Er ging in das Viertel mit den Lagerhäusern, wo Steven eine schöne Werkstatt eingerichtet hatte. Virgil arbeitet gerne dort.
Er betrachtete die Überreste seines Skateboards. Das Brett war zerbrochen. Virgil beschloss, den kleinen Mo-

tor abzumontieren. Vielleicht konnte er ihn später noch mal gebrauchen. Virgil spannte das Brett auf der Werkbank ein und betrachtete seine Konstruktion von allen Seiten. Einmal hatte ihn Matt in der Werkstatt überrascht und ihn wegen seiner Erfindung ausgelacht. „Das ist typisch für dich! Ein Skateboard mit Motor, was soll denn der Quatsch!" Virgil hatte sich nicht einmal die Mühe gemacht, seinem Bruder zu antworten.
Virgil fand zwar, dass seine Beine in der letzten Zeit zu lang geworden waren und die Arme ihm immer im Weg waren, aber mit seinen Händen war er zufrieden. Seine Finger machten zum Glück genau das, was er wollte. Mit sicheren Bewegungen drehte er mit der linken Hand die Schrauben los, mit denen der Motor an das Brett montiert war, während er mit der rechten Hand die Muttern auffing. Virgil war Linkshänder, wobei er als Kind lange Zeit sowohl die rechte als auch die linke Hand gebraucht hatte. Nun tat er das nicht mehr, denn die Lehrer hatten gesagt, er müsse sich entscheiden. Also benutzte er die linke Hand, aber wenn sie nicht hinsahen, machte er seine Zeichnungen mit der rechten.
„Hier bist du!" Virgil blickte auf und sah Steven in die Werkstatt kommen. Sein Vater betrachtete das Skateboard. „Also mit dem kannst du nicht mehr viel Staat machen."
Voller Bedauern schüttelte Virgil den Kopf. „Nein, da hilft nur auf ein neues sparen."
„Leonore hat schon wieder Angst, dass es Sturm gibt. Ich

hab ihr versprochen, dass ich die Läden wieder einhänge, die ich letzte Woche gestrichen habe. Hilfst du mir?"
Virgil ließ seine Arbeit liegen und half seinem Vater, die schweren Läden zu ihrem Schwimmhaus zurückzubringen. Hier nahm ein Nachbar Steven in Beschlag und fragte, ob er ihm bei einer kaputten Verriegelung helfen könnte. Jetzt, wo Steven nicht mehr arbeitete, machte er sich in der Nachbarschaft nützlich, indem er alle möglichen Arbeiten übernahm. Er reinigte Abflussrohre, und wenn Fensterrahmen kaputt waren, reparierte er sie. Die Leute schätzten seine Arbeit sehr. Die Geschicklichkeit hatte Virgil von seinem Vater, aber die versponnene Ader, die ihn dazu brachte, von meist fantastischen Objekten Zeichnungen und Entwürfe zu machen, die hatte er von seiner Mutter. Als Künstlerin hatte seine Mutter durch den Verkauf von Seidenmalereien ein bescheidenes Einkommen. In der Zentralhalle des Avidiums hing ein Bild von ihr, und meist verkaufte sie an eine Kunsthandlung in Novamonde. „Wenn ich da mal eine Ausstellung hab, dann kommst du mit", hatte sie lachend zu Virgil gesagt.
Gegen Abend nahm der Wind zu. Von weitem hörte man es donnern. Maulend zog Steven seine Windjacke an und sagte zu Leonore: „Jetzt habe ich die Läden noch nicht eingehängt. Wilhelmsen von nebenan hat mich aufgehalten. Jetzt steig ich schnell aufs Dach, bevor der Regen losbricht."
„Soll ich helfen?", Virgil sah seinen Vater fragend an. „Zusammen geht es schneller."

„Und dein Kopf?“, fragte Leonore. „Kann Jasper nicht helfen?“
Steven schüttelte den Kopf und Virgil sagte: „Jasper sitzt an einer Arbeit und will nicht gestört werden. Das schaffen wir auch so.“ Er folgte seinem Vater nach draußen.
Im Freien zerrte der Wind an ihrer Kleidung. Virgil hatte sich nicht die Zeit genommen, eine Jacke anzuziehen, und schauderte in der kalten Luft. Steven holte die Läden hervor. Damit mussten sie über das Dach, und Virgil konnte undeutlich die anderen Häuser von Elmare sehen. Etliche Leute arbeiteten an der Vertäuung. Der Sturm heute Nacht könnte recht heftig werden. Zusammen schleppten sie die Läden an die Vorderseite, wo die großen Wohnzimmerfenster waren.
Virgil hängte die Leiter an die beiden großen Haken unter dem Dachrand und kletterte nach unten, während sein Vater den schweren Laden vom Dach hinuntergleiten ließ. Unter Virgil strudelte das tiefdunkle Wasser. Im Wohnzimmer erkannte er undeutlich das blasse Gesicht seiner Mutter. Sie lief im Zimmer auf und ab und hatte ein Glas in der Hand.
Virgil wusste, dass seine Mutter vor Stürmen fürchterliche Angst hatte. Aber er konnte ihr trotzdem nicht beruhigend zuwinken, denn mit einer Hand musste er sich an der Leiter festhalten und mit der anderen den Fensterladen einhängen.
Schnell kletterte er wieder nach oben und Steven zog die Leiter hoch. Rasch trug er sie zur anderen Seite des

Schwimmhauses, wo sie die Läden vor der Küche und dem Badezimmer einhängten.
Lauter als der brausende Wind rief Steven: „Heute Nacht wird's noch ganz schön toben!"
Über Novamonde konnte man das Wetterleuchten sehen. Es sah aus, als hinge das Unwetter genau über dem hohen Turm. Virgil erschrak bei dem Blitz, der den Himmel aufriss und sekundenlang die Nacht erhellte.
Steven legte einen Arm auf die Schulter seines Sohns. „Schnell runter!" Der Donner übertönte seine Stimme. Und direkt danach brach der Regenguss los. Im Nu waren Steven und Virgil völlig durchnässt. Gebückt rannten sie über das Dach zu der schmalen Treppe. Virgil stieg als Erster runter und machte die Tür auf. Steven folgte ihm und schlug sie mit einem Knall hinter sich zu.
„Was für ein Wolkenbruch!" Er schüttelte seinen Kopf, dass die Tropfen spritzten.
Schützend hob Virgil den Arm. „He, du machst mich ja ganz nass!" Steven lachte und lief in Socken ins Wohnzimmer. Leonore hatte einen heißen Grog vorbereitet, mit viel Rum im heißen Zitronensaft. Virgil nahm einen großen Schluck, verschluckte sich, hustete und keuchte, während Steven ihm auf den Rücken klopfte und Leonore ihn mit einem Handtuch trocken rubbelte.
Später, als Virgil im Bett lag und auf den Sturm hörte, musste er über seine Eltern grinsen. Leonore hatte ihren Mann in ihren feuerroten Morgenrock wickeln wollen, aber Steven fand das nicht so gut. Nun saßen sie zusammen

auf dem Sofa und Steven hatte den Arm um seine Frau gelegt. Matt würde das wieder blöd finden, aber der war nicht zu Haus. Manchmal blieb er bei seiner Freundin.
Der Wind tobte und die Wellen schlugen gegen die Wände ihres Schwimmhauses. Unsanft wurde Virgil hin und her geschwenkt. Aber die Tatsache, dass er und sein Vater die Läden rechtzeitig eingehängt hatten, ließ ihn schließlich doch ruhig einschlafen.

Am nächsten Morgen war der Himmel noch immer voller Wolken und ganz Elmare in graues Licht getaucht. Doch das Unwetter war weitergezogen. Virgil hatte lange geschlafen und lief nun barfuß ins Wohnzimmer, wo seine Mutter stand und etwas in der Hand hielt. Virgil dachte erst, es wäre eines von ihren Bildern. Dann bemerkte er ihr verzweifeltes Gesicht und erschrak. Als sie ihn hereinkommen sah, brach es aus ihr heraus: „Sieh dir das mal an!“ Sie streckte ihm das Papier entgegen. Nun erst erkannte Virgil, was es war: Eine Farbkopie, die den Tüchern seiner Mutter unglaublich ähnlich war. „Ich bin überflüssig geworden! Der Computer kann das besser als ich! Ein Knopfdruck und du hast fünfzig davon! Oder hundert!“ Sie nahm etwas vom Tisch und schmiss es auf den Boden. Es war ein Pinsel, unbenutzt und trocken. Behutsam hob Virgil ihn auf und strich leicht über die weichen Haare, bevor er ihn zurücklegte.
Leonore zerknüllte das Papier in ihren Händen, bevor sie in bitterem Ton fortfuhr: „Jon hat es mir gezeigt, du

kennst ihn, den bekloppten Künstler von Boot fünf. Er hat es heute Morgen im Handumdrehen gemacht. Du kennst doch die neuen Computer im Infocenter? Jon hat ein Bilderprogramm geschrieben. Stil Nummer zwanzig: ein echter Leonore Wensveen!"

Virgil wusste nicht, was er sagen sollte. Er schob eine Scheibe in den Multiviser und suchte nach einem Spiel.

Steven kam ins Zimmer und klaubte das Papier auf. Er strich es glatt und betrachtete es. „Mensch, Leonore, du musst zugeben, das ist gut gemacht."

„Ja", sagte Leonore wütend, „und deshalb haben sie dich entlassen. Warum brauchen sie denn einen so guten Handwerker wie dich nicht mehr? Weil die neue Technik dich überflüssig gemacht hat!"

Verlegen zog Steven die Schultern hoch. „Aber es wird doch für uns gesorgt. Sie hätten uns doch auch ganz rausschmeißen können."

Virgil hatte das schon öfters gehört: Steven war beim Aufbau der Zentralversorgung beteiligt gewesen, doch Maschinen und Computer hatten seine Arbeit übernommen. Immerhin bekam er genügend Geld und Nahrungsmittel für die Familie. Wäre er weniger stabil gewesen, hätte er vielleicht den ganzen Tag nur noch vor dem MV gesessen, aber er war nicht ins Trudeln gekommen. Wenn ihn jemand brauchte, war er zur Stelle.

„Du lässt das einfach gar nicht an dich ran, dass jetzt sogar die Kunst von Maschinen übernommen wird!", wetterte Leonore.

Steven seufzte, er kannte seine Frau, wenn sie in Rage geriet. „Wir haben nun mal das Problem mit der Konkurrenz zu Novamonde. Deshalb müssen wir so hart an neuen Erfindungen arbeiten. Willst du etwa, dass Elmare von Novamonde verwaltet wird?"
„Nein, natürlich nicht", sagte Leonore knapp und packte ihre Pinsel zusammen. „Aber darüber verliere ich immer mehr den Mut. Die ganze Technik, die ganzen Erfindungen … Was wird einmal aus Virgil werden?"
Voller Überzeugung sagte Steven: „Der versteht das alles viel besser als wir. Wenn er sich nur richtig anstrengt, kann er eine gute Stelle als Programmierer kriegen."
„Ich krieg keine Zulassung." Virgil brach das Spiel ab, das er auf dem MV spielen wollte. Bei solchen Gesprächen konnte er sich nicht darauf konzentrieren. Er ging zum Kühlschrank. „Ich hab keinen Anspruch auf eine Stelle."
„Aber natürlich!" Doch zum ersten Mal klang in Stevens Stimme eine Spur von Unsicherheit mit. „Da brauchst du keine Sorge zu haben. Du kannst zeichnen, du bist gut in Technik und an den neuen Computern bist du hervorragend … Du kannst dir die Stellen bald aussuchen."
Virgil stand so schnell auf, dass er sich den Kopf schmerzhaft an der Kante des Hängeschränkchens stieß. Verdammt, hatte das Ding immer schon so niedrig gehangen? Er strich sich über den Kopf und brummte: „Da bin ich mir nicht so sicher. Ich gehör doch eigentlich gar nicht dazu."
„So darfst du das nicht sehen", sagte Steven. „Einen guten Fachmann brauchen die immer."

Leonore seufzte. „Lass uns darüber jetzt noch nicht den Kopf zerbrechen“, sagte sie leise.
Virgil nickte und ging ohne etwas zu sagen in sein Zimmer. Dort zog er sich schnell an. Er musste raus. Hier drin bekam er Beklemmungen. Draußen atmete er tief durch, während er über das graue Wasser blickte. Immer dieses Gejammer über seine Zukunft. Sie sollten endlich damit aufhören. Wie konnte er mit vierzehn denn schon wissen, was er mit dem Rest seines Lebens noch anfangen würde!
Wenn er es bestimmen könnte, würde er reisen, genau wie sein Großvater. Mit einem eigenen Schiff und so weit wie möglich weg von Elmare. Das war sein Traum. Aber der war mit ziemlicher Sicherheit für ihn nicht zu verwirklichen.

In der Zeit zurück

Die Schule fing am ersten Montag im September wieder an. Als Virgil aus dem Haus kam, trieb Nebel wie ein dünner Schleier über die Flevosee. Er blieb stehen, weil er etwas sah, das er sich nicht erklären konnte. Etwas weiter weg verschwammen Nebel und Wasser und es war nicht mehr genau zu erkennen, wo der Nebel aufhörte und das Wasser begann. Und genau dort stieg auf einmal ein Schwarm Vögel auf. Virgil zog unwillkürlich den Kopf ein, als sie mit kläglich klingenden Schreien über ihn hinwegflogen. Und warum traten ihm die Tränen in die Augen, als er diese Schreie hörte? Er blickte dem Schwarm nach, der sich schnell entfernte, und empfand ein seltsames Gefühl in der Kehle. Am liebsten hätte er auch geschrien, genau wie die Vögel.

Er sollte sich besser nicht so seltsam benehmen, wenn ihn jetzt einer seiner Freunde sähe. Er zog die Nase hoch und wischte sich mit dem Ärmel über die Augen. Dann blickte er sich um. Komisch, Elmare kam ihm plötzlich so fremd vor, als wären die Häuser durchsichtig, als ob nichts echt wäre. Das lag natürlich am Nebel. Dadurch wirkte alles anders.

In der Schule musste er sich zuerst bei der Verwaltung melden. Der Mann dort warf ihm einen argwöhnischen Blick zu und sagte: „Aha. Der Herr Unruhestifter. Wegen dir liegt ein Junge im Krankenhaus."
Virgil wollte sagen, dass es ungerecht sei, ihm die Schuld für das Unglück zu geben, doch er traute sich nicht. Stattdessen räusperte er sich, senkte den Kopf und murmelte: „Es tut mir Leid." Das stellte den Mann augenscheinlich zufrieden, denn ohne ein weiteres Wort gab er ihm seinen Stundenplan.
Virgil suchte nun nach seinen Freunden und bald hörte er Peter, der wie immer das große Wort führte.
„Hi!", begrüßte er Virgil. „Da haben wir ja unseren Held. Wie sieht dein Kopf aus?" Virgil strich die Haare aus der Stirn und zeigte Peter die linke Schläfe. Sie war nicht mehr blau verfärbt, aber gleich unter dem Haaransatz verlief eine rote Narbe.
„Gezeichnet fürs Leben", verkündete Peter dramatisch und schlug Virgil auf die Schulter. „Was für einen Stundenplan hast du?" Virgil gab ihm das Blatt.
„Na, dich haben die aber auf dem Kieker!", bemerkte Peter. „Wirtschaftsmathematik, Technik, Mathe, Soziologie … hast du auch was, das Spaß macht?"
Virgil betrachtete das Blatt und nickte. „Ja, Geschichte." Er konnte sich nicht wie die anderen die Fächer aussuchen, sondern wurde von der Schulleitung den Fächern zugeteilt, für die sich die wenigsten Schüler angemeldet hatten.

„Ich hab mich für Musik, Theater und ein bisschen Sprachunterricht eingeschrieben ... In Geschichte bin ich auch“, erzählte Peter. „Eine klasse Kombination.“

Virgil zuckte mit den Schultern. „Ach, ich find es nicht so schlimm.“

„Nicht schlimm!“, rief einer von den anderen Jungen. „Mit so einem Stundenplan würd ich ins Wasser gehen!“

Die Gruppe lachte, aber Virgil blieb still. Sie wussten nicht, was es hieß, auf der Schule lediglich geduldet zu sein. Jeder Unterricht, den er bekam, war für ihn wichtig, und er wäre verrückt, wenn er sich beschweren würde. Schließlich konnte er hier etwas lernen, und nur darum ging es.

Außerdem machte er in Wirtschaftsmathematik eine Entdeckung: Sara Zuidema war in seiner Gruppe. Virgil saß ganz hinten und sie an einem der vordersten Tische. Deshalb studierte er in dieser Stunde die Form ihres rechten Ohrs, denn das war zufällig das Einzige, was er von ihr sehen konnte.

In der Pause kam ihm Peter entgegen, dessen aufgeregter Blick signalisierte, dass er eine Neuigkeit hatte. Virgil ließ sich in eine leere Ecke bei der Garderobe ziehen.

Peter beugte sich zu ihm und flüsterte geheimnisvoll: „Es gibt bald eine neue Sendung. Absolut total neu.“

„Was?“, fragte Virgil, der Mühe hatte zu begreifen, worüber Peter sprach. „Ach, du meinst im MV!“

Peter stieß ihn an und holte zwei Papierstücke aus der Tasche und sah sie mit fast verliebtem Blick an. „Und ich

hab Karten“, sagte er mit großer Genugtuung. „Hast du Lust mitzukommen?“
Virgil sah, dass die Karten den Stempel der Studios von Elmare trugen. „Wie kommst du denn da dran?“, fragte er neugierig. Peter grinste ein bisschen, gab aber keine Antwort. „Welche Sendung ist das?“, fragte Virgil.
„Die neue, die von Titus Zuidema“, sagte Peter. „Die machen diese Woche schon Aufnahmen, und dann kommt noch eine Livesendung dazu, mit Publikum. Es ist so eine Art Diskussionssendung, hab ich gehört. Das scheint echt was Besonderes zu werden.“
Das Wort „Diskussionssendung“ klang in Virgils Ohren nach einer Versammlung von alten Männern, die über irgendetwas quasselten, das sie für furchtbar wichtig hielten. Auf der anderen Seite aber war es eine schöne Vorstellung, die Studios von Elmare mal von innen zu sehen.
„Gut, ich komm mit“, sagte er.
Zufrieden verstaute Peter die Karten wieder in der Tasche. Dann gingen sie durch den Flur zum Automaten, um vor dem Unterricht noch etwas zu trinken. Es war sehr voll dort. Lautstark begrüßte Peter seine Freunde, machte Witze und überließ Virgil das Anstehen in der Schlange. Der war daran gewöhnt, dass ihn Peter manchmal als Laufburschen benutzte.
Verrückt war das: Auf einmal bekam er wieder das seltsame Gefühl wie früh am Morgen. Es war, als würde die Luft flimmern. Er wollte einen Schritt zurücktreten. Er

musste hier weg. Irgendetwas war los, gleich würde etwas passieren. Virgil blickte sich um. Seine Mitschüler sah er nur wie durch einen Schleier. Dann gab es einen lauten Knall.
Das Mädchen vor ihm schrie auf, ließ ihren Becher fallen und schreckte vor dem Automaten zurück. Alle waren erschrocken. Leute kamen angerannt, um zu sehen, was los war. „Hol doch jemand den technischen Dienst!", wurde gerufen. Der Kaffeeautomat, ein altes Ding, hatte schon früher Mucken gehabt. Nun schoss ein Strom kochend heißes Wasser aus der Vorderfront. Ganz offensichtlich war der Hahn abgebrochen. Niemand tat etwas, alle sahen nur zu. Eine Freundin kümmerte sich um das Mädchen, das so aufgeschrien hatte. Ihr war heißes Wasser auf den Arm gespritzt. „Sie muss zur Krankenstation, los!"
Es knatterte und aus der Seite des Automaten sprühten Funken. Virgil bemerkte einen seltsamen Geruch, der ihm irgendwie bekannt vorkam.
Im vergangenen Jahr hatte es ein schweres Gewitter gegeben. Als es weitergezogen war, war Virgil nach draußen gelaufen, und da hatte es so seltsam gerochen. Steven erklärte ihm dann, dass das, was er roch, Ozon war. Virgil hatte nachgeschlagen: Bei jedem Blitz wurde eine gewaltige elektrische Ladung freigesetzt.
Und jetzt roch es genauso. Der Automat hatte natürlich einen Kurzschluss, darum knatterte es so. Noch einen Moment und es würde Feuer ausbrechen. Er machte einen Schritt nach vorne, wurde aber zurückgezogen. „Bleib da

weg, Mann, die Leute vom technischen Dienst sind doch sofort da!"
„Dann ist es zu spät", sagte Virgil und riss sich los. „Der Kram hier fängt gleich an zu brennen."
Vor dem heißen Dampf schreckte er zwar zurück, aber er musste den Stecker finden und rausziehen, bevor der ganze Mist hier in Flammen aufging. Er durfte einfach nicht daran denken, was alles passieren konnte. Die Unterrichtsräume befanden sich über dem Maschinenraum, wo die Leitungen verliefen. „Jetzt lass hier nicht den Held raushängen!", wurde hinter ihm gerufen. „Wir müssen auf den technischen Dienst warten, die können das besser!"
So war es immer in Elmare. Alle waren daran gewöhnt, auf die zu warten, die speziell dafür ausgebildet waren. Virgil lief um den zischenden und dampfenden Kaffeeautomat herum, um den Stecker zu finden. Würde er auch warten, wäre es vielleicht zu spät. Verdammt, der Stecker saß natürlich hinter dem schweren Ding. Er schob die Ärmel seines Pullovers über die Hände und zog mit aller Kraft am Automaten. „Helft mir doch!", schrie er nach hinten. „Der Stecker muss raus!"
Es war nur einer, der vorsprang, um zu helfen: Zu seiner großen Verwunderung war das Lars, sein Konkurrent beim Skateboard-Rennen. Zusammen schafften sie es, die schwere Maschine mit einem heftigen Ruck von der Wand zu ziehen. Virgil keuchte vor Anstrengung. Es kam kein heißes Wasser mehr raus, aber zu seinem Schreck merkte

er, dass der Kasten glühend heiß war. Er kniete sich an der Rückseite hin und zog ruckartig am Kabel. Nichts passierte. Das Kabel war auch schon ganz heiß. Verzweifelt riss er noch einmal daran. Der Stecker flog aus der Buchse, Virgil fiel nach hinten, wobei er hastig das Kabel losließ, und landete vor den Füßen eines Mädchens. Er rappelte sich auf und stand Auge in Auge mit Sara Zuidema. Sie blickte ihn fest an, bevor sie den Blick abwandte.
„Was macht ihr denn da!" Zwei Männer in der grauen Uniform des technischen Dienstes kamen angelaufen. Der eine setzte seinen Werkzeugkasten ab und verbrannte sich schmerzhaft die Finger an dem glühend heißen Automat. Er erschrak und blickte hilflos zu seinem Kollegen. „Ach du Schreck, das Zeug steht ja fast in Flammen!"
Virgil war schlau genug, um nicht: „Das hab ich doch gesagt", zu sagen. Er sah, dass Lars sich aus dem Staub machte. Auch er wollte schnell weggehen, doch die Männer vom Wartungsdienst hielten ihn zurück.
„So geht das hier nicht! Wer bist du und wie heißt du? Wieso glaubst du, dass du so einfach unsere Arbeit machen kannst?"
„Ich hab gedacht, das ist ein Notfall", sagte Virgil. Er wollte weg, auf die Toilette, um sich kaltes Wasser über die Hände laufen zu lassen. „Ich hab gedacht ..."
„Das kannst du uns überlassen", sagte der Mann barsch. „Stell dir mal vor, dass jeder einfach die Arbeit von einem anderen tut und ..."

Stellen Sie sich mal vor, das Feuere wäre tatsächlich ausgebrochen ..., wollte Virgil sagen, aber er schluckte es gerade noch herunter. Stattdessen sagte er: „Es tut mir Leid. Ich hab da nicht dran gedacht."
Aber das stimmte nicht. Seiner Meinung nach war er der Einzige gewesen, der nachgedacht hatte. Der andere Mann war um den rauchenden Apparat herumgegangen und rief nun seinen Kollegen zu sich. Sieh dir das mal an! Die Leitungen sind völlig verschmort. Ist die Feuerwehr schon alarmiert?"
„Nein, das muss van der Zande machen", hörte Virgil den anderen sagen. „Wir sind nicht befugt, die ..."
Während die Männer die Ruine in Augenschein nahmen und wahrscheinlich langsam begriffen, dass es eine Katastrophe hätte geben können, machte sich Virgil aus dem Staub. Wenn er ein bisschen Glück hatte, vergaßen sie ihn. Aber endlich hatte er wenigstens eine Antwort auf seine Frage: Die Augen von Sara Zuidema waren dunkelblau.

„Virgil Wensveen." Die Direktorin blickte von dem Bericht auf, in dem sie gerade gelesen hatte, als Virgil hereinkam, und sah ihn durchdringend an. „Dritter Sohn von Steven Wensveen, stimmt's? Trotz besonderer Umstände zur Schule von Elmare zugelassen." Sie blickte wieder in den Bericht, der vor ihr lag. „Schulische Leitungen hervorragend, Verhalten ..." Sie sah ihn wieder an.
Die Direktorin war eine beeindruckende Frau mit weißgrauen Haaren, die sie zu einem eleganten Knoten

auf ihrem Kopf geschlungen hatte. Sie trug eine Brille mit dünnem, goldenem Rand und ein schlichtes graues Kostüm.
Virgil starrte auf den absolut sauberen Kragen ihrer weißen Bluse und hoffte, doch noch einen kleinen Fleck zu finden, irgendwas, einen Fettfleck, eine Falte, wenigstens einen Krümel als Zeichen dafür, dass sie auch nur ein Mensch war. Aber er konnte keinen Makel finden. Selbst ihre Haare blieben unverändert ordentlich, als sie langsam den Kopf schüttelte und in kühlem Ton fortfuhr: „Dein Verhalten bereitet uns Sorge."
Virgil murmelte, dass es ihm Leid täte, denn das schien immer die beste Antwort zu sein.
Aber die Direktorin schüttelte wieder den Kopf. „Deine Art, dich einzumischen, geht zu weit, Virgil. Glaubst du im Ernst, dass ein Junge von vierzehn Jahren die Arbeit des technischen Dienstes leisten kann?"
„Nein", sagte Virgil und blickte an ihrem Kopf vorbei nach draußen. Durch das Fenster konnte er sehen, wie eine Möwe elegante Kurven zog.
„Warum hast du es dann getan?", fragte die Direktorin.
Virgil blickte ihr in die Augen. Er hoffte, in ihrem Gesicht Interesse zu finden. Aber er sah nur eine distanzierte Maske. „Ich hab gedacht, dass es nötig wäre", sagte er leise. „Ich hab gehört, wie es in dem Automat geknattert hat, und hab den seltsamen Geruch ..."
„Wenn du für den technischen Dienst ausgebildet werden möchtest, können wir das regeln", unterbrach ihn

die Direktorin. „In diesem Zweig unserer Schule ist noch Platz. Wir waren allerdings der Meinung, in Anbetracht deiner besonderen Leistungen, diese Fachrichtung läge unter deinem Niveau. Wenn du noch einmal durch ein solches Fehlverhalten auffällst, müssen wir allerdings erneut darüber befinden." Zum Zeichen dafür, dass die Unterredung beendet sei, machte sie eine Handbewegung zur Tür.

Virgil drehte sich um und trottete hinaus. Steven hatte Recht. Er musste sich abgewöhnen, sich überall verantwortlich zu fühlen. Langsam ging Virgil zu seinem Klassenzimmer und machte für den Rest des Tages den Mund nicht mehr auf, selbst dann, wenn jemand im Unterricht auf dumme Fragen noch dümmere Antworten gab.

Am Abend war es Jasper, der anfing darüber zu reden, was passiert war. „Virgil war heute mal wieder der Held." Betont ordentlich biss er von seinem Brot ab und blickte in die Runde, um zu sehen, wie das ankam.

Leonore hob erschrocken den Kopf. „Wieso, Jasper?"

„Wirbel um so einen explodierenden Kaffeeautomaten. Ich versteh nicht, warum die die alten Dinger noch stehen lassen."

Steven blickte seinen jüngsten Sohn an, der dabei war, sein Brot zerkrümeln. „Ich versteh noch nicht, Jasper. Lass Virgil selbst erzählen."

Doch Jasper, der manchmal genauso eigenwillig war wie Virgil, kam seinem Bruder zuvor. Mit leiser Stimme fing er von dem alten Kaffeeautomaten an zu erzählen, der

seiner Meinung nach noch aus der Steinzeit stammte und aus dem plötzlich das Wasser geschossen kam.
Virgil stieß ihn so mit dem Ellenbogen an, dass Jaspers Brot über den Tisch flog. „Darf ich das vielleicht selbst erzählen? Entschuldige, Steven, aber ich hab nur daran gedacht, dass es gleich anfängt zu brennen. Das Ding hatte einen Kurzschluss. Es gab nur noch keine Flammen, noch nicht. Und ich bin mit einer Verwarnung davongekommen …"
„Nach all unserer Mühe …", sagte Steven langsam. „Nun hast du zwei Verwarnungen. Beim dritten Mal …"
Jasper biss wieder ab und bemerkte ganz ruhig: „Ach, die können Virgil verwarnen, so oft sie wollen. Der hört doch nicht."
Virgil sprang auf. Er wurde nicht so schnell wütend, aber jetzt schon. Er schrie: „Und wenn hier der ganze Kram zu Bruch geht, ich rühr keinen Finger mehr."
Jasper, noch sauer wegen dem Stoß vorhin, stellte Virgil ein Bein, sodass der stolperte. Das war zu viel. Wütend drehte Virgil sich zu seinem Bruder um und zog ihn vom Stuhl, der dabei umfiel.
„Halt doch mal den Mund!", schrie Virgil wütend, während er seinen Bruder am Pullover gepackt hielt. „Damit hast du gar nichts zu tun! Du mit deinen blöden Büchern. Lernen und studieren. Mehr kannst du doch gar nicht!"
Jasper war blass geworden und stotterte: „Lass meinen Pullover los!", doch Virgil packte noch etwas fester zu.

Er merkte, dass Jasper sich nicht wehren würde. Steven stand auf und ging dazwischen.
„Seid ihr denn alle beide verrückt geworden! Virgil, lass deinen Bruder los!"
Aber Virgil hatte gerade erst entdeckt, dass er stärker war als sein Bruder. Er drückte seinen rechten Arm gegen Jaspers Hals und drohte ihm mit der linken Faust. Da ging die Tür auf und Matt kam rein. Spöttisch bemerkte ihr ältester Bruder: „Das ist wie bei jungen Hunden. Vielleicht hilft ein Eimer Wasser."
Virgil ließ Jasper los. Matt hatte Recht. Es war blöd, Jasper gleich so anzugehen. Er schob sich die langen Haare aus dem Gesicht und setzte sich mit rotem Kopf wieder hin. „'tschuldigung", brummelte er, ohne jemanden anzublicken. Neben ihm schrappte ein Stuhl und Jasper setzte sich auch, wobei er etwas Unverständliches murmelte. Hätte Virgil besser hingehört, hätte er ihn verstanden. Aber er sah seinen Bruder nicht an und bemerkte auch nicht den Blick, den Jasper ihm zuwarf. Einen Augenblick lang war es ganz still am Tisch.
Mit einem tiefen Seufzer unterbrach Leonore das Schweigen und sagte: „Virgil, ich kann verstehen, dass du etwas Gutes tun wolltest. Aber du weißt ja, dass in Elmare alles streng nach den Regeln ablaufen muss."
„Was hat denn unser kleiner Pfadfinder nun schon wieder ausgefressen?", fragte Matt und zog den Brotkorb zu sich heran.
Virgil beherrschte sich nur mit Mühe, als Jasper die Geschichte noch einmal erzählte. „Also darf ich nichts

unternehmen, auch nicht, wenn einem anderen etwas Schlimmes passiert?", fragte er mit böser Stimme, als Jasper zu Ende erzählt hatte.
„Fast wäre dir selbst etwas Schlimmes passiert", warf Steven ein, „du hättest einen Schlag bekommen können, verstehst du? Dann hättest du selbst unter Strom gestanden, und ob du das überlebt ..."
Virgil ließ den Kopf hängen. Hatten die etwa Recht? War es vielleicht manchmal wirklich besser, auf die Leute zu warten, die dafür ausgebildet waren? Er seufzte tief und aß schweigend weiter. So bemerkte er nicht die Blicke, die Leonore und Steven einander zuwarfen und in denen ihre ganze Besorgtheit zum Ausdruck kam.
Nach dem Essen stopfte Leonore die Küchenabfälle in das Rohr, das in der Küche installiert war. Alle Reste von Nahrungsmitteln wurden über die Leitungen in den Pontons zu einer Abteilung im Avidium transportiert, wo sie zu Fischfutter verarbeitet wurden. Nicht, dass in den Haushalten besonders viel übrig blieb, aber selbst Schalen und Gräten wurden wieder verwendet.
Der MV schaltete sich automatisch an. Der Bildschirm wurde hell, und eine freundliche Musik erinnerte alle in den Schwimmhäusern daran, dass das Abendprogramm anfing. Aber bevor die üblichen Sendungen begannen, erschien der Kopf eines Ziegenbocks auf dem Bildschirm. Das Vieh drehte den Kopf hin und her und meckerte leise. Eigenartig war, dass er schwarz war, tiefschwarz. Darunter erschien in Buchstaben: „Der Sündenbock."

Eine angenehm klingende Männerstimme sagte eindringlich: „Samstagabend, Elmare live. Das dürfen Sie nicht verpassen: eine neue Sendung mit einem neuen Moderator: Titus Zuidema."
Unter dem Bock flackerte ein Feuer auf, der ganze Bildschirm färbte sich rot. Die Flammen loderten und die Buchstaben wurden blasig und zerflossen, als ob sie brennen würden. Verblüfft blickten Steven und Virgil auf das Bild.
„Peter hat mir erzählt, dass es eine neue Sendung gibt", sagte Virgil aufgeregt. Er drehte sich zu seinem Vater um. „Das soll was ganz Besonderes sein. Peter hat Karten. Für Samstagabend. Ich darf doch mitgehen?"
„Wenn du diese Woche keine Dummheiten mehr anstellst!", sagte Steven streng, aber gleichzeitig strich er mit der Hand über die verstrubbelten Locken seines jüngsten Sohns. Der murmelte etwas, aber Steven fuhr fort: „Sieh zu, dass du keine Probleme kriegst. Und komm gleich nach der Sendung nach Hause. Klar?"
Matt, der sich umgezogen hatte, kam ins Zimmer und sah noch die langsam verschwindende Schrift auf dem Bildschirm. „Habt ihr das gesehen?", rief er. „Dazu bin ich eingeladen worden." Sein Vater und Virgil blickten ihn verwundert an.
„Samstagabend bin ich im Studio!", erklärte Matt. „Ich bin bei der Gesprächsrunde vom Sündenbock dabei!"
Steven deutete auf Virgil „Der geht auch hin, Peter hat Karten. Soweit ich weiß, arbeitet sein Vater da. Könnt ihr nicht zusammen hingehen?"

Matt schüttelte den Kopf. „Nein, wir müssen schon eine Stunde früher da sein. Witzig, dass du dann im Saal sitzt.“
Virgil wollte gerade sagen, dass eine Diskussionsrunde etwas für alte Männer sei, als Leonore reinkam und ihn unterbrach. Sonst hätte er auch noch mit seinem ältesten Bruder Streit bekommen.

In der Schule gab sich Virgil in den nächsten Tagen äußerste Mühe, um nicht aufzufallen. Darin wurde er immer besser. Manchmal vergaßen die Lehrer, dass er überhaupt im Klassenzimmer saß. Manche nahmen ihn gar nicht mehr dran. Virgil überlegte, ob er es dieses Schuljahr wohl auch ohne Hausaufgaben zu machen schaffen würde, denn niemand achtete auf ihn. Er saß immer am hintersten Tisch und studierte dort für sich alleine seine Bücher.
Nur nicht auffallen, sagte er sich immer wieder und achtete nicht weiter auf Sara Zuidema, die sich in Wirtschaftsmathematik direkt neben ihn setzte. Kein Flüstern, kein Rüberschieben von Zetteln, nicht einmal Vorsagen, wenn vom Lehrer eine dumme Frage kam. Auch wenn sie ihn noch so nett ansah, Virgil wusste, dass er die Schuld bekäme, wenn sie erwischt würden. Er verstand auch nicht, warum sie beim Unterricht nicht mitkam. Vielleicht würde sie eines Tages flehend vor seiner Tür stehen und ihn um Nachhilfe bitten? Davon träumte er an seinem hintersten Tisch.

Am Donnerstag hatte er mittags eine Stunde frei und wollte zum Infocenter gehen. Mit etwas Glück könnte er mit seiner Hausarbeit für Geschichte anfangen. An der Theke vom Infocenter arbeitete eine Frau an ihrem PC. Sie blickte auf, als Virgil auf sie zu ging. Er sah sich suchend um. Meistens hatte er sich den Pass von Jasper leihen können, aber nach ihrem letzten Streit wollte sein Bruder ihm nicht mehr helfen.

„Was kann ich für dich tun?" Die Frau blickte ihn freundlich an.

„Also das ist ein bisschen schwierig", sagte Virgil zögernd. „Ich muss eine Arbeit schreiben, für Geschichte."

Die Frau blickte ihn weiter freundlich an. „Ja?", sagte sie ermutigend, als er weiter nichts sagte.

„Ich hab keinen Pass!", stieß er hervor.

„Keinen Pass?", fragte die Frau hinter dem Schalter erstaunt. „Aber du gehst doch zur Schule?"

Virgil spürte, wie ihm heiß wurde. „Ja, aber bei mir ist das ein bisschen anders." Manchmal waren Kumpel von ihm im Infocenter, die ihm mit ihrem Pass helfen konnten, aber heute sah er keinen.

Die Frau runzelte die Stirn. Es war deutlich zu sehen, dass sie nachdachte. „Was willst du den aufrufen?"

„Etwas über Entdeckungsreisen", sagte Virgil leise. „Zum Nordpol oder so."

Die Frau lächelte. „Diesmal rufe ich dir das mit meinem Pass auf." Sie spähte auf ihren Bildschirm. „Schau, hier hab ich was. Große Entdeckungsreisen, Code H256 …"

Etwas später gab sie ihm die glänzende Disc, die durch das komplizierte Röhrensystem geräuschlos zugestellt worden war. „Hier ist deine Disc. Terminal 5 ist frei."
Virgil nickte ihr dankbar zu.
Über den Pass wurden alle Bewegungen, Nachrichten Geldangelegenheiten, Dinge die gemietet oder angefragt werden konnten, im Zentralcomputer von Elmare erfasst. Auf diese Weise, so wurde erklärt, konnten Fremde die Dienstleistungen von Elmare nicht missbrauchen.
Virgil ging mit der Videodisc zu dem ihm zugewiesenen Platz. Er steckte die Scheibe in das Terminal und hatte gerade begonnen, als Peter plötzlich vor ihm auftauchte. Drei von seinen Freunden waren auch dabei. Es schien so, als könnte Peter nirgendwo hingehen, ohne nicht eine Art von Gefolge hinter sich herzuziehen. Virgil blickte verärgert auf, doch das schien Peter nichts auszumachen.
„He, wir haben da einen Wahnsinnsplan!", flüsterte Peter aufgeregt. „Hast du schon mal von einem blind date gehört? Blind Skaten wär doch auch was!"
„Ihr seid verrückt!", sagte Virgil und traute seinen Ohren nicht. „Wo soll das abgehen? Auf der Halfpipe? Dann kannst du sicher sein, dass es ein paar Unfälle gibt!"
Peter grinste. „Mann, ich langweile mich hier in Elmare noch zu Tode. Denk du dir doch mal die nächste Aktion aus!"
Virgil nickte kurz und brummelte: „Hör mal, lass mich hier weiterarbeiten. Ich hab grad eine gute Idee für meine Hausarbeit."

„Dass du dich damit jetzt schon rumschlägst!", sagte Peter und streckte sich. „Die muss doch erst am Monatsende fertig sein. Geschichte, wer sich das wohl ausgedacht hat. Das ist wirklich das Letzte, worauf ich Lust hab."
„Irgendwann musst du's machen", sagte Virgil kurz. „Bredius geht davon aus, dass du was bringst."
Peter setzte sich auf die Tischkante und blickte träumerisch nach draußen. „Irgendwie gefällt mir das. Ein echter Skater kann das auch mit geschlossenen Augen."
„Ja, sich den Hals brechen", murmelte Virgil mechanisch, denn das hatte er auch schon vorhin gesagt. „Ich denk drüber nach. Vielleicht fällt Lars auch was ein."
Peter stand auf und schlug Virgil auf die Schulter. „Nein, du bist unser Prof, unser Superhirn. Übrigens von wegen Geschichte, morgen gibt es ein neues Programm im Omegatheater."
Virgil nickte und drehte sich wieder zu seinem Bildschirm. „Außerdem muss ich erst an ein neues Skateboard kommen. Mein Brett ist im Eimer, das weißt du doch. Und jetzt muss ich weitermachen."
Peter wollte gehen. „Hast du schon wegen Samstag gefragt?"
Ohne den Blick vom Bildschirm zu nehmen, nickte Virgil. „Ja, geht in Ordnung."
Peter streckte zufrieden den Daumen hoch und verließ endlich das Infocenter.
Zu Hause erzählte Virgil, dass er zu einer Veranstaltung im Omegatheater gehen würde.

„Was gibt es?“, fragte Steven interessiert, „die Schlacht bei Waterloo?“
„Das nicht gerade“, sagte Virgil. Er hatte nach der Schule am Infobrett nachgesehen. „Es geht um den Kampf gegen das Wasser.“
„Nicht gerade originell.“ Steven lachte. „So eine Schlacht finde ich viel spannender. Ich hab gehört, man könnte sogar den Pulverdampf riechen.“
„Glaubst du das?“, fragte Virgil zweifelnd. Er war noch nie im Omegatheater gewesen.
„Ich hab den ersten Schritt auf den Mond selbst mitgemacht“, erzählte Steven. „Es war ein eigenartiges Gefühl, erst die Schwerelosigkeit und das Schweben und dann den Mond unter den Füßen. Und am Horizont lag die Erde wie ein blauer Ball.“
„Du tust grad so, als wärst du selbst dabei gewesen!“ Virgil blickte seinen Vater erstaunt an.
Der nickte mit ernstem Gesicht. „Genau so ist es im Omegatheater. Die neuen holografischen Filme sind mehr als fantastisch. Das wirst du morgen selbst erleben.“

Das Dämmerlicht des kleinen Theatersaals ließ Virgils Klassenkameraden leiser sprechen. Auf dem Gang hatten sie noch laut rumgealbert, aber nun ließen sie sich in die weichen Sitze fallen und das Gespräch verebbte. Vielleicht lag das auch an der Musik, die durch den Raum schwebte. Virgil zog den Helm auf, der an der Rücklehne vor ihm hing, und setzte sich bequem in seinem Sessel zurecht. Er blickte zur Decke hoch, wo Sternbilder zu sehen waren, die sich langsam drehten. Den Orion erkannte er. Früher bestimmten die Seeleute ihren Kurs nach den Sternen, hatte sein Großvater erzählt.

Die Lichter im Saal erloschen langsam, und Virgil sah einen Stern nach dem anderen verblassen. Die Musik veränderte sich zu einem einzigen dunklen Ton, der anschwoll und wieder leiser wurde, als würde jemand tief ein- und ausatmen.

„Huh, es spukt!“, konnte Virgil Peter neben sich sagen hören, der von nichts zu beeindrucken war. Virgil gab keine Antwort. Er zog das Visier seines Helms runter, wie es ihnen vorher erklärt worden war, und rutschte noch tiefer in seinen Sessel. Seltsam, es war so, als röche es etwas salzig, genau so wie draußen am Wasser. Weit weg am Horizont, der langsam sichtbar wurde, sah er undeutlich ein Licht erscheinen.

Über einer nebligen Landschaft ging die Sonne auf. Virgil sah einen lang gestreckten Hügel, hinter dem die See wogte. Von weitem näherte sich eine Reihe Männer, die etwas auf den Schultern trugen. Er hatte das Gefühl, als ob er auch etwas Schweres trüge. Er blickte auf seine Füße und sah, dass er Sandalen anhatte. Breitbeinig stand er auf einem schmalen Streifen Sand. Der Wind brauste ihm um den Kopf und zerrte an dem seltsamen weiten Mantel, den er trug.

„Vriestergo im Jahre des Herrn 835 …“ Plötzlich stand er

in der Reihe der Männer und steckte das schwere Ding, das er auf der Schulter getragen hatte, in den Boden. Es war eine Schaufel, grob geformt und mit knorrigem Stiel. Der Hügel schien ein primitiver Deich zu sein, den die Männer aufschaufelten. Der Mann vor ihm richtete sich auf und murmelte etwas in einer fremden Sprache, die Virgil nicht verstand. Die anderen Männer fielen mit ein und es wurde zu einer Art Lied. Das waren natürlich Mönche und die Sprache sicher Latein, die Sprache, die damals in den Kirchen gesprochen wurde! „Wie es der Bischof uns befahl. Amen!“, sagte der Mönch vor Virgil. „Neues Land, dem Meer entrissen. Wenn dieser Deich fertig ist, kann das Meer nicht mehr hierher kommen, und wir haben neuen Boden gewonnen.“

Die Perspektive, aus der Virgil die Landschaft sah, veränderte sich. Er fühlte sich hochgehoben, bis er wie ein Vogel über allem schwebte. Und er sah das Meer hinter dem Deich aus Sand.

So hatte es angefangen. Ganz normale menschliche Arbeit, der erste Deich, der das Meer zurückgedrängt hatte. Nun konnte er ganz Vriestergo sehen. Die Grenze zwischen Wasser und Land blieb in Bewegung. Aus seiner Höhe sah er große Wellen, die das Werk der Menschen überfluteten und alles zunichte machten, und dann erneut Kolonnen von Menschen, die ihren Deich wieder neu errichteten. Er sah Bauernhöfe entstehen und Kirchen auf Hügeln, in die sich die Menschen zurückzogen, wenn das Wasser über ihre Äcker flutete. Aber allmählich

blieb das Meer hinter den Deichen und das Land wurde immer fruchtbarer.
Plötzlich befand Virgil sich wieder auf dem Boden, mitten in einer Gruppe von Menschen, die auf der Flucht waren. Sie trugen grob geflochtene Körbe, Krüge und Bettzeug. Hinter ihnen waren bedrohliche Geräusche zu hören. „Der Deich bricht!“ hörte er in einem fremden Dialekt rufen. „Gott straft uns für unsere Gottlosigkeit!“
Neben ihm stolperte eine Frau, die zwei kleine Kinder mit sich schleppte. Virgil wollte ihr helfen aufzustehen, doch ihm wurde gerade noch rechtzeitig bewusst, dass er ein Hologramm nicht anfassen konnte. Die Frau hob das kleine Mädchen auf, das wie ihre Mutter einen langen Bauernrock trug und ein weißes Käppchen auf ihren blonden Haaren. Sollte das die St.-Elisabethflut sein? Dann waren sie jetzt im Mittelalter.
Und so ging es weiter. Er arbeitete mit am Bau von hölzernen Mühlen und setzte die Mahlsteine ein, er hob Abzuggräben aus und warf Deiche auf, blickte über überflutetes Land und fühlte mit den Menschen hinter den Flussdeichen, den Seedeichen und auf den Inseln.
Es gab schreckliche Bilder: Er saß auf dem Dach eines verlassenen Bauernhofs, und zu seinen Füßen trieb eine tote Kuh, die Beine steif nach oben gestreckt. Menschen riefen um Hilfe.
Dann kamen die Überschwemmungen durch die großen Flüsse. Es fing mit Luftaufnahmen an. Die Kamera streifte über Felder und Weiden, die unter Wasser standen. Mit

einem Schlag erkannte er die Landschaft. Bert hatte ihm oft genug von den Überschwemmungen in seiner Jugend erzählt. Damals war er gerade so alt gewesen wie Virgil heute.
Er sah Dörfer, von denen nur noch die Kirche und die Häuser aus dem Wasser ragten, von Wegen und Gärten war nichts mehr zu sehen. Ein unscheinbarer langer Streifen Land war noch über dem Wasser. Das war der Deich, der in all den Jahrhunderten zuvor aufgeworfen worden war, erhöht und weiter befestigt, und nun doch gebrochen war. Dahinter kam der Fluss, nicht wieder zu erkennen, eine strudelnde Wassermasse, zwei-, dreimal so breit wie normal. Ufer und Deichvorland waren unter dem Wasser verschwunden. Ein paar große Bäume ragten gerade noch aus dem Wasser heraus.
Es fuhren Autos auf den Straßen. Virgil erkannte die altmodischen Modelle, von denen Bert ihm Fotos gezeigt hatte. Autos mit Hausrat auf den Rücksitzen, Autos mit Anhängern, auf denen Herde und Sofas gestapelt waren, Lastwagen und Kleinbusse, die alle im Schritttempo fuhren und auf der Suche nach trockenem Boden waren. Tausende von Menschen auf der Flucht vor dem Wasser. Virgil erlebte das alles mit.
Dann wurden Zeichnungen von neuen Planungen gezeigt. Die Flussbetten sollten verbreitert, die Deiche erhöht werden. Doch die Ausführung der Pläne kam zu spät. Das Wasser war vorher da.
Die Katastrophe kam von zwei Seiten. Durch eine Spring-

flut zusammen mit einem schweren Nordweststurm wurde Meeresküste weggeschlagen und das Wasser riss Äcker und Straßen fort. In derselben Nacht, die später Hiobsnacht genannt wurde, brachen die Deiche der großen Flüsse an mehreren Stellen, und das Wasser strömte über die Polder und Marschen. Einige Städte konnten dadurch gerettet werden, dass rechtzeitig tiefer gelegenes Land geflutet wurde. Andere, Jahrhunderte alte Städte aber wurden endgültig vom Wasser verschlungen.

Nun verstand Virgil gut, was damals passiert war. Obwohl nur wenig Land übrig geblieben war, wurde eine neue Stadt gegründet: Novamonde. Gewaltige Spundwände wurden in den Boden getrieben und Gebäude hochgezogen, die weit über die Stadt hinausragten. Nun verstand er auch, warum so viele Menschen von dort fortgezogen waren. Aus der Luft sah Novamonde einfach riesig aus, wie eine gewaltige Krake, die ihre Tentakeln nach dem wenigen übrig gebliebenen Land ausstreckte. Dann kam Elmare ins Bild, ein unscheinbarer Tupfen auf dem sich weithin erstreckenden Wasser der Flevosee.

Tief beeindruckt verließen die Schüler das Omegatheater. Der Kampf gegen das Wasser war ihnen gerade zur Realität geworden.

Virgil war froh, dass er nach diesem Erlebnis nach Hause gehen konnte. Er wollte über all das nachdenken, was er gesehen und erlebt hatte.

Der erste Sündenbock

Zu Hause erwartete ihn eine Überraschung: Da saß eine weitere, bekannte Person am Tisch. Virgil ließ seinen Rucksack fallen und stürmte ins Wohnzimmer. „Opa!“ Bert Wensveen hatte zwar seine dunkelblaue Jacke über die Stuhllehne gehängt, aber seine Schiffermütze hatte er noch auf dem Kopf. Sein gebräuntes Gesicht war von hunderten feiner Fältchen überzogen, und seine Augen waren genauso blau wie Virgils. Er stand auf und schloss Virgil in die Arme.

„Die ganzen Monate hast du nicht einmal eine Karte geschickt! Wo bist du gewesen?“ Virgil konnte sich kaum bremsen.

Bert drückte seinen Enkel mit beiden Armen gegen seine breite Brust und hielt ihn dann auf Armeslänge Abstand. „Was wächst du schnell“, sagte er und lachte. „Jetzt bist du schon größer als ich. Bald passt du gar nicht mehr an Bord, Junge. Liebevoll strich er Virgil die Haare aus dem Gesicht und bemerkte dabei die Narbe. Er blickte seinen Enkel prüfend an. „Alles klar mit dir? Eine hässliche Narbe hast du da an der Schläfe. Hast du dich nicht gut benommen, als ich weg war?“

Jasper, der gerade hereinkam, lief auf seinen Großvater zu. Aber als Bert ihn genauso wie Virgil an sich drücken wollte, machte er einen Schritt nach hinten. „Schön, dass du da bist, Opa“, sagte er und rückte seine Brille zurecht. „Hast du eine gute Reise gehabt?“
Bert nickte kurz und ließ dann die erhobenen Arme fallen. „Du bist auch mächtig gewachsen, sehe ich.“ Jasper nickte. Bert ging zum Tisch und setzte sich wieder. „Ich bin kein so ’n guter Briefeschreiber“, sagte er.
Steven, der grinsend zugesehen hatte, wie herzlich Bert die Jungen begrüßt hatte, nahm sich einen Stuhl und setzte sich seinem Vater gegenüber. „Wo ist dein Schiff?“, fragte er.
Berts Gesicht verdüsterte sich. „Das erzähl ich gleich“, sagte er. „Aber kann ich erst mal eine Tasse Kaffee kriegen?“
Leonore lächelte ihren Schwiegervater an. „Kommt sofort“, sagte sie und ging in die Küche.
Virgil ging hinter ihr her, um sich die Finger zu waschen. Er war so aufgeregt, weil sein Großvater wieder zurück war, dass er nicht darauf achtete, welchen Hahn er aufdrehte. Als er seine Hände unter das Wasser hielt, rief Leonore erschrocken: „Virgil, das ist das Trinkwasser!“ Sofort drehte Virgil den Hahn mit dem gelben Knauf wieder zu und den richtigen auf. Schnell wusch er sich die Hände unter dem dünnen Strahl und ging mit dem Handtuch in der Hand wieder zu seinem Großvater. „Wo warst du überall?“, fragte er neugierig, während er sich die Hände abtrocknete.
„Bei den deutschen und den südschwedischen Inseln“,

zählte Bert auf. „Und ein bisschen in der Ostsee. Aber dann hab ich kehrt gemacht, denn die Piraterei ist dort ganz schrecklich und ich war allein an Bord. Außerdem hat der Winter früh eingesetzt. Überwintert hab ich in Göteborg. Ich hab sogar Eisberge an der schwedischen Küste gesehen!" Ausdauernd rührte er in der Kaffeetasse, die Leonore vor ihm abgesetzt hatte.
„Das nächste Mal komme ich mit!", sagte Virgil aufgedreht. Er sah sich schon auf der Brücke des Küstenschiffs stehen. „Ich kann dir an Bord helfen. Dann brauchst du nicht alles alleine zu machen."
„Ich würd dich gerne mitnehmen", sagte Bert knapp. „Aber das geht jetzt nicht mehr. Die Hopper 7 ist in Beschlag genommen worden, als ich nach Elmare gekommen bin, direkt vor dem Hafen. Drei Männer sind an Bord gekommen und haben mir erklärt, dass fremde Schiffe nicht zugelassen wären. Ich hab ihnen meinen Pass gezeigt. Das durfte ich immerhin. Dann haben sie mich mit dem Lotsenboot an den Kai gebracht. Aber das Schiff musste draußen vor dem Hafen bleiben."
Virgil blickte seinen Großvater ungläubig an. Berts Küstenschiff, auf dem er all die Jahre gefahren war, lag nun unbewacht draußen vor Elmare?
„Das ist doch völliger Schwachsinn, Steven, oder?", sagte Bert und blickte seinen Sohn fragend an. „Die haben hier in Elmare doch wohl Platz für mich. Mein Schiff kann doch problemlos eine Weile bei eurem Schwimmhaus liegen. Schließlich war ich einer der Pioniere von Elmare."

Es wurde unangenehm still. Virgil sah, dass seine Eltern sich gegenseitig anblickten und dann schweigend vor sich hin starrten. Dann räusperte sich Steven und sagte: „Hast du nicht Hunger, Papa? Wir essen jetzt. Und heute Nacht schläfst du wie immer bei uns, das ist doch klar."

Und Leonore sagte nur: „Setz dich mal aufs Sofa. Dann kann ich den Tisch decken. Gießt du ihm noch Kaffee ein, Steven?"

Es war klar, dass seine Eltern nicht über das Thema sprechen wollten, so lange die Jungen dabei waren. Aber Virgil platze heraus: „Das geht doch nicht! Dein Schiff! Was machst du denn jetzt?"

Bert stand langsam auf und ging zum Sofa. Während er sich setzte, sagte er leise: „Tja, Jungs, im Moment kann ich nichts machen. Neue Vorschriften, sagen sie. Aber keine Angst. Mir fällt schon was ein."

Jasper nahm neben ihm Platz. Steven goss seinem Vater noch eine Tasse Kaffee ein, während er fragte: „Erzähl doch mal, Virgil, wie war denn die Vorstellung im Omegatheater?"

Aufgeregt erzählte Virgil: „Es war unglaublich. Ich hab lauter Überflutungen gesehen, und es war gerade so, als ob ich direkt dabei wäre. Einmal mussten wir alle fliehen, denn da war ein Deich gebrochen und es kam eine Flutwelle. Und da waren auch Bilder vom Deichvorland bei Mechteld, Opa."

„Da haben wir gewohnt", sagte Bert überrascht. „Mein Vater hatte da seinen Hof."

„Das weiß ich, ich hab es von den alten Fotos her wieder erkannt. Es war komisch, das alles mitzumachen. Ich hab auch die Brücke gesehen, über die du jeden Morgen auf dem Weg zur Schule mit dem Rad gefahren bist. Der Deich war dann nicht mehr als ein schmaler Streifen, und sonst war überall nur Wasser."
Bert nickte gedankenvoll. „Am Sonntag gegen Mittag war das Wasser um zwei Meter gestiegen und es wurde vorausgesagt, dass es in der Woche noch viel mehr würde. Mein Vater hat es noch mit Sandsäcken versucht, als es aber dann am Montag so richtig dick gekommen ist, hat das auch nichts mehr geholfen. Er hatte sogar noch versucht, die Kellerfenster mit Fugenschaum dicht zu kriegen." Darüber musste sogar Bert auch jetzt noch grinsen. „Nicht dass das viel geholfen hätte."
„Wie viel Menschen haben damals ihre Häuser verlassen müssen?", fragte Virgil.
„Zehntausende. Du musst dir mal vorstellen, was für ein Chaos das war. Der Verkehr war stundenlang zusammengebrochen. Lastwagen voll geladen mit Zeug, Betriebe, die versuchten ihre Bestände zu retten ..." Bert schwieg kurz. „Unser jahrelanger Kampf gegen das Wasser. Der hat uns nicht viel eingebracht."
Jasper zuckte mit den Schultern. „Ach, wir haben doch noch Elmare – und Novamonde. Hör mal, Opa, Virgil hat ein Abenteuer erlebt, eine Heldentat mit einem Kaffeeautomat, stell dir mal vor!" Virgil musste sich wieder mal die ganze Geschichte anhören.

„Also hier in Elmare wird es auch jedes Jahr verrückter!“, war Berts Kommentar. „Hab ich das richtig verstanden, Virgil: Du kriegst was auf den Kopf, nur weil du bei dem Mist geholfen hast?“
„So kannst du das nicht sagen, Opa“, sagte Jasper. „Du kannst doch nicht so einfach die Arbeit von jemandem machen, der dafür ausgebildet worden ist. So ist das hier nun mal. Wir müssen uns in Elmare an die Vorschriften halten.“
„Na, also ich würde meinen …“, fing Bert langsam an, sprach aber nicht fertig. Stattdessen starrte er einen Moment schweigend vor sich hin. Dann berührte er mit seinen rauen Fingern die rote Narbe an Virgils Schläfe. „Krieg ich die Geschichte auch mal von dir zu hören?“, fragte er leise.
Virgil nickte.
Nach dem Essen ging wie immer der MV an. Wieder erschien das Logo des Sündenbocks auf dem Bildschirm. Bert sah es verwundert an. „Morgen Abend, Elmare live …“ Die Flammen, die um den Bock loderten, schienen größer geworden zu sein.
Virgil wandte sich an seinen Großvater. „Da geh ich morgen Abend hin, ins Studio. Peter hat Karten und ich kann mit.“
„Worum geht es denn da?“, wollte Bert wissen, aber das konnte Virgil auch nicht sagen. Er konnte nur mit dem aufwarten, was er von Peter wusste: dass es eine neue Sendung war und dass es eine Sensation würde.

„Matt geht auch, er macht bei der Diskussionsrunde mit."
„So, dann müssen wir morgen Abend sicher auch gucken", sagte Bert und ließ sich von Leonore noch einmal Kaffee geben. „Was die sich hier alles ausdenken!"

Sie dachten wohl, er würde schlafen, aber Virgil lag hellwach in seinem Bett. Aus dem Wohnzimmer konnte er die Stimmen seiner Eltern und die seines Großvaters hören. Bert war sicher überzeugt davon, er spräche leise, aber Virgil verstand seine kräftige Stimme gut.
„Ich finde es unerhört, Steven, dass sie einen Seemann von seinem Schiff holen. Und einer von den Leuten, so ein junger Kerl, hat mich noch ausgelacht."
„Aber du hast doch deinen Pass noch?", hörte Virgil seinen Vater fragen.
„Ja, den hab ich behalten. Ich durfte ja auch rein, aber mein Schiff nicht. Ich kann nicht mehr wegfahren, wenn ich will." Bert fluchte, und Virgil spitzte die Ohren, denn von der gepfefferten Sprache seines Großvaters konnte er noch einiges lernen.
Leonore sprach leise. Virgil konnte sich gut vorstellen, wie sie auf der Sofakante saß und ein Glas zwischen beiden Händen hielt. „Und das ist noch nicht alles, Bert. All die Schwierigkeiten mit Virgil, all die neuen Vorschriften ..." Virgil hörte seine Mutter von den Problemen erzählen, die es gegeben hatte.
„Aber mein Schiff", sagte Bert noch einmal. „Der Kahn

schwimmt verdammt noch mal besser als so ein moderner Tieflader. Ich find es wunderbar, ein Weilchen hier zu bleiben, aber dann will ich wieder auf mein eigenes Schiff! Wollen die etwa, dass ich mich hier in Elmare in ein Kämmerchen hocke? Kennt ihr nicht vielleicht jemand, mit dem es Sinn hätte zu reden, ob ich mein Schiff nicht wieder zurückkriegen kann?"
„Papa, du wirst langsam zu alt für diese Herumzieherei", erklang die besorgte Stimme von Steven. „Du hast gerade am Tisch erzählt, dass es in der Ostsee Piraten gibt ..."
Bert stand auf. Virgil hörte ihn mit schweren Schritten durch das Zimmer gehen. „Gut, vielleicht ist es langsam allein an Bord etwas schwierig. Aber ich hab gedacht, dass Virgil ... Also ich mein, mein Schiff kann doch eigentlich hier anlegen?"
„Dann musst du es anschließen", sagte Leonore streng.
Einen Augenblick war es still und Virgil konnte sich gut den Gesichtsausdruck seines Großvaters vorstellen. Dann kam seine Stimme: „Ist das ein Vorwurf, Leonore?"
„Nein, natürlich nicht. Ich meine nur, ich war einfach froh, dass jemand ... sogar meine Bilder können jetzt von einem Computer gemalt werden, und ich vergess jedes Mal, was ich tun muss und welchen Tag wir gerade haben ... Ich werd noch verrückt davon. Und dann all die Probleme mit Virgil ..." Zu seinem Schreck hörte Virgil, wie seine Mutter anfing zu weinen.
Es dauerte lange, bis er an diesem Abend einschlief.

Am Samstagabend traf Virgil Peter auf dem Platz vor dem Avidium. Die Rolltreppen brachten sie lautlos von der Zentralhalle nach oben.

Peter war in seinem Element. Er zeigte Virgil alle möglichen wichtigen Menschen, von denen er behauptete, sie zu kennen. Dann kamen sie in den Saal und Peter führte ihn zu einer der vorderen Reihen. Die Bühne vor ihnen war noch dunkel. Hinter einem ovalen Tisch standen Stühle im Halbkreis, und eine Treppe führte nach oben, die irgendwo im Dunklen endete.

Peter ging zu einem Mann, der sich um das Licht kümmerte. Virgil fand, dass sich Peter etwas zu sehr aufspielte, und wandte sich ab. Zu seiner Überraschung stand Sara Zuidema direkt hinter ihm.

Sie hatte eine schwarze Hose und eine locker fallende Jacke an. Die Jacke war leuchtend rot, und über der eng sitzenden Hose trug sie hohe Stiefel. Ihre langen blonden Haare warf sie lässig nach hinten, sodass ihre großen silbernen Ohrringe sichtbar wurden. Virgil blickte auf den dick aufgetragenen Lippenstift, der ihren Mund provozierend betonte. Plötzlich wünschte sich Virgil, er wäre in der Schule und könnte sich hinter seinen Büchern verkriechen.

Saras Blick glitt über ihn, und er war froh, dass er sich für heute Abend eine Hose von Jasper geliehen hatte. Außerdem, das wusste er, stand ihm die Jacke von Steven gut. Aber war es richtig, dass er sich einen Schal umgebunden hatte, nur weil er in einer plötzlichen Anwandlung genauso elegant gekleidet sein wollte wie Peter? Nicht dass er unbedingt genauso aussehen wollte, aber doch … Virgil zupfte an dem Schal, der ihm plötzlich viel zu eng saß.

„Hi“, sagte Sara Zuidema.

„Hm“, sagte Virgil.

„Und wie kommst du hierher?“, fragte Sara und zeigte ziellos in den Saal.

„Mit Peter“, konnte Virgil mit Mühe antworten.

„Hör mal, neulich abends …“ Sara Zuidema blickte sich um, als suche sie jemand, der ihr die Wörter vorsagen könnte. „Ich fand das echt blöd für dich, das mit dem Unfall.“

„Hm“, sagte Virgil.

„Wie ist das passiert?“ Sie blickte ihn an und wandte den Blick schnell wieder ab.

„Also …“, sagte Virgil zögernd. „Bei dem Skateboard hat sich was verklemmt.“

Jetzt sah sie ihn direkt an. In dem Moment gingen die Lichter an und ließen ihre Augen hellblau aufleuchten. „Was denn?“

Virgil zuckte mit den Schultern.

„Bestimmt mein Tuch“, sagte Sara leise und senkte den Blick.

Virgil nickte. „Ja, das hat sich festgedreht.“ Und dann, mit dem Versuch, witzig zu sein, sagte er: „Und dann hab ich mir mein eigenes Skateboard vor den Kopf gedonnert.“

Sara streckte die Hand aus und berührte nur kurz seine

Schläfe. Die leichte Berührung ihrer Finger erzeugte bei Virgil eine Gänsehaut.

„Sara, was bist du schön heute Abend!" Peter tauchte hinter ihnen auf. „So könntest du auf der Bühne auftreten. Sollen wir etwas zusammen spielen? Übertrieben zwinkete er ihr zu und fasste sie um die Hüfte, doch sie schüttelte den Kopf und lachte bloß.

„Wir müssen uns setzen", sagte sie und zeigte auf die Mitteilungstafel neben der Bühne. Über die Tafel liefen ununterbrochen rote Buchstaben: „Nehmen Sie Platz, setzen Sie sich …" Peter ließ sich schnell neben Sara auf einen Sitz fallen und achtete nicht weiter auf seinen Freund, der etwas verloren daneben stand.

Virgil wusste nicht, ob er sich so ohne weiteres hinsetzen konnte. Die Plätze könnten ja auch für jemand reserviert sein, und dann hätte er dumm ausgesehen. Aber Sara, die bemerkte, dass er noch stand, winkte und zeigte auf den Sitz neben sich.

Als er dann saß, mit dem Duft von Saras Parfüm in der Nase, musste er daran denken, wie Peter sich aufgeführt hatte. Wie brachte er das bloß fertig, solche plumpen Komplimente zu machen! „Sara, was bist du schön …" Solche Sätze bekam er gar nicht über die Lippen. Und schön, fand er sie schön? Sie wirkte mit all dem Makeup viel älter, doch sie musste genauso alt sein wie er, schließlich waren sie in derselben Klasse. Peter würde sie bestimmt sofort fragen, wie alt sie war, aber er traute sich das nicht.

Im Saal gingen die Lichter aus, und auf der Bühne wurde die Rückwand erleuchtet. Davor schien das Symbol der Sendung von Lichtstrahlen gehalten zu schweben: der Kopf des schwarzen Bocks. Während die Musik aus den Lautsprechern anschwoll und der Kopf rot beleuchtet wurde, kündigte eine männliche Stimme an: „Meine Damen und Herren, unser Gastgeber heute Abend ... Titus Zuidema!"
Die Lichter auf der Treppe gingen an. Ein schlanker Mann schwebte geradezu auf ihr herunter. Die Leute im Saal klatschten, denn das stand auf den Anzeigetafeln. Auch Virgil klatschte, denn er sah, dass auch Sara und Peter kräftig Lärm machten. Peter stieß sogar Jauchzer aus.
Nach einer ausholenden Gebärde von Titus Zuidema erstarb das Klatschen. „Guten Abend, liebe Leute! Ich bin froh, froh und erfreut, weil ich heute bei Ihnen bin. Denn heute Abend hoffe ich, für diese wunderbare Gemeinschaft etwas Wertvolles und Gutes tun zu können. Elmare, die Wasserstadt. Eine Stadt von Menschenhand erbaut. Und nicht wie andere Städte der Landschaft entrissen, nein, Elmare, unsere schöne Wasserstadt, fügt der Landschaft etwas hinzu. Hier läuft alles so ab, wie es sich gehört, hier wird die Umwelt nicht zerstört. Der Mensch triumphiert über seine Umgebung. Elmare, die helle blaue Stadt."
Virgil fand ihn einen Wichtigtuer. Bei jedem Satz lächelte Titus Zuidema in die Kameras, die auf ihn gerichtet

waren. Er hatte blendend weiße Zähne, und seine Augen waren genauso blau wie die von Sara. Außerdem fiel ihm auf, dass diese Augen kalt waren, so viel der Mann auch lächeln mochte.

Auf der Bühne setzte Titus Zuidema seine Ansprache unbeirrt fort. Er pries den Erfindergeist von Elmare und die technischen Lösungen, die für das gute Funktionieren der Stadt gefunden worden waren. „Eine Stadt, die mit den Jahreszeiten treibt, eine Stadt, die schön und sauber ist. Jedes Haus verbunden mit dem schwimmenden Gerüst, in dem sich alle Einrichtungen befinden, die unsere Stadt braucht. Die unübertroffenen Pontons, durch die wir unseren hochrangigen Lebensstandard entwickeln konnten, die Adern unseres Lebens, durch die wir alle Versorgungsleistungen direkt zu uns nach Hause gebracht bekommen."

Titus Zuidema, mit schwarzer Hose und schwarzer Jacke bekleidet, unter der ein schneeweißes Hemd hervorblitzte, machte eine kurze Pause und deutete hinter sich. Da wurden Bilder von den Einrichtungen gezeigt, von denen er gesprochen hatte.

„Heute Abend will ich Sie mitnehmen in das Herz von Elmare." Es waren dunkle Gänge zu sehen, die sich zu den Zuschauern hin öffneten. Sie wurden größer und größer, und plötzlich lief Virgil in ihnen und konnte den speziellen Geruch riechen. Verrückt, sie setzten hier die neue kollektive holografische Technik ein.

„Fragen Sie sich nicht selbst zuweilen, wie wir es schaffen,

dass das Wasser aus dem Kran kommt?“ Titus Zuidemas Stimme hatte etwas Mitreißendes, jeden seiner Sätze betonte er feierlich. „Die Elektrizität, ja sogar diese schönen Bilder, alles kommt gratis zu Ihnen nach Hause.“
Es war so, als könnte Virgil die in Overalls gekleideten Männer, die an großen Absperrventilen drehten, direkt anfassen.
„In Elmare können Sie sehen, wozu die Technik, der technische Erfindergeist des Menschen in der Lage ist.“ Jetzt ging er durch einen Raum der Verwaltung, wo komplizierte Pläne und Grundrisse zu sehen waren. Virgil war fasziniert davon. Hier wäre er gerne noch geblieben. Aber es ging schon weiter. Die Stimme von Titus Zuidema war immer noch zu hören. „Die Technik ist unfehlbar. Computer machen keine Fehler. Heute Abend wird es darum gehen, warum es doch zuweilen zu Fehlern kommt. Wie kann es sein, dass unsere guten Erfindungen manchmal nicht funktionieren? Wie kann es sein, dass Unglücke geschehen, dass Dinge misslingen?“
„Dass Kaffeeautomaten plötzlich zu spucken anfangen“, murmelte Virgil leise vor sich hin. Die holografischen Bilder verblassten, und Virgil befand sich wieder neben Sara und Peter auf seinem Sitz, den er natürlich nie verlassen hatte. Titus Zuidema blickte direkt in den Saal, was so wirkte, als sehe er die Menschen einen nach dem anderen ganz persönlich an. Als der durchdringende Blick auch über ihn glitt, spürte Virgil, wie er rot wurde. Unbehaglich schob er sich etwas tiefer in den Sessel.

„Menschen!“, sagte Titus Zuidema triumphierend. „Menschen sind das schwache Glied in einem unfehlbaren System. Wo Menschen arbeiten, werden Fehler gemacht. Einige davon mit schlimmen Folgen. Heute Abend nun werde ich Sie in das Herz von Elmare mitnehmen, in die Maschinenräume. Dorthin, worum sich alles dreht, wo das Herz schlägt und pumpt, unsere lebenserhaltenden Einrichtungen ...“
Nun wurden Räume gezeigt, die Virgil kannte: die Maschinenräume. Da arbeitete auch Matt, der beim technischen Dienst sein Praktikum absolvierte. Er hörte sich an, wie das Wassersystem erklärt wurde. Er sah die Bilder von den großen Wasserbehältern und die Leute, die dort arbeiteten. Er hatte gerade beschlossen, dass er dort im Leben keinen Arbeitsplatz haben wollte, als die Stimme von Titus Zuidema wieder einsetzte.
„Und hier, liebe Leute, hier wurde der Fehler gemacht. Jemand hat alle Vorschriften von Elmare missachtet, hat mit beinahe krimineller Absicht den normalen Ablauf der Dinge gestört. Eine geplatzte Leitung hat eine tragische Serie von Übertretungen ausgelöst.“
Titus Zuidema blicke sich um und fuhr mit nachdrücklicher Stimme fort: „Wie Sie alle wissen, gibt es für jeden denkbaren Notfall Vorschriften. Deutlich formulierte Anleitungen, über die ausführlich nachgedacht und diskutiert wurde. Jedermann kann zu jeder Zeit die entsprechenden Anleitungen einsehen. Aber wird davon Gebrauch gemacht? Wird die verantwortliche Person gewarnt, die die richtigen Schritte einleiten könnte?“

Nach seinen Fragen machte er eine kurze Pause. In der Stille, die einsetzte, fragte sich Virgil, worauf diese ganze Geschichte hinauslaufen sollte. Er sah, dass Titus Zuidema ein bekümmertes Gesicht machte und langsam den Kopf schüttelte.

„Nein, liebe Leute, das passierte nicht. Ein Arbeitnehmer, der zufällig zur Stelle war, dachte, er könne das Problem selbst lösen. Ungeachtet dessen, dass er dafür gar nicht geschult war, beschloss er, das Hauptventil zuzudrehen. Dadurch war Elmare längere Zeit ohne Wasser! Stellen Sie sich vor, das Ärgernis, die Unbequemlichkeit, die dieser Mann durch sein Eingreifen verursacht hat! Das Krankenhaus ohne sauberes Wasser, alle Menschen zu Hause, die nichts ahnend den Wasserkran aufdrehten und kein Wasser bekommen konnten!“ Seine Stimme war immer lauter geworden und klang nun empört und besorgt.

Virgil sah, dass die Menschen im Saal zustimmend nickten. War er denn der Einzige hier, der nicht der gleichen Meinung war?

Nun kamen Männer ins Bild, die über den Mann zu sprechen begannen, der den Fehler gemacht hatte. Es schienen Kollegen zu sein, die ihn gut kannten. „Ach, der Johann hat öfter was im Alleingang gemacht. Und das in seinem Alter“, sagte ein großer blonder Mann höhnisch. Ein etwas älterer Mann warf ein: „Aber du weißt doch, dass Johann es zu Hause schwer hat. Seine Frau ist ernsthaft krank.“ Doch der Blonde zuckte nur mit den Schultern

und sagte: „So ’nen Fehler würde ich nicht machen.“ Und dabei blickte er selbstbewusst in die Kamera.
Das Bild verschwand und Titus Zuidema rief: „Meine Damen und Herren, nun stelle ich Ihnen die Hauptperson des heutigen Abends vor: den Sündenbock!“
An der Rückwand leuchtete der schwarze Bock, das Symbol der Sendung, rot auf. Die riesige Abbildung wurde schwebend in die Luft projiziert. Unter ihr stand ein Stuhl. Darauf saß ein älterer Mann, der einen müden Eindruck machte. Dann schwenkte das Licht zur Treppe, auf der eine Reihe Menschen herabkamen, die Titus Zuidema als die Kollegen begrüßte. Sie nahmen ihre Plätze ein und Virgil erkannte Matt, der mit seinen nach hinten gekämmten Haaren sehr erwachsen aussah.
Virgil beugte sich zu Sara und flüsterte: „Da hinter dem Tisch, das ist mein Bruder, der Zweite von rechts.“ Er wunderte sich, dass sie keine Antwort gab und nur tief seufzte.
„Die Missachtung der Vorschriften von Elmare ist unverzeihlich!“, rief Titus Zuidema mit seiner voll tönenden Stimme. „Wenn wir alle nur unseren eigenen Impulsen nachgeben, wenn unsere eigenen Vorstellungen die Überhand gewinnen, dann ist das der Anfang vom Ende. Dann versinkt Elmare im Chaos!“
Warum sagt der nicht, weshalb die Leitung geplatzt ist, überlegte Virgil. Er verstand überhaupt nichts mehr. Wenn etwas schief ging, dann war es doch gut, wenn jemand etwas tat.

Titus Zuidema wandte sich an das Tribunal und der Prozess begann. Virgil fand zumindest, dass es am ehesten so wie ein Prozess wirkte. Titus Zuidema war der Ankläger, die Kollegen eine Art Jury. Auch sie hatten eine Meinung, aber unter Titus Zuidemas Einfluss fanden sie allesamt, dass ihr Kollege sich nicht richtig verhalten habe. Selbst der ältere Mann, der auf dem Bildschirm seinen Freund noch verteidigt hatte, gab stockend zu, dass solche Fehler nicht gemacht werden dürften. „Aber wir sind doch auch nur Menschen …“, sagte er zögernd, doch seine Stimme wurde ausgeblendet.

Nun durfte der Mann selbst etwas sagen. Er stand schüchtern auf und trug stockend etwas vor, aber durch seinen gesenkten Kopf und das rot angelaufene Gesicht wirkte es, als würde er sich selbst noch mehr als alle anderen für schuldig erklären.

„Unser System ist unfehlbar!“, erklang die Stimme von Titus Zuidema. „Wenn die Menschen die Vorschriften beachten, kann es einfach nicht versagen. Wir müssen in unser System vertrauen.“

Virgil merkte, dass er sich regelrecht zwingen musste, weiter zur Bühne zu blicken. Er fing an, seine Füße genau zu betrachten, aber die Stimme von Titus Zuidema fuhr ihm wie ein Messer durch den Kopf. Weitschweifig beschrieb der Moderator die Folgen des Fehlers und wie viel Geld die ganze Angelegenheit Elmare gekostet hatte. Er behauptete sogar, Leute wären durch den Mangel an Wasser krank geworden und es wäre ein Wunder ge-

wesen, dass niemand gestorben sei. Nach diesen Worten wandte sich Titus Zuidema an die Kollegen und stellte die Frage: „Also ist dieser Mann auch Ihrer Meinung nach schuldig?"
Die Männer nickten und murmelten irgendetwas Zustimmendes. Virgil achtete genau auf das Gesicht von Matt. Warum sprang der nicht auf, warum sagte denn niemand, dass sie mit dieser widerlichen Zurschaustellung aufhören sollten? Aber er sah, dass Matt mit ernstem Gesicht genau wie die anderen nickte.
Titus Zuidema wandte sich nun an den Mann und erklärte mit dramatischer Stimme: „Sehen Sie her! Der erste Sündenbock! Als ernsthafte Warnung an alle, die in unserem schönen Elmare arbeiten, als deutliches Beispiel hier zu sehen! Elmare steht hinter uns! Meine Herren, tun Sie Ihre Pflicht!"
Die Kollegen ergriffen die Gegenstände, die vor ihnen auf dem Tisch lagen. Für Virgil sahen sie fast wie Pistolen aus. Neben ihm fing Peter an zu kichern. „Die haben die neuen virtuellen Waffen! Das wird klasse!"
Einer von den Männern richtete seine Waffe auf den Mann und schoss. Ein roter Strahl fuhr durch den Raum und traf den Mann mitten auf die Brust. Der Mann sprang auf und griff sich an die Brust, als ob er echt getroffen wäre. Danach sackte er plötzlich wieder auf den Stuhl zurück und schaute entsetzt um sich.
Virgil blickte wieder zu Matt. Was würde der machen? Angewidert schüttelte Virgil den Kopf, als er sah, wie

sein Bruder den Arm hob und ebenfalls zielte. Virgil war erschüttert. Matt machte einfach mit!
Nun wurde der Saal von dem in allen Farben blitzenden Feuerwerk erhellt. Unentwegt feuerte Titus Zuidema die Männer an, gut zu zielen und zu treffen. Die Waffen schossen nicht nur in verschiedenen Farben, sie hatten auch unterschiedliche Wirkung. Manchmal sprang der Mann auf, dann wieder beschirmte er sein Gesicht mit beiden Händen.
Die ganze Zeit saß Virgil stocksteif und angewidert auf seinem Sitz. Mit den Händen umklammerte er die Armlehnen, um sich selbst am Aufspringen zu hindern. Neben sich hörte er ein eigenartiges Geräusch und er sah, dass Sara das Gesicht verzogen hatte, als würde sie gleich zu weinen anfangen. Durch den roten Lippenstift wirkte ihr Mund wie der eines Clowns. Nun sah Virgil Tränen über ihre Wangen laufen, obwohl sie krampfhaft versuchte, sich zu beherrschen.
Auf der anderen Seite von Sara saß Peter völlig aufgedreht da, schrie und jauchzte. „Ja, gut, triff ihn, ja!“
Sara merkte, dass Virgil sie ansah und wischte hastig die Tränen von ihren Wangen. Ihr Make-up hinterließ schwarze Streifen.
„Das geht doch nicht!“, sagte Virgil laut, denn der ganze Saal war am Toben und Schreien. „Das find ich schrecklich! Warum tut niemand was?“
„Die sind froh, dass sie selbst nicht dran sind!“, sagte Sara mit zusammengebissenen Zähnen.

Virgil blicke sie verblüfft an. Sie erkannte die Situation völlig, hiervon verstand sie eindeutig mehr als von Wirtschaftsmathematik. „Stell dir mal vor", sagte er, „da oben stünde dein Vater oder dein Großvater."
Ihr Gesicht dicht an seinem sagte Sara leise: „Mein Vater hat mir das erklärt. Die sind froh, hat er gesagt, dass diesmal jemand anderes das Opfer ist. Die sind froh, dass niemand ihnen die Schuld für irgendetwas gibt."
Virgil blickte wieder zur Bühne und zum Sündenbock. Seine Kleidung war noch in ganz normalem Zustand. Es war kein Fleck oder Riss zu sehen. Doch auf seinem Gesicht lag der Ausdruck tiefsten Entsetzens. Der Mann strich über seine Jacke, die Hände zitterten. Dann räusperte er sich und tat, als ob er lächelte, aber das gelang ihm nur schlecht.
„Ich will hier weg", sagte Virgil und hörte selbst, wie wütend seine Stimme klang.
„Ich auch", sagte Sara. „Aber wir sitzen in einer Sendung. Pass auf! Die Kamera schwenkt über die Zuschauer. Mach ein ernstes, normales Gesicht."
„Also ich weiß nicht …", sagte Virgil, aber Sara stieß ihn an. „Guck nicht so verächtlich! Sonst bist du ganz schnell der Nachfolger!"
„Kommen denn noch mehr von diesen Sendungen?" fragte Virgil.
„Natürlich", sagte Sara. „Das ist doch erst der Anfang."
Die Kamera schwenkte von ihrer Reihe fort. Sara stieß Virgil an und flüsterte: „Jetzt können wir weg. Schnell!"

Sie sprang von ihrem Sitz auf und rannte gebückt am Rand der Bühne entlang, ohne nach ihrem Vater zu blicken, der ihr zum Glück den Rücken zukehrte. Virgil lief ihr hinterher. Sara zog eine Tür auf und sie kamen in einen hell erleuchteten Gang. Ein Mann in der Uniform der Aufseher drehte sich zu ihnen um. Hinter ihm kamen noch zwei Männer angelaufen.

„Was habt ihr hier zu suchen? Wir sind auf Sendung. Verdammt! Wo sind eure Karten?"

Virgil erschrak, denn seine Karte hatte Peter, und der war noch im Saal. Sara zog ihren Pass hervor.

Der Mann nahm sofort eine andere Haltung an. „Tut mir Leid, aber du kennst doch die Vorschriften?"

Seine Kollegen beugten sich über den Pass und nickten.

„Tut mir Leid", sagte Sara und Virgil hörte, dass ihre Stimme etwas atemlos klang, als hätte sie Mühe, sich zu beherrschen.

Der Aufseher drehte sich zu Virgil. „Und du?"

„Also mein Freund ...", stotterte Virgil. „Er sitzt noch im Saal. Peter Alewijn. Sein Vater arbeitet hier und er hat die Karten.

„Der Aufseher zog ein Notizbuch heraus und Virgil sah, dass er Peters Namen sorgfältig aufschrieb. Dann fragte er streng: „Wie heißt du?" Er schrieb auch Virgils Namen in sein Buch. „Und wo ist dein Pass?"

Sara hatte sich dicht zu Virgil gestellt. Sie zupfte leicht an seinem Ärmel und dann spürte Virgil, dass ihm etwas in die Hand geschoben wurde.

„Mein Pass?“, stotterte Virgil und sah nach, was er da in der Hand hatte. Er hielt es hoch, aber nicht so lange, dass der Mann es hätte genauer ansehen können.
Der Aufseher nickte und die anderen Männer machten sich bereits auf den Weg. „In Ordnung, aber das nächste Mal bleibt ihr sitzen!“
Sie gingen weiter, und Virgil gab Sara den Pass zurück.
„Es ist nur gut, dass der Mann nicht so genau hingesehen hat“, sagte Sara, während sie das harte Plastikkärtchen wieder sorgfältig verstaute. „Ich hab die blöden Aufseher ganz vergessen. Weißt du, seit mein Vater hier arbeitet, geht alles genau nach Vorschrift. Er hat sich vorgenommen, den ganzen Verein hier gut zu organisieren.“
„Danke, dass du so schnell reagiert hast“, sagte Virgil. „Hast du gewusst, dass ich keinen Pass habe?“
Sara nickte. „Ich hab von Peter gehört, dass sie dich sogar im Krankenhaus nicht aufnehmen.“
Sie zog eine schwere Tür auf und sie waren wieder in der Zentralhalle.
Virgil hatte das Gefühl, frische Luft zu brauchen. Er schlug vor, nach draußen zu gehen. Sara nickte und ging auf die Türen zu.
Draußen atmete Virgil tief ein. Die Bilder, die er gesehen hatte, waren noch immer da. Die Augen dieses Manns, des Sündenbocks … Virgil schüttelte den Kopf, aber das half nicht, die Bilder loszuwerden.
„Mein Vater hat schon immer hier arbeiten wollen“, sagte Sara leise. „Er bewundert Elmare unheimlich. Als wir

noch in Novamonde gewohnt haben, sahen wir immer die Nachrichten von Elmare. Titus meinte, dass das System von Elmare mit dem richtigen Mann auf dem richtigen Platz perfekt wäre. Das fand er eine großartige Vorstellung. Eine perfekte Gesellschaft."
„Aber", sagte Virgil langsam, „wie soll das denn gehen? Wir sind doch auch nur ganz normale ... ein Haufen Menschen, der zusammen eine Stadt aufgebaut hat."
„Das System", sagte Sara. „Davon spricht er ständig. Jeder als eine kleine Untereinheit auf seinem Platz, sodass alles perfekt zusammenarbeitet. Wie eine Art Maschine, die gut funktioniert."
Virgil zog die Schultern hoch. „Dann geh ich hier weg!", sagte er kurz.
Sara blickte ihn an. Auf ihren Wangen hatte sie schwarze Streifen. Virgil nahm sein Taschentuch und gab es ihr. „Ich seh bestimmt klasse aus", sagte sie unsicher, wischte die Streifen weg und gab Virgil das Taschentuch zurück. In einer plötzlichen Anwandlung hielt er es ihr wieder hin. „Und dein Mund?" Sara rieb sich die Lippen sauber und faltete das Taschentuch zusammen. Dann steckte sie es in ihre Tasche.
In der Dunkelheit sahen sie einander an. „Und warum mein Mund?", fragte Sara.
„Ich find dich ohne Lippenstift schöner", brummte Virgil und erwartete ihren ärgerlichen Kommentar. Wie kam er dazu, ihr zu sagen, wie sie aussehen sollte!
Aber zunächst sagte Sara nichts, seufzte tief und sagte

dann: „Wollen wir ein Stück laufen? Die Sendung ist gleich zu Ende, und dann kommen alle raus."
Virgil nickte.
Kurz darauf gingen sie durch das verlassen wirkende Elmare. Der Himmel war bewölkt. Sara schauderte ein bisschen in ihrer dünnen Jacke. Virgil gab ihr seinen Schal und schloss seine Jacke bis zum Hals.
„Du bist anders, oder?", fragte Sara plötzlich.
Virgil musste ein bisschen grinsen. „Anders als was? Anders als die Seemöwen? Anders als du?"
Sara blieb stehen. „Anders als Peter. Anders als die anderen Jungen."
„Weiß ich nicht", sagte Virgil. „Ich versuch einfach ich selbst zu sein."
„Aber das ist schwer." Sara schlenderte weiter. „Ich meine, mein Vater will eine Tochter, die gut aussieht. Deshalb kauft er teure Kleider für mich und so."
„Er will sicher, dass du perfekt bist", sagte Virgil.
Sara nickte heftig. „Genau! Woher weißt du das?"
„Meine Eltern erwarten nicht so viel", sagte Virgil. „Es macht schon genug Mühe, dass ich da bin. Ich bin ihr drittes Kind, weißt du? Das ist gegen die Familienplanung hier."
„Hast du deshalb keinen Pass?", fragte Sara.
Virgil nickte. „Ja, das schien für euch ja kein Problem zu sein." Er hörte selbst, wie bitter seine Stimme klang.
Sara schwieg kurz und fragte dann: „Ist das denn nicht üblich so? Titus regelt alles."

„Sicher, alles eine Frage des Geldes", meinte Virgil. So was hatte Peter neulich gesagt.
„Das stimmt wahrscheinlich", sagte Sara. „Bist du sauer deshalb?"
Darüber musste Virgil nachdenken. Es war tatsächlich ungerecht, aber das konnte er Sara nicht vorwerfen. Eine Weile gingen sie schweigend weiter.
„Du hast gesagt, dein Name sei ein Scherz gewesen", sagte Sara. „Ein Scherz von deinen Eltern?"
„Das ist ein bisschen kompliziert", brummte Virgil. „Also meine Mutter hat lange nicht gewusst, dass ich unterwegs war. Zum Spaß hat sie zu meinem Vater gesagt, sie wüsste gar nicht, wo ich herkäme. Es sei genau so wie mit der Jungfrau Maria, hat sie gesagt. Na, und deshalb haben sie mich Virgil genannt." Während er das erzählte, war er froh, dass es dunkel war, denn er spürte, wie er während des Erzählens rot wurde. Die meisten Freunde fingen immer vor Lachen an zu brüllen, wenn sie die Geschichte hörten.
Aber Saras Stimme kam nur etwas stockend: „Ach jetzt begreif ich das, genau wie das Sternzeichen Jungfrau."
Virgil nickte. „Ja, Virgo."
„Wie sind deine Eltern?"
„Ganz in Ordnung. Mein Vater stöhnt zwar viel rum wegen meiner Zukunft und so, aber das meint er nur gut. Und meine Mutter … die ist eigentlich ein Schatz." Virgil erschrak vor seiner eigenen Offenherzigkeit. So hatte er noch mit niemandem über seine Eltern gesprochen. Es

war üblich, sich ganz allgemein und unverbindlich über seine Eltern zu äußern – oder sehr kritisch. Und er sagte einfach, was ihm in den Sinn kam!
Sara seufzte. „Ich bin ein Einzelkind. Ist das schön, mit Brüdern?"
„Nein", sagte Virgil kurz. „Ach, manchmal ja, manchmal nein. Er musste wieder an Matt denken. Er hatte sein Gesicht gesehen, sein Bruder hatte gelacht, als er auf den Mann schoss. Ein Volltreffer. Matt war schon immer gut in Sport gewesen.
Virgil drehte sich um und sagte: Wir müssen langsam wieder zurück, ich muss nach Hause. Sonst machen sie sich Sorgen."
„Ja, er wird mich auch schon vermisst haben", sagte Sara leise.
„Komm doch mal zu uns", sagte Virgil. Komisch, hier in der Dunkelheit war es gar nicht schwierig, so mit ihr zu reden. „Wir wohnen im Viertel der Künstler, ganz hinten, Block 7, Nummer 155."
„Mach ich", sagte Sara. „Hilfst du mir dann bei Wirtschaftsmathe?"
Virgil konnte ein Grinsen nicht unterdrücken, aber er nickte.

Zu Hause saß Leonore auf der Sofakante. Bert tigerte durch den Raum und Steven stand am Fenster. Als Virgil hereinkam fragte Steven ohne ihn anzusehen: „Wo ist Matt?"

Virgil warf die Lederjacke über die Garderobe und kam ins Zimmer. Matt? Hab ich nicht gesehen."
„Also ich hab ihn gut gesehen", sagte Bert. „Im Fernsehen." Wie immer verwendete er den alten Begriff, als könnte er sich an die neuen Erfindungen nicht gewöhnen.
Fast schon mechanisch verbesserte Steven: „Multiviser, Papa." Aber Bert zuckte nur mit den Schultern. Virgil machte die Kühlschranktür auf und suchte nach etwas Essbarem.
„Du bist früh zu Hause, das Programm ist noch nicht zu Ende", sagte Leonore.
„Ich bin abgehauen." Virgil nahm einen Teller und schmierte sich ein Brot. „Mir ist schlecht geworden." Er setzte sich an den Tisch und betrachtete sein Brot.
„Ja, normalen Menschen kann es dabei nur schlecht werden", sagte Bert scharf.
„Papa, du sollst dich da nicht einmischen!", sagte Steven.
Sein Vater drehte sich mit einem Ruck um. „Das hier ist Virgil. Ich soll mich bei Matt nicht einmischen."
Als ob es so abgesprochen wäre, ging die Tür auf. Matt kam herein. Er fing schon im Flur an zu reden. „Und, habt ihr es euch angesehen?" Er kam ins Zimmer und blickte überrascht auf die schweigende Gesellschaft. „Was ist denn mit euch los?"
Steven verließ seinen Platz am Fenster. „Matt, warum hast du mitgemacht?"
Virgil sah, dass sein Bruder rot anlief. „Was meinst du?"
„Wir haben die Sendung gesehen", sagte Leonore. „Zu-

mindest beim letzten Teil konnte ich nicht mehr hingucken." Sie stand auf und Virgil sah, dass seine Mutter geweint hatte. Sie stellte sich vor ihren ältesten Sohn, der sie mindestens um zehn Zentimeter überragte. „Dich hab ich auch gesehen. Ich hab gesehen, dass du bei allem mitgemacht hast."

Matt schluckte und blickte über seine Mutter hinweg zu seinem Vater. „Und jetzt haltet ihr mir sicher eine Moralpredigt über arme Menschen und bedauernswerte Vögelchen. Und dass wir helfen müssen und so. Nun, alle haben gefunden, dass der Kerl die Vorschriften verletzt hat. Das findet ihr doch auch, oder?"

„Matt, es geht hier nicht um bedauernswerte Vögelchen", sagte Leonore. „Hier geht es um Menschen."

„Demnach hast du das gut gefunden, was da abgelaufen ist?", fragte Steven scharf. „Er war dein Kollege, Matt. Glaubst du, dass man so mit Menschen umgehen darf?"

„Warum gebt ihr mir die Schuld? Sie würden es doch trotzdem tun!"

„Musst du es deshalb auch tun?"

„Was hätte ich denn machen sollen?" Matts Stimme wurde lauter. „Aufstehen und weglaufen, während alle Kameras auf mich gerichtet sind?"

„Wusstest du schon vorher Bescheid?"

„Nein." Matt zuckte mit den Schultern. „Erst direkt vor der Sendung haben sie uns davon erzählt. Und von dem neuen Spielzeug, das schon bereitlag. Wir dachten, das würde einfach ein guter Spaß."

Er sah sie an. „Ach, kommt schon! Es war doch nicht meine Idee. Die Leute vom MV und Titus Zuidema haben gesagt, das wäre in Ordnung. Meine Kollegen haben es auch gemacht. Ich denke, wenn die das schon tun ..."
Leonore schüttelte den Kopf und Steven drehte sich um. Bert machte einen Schritt nach vorne und stand vor seinem ältesten Enkel. „Alle tun sie es immer. Du hast doch dein eigenes Verantwortungsbewusstsein. Wenn alle Dummbeutel über Bord springen, musst du das noch lange nicht tun. Du musst selbst nachdenken!"
„Sara hat gesagt: ‚Die sind froh, dass sie selbst nicht dran sind.'" Virgil hatte gar nicht vorgehabt, etwas zu sagen, aber als es nach den Worten seines Großvaters so still geworden war, war es einfach aus ihm rausgekommen.
Leonore nickte nachdenklich. „Ja, das stimmt. Stell dir vor, Matt, du wärst das gewesen."
Missmutig zuckte Matt mit den Schultern und öffnete die Kühlschranktür. Er nahm sich eine Flasche Bier und machte sie auf.
„Ja, das stimmt", sagte Steven ernst. „Aber es klappt nicht jedes Mal. Matt tut so, als wäre es weniger schlimm, wenn alle mitmachen. Aber das ist nicht so. Bert hat Recht." Er wandte sich an seinen ältesten Sohn. „Du bist selbst verantwortlich dafür, was du tust. Was sie auch zu dir sagen und wie sie es auch zu dir sagen."
„Ach, Mann", sagte Matt abschätzig. „Sei doch nicht so spießig. Mach du mal so 'nen blöden Fehler! Er hätte die Finger vom Hauptventil lassen sollen und seinen Chef

alarmieren. Also mich erwischen die bei so was nicht." Er hob die Bierflasche und trank sie mit wenigen großen Schlucken leer. Und während er in den Flur ging, rief er seinen Eltern über die Schulter zu: „Ich geh jetzt und komm heute Abend nicht mehr zurück. Meine Empfehlungen." Dann schlug die Tür hinter ihm zu.

Steven zog Leonore an sich, die aussah, als würde sie frieren. Bert lief durchs Zimmer, schüttelte den Kopf und murmelte vor sich hin: „Hier wird es immer verrückter. Ich muss auf mein Schiff zurück."

Virgil sagte, ohne jemand dabei anzusehen: „Es war so komisch. Der Mann ... und dann seine Kollegen ... Es war gerade so, als ob er kein Mensch mehr war."

Leonore löste sich aus der Umarmung ihres Mannes und legte die Hand auf Virgils Schulter. „Ich hab dich nicht gesehen. Wo hast du gesessen? Und wer ist Sara?"

„Sara Zuidema", sagte Virgil. „Die Tochter von dem Moderator. Sie hat neben mir gesessen. Ich kenne sie von der Schule, sie ist in meiner Wirtschaftsmatheklasse." Er stand auf. „Ich geh jetzt ins Bett."

„Du bist heute Nacht allein. Jasper ist bei Freunden", sagte Leonore. „Geht das?" Sie blickte ihren jüngsten Sohn prüfend an.

Virgil nickte. „Geht gut."

„Immer verrückter", murmelte Bert. „Ich muss hier weg."

In ganz Elmare wurde über die Sendung gesprochen. Als Virgil am Montagmorgen in die Schule kam, stand Peter in einer großen Gruppe seiner Kumpels und erzählte, was das Zeug hielt. Virgil stellte sich dazu und hörte sich an, wie sein Freund maßlos übertrieb und so tat, als wäre die Sendung der größte Spaß seines Lebens gewesen. Virgil ging fort, ohne Peter angesprochen zu haben.

In Soziologie fing auch der Lehrer davon an. Herr Goman war lang und mager. Obwohl er noch jung war, wurden seine Haare bereits sehr licht. Mit nervös zwinkernden Augen stellte er die Sendung zur Diskussion und verteidigte mit Feuereifer das System von Elmare.

„Der Moderator hat Recht. Elmare ist eine besondere Stadt und ich bin stolz darauf, ein Teil von ihr zu sein. Wir müssen das System mit aller Kraft unterstützen. Später seid ihr dafür verantwortlich. Gut ausgebildete Spezialisten, das ist es, was wir brauchen. Menschen, die an der richtigen Stelle ihre Pflicht erfüllen. Lasst uns einmal aufschreiben, was ihr später einmal werden wollt."

Jeder nannte einen Beruf. Einige wollten Lehrer werden, es gab aber auch welche, die Medizin studieren wollten. Ein paar Mädchen meinten kichernd, dass sie später gerne einen netten Mann hätten. Herr Goman sagte darauf streng, es sei ohne Ausnahme eines jeden Pflicht, sich für die Gesellschaft einzusetzen. Nach vielem Nachdenken nannten sie dann Berufe, von denen Virgil fand, dass sie wirklich ganz hervorragend gewählt waren: Das eine Mädchen wollte Frisörin werden, die andere Verkäuferin in einer Boutique.

Als die Reihe an Virgil war, sagte er hastig: „Designer",

denn das schien ihm etwas zu sein, das seinen Lehrer zufrieden stellen könnte. Manchmal zeichnete er in seine Hefte eigenartige, fantastische Gebäude, Schwimmhäuser, bei denen er berechnete, ob sie sich wohl über Wasser halten konnten. Goman war mit der Antwort zufrieden und schrieb Virgils Namen irgendwo in die Pyramide, die er auf die Tafel gezeichnet hatte.

„Und nun stellt euch vor", sagte er und putzte eifrig ein paar Bausteine unten an der Pyramide weg, „dass diese Menschen hier ihre Aufgaben nicht gut erfüllen. Was würde dann mit diesem großartigen Bauwerk passieren?"

Die Klasse murmelte brav, dass sie dann zusammenstürzen würde, denn so, wie sie der Lehrer gezeichnet hatte, konnte man sich das gut vorstellen.

Virgil blickte auf die Zeichnung. Es funktionierte nicht, das konnte er sehen. Es war immer die Rede von den anderen Kräften, die die ganze Angelegenheit auffangen sollten. Wenn die Steine, die oben saßen, kräftig gegen die anderen drückten, formten sie eine Art Bogen, der die Spannung gut aushalten konnte. Virgil blickte in sein Heft. Woher wusste er das? Er sah es deutlich vor sich, aber er erinnerte sich nicht, ob aus dem Mathe- oder dem Geschichtsunterricht. Ohne darüber nachzudenken hob er die Hand und unterbrach die Ausführungen seines Lehrers.

„Mit Bauwerken klappt das nicht", sagte er. „Soweit ich weiß, ist das mathematisch nicht richtig. Es gibt in einem Gebäude verschiedene Spannungen, die sich gegenseitig ausgleichen. Schon die Römer wussten das, als sie Brücken bauten. Und bei Menschen …“ Während Virgil sprach, hatte sich Goman langsam umgedreht. Als Virgil den strengen Gesichtsausdruck sah, hörte er auf zu sprechen.

Der Lehrer lief durch die Klasse und wiederholte einiges, was Virgil gesagt hatte: „In Mathematik … in Geschichte … Wir haben hier Soziologie, Herr Wensveen! Und die ist mein Fachgebiet. Mit Mathematik habe ich nichts zu tun.“ Virgil sah die Gesichter seiner Klassenkameraden, die sich umgedreht hatten, um Goman zu folgen. Er wollte sich schon entschuldigen, aber das fiel ihm schwer mit all den Gedanken, die ihm durch den Kopf schossen.

„Und bei Menschen glaub ich es auch nicht“, sagte er, gerade als Goman vor ihm stand. „Die fangen sich gegenseitig auf, denke ich.“ Das klang weniger überzeugend, als wenn er es schwarz auf weiß vor sich sah. Ein paar Mädchen fingen auch schon an zu kichern. Die dachten wohl, dass er über Gymnastik sprach.

Goman holte tief Atem und starrte Virgil an. „Also studierst du auch schon Psychologie?!“

Virgil schüttelte den Kopf. „Menschen sind keine Gebäude“, murmelte er.

„Wensveen!“, sagte der Lehrer laut und drohend. „Verlasse den Klassenraum. Du willst offenbar meine Arbeit übernehmen!“

Virgil hatte das Gefühl, auf einen Abgrund zuzutreiben. Alle seine Bemühungen der letzten Woche, sich so unauf-

fällig wie möglich zu verhalten, waren umsonst gewesen. Er sah Stevens Gesicht vor sich und konnte sich gerade noch rechtzeitig beherrschen.
Goman sah ihn streng an. Virgil betrachtete die Zeichnung an der Tafel und sagte leise: „Es tut mir Leid, Herr Goman. Ich hab gedacht ...“ Er unterbrach sich. Seine Gedanken würde er besser für sich behalten.
„Ich versteh dich nicht, Wensveen!“
Virgil hob den Kopf und sagte laut: „Es tut mit Leid, Herr Goman!“
Goman warf ihm noch einen drohenden Blick zu und drehte sich um. „Das zeichnet ihr jetzt ab!“, sagte er zur Klasse.
Virgil beugte sich über sein Blatt und murmelte: „Nicht mal selbst denken darf man hier!“ Aber er sagte es so leise, dass ihn niemand hören konnte. Sein Großvater hatte Recht, hier schienen alle verrückt zu sein.

Im Infocenter

Leonore war konzentriert an der Arbeit, als Virgil nach Hause kam. Es war unglaublich, was sie mit ein paar Farben zu Stande brachte. Dies hier fand er eines der schönsten Bilder, das er in der letzten Zeit von ihr gesehen hatte. Sie legte den Pinsel hin und begrüßte ihren Jüngsten.

„Hast du auch Lust auf eine Tasse Tee?“, fragte sie. „Wir sind allein. Bert und Steven sind zum Avidium gegangen.“

Virgil ließ sich auf das Sofa fallen und streckte die Beine von sich. Da fiel ihm auf, dass seine Hosenbeine schon wieder zu kurz geworden waren. Hörte er denn gar nicht auf zu wachsen? Vor ihm schlug das Wasser der Flevosee gegen die Wand des Schwimmhauses. Er liebte die großartige Aussicht, die er von hier aus hatte, aber er wollte nicht in der Stadt eingeschlossen sein.

Kurz darauf stellte Leonore zwei Tassen auf den Tisch und setzte sich neben ihn. Sie trug ein altes Oberhemd von Steven, das ihr viel zu groß war, und hatte ihr blondes Haar zu einem Pferdeschwanz zusammengebunden. Virgil fand, dass seine Mutter wie ein junges Mädchen aussah.

„Mam, warum wollen Mädchen lieber älter aussehen und Frauen lieber jünger?“, fragte er, während er eine Tasse nahm. „Ich finde, du siehst total jung aus.“

„Hör mit den Komplimenten auf“, sagte Leonore streng, doch ihre Augen lachten. „War in der Schule was los? Du siehst so finster aus.“

„Also dieser Typ, der Goman …“ Virgil erzählte genau, was an diesem Vormittag passiert war. Es hatte ihn den ganzen Tag gewurmt. Er erzählte auch, was er als Letztes noch hatte sagen wollen.

„Ich bin froh, dass du den Mund gehalten hast“, sagte Leonore. „Du gleichst deinem Großvater viel zu sehr. Der gibt auch überall seine Meinung laut von sich und wundert sich dann, dass ihm nicht geholfen wird. Virgil, du musst dir angewöhnen, dich etwas taktischer zu verhalten. Pass dich ein bisschen an. Du weißt, welche Mühe es uns kostet, dass du auf der Schule bleiben kannst.“

„Aber das ist doch alles so ein Unsinn“, protestierte Virgil. „Ich meine, Menschen sind doch keine Teile von Maschinen oder Steine von einem Gebäude! Ich jedenfalls nicht.“

„Wer sagt denn das, das mit der Maschine?“, fragte Leonore und schaute ihn aufmerksam an.

„Titus Zuidema. Sara hat mir erzählt, dass ihr Vater Elmare für die perfekte Gesellschaft hält. Zumindest könnte die Stadt das mit den richtigen Leuten an der richtigen Stelle werden.“

„Was für eine grausige Vorstellung“, sagte Leonore leise.

„Na, und jetzt hat der Goman heute Morgen auch damit angefangen“, sagte Virgil empört. „Ich will mich ja möglichst anpassen, ich hab mir letzte Woche schon solche Mühe gegeben, um nicht aufzufallen. Aber ich darf in Soziologie nicht über Geschichte reden und in Mathe nicht über Wirtschaftsmathematik. Die verteilen alles in Schubladen!“
Leonore schüttelte den Kopf und sagte: „Virgil, du darfst nicht immer sagen, was du denkst. Noch mehr Probleme können wir nicht gebrauchen.“
Virgil nickte und stand auf. Er deutete auf ihre Arbeit. „Das wird sehr schön. Da kommt kein Computer gegen an. Kann da links nicht noch ein bisschen Gelb hin? Das würde genau die Sonne über dem Wasser zum Ausdruck bringen.“
Leonore sah auf ihr Bild. „Das hast du gut gesehen. Du hast den richtigen Blick. Übrigens, würdest du bitte noch die Biotonne leeren“, sagte sie, nachdem sie auf die Uhr gesehen hatte. „Und in einer halben Stunde kannst du den Verpackungsabfall reintun. Ich hoffe, wir kriegen nicht wieder eine Verwarnung wie letztes Mal. Ich weiß nicht, wer es war, aber da lag ein alter Nagel im Papierkorb. Du weißt ja, wie die sind.“
„Mam, wir haben zehn verschiedene Abfallbehälter“, sagte Virgil. „Wenn du es eilig hast, passt du schnell mal nicht auf.“ Er ging in die Küche und war gerade dabei, den Abfall aus der Biotonne in die Röhre zu stopfen, als die Tür aufging und Steven mit großen Schritten hereinkam, Bert

gleich hinter ihm. Am Gesicht seines Vaters konnte Virgil sehen, dass er wütend war. Er schmiss seine Jacke über den Garderobehaken und ging ohne sich umzusehen ins Zimmer. Leonore kam ihm entgegen und fragte, wie es gegangen sei.
„Er hat eine Aufenthaltsgenehmigung, muss aber alles akzeptieren." Stevens Stimme klang grimmig. Er ging in die Küche und nahm die Kaffeedose.
„Aber das ist doch fantastisch! Dann bekommt er eine Rente, Lebensmittelmarken und hat einen Anspruch auf medizinische Versorgung. Das ist mehr, als Virgil hat!" Leonore sah Steven verwundert an.
„Aber ein eigenes Schwimmhaus ist da natürlich nicht drin", sagte Steven und starrte auf die Kaffeedose, als wüsste er nicht mehr, was er damit tun sollte. Leonore nahm ihm die Dose aus den Händen und setzte Kaffee auf.
Bert polterte durchs Zimmer. „Die nehmen mich nicht ernst", sagte er wütend. „Die haben mich behandelt, als wäre ich ein seniler alter Mann, als ich sie darum gebeten habe, etwas für mein Schiff zu tun. Verdammt, ich will den Kahn zurück!"
Steven schlug mit der flachen Hand auf die Anrichte, dass die Tassen klirrten. „Papa, ich hab dir schon hundertmal gesagt, dass du das Schiff los bist! Lass das doch endlich mal in deinen Kopf rein!"
„Ich lass überhaupt nichts in meinen Kopf!", sagte Bert laut. „Was willst du denn? Dass ich mich so aufführe wie

die anderen alten Knacker?!“ Er fluchte, und Leonore schüttelte den Kopf.
„Ich find das nicht richtig, dass du dich hier so aufführst. Setz dich bitte hin, dann kriegst du Kaffee.“
Bert ließ sich schwer neben Virgil auf das Sofa fallen. Er sagte nichts mehr und starrte nur noch vor sich hin. Seine Stirn lag in tiefen Falten.
„Opa, sollen wir das Schiff kapern?“, fragte Virgil, der es nicht ertragen konnte, seinen Großvater so niedergeschlagen zu sehen.
Bert schnaubte. „Ha! Das ist der beste Vorschlag, den ich in der ganzen Woche gehört habe!“ Er schlug seinem Enkel auf die Schulter. „Das ist gut! Wir kapern mein Schiff und fahren zusammen nach Göteborg!“
Steven ließ ein abschätziges Lachen hören. „Manchmal denke ich, du bist genauso alt wie er, Papa. Nimm doch mal Vernunft an. Ich bin froh, dass du die Aufenthaltsgenehmigung bekommen hast. Das ist mehr, als ich zu hoffen gewagt habe. Vielleicht bekommst du auch bald ein eigenes Zimmer und …“
„Steven!“, schrie Bert, und Virgil sah, wie sein Vater erstarrte. „Wenn du doch nicht so verdammt vernünftig wärst!“ Er schnappte sich seine Lodenjacke, stürmte wieder aus dem Schwimmhaus und schlug die Tür hinter sich zu. Leonore warf ihrem Mann einen Blick zu und eilte ihrem Schwiegervater hinterher.
Virgil hatte Mitleid mit seinem Vater. „Vielleicht zieht Matt bald mit seiner Freundin zusammen“, sagte er vor-

sichtig. „Dann kriegt Jasper sein Zimmer und Opa kann zu mir."

Steven lächelte matt. „Ständig diesen brüllenden alten Mann im Haus, das kann nicht gut gehen", brummte er.

Virgil zuckte mit den Schultern. „Ich mag die Geschichten, die er erzählt. Von früher. Und von den Reisen, die er gemacht hat."

Steven nickte. „Ja, aber manchmal macht mich der alte Querkopf verrückt."

Virgil musste über das altmodische Schimpfwort lachen, und Stevens Gesicht entspannte sich ein bisschen. „Er soll froh sein, dass er sich hier niederlassen darf. Ganz so einfach ist es hier zurzeit nicht, an eine Aufenthaltsgenehmigung zu kommen."

„Elmare, die perfekte Stadt", murmelte Virgil geistesabwesend.

Steven blickte ihn verwundert an. „Wie kommst du da drauf?"

„So sagt Titus Zuidema doch", sagte Virgil. „Übrigens hatte es Goman heute Morgen auch davon." Er berichtete, was er auch seiner Mutter erzählt hatte, und schloss mit der Bemerkung: „Also wenn wir hier so eine Art Gebäude sind, dann weiß ich nicht, ob ich das so gut finde."

„Virgil, du verstehst die Dinge noch nicht so ganz", fing Steven an.

Doch diese Bemerkung irritierte Virgil erneut . „Ich darf da doch wohl auch selbst drüber nachdenken", rief er. „Soll ich denn einfach alles glauben, was die sagen?"

„Du weißt, dass diese Gesellschaft in sich sehr kompliziert ist", sagte sein Vater. „Ich weiß doch auch nicht alles, was für die ganzen neuen Berufe nötig ist. Kein Wunder, dass die Menschen sich spezialisiert haben. Es verlangt zu viel, um alles selbst begreifen zu können."
„Gibt es denn jemand, der alles kann?", fragte Virgil.
Steven lachte kurz. „Eine Art Supermann! Der muss sicher noch geboren werden." Er schüttelte den Kopf und goss sich Kaffee ein. „Ich glaube, so jemand würde gleich Diktator werden."
Virgil überlegte. Wenn man viele Dinge verstand, würde das doch sicher nicht bedeuten, dass man auch den Herrn über andere Menschen spielen musste. Aber vielleicht hatte Steven Recht, dass er vieles noch nicht so richtig verstand und das nur nicht zugeben wollte.
Da kam Leonore zurück und sagte: „Steven, du musst mit ihm reden, auf mich hört er nicht."
Steven ging in den Flur, griff sich seine Jacke und schlug die Tür mit lautem Knall hinter sich zu.

Am folgenden Samstag gab es die zweite Sündenbocksendung. Diesmal war die Hauptperson eine Frau, die mit hochrotem Kopf zugab, dass sie ihre Arbeit bei der Abfallverwertung nicht richtig ausgeführt hätte. Manchmal kamen Speisereste aus dem Krankenhaus zurück, die die Patienten nicht angerührt hatten. Die Frau hatte ein paar Portionspäckchen Butter mit nach Haue nehmen wollen. Ihre Arbeit bestand darin, Verpackungsmaterial von den

Lebensmitteln zu trennen. Danach kamen alle Speisereste in die große Maschine, die für die ausgedehnten Fischzuchtanlagen Fischfutter herstellte. Ihre Kollegen hatten sie erwischt. Umständlich erklärte Titus Zuidema, dass alle Aufgaben in Elmare perfekt ausgeführt werden müssten, so unbedeutend sie auch erscheinen mochten.
Virgil, der keine Lust hatte zuzusehen, saß mit dem Rücken zum MV. Aber trotzdem hörte er natürlich die bekannten Geräusche und abgedroschenen Phrasen, die durch das Wohnzimmer hallten. Steven und Leonore sahen schweigend zu. Bert, der von Steven überredet worden war, in der Frage der Wohnungsbeschaffung noch ein paar Wochen Geduld zu haben, sagte kopfschüttelnd: „Ich versteh nicht, warum die Leute bei der Sendung mitmachen. Ich lasse mich nicht für dumm verkaufen."
„In Elmare ist jeder verpflichtet, bei den Kontrollen mitzumachen, Papa", gab Steven ihm zur Antwort. „Das weißt du doch auch. Wer nicht gut funktioniert, muss darauf hingewiesen werden."
„Im Multiviser?!", sagte Bert laut.
Plötzlich hörte Virgil, wie Titus Zuidema verkündete: „Ein besonderes MV-Programm für unsere Jugend – auch daran arbeiten wir. Ohne Gewalt, ohne Sendungen, die verdummen, sondern mit inhaltlich hochwertigen Beiträgen. In Kürze werden wir ein solches Programm vorstellen. Ihnen, liebe Eltern von Elmare, wird eine Auswahl angeboten. Und das ist nur der Anfang."
„Was kommt denn noch alles?!" Steven wandte sich zu

Leonore. „Der Mann mischt sich überall ein! Das ist doch unsere Sache, was unsere Kinder sehen. Als wären wir nicht in der Lage, uns gut um unsere eigenen Kinder zu kümmern!"
„Da ist aber was dran", sagte Leonore nachdenklich. „Es ist schon was Besonderes, ein Spezial-MV-Programm für die Jugend zu haben. Vielleicht sollten wir einfach mal abwarten, was kommt, bevor wir uns aufregen."
Steven wandte sich an Virgil und Jasper. „Hättet ihr gern so ein Programm, Jungs?"
„Ich hab gehört, dass es in Novamonde ganz interessante Sendungen geben soll, Naturfilme und so", bemerkte Jasper.
Und Matt warf ein: „So ein Musikprogramm aus Novamonde hätte ich schon gern. So mit nackten Mädchengruppen. Stell dir das mal vor!"
Virgil grinste. „Also ich glaub nicht, dass Herr Zuidema das so gut finden würde."

In der folgenden Woche erzählte Jasper, dass Peter sich nach Virgil erkundigt habe. Nach Peters Verhalten im Studio war Virgil ihm ausgewichen. Er hatte gar nicht gewusst, dass Jasper und Peter befreundet waren.
„Worum geht's denn?", fragte er Jasper.
Der zuckte nur mit den Schultern. „Das hat er nicht gesagt. Aber er hat gefragt, ob du zur Fährstation kommen kannst."
Virgil nahm seine Jacke und ging nach draußen. Es wehte

ein kalter Wind und so steckte er die Hände in die Taschen und zog die Schultern hoch. Das Wasser der Flevosee schlug in kleinen Wellen gegen die Häuser und auf einem Pfahl saß eine Möwe. Als er näher kam, flog der Vogel mit wütendem Kreischen auf und stieg in weiten Kreisen höher. Virgil sah ihm nach. So frei würde er auch gerne sein.

Bei der Landungsbrücke der Fährschiffe saß Peter. Hatte er sich plötzlich so verändert, dass er nun alleine rumhing? Aber als Virgil sich umblickte, sah er Peters Freunde am Kontrolldurchgang herumstehen. Eine Fähre näherte sich, ein flaches Schiff, das durch zwei mächtige Propeller am Heck angetrieben wurde. Die halbrunde Vorderseite war genau auf den Landungssteg gerichtet. Wenn es anlegte, gäbe es nicht den geringsten Spalt zwischen der Anlegestelle und dem Boot.

„Hi!", sagte Peter und hob träge die Hand, stand aber nicht auf. Virgil setzte sich neben ihn und wartete, bis Peter sich fertig gekämmt hatte. Als Peter seinen Kamm wieder weggesteckt hatte, sagte er beiläufig: „Ich brauch da mal deine Hilfe, Wensveen. Du weißt doch, diese Woche müssen wir unsere Hausarbeit in Geschichte abgeben. Bedauerlicherweise war die Zeit schneller als ich!"

„Was meinst du?", fragte Virgil. Er konnte es sich nicht erklären, aber irgendetwas war mit Peter, etwas, weswegen er das Gefühl hatte, ihm nicht mehr vertrauen zu können. Sein Tonfall war zu salopp und seine Haltung zu eingeübt lässig. Und warum hatte Peter zwei Kumpel

mitgebracht? Virgil kannte sie, es waren Jungs aus der Technikklasse.
Während er weitersprach, blickte Peter zu dem Fährschiff, das sich dem Hafen näherte. „Also ich hab mir gedacht, mein Freund Virgil hat seine Arbeit sicher schon fertig. Und deshalb hat der nette Virgil Zeit, um für mich ins Infocenter zu gehen."
Virgil sah Peter ungläubig an. Es war richtig, dass er seine Arbeit fertig hatte, er hatte sie sogar schon abgegeben. „Was willst du von mir? Glaubst du wirklich, dass ich deine Hausarbeit für dich mache? Jetzt? Heute Nachmittag?"
Peter nickte langsam und die beiden Jungs schlenderten näher heran. Aber Peter dirigierte sie mit einer Handbewegung, sodass sie Abstand hielten. „Tja, ich hab mir gedacht, eine Hand wäscht die andere."
„Und was tust du für mich?", fragte Virgil.
„Ha! Das soll wohl ein Witz sein! Ich hab schon was für dich getan, mein Freund!"
Peter benahm sich immer seltsamer. „Was hast du denn für mich getan!?", fragte Virgil laut. „Also ich bleib hier nicht länger, um mir deinen Unsinn anzuhören. Ich geh nach Hause."
„Das ist aber schade. Ich hab gedacht, du würdest ein bisschen mitmachen. Vielleicht muss ich dein Gedächtnis mal auffrischen. Das Studio, die klasse Livesendung?"
Virgil blickte den großen Jungen neben sich an, dessen gekämmte Haare schon wieder durcheinander geweht worden waren. „Was willst du damit sagen?"

„Leute, die Eintrittskarten klauen, kriegen Probleme“, sagte Peter langsam.
„Hast du die Karten gestohlen?“, rief Virgil verblüfft aus.
Jetzt stand Peter auf. „Ich bin aber nicht von den Wärtern angehalten worden. Mein Name ist nicht aufgeschrieben worden.“
„Jetzt hör aber mal!“ Virgil spürte, wie er rot wurde. „Was hätte ich denn tun sollen? Der Mann hat nach meiner Karte gefragt, und dann ...“
„... hast du meinen Namen gesagt“, sagte Peter. „Mein Vater hat mir aus der Patsche helfen müssen. Aber ich hab dann natürlich sein Gemecker abgekriegt. Schau mal, ich nehm ja die Schuld auf mich. Ich hab schließlich einen Pass und du nicht. Aber dann musst du auch was dafür tun, findest du nicht?“
Virgil holte tief Luft und blickte nach dem Boot, das das Wasser vor sich her schob. Gleich würde es ohne einen Ruck an der Landungsbrücke festmachen, denn die schweren Motoren würden es im richtigen Moment nach hinten ziehen und dadurch die Fahrt abbremsen. Das Schiff wurde von einem Computer gesteuert, Menschen waren da nicht gefragt. Menschen könnten Fehler machen.
Er wandte sich wieder zu Peter. Die Enttäuschung war ihm anzuhören, als er sagte: „Du bist ein toller Freund. Meinst du, dass es nötig war, mich zu erpressen? Ich hätte dir ja geholfen, aber so ...“

Die Kumpel von Peter kamen näher und einer von ihnen fragte: „Hast du Probleme, Alewijn?"
Peter und Virgil blickten sich an. Dann unterbrach Peter das Schweigen. „Nein, nein, wir haben uns nur etwas heftig unterhalten. Aber das lassen wir jetzt einfach bleiben, nicht wahr? Als Freunde."
Virgil hatte einen Kloß im Hals, und bevor er etwas sagte, spuckte er vor Peters Füßen auf den Boden. „Wenn du so mit deinen Freunden umgehst, brauch ich nicht länger dein Freund zu sein." Er drehte sich um und ging, die Hände tief in den Hosentaschen.
Hinter sich hörte er Peter rufen: „Mensch, bist du schnell beleidigt! Ich brauch deine Hilfe! Und du meine!"
Virgil blieb stehen und drehte sich langsam um. Peter stand mitten auf dem leeren Platz, seine beiden Kumpel schräg hinter ihm. Dahinter schob sich das Fährschiff fast geräuschlos an die Landungsbrücke. Virgil sah, wie sich der gläserne Durchgang dem Boot zudrehte und Kontrolleure ihren Platz am Ausgang einnahmen.
„Über welches Thema?", fragte Virgil trocken. Noch mehr Probleme könnten sie nicht gebrauchen, hatte Leonore gesagt. Er war wütend auf Peter, aber ihm war klar, dass er nicht gegen ihn ankommen konnte. Die Hände in den Taschen hatte er zu Fäusten geballt.
Peter schlenderte auf ihn zu. „Such einfach was Schönes aus. Der Osteuropäische Krieg oder so."
Virgil nickte kurz, drehte sich brüsk um und rempelte gegen Sara Zuidema.

„Kannst du nicht aufpassen!“, sagte sie erschrocken und rieb sich den Arm.
Virgil ging einen Schritt zur Seite. „Suchst du Alewijn? Der ist da.“ Er zeigte über die Schulter nach hinten.
Sara schüttelte den Kopf. „Nein, ich such niemand. Ist was?“
Virgil zuckte mit den Schultern. „Bisschen zu kompliziert, um es zu erklären“, sagte er leise.
„Wollen wir was trinken gehen?“, fragte Sara und drehte verlegen an einer Haarsträhne, ohne ihn anzusehen. Virgil blickte sie verwundert an. Hatte er richtig gehört? Aber eigentlich hatte er keine Zeit, er musste wegen der Arbeit für Peter ins Infocenter.
Hinter ihm waren Schritte zu hören. Peter kam, gefolgt von seinen Kumpels.
„Hallo, Schönheit! Wollen wir zusammen was unternehmen?“
Sara funkelte Peter mit ihren blauen Augen böse an. „Nein, ich hab schon eine Verabredung.“ Sie nahm Virgil am Arm und zog ihn mit sich. Peter blieb verblüfft zurück.
„Tut mir Leid, dass ich dich angerempelt hab“, sagte Virgil, als sie ein Stückchen entfernt waren. „Aber ich bin wütend.“
Sara blickte ihn aus den Augenwinkeln an. „Das seh ich. Sollen wir zur Ladenpromenade gehen? Ich hab Lust auf einen Milchshake.“
Virgil war sich nicht so sicher, ob er ihr das abschlagen

sollte. Er sah auf die Uhr. Die Chance konnte er doch nicht vorübergehen lassen? Er ging hinter ihr durch das Avidium. Die Geschäfte von Elmare befanden sich auf einer Promenade an der Außenseite des Gebäudes. Lediglich die eine Seite der Promenade war bebaut, die andere Seite zur Flevosee hin war offen gelassen. Dort wurden im Winter gläserne Abschirmungen angebracht, die die Passanten vor dem Wind schützten. Die Straße hatte eine Überdachung, unter der farbige Lampen leuchteten. Darunter lag der Kai, auf dem Virgil und seine Freunde skaten konnten.

Im Café setzte sich Virgil Sara gegenüber. Er war unsicher, was er ihr erzählen konnte.

„Warum bist du so wütend?“, frage sie leise.

„Also, Peter“, fing Virgil an und starrte auf seinen bunt gestreiften Becher, als ob darauf die Antwort stünde, „du weißt doch, neulich im Studio, als die Sendung war? Ich hab doch dem Wärter gesagt, dass Peter die Karten hätte.“ Sara nickte, sagte aber nichts und Virgil fuhr fort: „Die hatte er aber gestohlen. Und dafür soll ich jetzt herhalten.“

Peter war verrückt. Wie sonst hätte er auf eine solche Idee kommen können. Wollte er ihm wirklich die Schuld geben, oder war das nur ein Bluff gewesen? Ein toller Witz, den er sich leistete?

„Warum?“, fragte Sara und setzte sich etwas gerader. „Er weiß doch, dass er sich damit Schwierigkeiten einhandelt. Ich hab geglaubt, ihr seid Freunde.“

Virgil rutschte unbehaglich auf der harten Bank hin und her. „Das waren wir auch, denke ich. Aber jetzt will er, dass ich was für ihn tue.“

„Was denn?“

„Er will, dass ich seine Hausarbeit mache!“, platzte er heraus. Er erschrak selbst vor der Härte in seiner Stimme und fuhr etwas ruhiger fort: „Und morgen soll sie fertig sein!“

„Würde Peter das wirklich tun?“, fragte Sara und zog nachdenklich am Strohhalm ihres Milchshakes. „Dich anzeigen?“

„Ich weiß es nicht“, sagte Virgil. „Aber ich darf gar nicht dran denken, dass er es wirklich tun könnte. Wenn er erzählt, dass ich mit einer gestohlenen Karte im Studio war, wem glauben die dann? Ich meine, Peter hat schließlich einen Vater, der da arbeitet. Und ich? Ich bin der dritte Sohn von einem Vater, der nicht mal Arbeit hat. Natürlich würden die Peter glauben.“

„Ein schöner Freund!“, sagte Sara. „Der benutzt dich als eine Art Sündenbock!“

So hatte es Virgil noch gar nicht gesehen. Plötzlich hatte er die Augen des Manns im Studio vor sich. Peter hatte es toll gefunden.

„Hast du wegen dem Skaterwettkampf noch Probleme gekriegt?“, fragte Sara interessiert.

„Ach, das war auszuhalten.“ Virgil hob kurz die Schultern. „Meine Eltern haben mit mir gemeckert, und in der Schule hat’s eine Verwarnung gegeben. Hast du noch Är-

ger mit deinem Vater bekommen, weil du aus dem Studio abgehauen bist?"
„Nein, das hat er ganz vergessen", sagte Sara. „Er hat so viel zu tun, ich seh ihn kaum. Jede Woche so eine Sendung zu machen kostet viel Zeit."
„Wegen mir braucht er das nicht", sagte Virgil. „Ich mag sie nicht, die Sendung mit dem Sündenbock."
„Aber sie ist ein großer Erfolg!", sagte Sara. „Die sind ständig auf der Suche nach neuen Opfern." Sie blickte sich in dem leeren Restaurant um und fuhr leise fort: „Er hat Leute angestellt, die überall reinkommen. Sie haben die verrücktesten Ausreden und sind überall. Aber eins ist sicher: Ich geh nicht mehr zu der Veranstaltung. Und wenn er sich auf den Kopf stellt!"
Virgil grinste, als er sich Titus Zuidema vorstellte, wie er auf den Händen lief. Doch das würde er sicher gar nicht können. Saras Vater kam ihm vor wie ein steifer Bock. Er sah zu Sara und bemerkte, dass sie ihn anstarrte. Als sie merkte, dass er sie ansah, senkte sie den Blick.
„Jetzt muss ich aber ins Infocenter." Er stand auf. „Hoffentlich komme ich ohne Pass an die Informationen."
Sie stand auch auf, nahm Jacke und Tasche und sagte: „Ich komm mit dir."
Virgil war beeindruckt, wie schnell sie, ohne zu zögern und zu nerven wie andere Mädchen, zu einem Entschluss kam. Draußen ging er neben ihr. Seine langen Beine schienen denselben Rhythmus zu haben wie ihre.

Im Infocenter fragte er, nachdem Sara ihren Pass vorgelegt hatte, nach Informationen über den Osteuropäischen Krieg. Die Frau sah ihn stirnrunzelnd an und warnte, dass er vier oder fünf Disks bräuchte, denn die Informationen hätten in mehreren Büchern gestanden. Virgil stöhnte. Denn das bedeutete, dass er zwischen einer Menge allgemeiner Informationen nach dem speziellen Thema suchen musste, eine langwierige und langweilige Arbeit. Etwas später kamen die Disks. Virgil suchte sich einen Arbeitsplatz in einer stillen Ecke und startete den Computer. Sara setzte sich neben ihn und bot an, an einem anderen Terminal ebenfalls zu suchen.

„Wir drucken die entsprechenden Informationen einfach aus und kleben sie nachher zusammen“, sagte Virgil. „Ich sehe nicht ein, für Peter eine richtig gute Arbeit zu machen.“

„Welches Thema hatte deine Arbeit?“, wollte Sara wissen, während sie ihr Terminal startete.

„Entdeckungsreisen“, sagte Virgil. „Ich hab was über die Entdeckung von Grönland gefunden. Echt interessant. Und auch über die Reise, die sie entlang dem Nordpol machen wollten, weil sie dachten, so nach Amerika zu kommen.“

„Ich glaub, das ist nicht gut gegangen.“ Sara lachte und Virgil schüttelte den Kopf.

„Nein, da lagen sie ganz falsch“, sagte er. „Weißt du, warum sie noch nicht berechnen konnten, wo sie sich genau befanden? Sie hatten noch keine Längengrade. Ganz schön schwer, wenn du eine Karte machen willst.“

Sara sah ihn an und grinste. „Dich interessiert das richtig, glaube ich."
Virgil nickte und begann mit der Suche. Vielleicht fand sie ihn jetzt nur noch langweilig!
Etwas später entdeckte er einen Abschnitt, den er gebrauchen konnte, und ließ ihn ausdrucken. Lautlos glitt der Druckerkopf über das Papier. Die Frau hinter der Theke rief: Wie lange macht ihr noch? Ihr wisst ja, wir schließen um fünf."
Virgil fluchte leise. Die große Uhr im Vorraum, die langsam Wassertröpfchen in ein Rohr fallen ließ, zeigte durch den Wasserstand im Rohr, dass es schon fast fünf Uhr war. Diese berühmte Wasseruhr, eines der meist beschriebenen Kunstwerke von Elmare, wurde immer wegen ihrer Präzision gelobt. Noch wenige Minuten und das Infocenter würde schließen.
Er sagte Sara, dass sie noch ausdrucken sollte, was ihr interessant erschien. Leider war sie ihm keine große Hilfe. Bei ihrem ersten Versuch ließ sie den gesamten Text vom Bildschirm verschwinden. Sara sagte, dass es ihr Leid täte, und Virgil zuckte mit den Schultern und brachte das zweite Terminal wieder in Schwung.
„Hallo, ihr da, wir schließen jetzt." Die Frau, die hinter der Theke gesessen hatte, tauchte zwischen den Regalen auf.
„Ich kann noch nicht aufhören", sagte Virgil. „Es hat mich allein eine Viertelstunde gekostet, um all die Informationen aufzurufen. Kann ich noch ganz kurz weitermachen?"

Die Frau schüttelte den Kopf, verschwand aber, um ihre Sachen aufzuräumen. Eins nach dem anderen verlöschten die Lichter im Saal.
Sara zog Virgil am Ärmel. „Lass jetzt gut sein, sie hat ihre Jacke schon an!“
Virgil sah hoch und murmelte: „Nur noch grad ...“
„Ihr beiden, ich muss jetzt wirklich weg!“ Die Stimme der Frau schallte durch den leeren Saal.
Sara ging zu ihr und fragte bittend: „Können wir dieses eine Mal nicht weitermachen? Es ist für die Schule und muss morgen fertig ein.“
Die Frau seufzte. „Gut, ich lass die Tür offen, aber ihr wisst ja, dass sie nach fünfzehn Minuten automatisch schließt. Kann ich mich darauf verlasen, dass ihr mir die Disks wieder auf meinen Arbeitstisch legt?“
Virgil streckte anerkennend den Daumen hoch, als Sara zu ihm zurückkam. Sie hörten das laute Klacken der Absätze, als sich die Frau durch den Gang entfernte.
Er grinste breit. „Danke. Nun kann ich weitermachen.“
„Eine Viertelstunde nur“, warnte Sara, aber Virgil war viel zu sehr in den Text auf seinem Bildschirm vertieft, um darauf zu achten. Er fand neue Informationen darüber, wie der Krieg entstanden war, und beschloss, sie alle auszudrucken. Aber er war nervös, gab den falschen Befehl und gleich darauf druckte der Drucker gehorsam das verkehrte Kapitel aus. Virgil stöhnte verzweifelt. So lange der Drucker lief, musste er warten, aber dann hätte er nicht mehr die Zeit, den richtigen Abschnitt drucken zu

lassen. Er versuchte, den Drucker zu stoppen, und war froh, als die Maschine tatsächlich anhielt.
„Das hat geklappt“, sagte er verbissen. „Jetzt noch den anderen Teil und …“
„Du hast noch fünf Minuten“, sagte Sara. Virgil sah sie erschrocken an. Endlich war er so weit gekommen, und nun sollte er weg müssen? Aber Goman erwartete, dass eine Hausarbeit mindestens fünf Seiten lang war. Jetzt hatte er erst eine.
„Wir müssen gehen! Virgil, bitte, komm zurück auf die Erde!“ Saras Stimme klang flehend. Ein Signal in der großen Halle alarmierte sie und eine mechanische Stimme hallte durch den Raum: In Kürze würden alle Türen automatisch verriegelt.
Nervös schaltete Virgil die Terminals ab und wartete ungeduldig, bis die Scheiben aus den Apparaten genommen werden konnten, während Sara neben ihm voller Ungeduld auf dem Sprung war.
„Lass jetzt gut sein! Bitte, komm mit!“
„Wenn du mich nervös machst, klappt es gar nicht“, brummte Virgil. „Ich tu, was ich kann!“ Disk eins kam leise surrend aus dem Gerät, Disk zwei ließ auf sich warten. Mit der ersten lief Sara zur Theke. Sie kam zu Virgil zurück, der die zweite beinahe aus der Maschine riss. Sie rannten zur Theke, legten die Disk hastig hin und rannten weiter zur Tür, doch auf einmal rief Virgil erschrocken: „Mein Jacke!“ Sara wartete auf ihn, während er zurücklief.

Vielleicht hätte sie das besser lassen sollen, aber sie hielt mehr zu ihm, als Virgil erwartet hatte. Während er seine Jacke schnappte und zurückrannte, bewegten sich die beiden schweren Türen des Infocenters aufeinander zu. Sara zögerte und winkte Virgil, der einen Sprint hinlegte und nach den gläsernen Rändern griff. Sara riss ihn zurück, und das keinen Augenblick zu spät. Sprachlos sahen sie zu, wie sich die Türen hermetisch schlossen.

„Warum hast du mich zurückgerissen?“, fragte Virgil keuchend.

„Weil dir die Hand zerquetscht worden wäre!“, sagte Sara.

„Und du, warum bis du nicht rausgegangen?“

Sara hob die Schultern. „Du warst doch noch drin.“

Virgil trat gegen die verschlossene Tür und drehte sich um. Langsam drang die Wirklichkeit zu ihm durch. Sie saßen beide im Infocenter eingeschlossen. Mit hängenden Schultern stand Sara neben ihm. Hoffentlich fing sie nicht an zu heulen, er fand das alles schon bescheuert genug. Er machte sich daran, den Raum nach einem Notausgang abzusuchen, aber als er einen gefunden hatte, zeigte sich, dass auch der verschlossen war. Sie befanden sich im obersten Stockwerk des Avidiums. Einen Stuhl durch die Fensterscheibe zu schmeißen und hinterherzuspringen schien ihm auch keine besonders gute Idee. Er kehrte zu Sara zurück und berichtete ihr die Lage. Sie blickte sich um.

„Gibt es hier kein Telefon oder so? So wie in einem Auf-

zug?“ Auf der Theke stand wirklich ein Telefon. Virgil sah es nachdenklich an.
„Wir können zwei Dinge machen“, sagte er langsam. „Anrufen, die Leute von der Bewachung alarmieren und einen Haufen Ärger kriegen. Oder wir bleiben bis morgen früh hier und …“
„… kriegen einen Haufen Ärger“, machte Sara weiter. Sie blickten sich an und brachen plötzlich in Lachen aus.
„Du hast es doch nicht extra getan, oder?“, fragte Sara. „Weil du mich hier haben wolltest?“
Virgil schüttelte den Kopf. „Nein, aber jetzt, wo du es sagst“, meinte er trocken, „finde ich es eigentlich eine gute Idee.“
Sara deutete auf ein paar Türen. „Toiletten sind da, wir haben also auch Wasser. Ein Brot hab ich auch noch einstecken. Vor Hunger und Durst umkommen werden wir also nicht. Aber was sagen wir unseren Eltern?“
„Ich kann sagen, dass ich bei Peter bleibe“, überlegte Virgil. „Jasper weiß, dass ich mit ihm verabredet war.“ Beide sahen wieder zum Telefon. „Findest du es nicht unheimlich hier zu bleiben?“, fragte er Sara. „Ich meine, bald ist es dunkel, und dann hocken wir hier.“
„Aber ich kann dich doch beschützen!“, sagte Sara und warf ihr Haar zurück.
„Vielleicht sollten wir doch die Wärter benachrichtigen“, überlegte Virgil unentschlossen.
Mit funkelnden Augen nahm Sara das Telefon. „Jetzt tu doch nicht so brav! Endlich erleben wir mal ein Abenteu-

er! Komm schon, wir bleiben einfach eine Nacht hier, und morgen früh verstecken wir uns und marschieren dann seelenruhig durch die Tür nach draußen. Dann kannst du von mir aus auch die ganze Nacht durcharbeiten!"

Sie drückte eine Ziffer, wartete, bis sie eine Amtsleitung bekam und wählte dann eine Nummer. Virgil stand voller Unbehagen daneben. Er fühlte sich für die ganze Situation verantwortlich, denn schließlich hatte er so lange weitergearbeitet. Steven hatte Recht. Ab und zu benahm er sich einfach dumm.

„Hallo, Papa? Hier ist Sara. Hör mal, ich bin bei einer Freundin und kann hier übernachten. Nein, du kennst sie nicht, sie ist ein Mädchen aus meiner Klasse. Ich komm morgen nach der Schule wieder nach Hause, in Ordnung? Prima. Tschüss dann!" Sara legte den Hörer auf und sah ihn verschmitzt an. „Jetzt du!"

Virgil zögerte, aber gegen ihren Blick kam er nicht an. Sie hatte Recht. Er war alt genug, um mal ein Abenteuer wie dieses zu erleben. Sie konnten ihn zu Hause nicht immer als den Kleinen behandeln, nur weil er der Jüngste war! Er wählte und Steven kam an den Apparat.

„Hi, ich bin's, Virgil. Hör mal, ich bleibe heute Abend bei Peter. Heute Nacht, meine ich. Geht das klar?" Bei dem letzten Satz überschlug sich seine Stimme. Virgil hustete und drehte sich weg, um seine Verlegenheit vor Sara zu verbergen.

„Du klingst so nervös", sagte sein Vater am anderen Ende der Leitung freundlich. „Was macht ihr denn heute Abend?"

„Ach, wir arbeiten an einem Projekt für die Schule." Er hoffte, dass Steven nicht weiter fragen würde, denn er fand es schrecklich, hier zu stehen und zu lügen. Aber er konnte doch auch nicht sagen: ‚Ich bin hier mit einem Mädchen im Infocenter eingeschlossen!' Sein Vater würde sofort die Wärter, die Feuerwehr und die Verwaltung von Elmare anrufen! Virgil unterdrückte ein aufkommendes Lachen.

„In Ordnung, dann seh ich dich morgen wieder. Lasst es nicht zu spät werden!"

Virgil murmelte noch etwas und legte den Hörer auf. Bitte schön, natürlich mussten sie ihn wieder gängeln. Es wurde Zeit, dass er sich etwas mehr Freiheit verschaffte. Er wandte sich zu Sara. „Alles klar." Es war genauso einfach gewesen, wie sie gesagt hatte, und doch hatte er kein gutes Gefühl dabei.

„Tut es dir jetzt Leid?", fragte Sara zögernd.

„Nein, natürlich nicht!" Virgil nahm die Disks wieder von der Theke. „Jetzt mach ich hier mal weiter."

Sara nahm sich eine der Disks. „Ich werd auch noch was tun."

Kurz darauf war es still im Infocenter, nur das Klappern der Tastaturen ließ hören, dass sie eifrig an der Arbeit waren. Langsam zog die Dämmerung auf, während Virgil auf seinen Bildschirm starrte und probierte, aus all den Informationen schlau zu werden. Zum Glück war er nicht dumm. Wenn er irgendetwas nicht verstand, dauerte es meist nicht lange, bis er es dann doch kapiert hatte.

Nach einiger Zeit tippte ihm Sara auf die Schulter. Wie kommst du voran? Willst du die Hälfte von meinem Brot?"
Virgil blickte auf, noch ganz in seiner Arbeit gefangen. „Das ist unheimlich interessant, findest du nicht auch? Ich versteh jetzt viel besser, was damals in Osteuropa passiert ist. Peter ist blöd, dass er das nicht selbst macht."
Sara wiederholte geduldig ihre Frage. „Willst du ein Stück von meinem Brot, oder soll ich es ganz alleine aufessen?"
„Brot?" Virgil blickte darauf, als käme er von einem anderen Stern. „Oh ja, gerne!"
Sara setzte sich auf den Tisch neben dem Terminal und hielt ihm das halbe Butterbrot hin. „Voriges Jahr in Novamonde hatte ich bei einem schrecklich langweiligen Typ Geschichte. Darum hab ich das dieses Jahr nicht gewählt. Aber wenn ich dich so höre, scheint es richtig gut zu sein."
Virgil nickte und wandte den Blick vom Bildschirm auf ihre schlanken Beine. „Ich find es nicht schlimm, Hausarbeiten und so was zu machen", sagte er. „Da kannst du dir selbst was aussuchen und dich dann richtig reinvertiefen."
Sara grinste. „Ich glaub, du liebst das Lernen!"
Etwas verlegen zog Virgil die Schultern hoch. „Ich interessiere mich nun mal für viele Sachen. Zum Beispiel Soziologie. Beim letzten Mal hatte ich beinahe eine Diskussion mit Goman! Aber das verträgt er nicht. Du musst

einfach brav schlucken, was die hier erzählen. Das find ich blöd.“ Sein Blick fiel wieder auf Saras Beine und er sah, dass ihr kurzer Rock bis weit über ihre Knie gerutscht war.

„Nicht glotzen“, sagte Sara.

Mit rotem Kopf blickte Virgil in die andere Richtung. „Sorry.“ Er nahm einen großen Bissen von dem Brot, achtete aber kaum darauf, was er aß.

„Ach, macht doch nichts“, sagte Sara. „Ich glaube, alle Jungen würden so gucken. Aber von dir hab ich gedacht ...“

Dachte sie, dass er verglichen mit anderen Jungs ein Unschuldslamm wäre? Sollte er ihr Komplimente machen, wie es Peter ständig tat? Aber darauf reagierte sie eher schnippisch. Virgil stand auf. Dann war er zumindest im Vorteil. Er überlegte, dass er in jedem Fall sagen konnte, dass er es ganz besonders anständig von ihr fand, dass sie geblieben war. Aber als er das sagte, wurde Sara rot und blickte weg.

„Natürlich bin ich geblieben.“

„Wieso natürlich?“

„Also hier zusammen mit dir ...“ Sara zögerte und Virgil merkte, wie ihm ein bisschen schwindelig wurde. Wollte sie wirklich mit ihm hier sein? Er fuhr sich mit beiden Händen durch das Haar und Sara lachte. „Mach das nicht. Deine Haare stehen jetzt alle hoch!“ Sie holte eine Bürste aus der Tasche und hielt sie ihm hin. „Soll ich es machen?“

Hastig nahm Virgil die Bürste und zog sie heftig durch seine Haare, wobei er etliche ausriss. Dann gab er ihr die Bürste zurück. „Besser so?"
Sara nickte und steckte sie wieder ein. „Willst du auch die Hälfte von meinem Apfel?"
„Ich lade dich mal zum Frühstück ein", versprach Virgil. „Schade, dass ich dich morgen früh nicht mit nach Hause nehmen kann. Meine Eier mit Toast sind berühmt."
Sara lachte und Virgil betrachtete ihr Gesicht. Über ihren dunkelblauen Augen wölbten sich ihre Augenbrauen wie fein gezeichnete Bogen. „Ich mach mal weiter", sagte er und wandte sich mit Mühe ab. „Wenn ich es schaffe, alles zusammen funktionieren zu lassen ..."
„Bist du zufrieden", sagte Sara und ließ sich vom Tisch gleiten. „Virgil ..."
„Ja?" Er war schon ein paar Schritte gegangen und drehte sich jetzt halb um.
„Darf ich dir einen Pferdeschwanz machen?"
Verblüfft blickte er sie an. War das ein Witz? Er verstand wirklich nichts von Mädchen!
„Lass mal", sagte Sara und ging zu ihrem Arbeitsplatz zurück.
Mit Saras Hilfe schaffte er es, ungefähr drei Seiten zusammenzukriegen. Dann ging alles schief. Das Papier des Druckers wurde nicht mehr transportiert und der Druckerkopf saß fest. Virgil probierte einfach alles, um das Ding wieder in Gang zu bringen, doch alle roten Lämpchen leuchteten. Sara sah mit gerunzelter Stirn zu.

„So geht das ständig!“, sagte er wütend. Am liebsten hätte er dem Apparat einen Tritt gegeben. „Warum machen die die Dinger nicht so, dass sie einfach funktionieren! Verstehst du was davon?“
Sara beugte sich über den widerspenstigen Apparat und drückte vorsichtig auf eine Taste. „Zu Hause haben wir auch so einen. Wenn der's nicht tut, ruft Titus jemand vom technischen Dienst an.“
„Also das kann ich hier nicht“, brummte Virgil.
Sara kicherte. „Ich glaub auch nicht, dass die abends kommen. Sie lehnte sich über seine Schulter, um die Fehlermeldung auf dem Bildschirm besser lesen zu können. Flüchtig roch er den Duft ihrer Haare, die sanft über seine Wangen strichen. „Sieh mal, hier steht, dass irgendwas mit der Papierzufuhr nicht stimmt.“
Zögernd blickte Virgil auf den Drucker, der neben dem Terminal stand, aber über alle Computer benutzt werden konnte. „Wir können ihn aufmachen.“
„Hast du das schon mal gemacht?“
„Ein Bekannter von meiner Mutter hat mich zugucken lassen. Die Frau hinter der Theke war kurz weg, als es auch so eine Störung gegeben hat. Er hat mir gezeigt, wie man das Ding aufklappen kann. Der macht alles Mögliche mit Computern, er hat neulich sogar ein Programm zum Bildermalen gemacht.“ Während er sprach hatte Virgil das Papierfach geöffnet. Das Problem war deutlich zu erkennen. Ein zerrissenes Blatt klemmte zerknittert am einen Ende. Virgil zog es vorsichtig heraus.

Nach kurzer Zeit funktionierte wieder alles so, wie es sein sollte. Stöhnend machte sich Virgil erneut an die Arbeit. Sara schlenderte inzwischen zu ihrer Tasche und fing an, ihre Haare zu kämmen.
Er machte weiter, fand noch mehr Stellen, die ihm interessant vorkamen, und so wurde die Arbeit immer umfangreicher. Gegen Mitternacht glaubte er, genug zu haben, schaltete das Terminal ab und ging nachsehen, wo Sara war. Die hatte sich an einer Heizung einen Platz gesucht, wo sie unter ihrer Jacke lag und halb schlief. Als er sich über sie beugte, blickte sie auf und murmelte schläfrig: „Hat es geklappt?“
„Peter kann sich nicht beklagen“, sagte Virgil. „Es ist wahrscheinlich besser, als wenn er es selbst gemacht hätte!“ Er setzte sich neben sie. „Liegst du gut so?“
„Ach, mein eigenes Bett ist weicher“, sagte Sara trocken. Sie gähnte und sagte dann: „Ich versteh nicht, dass du noch so wach bist. Ich bin todmüde.“
„Alles nur Adrenalin“, sagte Virgil. „Das natürliche Aufputschmittel, kommt von der Aufregung. Morgen in der Schule schlaf ich wie ein Stein.“
Sara kicherte. „Wenn du bloß nicht im Unterricht schnarchst!“
Die schwach erleuchtete Wasseruhr in der Halle, die durch die Glastüren gerade noch zu erkennen war, stand auf zwölf Uhr. Er breitete seine Jacke für sie beide aus und legte seinen Pullover als Kissen zusammen. Dann legte er sich vorsichtig neben sie. Das war noch viel schö-

ner, als zusammen eine Hausarbeit zu machen. Sara murmelte etwas, drehte sich um und legte ihren Kopf gegen seine Schulter. Virgil lag auf dem Rücken und traute sich kaum, sich zu bewegen. Sanft berührte er mit seiner Wange ihre blonden Haare. Kurz darauf war er eingeschlafen.

Es war noch lange nicht hell, als Virgil davon wach wurde, dass sich Sara plötzlich aufsetzte und mit verschlafener Stimme rief: „Ich muss … Titus … Wo ist Titus?“

Virgil strich ihr leicht über den Rücken. „Es ist doch gar nichts! Leg dich wieder hin.“

Sara kuschelte sich wieder unter die Jacken und sagte kurz darauf mit unsicherer Stimme: „Ich hab geträumt. Da war ein ungeheurer Sturm und der Wind hat alle Schwimmhäuser gegeneinander getrieben, aber mein Vater war nicht da.“

„Du hast sicher gehört, dass draußen ein ziemlicher Wind geht“, bemerkte Virgil.

„Er war nicht da“, sagte Sara leise. „Auch nicht, als ich klein war. Zuerst gab es meine Mutter noch, aber dann ist sie krank geworden.“

Virgil hatte sie noch nie über ihre Mutter reden hören. „Erzähl doch mal von deiner Mutter.“

Während sie dicht beieinander auf dem Fußboden des Infocenters lagen und der Wind von draußen gegen die Fenster donnerte, fing Sara an zu reden: „Als ich sieben Jahre alt war, ist sie krank geworden. Als ich dann zehn war, kam sie ins Krankenhaus. Sie hatten mich gewarnt, dass sie wahrscheinlich nicht mehr rauskommen würde. Jeden Tag hab ich sie besucht. Komisch, ich erinnere mich vor allem an den Geruch im Krankenhaus, an die endlosen Flure … Sie war so krank, so mager, und zuletzt hab ich sie kaum noch erkannt. Ich konnte kaum sehen, wo all die Schläuche aufhörten und meine Mutter anfing. Als wäre sie ein Teil der Apparate geworden. Zum Schluss wünschte ich, dass es zu Ende ging. Ich konnte es nicht mehr ertragen."

„Seid ihr zusammen hingegangen, dein Vater und du?", fragte Virgil.

Sara schüttelte den Kopf. „Zuerst schon, aber als es dann länger dauerte, als es ihr gar nicht besser ging … Ich bin jeden Tag hingegangen. Ein Jahr lang. Titus hatte keine Zeit. Findest du das schlimm von mir, dass ich wollte, dass es zu Ende ging? Ich hab mich noch nie getraut, das jemand zu erzählen. Dass ich das gewünscht hab."

Ihre Stimme klang, als würde sie gleich weinen, und Virgil schwieg. Er war erschrocken über das, was er gehört hatte, und hätte sie am liebsten in die Arme genommen. Er hatte sie vor sich gesehen, als kleines Mädchen, alleine, jeden Tag am Krankenbett ihrer Mutter.

„Vielleicht hast du nicht gewollt, dass sie noch länger Schmerzen hat?", fragte er vorsichtig.

„Aber das war es nicht!" Sara drehe sich heftig um. „Ich meine, es war einfach wegen mir, ich konnte es nicht mehr ertragen."

„Also so unnatürlich find ich das nicht", sagte er entschieden. „Du warst doch erst zehn Jahre alt. Eigentlich hätte dein Vater jeden Tag da sein sollen. Du hast getan, was er hätte tun müssen.“

Sara ließ sich wieder neben ihn gleiten. „Glaubst du?“

„Ja. Für dich war das doch alles viel zu schwer, finde ich. Warum hast du das noch niemand erzählt?“

Sara zog die Schultern hoch. „Alle haben mich gelobt. Meine Tante, die Schwester von meiner Mutter, hat mir lange Briefe geschrieben, wie gut sie das von mir fand. Und danach traute ich mich nicht mehr zu sagen, wie schwierig das alles für mich war.“

„Und dein Vater? Hast du es ihm erzählt?“

„Titus?“ Sara ließ ein kurzes Lachen hören. „Nein, das geht einfach nicht.“

„Bist du sauer auf ihn?“

„Manchmal schon. Aber er ist mein Vater, weißt du.“

Virgil nickte. Er dachte an Leonore, seine Mutter, mit der er immer reden konnte. Er dachte an Steven, der sich meistens so für seine Angelegenheiten interessierte, dass er keine Ruhe gab, bis alles so geregelt war, wie es ihm notwendig erschien. „Ich denke, ich hab Glück gehabt“, sagte er nachdenklich. „Du musst sie wirklich mal kennen lernen, meine Eltern. Ich könnte mir vorstellen, dass du Leonore nett findest, sie ist ein bisschen eigen. Sie malt wunderschöne Bilder, weißt du.“

Sie unterhielten sich noch eine ganze Weile, ziemlich schläfrig wegen der frühen Uhrzeit, und es war, als würden sie sich schon sehr lange kennen. Virgil war schon

fast wieder eingeschlafen, als Sara sagte: „In ungefähr einer halben Stunde wird geöffnet!"
Virgil richtete sich auf, stützte sich auf den Ellbogen und blickte zur Wasseruhr. Es war tatsächlich schon halb neun. Als Sara ihn ansah, fing sie an zu lachen. „Deine Haare stehen kerzengerade in die Luft. Du siehst aus wie ein verschlafener Teddybär, und niemand wird glauben, was wir hier gemacht haben."
„Was denn", fragte Virgil albern.
Sara lachte noch mehr. „Einfach da liegen und reden natürlich! Ich glaub nicht, dass ich hier mit Peter …"
Langsam verstand Virgil, was sie damit sagen wollte, und er spürte, wie er knallrot wurde. War das eine Art Chance gewesen, die er hätte wahrnehmen sollen? „Ich bin nicht Peter", sagte er trotzig.
Sara sah, wie sich sein Gesicht verdüsterte und sagte schnell: „Nein, zum Glück nicht! Ich find dich viel besser!"
Virgil nickte und stand auf. „Wir sollten uns jetzt besser fertig machen. Ich weiß nicht, wie früh die kommen."
Sara stand auch auf. Virgil, der sie beobachtete, wunderte sich, dass sie etwas enttäuscht wirkte.
Dann steckte er Peters Hausarbeit in Saras Rucksack und sie gingen auf die Toiletten. Virgil kämmte sich die Haare und machte sie nass wie jeden Morgen, während Sara vor dem Spiegel die Lippen schminkte.
Aus der Halle kam ein monotones, summendes Geräusch.

„Der Reinigungsdienst?“, fragte Virgil sich laut und machte die Toilettentür einen Spalt auf. „Kommen die etwa auch hier rein?“
Er steckte seinen Kopf durch den Türspalt und sah gerade noch, wie sich die Türen zum Infocenter langsam öffneten. Davor stand ein Mann im blauen Overall mit einer Art Staubsauger, den er vor sich her schob. Über die Haare des Mannes musste er ein bisschen grinsen. Oben auf dem Kopf war er völlig kahl, aber bei den Ohren stand das Haar in steifen Büscheln ab. Hinter ihm schob eine Frau einen Wagen mit Eimern und Putzlappen in das Infocenter. Hastig zog sich Virgil in den Toilettenraum zurück.
„Da kommen Leute, die den ganzen Kram sauber machen wollen“, sagte er erschrocken zu Sara. „Was machen wir jetzt?“
„Wir verschwinden hier“, flüsterte sie.
Leise schlichen sie aus der Toilette und stellten sich hinter ein Regal mit großen Nachschlagewerken. Hinter ihnen war die Außenwand des Infocenters. Bücher wurden kaum noch gebraucht, aber Virgil fand, dass er sie jetzt sehr gut brauchen konnte. Er schob zwei der Wälzer ein bisschen auseinander und spähte durch den Zwischenraum. Der Mann machte gerade hinter der Theke sauber, und die Frau schob ihren Wagen in die Toilette.
Neben ihm musste Sara niesen. Virgil erschrak, aber der Mann hatte durch den Lärm, den der Staubsauger machte, nichts gehört. „Sorry!“, sagte Sara. „Was kannst du sehen?“

„Ich versuch rauszubekommen, ob der Mann so was wie ein System hat“, flüsterte Virgil.
„Also ich glaub, dass er ganz normal hin- und hergeht“, sagte Sara, die über die Bücher hinwegspähte.
„Der hat bestimmt ein System“, beharrte Virgil. „Ich will wissen, ob er von links nach rechts geht oder eine Art Slalom zwischen den Regalen macht.“
Sara kicherte. „Vielleicht macht er auch einen kleinen Rundtanz!“
Virgil guckte sie kurz mit gerunzelter Stirn an, bevor er seine Aufmerksamkeit wieder auf den Mann richtete. Der war nun mit der Ecke hinter der Theke fertig und schob den Staubsauger langsam vor der Glastür auf und ab.
„Der kommt vielleicht gar nicht bis nach hinten“, sagte Sara.
„Aber natürlich! Du weißt doch, dass hier alles nach Vorschrift läuft!“ Der Staubsauger hatte das erste Regal erreicht. Der Mann schwenkte ihn mit formvollendeter Bewegung herum.
„Sieh dir das an, der saugt nicht unter den Regalen!“, sagte Sara.
„Nein, aber er lässt keines aus“, sagte Virgil. „Mal sehn, er nimmt das Regal links … dann müssen wir nach rechts. Jetzt!“ Er stupste Sara an und sie glitten schnell zu einem anderen Regal, das dichter bei den Fenstern stand. Hatte der Mann sie gesehen? Er war stehen geblieben und blickte zu der Stelle, die sie gerade verlassen hatten. Das neue Regal bot ihnen weniger Schutz, da die oberen Bret-

ter nur halb voll waren. Virgil duckte sich und bedeutete Sara, dasselbe zu tun. Der Mann machte mit seiner Arbeit weiter.
„Uff, ich hab schon gedacht, er hat uns gesehen." Sara holte tief Luft. Virgil nickte. Nun konnte er nur noch die Beine des Manns sehen. Sie kamen immer näher.
„Gleich geht er noch mal nach links, dann müssen wir nach vorne", flüsterte er. Sara nickte. „Aber nicht so schnell und bleib unten!", flüsterte er noch.
„Als ob wir ein Rudel Ratten wären", maulte Sara.
Virgil grinse kurz. „Genau!" Er behielt den Mann ständig im Auge, und als der ihnen den Rücken zukehrte, stupste er Sara wieder an. „Los!"
Halb gebückt eilten sie an den Fenstern entlang nach vorne. Fast hatten sie das vorderste Regal erreicht, als Sara mit ihrem Rucksack an einem Regalbrett hängen blieb. Virgil, der hinter ihr lief, zog sie frei, stieß aber mit dem Ellbogen gegen eine Buchstütze. Erst ganz langsam, dann immer schneller begannen die Bücher umzufallen. Mit ausgebreiteten Armen versuchte Virgil vor dem Regal sie an ihrem Platz zu halten, doch dann fiel das erste Buch unter seinen Armen durch vom Brett und dann die nächsten. Das machte einen Höllenlärm. Selbst bei laufendem Staubsauger musste der Mann das gehört haben.
Sara, die schon bei den Glastüren war, blickte sich um, als sie das Getöse hörte, und winkte Virgil. Der ließ die Bücher los und sprintete zur Tür.
„Was ist denn da los!" Der Mann schaltete den Staubsau-

ger schnell aus und rannte zwischen den Regalen durch auf sie zu. Die Frau kam aus der Toilette und fing an zu schreien: „Einbrecher! Diebe!“

Virgil hatte flinke Beine und die Angst verlieh im Flügel. Der Mann wollte ihm nachlaufen, aber Virgil war zu schnell für ihn und rannte in die Halle. Da hörte er hinter sich Saras Stimme: „Halt mal an!“

Sie hatte sich offenbar hinter den Türen aufgestellt und in dem Moment, als er herausgeschossen kam, auf den Knopf gedrückt. Die Türen des Infocenters schlossen sich direkt vor der Nase des armen Manns vom Reinigungsdienst.

Schnell fuhren sie mit der Rolltreppe nach unten. Sara nahm Virgil am Arm und flüsterte: „Benimm dich so normal wie möglich.“

Sie bogen in den Gang ein, der zu ihrer Schule führte, und als sie die Unterrichtsräume erreichten, ließ Sara Virgils Arm los. Lächelnd sahen sie sich an.

„Also wenn du noch ein Abenteuer willst …“, sagte Virgil leise.

„Sara fing an zu lachen. „Nein, lieber die Eier mit Toast. Ich hab rasenden Hunger!“

„Ich bin mächtig froh, dass wir nicht geschnappt worden sind“, sagte Virgil ernst. „Das hätte nun wirklich einen Haufen Probleme gebracht.“

„Ach, ist ja gut gegangen“, meinte Sara. „Schade, dass wir jetzt zum Unterricht müssen. Seh ich dich noch?“ Sie fummelte an den Verschlüssen ihres Rucksacks herum.

Zögernd fragte Virgil: „Hast du vielleicht Lust, heute Nachmittag bei uns vorbeizukommen? Dann kannst du meine Eltern kennen lernen."
„Gut", sagte Sara, und ohne sich um die anderen Schüler zu kümmern, die links und rechts an ihnen vorübergingen, beugte sie sich vor und gab ihm einen Kuss. „Ich weiß ja, wo es ist, Viertel der Künstler, Block 7."
Begleitet vom beifälligen Gejohle seiner Klassenkameraden ging Virgil in die Halle, wo er Peter fand. Er drückte ihm hastig das Päckchen Papiere in die Hand. „Hier", sagte er kurz. „Viel Glück damit." Schnell verschwand er in seinen Unterrichtsraum, bevor Peter etwas sagen konnte.

Eine Wand aus Wasser

„Nun möchte ich aber gerne wissen, wo du heute Nacht gesteckt hast!“ Steven kam Virgil sofort entgegen, als er die Tür ihres Schwimmhauses aufmachte.

Den ganzen Tag hatte er vor sich hin gedöst, fast wie in einer Art angenehmem Rausch. Alles, was passiert war, hatte er nach und nach durchdacht und noch einmal erlebt. Hatte er wirklich neben Sara Zuidema geschlafen? Es war wohl so, denn er wusste noch genau, wie ihre Haare rochen und wie ihr Gesicht im Schlaf ausgesehen hatte. Seine Freunde hatten ihm in der Pause grinsend auf die Schulter geschlagen, doch er hatte sich bei ihren Fragen dumm gestellt. Zum Glück waren sie daran gewöhnt, dass er nicht viel sagte.

Sara hatte einen anderen Stundenplan als er, und weil er fürchterlichen Hunger hatte, beschloss er, zum Essen nach Haue zu gehen. Er wusste ja, dass sie zu ihm kommen würde, wenn ihr Unterricht zu Ende war. Der Himmel war bewölkt, und der Wind trieb das Wasser mit weißen Schaumkronen gegen die Häuser. Die Pontons schwankten heftig bei dem starken Wellengang. Ob ein Sturm kam? Mit diesen Gedanken im Kopf hatte Virgil

die Tür aufgemacht und war sofort auf seinen Vater gestoßen.
Virgil wusste nicht, was er antworten sollte. Um etwas Zeit zu gewinnen, ging er direkt weiter in die Küche und machte die Kühlschranktür auf.
Sein Vater kam hinterher. „Ich will eine Antwort! Wo hast du gesteckt?“
Virgil nahm sich ein Stück Käse und sah sich nach Brot um. „Hast du Peter angerufen?“ Es schien ihm günstiger, einen Gegenangriff zu starten, als sich zu verteidigen. „Spioniert ihr mir nach? Vertraut ihr mir nicht?“ Noch während er das sagte, wurde ihm klar, dass er nicht ehrlich war. Steven hatte ihm immer absolut vertraut und hatte auch keinen Anlass gehabt, das nicht zu tun. Bis gestern Nacht.
Er nahm einen Teller, schmierte sich ein Brot und setzte sich an den Tisch.
Steven blieb stehen. „Krieg ich noch eine Antwort?“
„Warum hast du Peter angerufen?“ Virgil biss in sein Brot. Er wollte wissen, ob Steven gleich nach seinem Anruf misstrauisch geworden war, oder ob es einen Grund für seinen Vater gegeben hatte bei Peter anzurufen.
„Weil ich dich gebraucht habe!“ Steven holte tief Luft und Virgil sah, dass sein Vater die Hände zu Fäusten geballt hatte. „Sie haben Bert ins Krankenhaus mitgenommen.“
Seine Hand mit dem Brot, von dem Virgil gerade abbeißen wollte, blieb auf halbem Weg in der Luft stehen. Er blickte seinen Vater verblüfft an. Jetzt fiel ihm auch

auf, wie blass Steven war und dass er dunkle Ringe unter den Augen hatte.

„Opa?" stotterte er. „Warum? Wie geht es ihm? Was hat er?"

„Anpassungsprobleme." Steven stieß einen schweren Seufzer aus und es schien, dass sich damit zugleich sein Zorn verflüchtigte. Er setzte sich Virgil gegenüber an den Tisch. „Es ist seine eigene Schuld. Er hatte bei der Kommission um ein Gespräch gebeten. Natürlich ging es wieder um sein Schiff. Sie wollten ihn aber nicht anhören, denn es waren noch mehr Leute mit anderen Fragen da. Plötzlich wurde Bert so wütend ..." Steven unterbrach sich, sah seinen Sohn an und schüttelte dann den Kopf. „Ich hab ihn noch nie zuvor so gesehen. Er wurde knallrot und es wirkte, als wollte er die Leute dort gleich anspringen. Da haben ihn die Wärter sofort mitgenommen. Jetzt liegt er im Krankenhaus in einer Spezialabteilung. Wir haben nicht gewusst, wo du warst. Sogar aus dem Krankenhaus habe ich noch andere Freunde von dir angerufen. Wo warst du denn um Himmels willen?"

Virgil stand noch völlig unter dem Eindruck des Berichts. Er senkte den Kopf und sagte leise: „Ich war ... Ich war bei einem Mädchen. Sara, Sara Zuidema."

Es blieb lange still. Vorsichtig blickte Virgil seinen Vater an und sah, dass dessen Gesicht so fassungslos war, dass er hätte lachen können, wenn die Situation nicht so ernst gewesen wäre. „Was ist jetzt mit Opa? Warum bist du nicht in die Schule gekommen? Kann ich hin? Was meinst du mit ‚Anpassungsproblemen'?"

„So hat der Doktor es genannt. Er bekommt jetzt ein Mittel, von dem er etwas ruhiger wird. Wir dürfen heute Abend zu Besuch kommen, aber darum habe ich ungefähr eine Stunde lang betteln müssen. Ich hab ihnen erklärt, dass Bert noch von altem Schrot und Korn ist und dass es nach einer Woche Ruhe viel besser gehen wird. Aber sie wollen, dass er unter Beobachtung bleibt. Ich hatte ihn noch gewarnt! Er war so lange von Elmare weg, dass er den Lauf der Dinge nicht mehr versteht." Steven schwieg und sah seinen Sohn stirnrunzelnd an. „Sara Zuidema? Aber das ist doch die Tochter von diesem Moderator mit der schrecklichen Sendung?"

Virgil nickte und aß schweigend sein Brot. Seinen Großvater, der so stark und kämpferisch war, hatten die so einfach mitgenommen? Das schien ihm fast unmöglich.

Die Eltern von Leonore wohnten in Novamonde und kamen einmal im Jahr zu Besuch nach Elmare. Seine Großmutter hatte graue Haare mit einer rosa Tönung, und sein Großvater war ein steif wirkender Mann, der lange Zeit nichts sagte und dann plötzlich irgendeinen Witz erzählte, den Virgil eigentlich nie so ganz verstand. Aus Leonores Erzählungen wusste er, dass sie es damals schrecklich gefunden hatten, als ihre einzige Tochter nach Elmare ziehen wollte. Zwischen lauter missratene Künstler, wie sie es nannten.

Er blickte Steven an. „Ja, Titus Zuidema ist ihr Vater."

„Aber ich wusste ja nicht einmal, dass ihr befreundet seid!" Steven blickte seinen jüngsten Sohn an, als sähe er ihn zum ersten Mal.

„Paps, ich hab doch auch ein eigenes Leben!", sagte Virgil.
„Wie alt ist das Mädchen? Dreizehn? Vierzehn? Ich mein, ich wusste nicht … Seid ihr denn schon … Also wir hätten doch zumindest vorher darüber reden können …"
Virgil verstand, was sein Vater dachte, aber er konnte ihm nur schwer erklären, wie die Situation eigentlich war. Peters Pläne waren nicht so, dass man sie überall rumposaunen sollte, und er konnte sich auch denken, dass Steven nicht so froh wäre zu hören, dass sein Sohn eine ganze Nacht lang das Computersystem des Infocenter genutzt hatte. Virgil schluckte den letzten Bissen seines Butterbrots und zuckte mit den Schultern. „'tschuldigung, aber ich muss doch nicht alles erzählen!"
Steven seufzte. „Ich dachte, dass wir uns gegenseitig vertrauen. Du bist anders als Matt und Jasper. Ich hab gehofft … Gut. Es geht mich eigentlich nichts an. Aber wirst du in Zukunft ehrlich sein und sagen, wo du bist?"
Virgil senkte den Kopf und murmelte etwas Unverständliches. Was hätte er denn tun sollen? Die Telefonnummer des Infocenters angeben? Er ging ins Bad und duschte sich schnell. Danach kämmte er die Haare straff nach hinten. Prüfend blickte er in den Spiegel. Für einen Pferdeschwanz waren sie noch nicht lang genug. Er versuchte es mit einer anderen Frisur, war aber nicht zufrieden damit. Verdammt, bald würde er so sein wie Peter und auch mit einem Kamm in der Tasche herumlaufen. Heftig rubbelte er seine Haare trocken und fuhr wie immer schnell

mit der Bürste durch. Um sieben Uhr war Besuchszeit, hatte Steven gesagt. Virgil nahm sich einen sauberen Pullover aus dem Schrank und zog ihn an. Sara konnte jeden Augenblick kommen. Würde Leonore es gut finden, wenn sie hier aß? Gestern Abend hatte er ihr halbes Butterbrot gegessen. Er könnte auch Eier für sie backen, das hatte er immerhin versprochen.
Aus dem Wohnzimmer hörte er Stimmen. Leonore war hereingekommen. Sie ließ sich auf das Sofa fallen und streifte die Schuhe von den Füßen. „Sie haben alles untersucht und ausgetüftelt was für Zeug sie ihm geben. Ich selbst hab nicht zu ihm dürfen. Gesehen hab ich ihn schon, durch ein Fenster, er lag ganz still. Das kann aber auch an den Bandagen liegen, die sie um seine Handgelenke geschnallt haben. Seltsam, wie alt er auf einmal aussah. Gießt du mir was zu trinken ein, Steven?“ Sie drehte sich um und sah Virgil.
„Virgil, wo hast du denn gesteckt? Steven hat alle angerufen, aber du warst nicht zu finden. Peter hatte dich gesehen. Du wärst mit Sara Zuidema was trinken gegangen, hat er gesagt. Aber das war um halb fünf oder so.“
Virgil räusperte sich und wollte etwas sagen, aber er wurde von der Türklingel unterbrochen. Ohne ein Wort zu sagen, rannte er zur Haustür.
„Hi“, sagte Sara und lächelte zurückhaltend. „Alles klar?“
„Geht so. Und bei dir?“ Es war so, als wären sie wieder Fremde, so verlegen fühlte sich Virgil. Er ging vor ihr ins

Wohnzimmer. „Steven, Leonore, das ist Sara. Sara Zuidema."
„So!", sagte Steven.
„Oh!", sagte Leonore. Sie erhob sich vom Sofa und gab Sara die Hand. Sara war kleiner als Virgil, aber etwas größer als Leonore. „Schön, dich kennen zu lernen." Und nach einem Blick auf ihre Füße sagte sie noch: „Tut mir Leid, dass ich keine Schuhe anhabe, ich habe mich kurz mal aufs Sofa geknallt. Ich bin gerade eben aus dem Krankenhaus zurückgekommen, Virgils Großvater ist da gestern hingebracht worden."
„Wie schrecklich!", sagte Sara und blickte Virgil kurz an. „Was hat er?"
Während Leonore Sara zum Sofa führte und ihr die ganze Geschichte erzählte, goss Virgil etwas zu trinken für sie ein. Steven war ihm in die Küche gefolgt und mixte für Leonore etwas zu trinken. „Ich muss schon sagen, du hast Geschmack, mein Junge!"
„Ach!", murmelte Virgil nur. Langsam war er es Leid, immer rot zu werden. Er gab Sara das Glas. „Hast du schon was gegessen?", fragte er so leise wie möglich.
Sara schüttelte den Kopf.
„Leonore, kann ich ein paar Eier backen? Von der Schule kriegt man so einen Hunger."
Leonore nickte zustimmend und wandte sich wieder Sara zu, aber Steven beobachtete ihn neugierig. Das machte Virgil so nervös, dass er ein Ei auf den Küchenboden fallen ließ. Als dann alles aufgeräumt war und das Omelett

unversehrt auf einem Teller gelandet war, schmierte Virgil noch ein paar Brote und brachte Sara den Teller. Dann setzte er sich ihr mit untergeschlagenen Beinen gegenüber auf den Boden.

„Ich geh mal und mach mich frisch", sagte Leonore. „Du gehst doch nachher sicher mit, Opa besuchen, Virgil?"

Er nickte und sagte zu Sara: „Das ist ein ganz besonderer Mann, mein Großvater. Er hat ein Küstenschiff, mit dem ist er an allen Küsten von Europa gewesen. Er sagt immer, dass ich mit ihm fahren kann, wenn ich älter bin."

Virgil schwieg und schaute auf seine Hände.

„Mensch, das kommt bestimmt alles wieder in Ordnung mit ihm", sagte Sara. „Ich denke, deine Mutter hat gesagt, dass die Ärzte heute mit ihm zufrieden waren. Morgen liegt er dann schon in einem normalen Krankenzimmer."

„Dann müssen die anderen Patienten aufpassen!", sagte Virgil. „Wenn ihm was nicht passt, kriegen die das auch zu hören!" Er erzählte ein paar deftige Geschichten über seinen Großvater und Sara musste laut lachen.

„Ich muss nach Hause", sagte sie dann mit einem besorgten Blick auf die Uhr. „Titus wird sich langsam fragen, wo ich bleibe."

Virgil sprang auf. „Ich geh noch ein Stück mit dir." Und seinen Eltern rief er zu: „Ich bin gleich zurück, ich begleite Sara nur ein Stück."

Aus dem Schlafzimmer kam gedämpft die Stimme von Steven: „Aber bleib nicht wieder die ganze Nacht weg!"

Draußen fragte Sara: „Was hat dein Vater damit gemeint?"
Virgil schob seine Hände tiefer in die Hosentaschen und erzählte, dass Steven gestern Abend noch Peter angerufen hatte. „Aber da war ich ja nicht. Dann hab ich gesagt, dass ich bei einem Mädchen war, also bei dir."
Sara blieb stehen und sah ihn mit großen Augen an. „Hast du das gesagt!? Kein Wunder, dass mich dein Vater so angesehen hat!"
„Was meinst du damit?"
„Also normalerweise … Und deine Mutter?"
„Die weiß davon noch nichts."
„Nein, noch nicht! Was werden die jetzt von mir denken!"
„Von uns, meinst du!" Virgil blieb stehen. „Es tut mir Leid, aber ich durfte nicht die Wahrheit sagen. Es ist klar, wenn du anfängst zu lügen, wird alles komplizierter. Ich hätte nicht so lange arbeiten dürfen. Es ist alles meine Schuld."
Sara schüttelte den Kopf. „Na, lass sie halt denken", sagte sie kurz.
Jetzt war es an Virgil, sie anzublicken.
Bei der Kreuzung zu den anderen Vierteln blieben sie stehen.
„Alles Gute für deinen Großvater", sagte Sara sanft.
„Kommst du diese Woche mal mit mir? Dann kannst du ihn kennen lernen", fragte Virgil
Sara schüttelte sich. „Bah, Krankenhäuser!"

Vorsichtig legte Virgil ihr den Arm um die Schultern. „Aber da machen sie doch auch gute Sachen."
„Ja", sagte Sara, „ich komm mal mit.
Virgil beugte sich vor und gab ihr schnell einen Kuss. Dann ging er mit großen Schritten nach Hause.

„Virgil?" Leonore legte behutsam den Arm um seine Schultern, als er am Tisch saß. „Mein Lieber, ich hab gerade von Steven gehört, dass du die letzte Nacht bei Sara warst. Seid ihr nicht ein bisschen jung für solche Sachen?"
Virgil blickte auf und sah in das besorgte Gesicht seiner Mutter. „Mam, ich weiß, was Steven denkt, aber so war es einfach nicht."
Leonore setzte sich neben ihn. „Nein?"
Virgil hob abwehrend die Hände und sagte seufzend: „Bevor ihr mit einer Unterrichtsstunde in Aufklärung oder so was anfangt, ich hab Angst, dass ihr die Wahrheit auch nicht schön finden werdet."
„Die ist immer besser als eine Lüge", sagte Leonore und nahm ihr Glas.
„Also ich hab da eine etwas dumme Sache angestellt. Nein, guck nicht so, niemand weiß was davon. Gestern Nachmittag sind wir noch mal ins Infocenter gegangen, Sara und ich …" Und Virgil erzählte mit leiser Stimme die ganze Geschichte. Irgendwie war er froh, dass er alles erzählen konnte. Doch auch hier musste er ein Stückchen von der Wahrheit auslassen, die gestohlenen Karten und

Peters Erpressung. Virgil hatte überlegt, dass etwas wegzulassen keine Lüge war, aber so ganz überzeugte ihn diese Logik selbst nicht.
Nach einer Weile sagte Leonore: „Also Sara hat gesagt, dass sie so ein Abenteuer lustig findet?"
„Na, das fand ich doch auch." Virgil wollte nicht, dass Sara nun die Schuld bekam.
Leonore nahm einen großen Schluck. „Wie kommst du dazu, die ganze Nacht wegzubleiben? Das finde ich besonders unverantwortlich von dir. Hatte Sara keine Angst? Und heute Morgen die Sache mit dem Mann vom Reinigungsdienst, bist du sicher, dass der dich nicht wieder erkennen würde?"
„Der hat doch nur meinen Rücken gesehen", sagte Virgil. „Sara hat die Türen geschlossen. Deshalb konnte er uns nicht nachlaufen."
„Mir gefällt das Mädchen." Leonore konnte ein Lächeln nicht unterdrücken. „Sie sieht nicht nur gut aus, sie hat auch was!"
Durch ihr Lächeln fühlte sich Virgil ermutigt, auch die Geschichte von Saras Mutter zu erzählen.
„Das arme Kind", sagte Leonore mitleidig. „Von mir aus kannst du sie gerne öfter zu uns einladen."
Steven kam mit Matt und Jasper herein. Er hatte offensichtlich die letzte Bemerkung noch mitbekommen. „Ja, und von mir aus auch. Mann, was hat unser jüngster Sohn für einen guten Geschmack."
„Das hat er von seinem Vater", sagte Leonore schlagfertig.

„Wo war Virgil letzte Nacht?“, wollte Jasper neugierig wissen.
Leonore blickte von Virgil zu Jasper und sagte nachdrücklich: „Wir müssen schnell was essen, dann können wir los.“

Im Krankenhaus musste Virgil sofort an das denken, was Sara erzählt hatte. Es stimmte. Es roch wirklich widerlich. Und dann die weißen Gänge, die ihm das Gefühl vermittelten, er müsste auf Zehenspitzen laufen. Vor einer vergitterten Tür blieb er stehen und drehte sich zu seinen Eltern um.
„Ich geh zusammen mit dir“, sagte Leonore. „Steven geht dann nach uns rein.“
Sie drückte auf einen Knopf und die Tür ging auf.
„Wollen Sie zu dem alten Kapitän?“, frage ein Krankenpfleger freundlich. „Es geht ihm schon deutlich besser. Er hat noch nicht viel gesprochen, aber viel geschlafen. Das kommt von der Behandlung.“
Leonore nickte. „Ich möchte ihn mit meinem jüngsten Sohn besuchen.“
„Das ist gut.“ Der Krankenpfleger drückte die Tür zu einem Zimmer auf. Dort war es halb dunkel. Virgil musste sich erst daran gewöhnen und wäre fast über einen Stuhl gefallen.
In einem Bett mitten im Zimmer lag sein Großvater. Die Decke hob sich leicht beim Atmen, und der Kopf auf dem weißen Kissen sah grau aus. Als Bert Virgil sah erhellte ein Lächeln sein Gesicht.

„Hallo, Kumpel!“, sagte er. „Gestern hast du was versäumt!“
Ungefähr beim Ellbogen verschwand ein dünner Schlauch unter einem breiten Pflaster. Virgil besah sich das genauer. Nun schien Bert auch Teil von einer Art Maschine zu sein, verbunden mit dem Apparat neben seinem Bett. Wie Leonore schon erzählt hatte, waren seine Handgelenke mit einer Bandage ans Bett befestigt, sodass er seine Arme nicht heben konnte.
„Wie geht es dir?“ Leonore strich vorsichtig die zerzausten Haare aus der Stirn ihres Schwiegervaters.
„Ganz gut. Ich kann mich bloß nicht so richtig erinnern, was alles passiert ist. Warum bin ich hier? Hab ich einen Herzanfall gehabt?“ Wieder sah er zu Virgil. „Mach nicht so ein langes Gesicht. Das war nur eine Warnschuss. Ich verspreche dir, Leonore, in Zukunft rege ich mich nicht mehr so auf.“
„Zum Glück war es kein Herzanfall“, sagte Leonore und drückte kurz die Hand auf der Decke. „Aber es hat nicht viel gefehlt. Du bist gestern bei der Kommission gewesen und da hast du dich ziemlich aufgeregt. Brauchst du noch irgendwas?“
Bert schüttelte den Kopf. „Bei der Kommission? Wie ist es da gelaufen?“
Während seine Mutter und sein Großvater miteinander sprachen, stand Virgil auf, um aus dem Fenster zu gucken. Er konnte die Lichter der Einkaufspromenade durch die gläserne Überdachung schimmern sehen. Im

starken Wind wirkten die Laternen auf den Pontons vor dem Krankenhaus, als würden sie tanzen. Es musste schrecklich sein, Tag für Tag in so ein Krankenhauszimmer zu Besuch zu kommen.
Er ging wieder zum Bett und fragte seinen Großvater: „Werden wir noch zusammen fahren?"
Leonore kniff ihn fest in den Arm und sagte leise: „Jetzt fang nicht damit an, Virgil!"
Berts Gesicht wurde fröhlicher. „Na, wenn dir ein Trick einfällt, wie ich mein Schiff zurückkriege ..."
Virgil nickte und klopfte seinem Großvater ungeschickt auf die festgebundene Hand. „Natürlich fällt uns was ein."
Bert wollte etwas sagen, fing aber plötzlich an zu zittern.
„Nur ruhig", sagte Leonore leise und half ihm, einen Schluck Wasser zu trinken. „Wir gehen jetzt mal, dann kommt Steven noch zu dir. Und morgen besuchen wir dich wieder."
„Morgen liege ich in einem normalen Zimmer", versprach ihr Schwiegervater. „Aus so einem teuren Bett wie dem hier, da schmeißen die mich bestimmt schnell raus."
Leonore lächelte und nickte. Bert machte die Augen zu und schien einzuschlafen. Das beunruhigte Virgil. Was für Medikamente gaben sie ihm? Steckten die in dem Tropf, an dem sein Großvater angeschlossen war? Niedergeschlagen trottete er den Gang entlang. Leonore kam hinterher.

„Virgil, warum hast du mit dem Fahren angefangen! Du weißt doch, dass er sein Schiff los ist. Deshalb ist er gestern doch so wütend geworden."
„Die hätten Opa nicht hierher bringen sollen!" sagte Virgil heftig. „Was machen die mit ihm? Warum kriegt er so starke Mittel?"
„Da ist nur zu seinem Besten", sagte Leonore leise. „Er muss alles etwas ruhiger angehen. Dein Großvater hat sich noch nie in seinem Leben irgendwo eingefügt. Und das ist in Elmare ein Problem. Aber wenn er nun hier ist, muss er sich anpassen."
„Wie lange wird es dauern, bis sie ihn wieder rauslassen?" wollte Virgil wissen.
„Das liegt an ihm. Wenn er schlau ist, zeigt er sich kooperativ. Dann werden sie ihn schnell nach Hause lassen."
„Ich möchte gerne etwas für ihn tun", sagte Virgil bedrückt. „Ich find es blöd, dass sie ihm sein Schiff weggenommen haben. Es könnte doch einfach neben unserem Haus liegen. Das würde niemanden stören."
„Das wäre keine schlechte Idee", sagte Leonore. „Aber du weißt ja, die Vorschriften von Elmare ..." Sie unterbrach sich und seufzte tief. Das zeigte Virgil, dass auch seiner Mutter einige Dinge schwer im Magen lagen, die sie aber für sich behielt. Er nahm sich vor, zu Hause in einer ruhigen Minute mit ihr darüber zu reden.

Am Samstag gab es eine weitere Sündenbocksendung. Zwei Kollegen waren an der Reihe, die im Reinigungsbereich arbeiteten. Jeden Tag wurde Elmare sauber gemacht und es wurde kontrolliert, ob kein Abfall oder Schmutz übersehen worden war. Virgil war am Tisch sitzen geblieben, er hatte keine Lust mitzugucken. Sie waren mal wieder dabei, sich über Leute zu beschweren, die ihre Arbeit nicht gut oder zu gut gemacht hatten. So langsam verstand er den Unterschied nicht mehr. Doch als dann der Mann ins Bild kam, der auf dem Stuhl des Sündenbocks saß, schnellte er hoch.

Die Haare neben den Ohren des Mannes waren nun ordentlich glatt gekämmt, aber es war kein Zweifel möglich: Das war der Mann vom Reinigungsdienst, den Sara und er im Infocenter eingeschlossen hatten! Er drängelte sich ohne auf Jaspers Proteste zu achten zwischen Jasper und Steven auf das Sofa und starrte angespannt auf den Bildschirm. Die zweite Person war natürlich die Frau, die zusammen mit dem Mann das Infocenter sauber gemacht hatte.

Dann schwenkte die Kamera und Virgil nickte, ohne es zu merken. Ja, das musste die Frau sein. Sie saß auf dem Platz, auf dem auch Matt schon einmal gesessen hatte.

„Ich hab noch zu ihm gesagt, dass er die Tür blockieren soll“, erzählte sie. Ihre Wangen waren von einer ungesunden Röte überzogen. „Schieb den Staubsauger dazwischen, hab ich gesagt! Aber er hatte Angst die Geräte von Elmare kaputtzumachen. Ja und dann waren die weg.“

Titus Zuidema kam ins Bild. Virgil merkte, dass er an seinem Daumen knabberte, eine Angewohnheit die er schon vor langer Zeit abgelegt hatte. „Folglich sind durch das

zögerliche Verhalten Ihres Kollegen zwei Einbrecher entkommen?"
Die Frau nickte.
Der Mann kam wieder ins Bild. „Aber so 'n Staubsauger ..." sagte er sich verteidigend, „ich denke, die Dinger sind teuer! Ich hab gedacht, das kannst du doch nicht machen. Gleich sind die Türen zu und dann ist das Gerät kaputt!"
Titus Zuidema sah den Mann geringschätzig an. „Und an andere Lösungen haben Sie nicht gedacht. Ist Ihnen nicht bekannt, dass sich unter der Theke ein Alarmknopf befindet. Sie haben also die Regeln und Vorschriften vergessen, die für den Notfall gelten."
Virgil sah, wie der Mann rot wurde und nichts mehr zu sagen wusste. Titus wandte sich wieder an die Frau. „Und Sie, meine Dame, Sie waren wohl auch nicht so ganz mit den Vorschriften vertraut?"
Die Frau schnaubte. „Das gehört nicht zu meiner Arbeit. Der Anton da hat einen höheren Rang als ich! Er musste das mit dem Knopf wissen! Das haben die mir nicht gesagt!"
Virgil sah, dass sich Titus an das Publikum wandte. „Heute Abend fordere ich Sie auf, Ihre Meinung zu dieser Angelegenheit zu äußern. Finden Sie, dass Herr Anton Kronenborg schuldig ist? Ist ihm nachlässiges Verhalten vorzuwerfen? Oder hat er die Vorschriften von Elmare genauestens studiert und sich bei diesem Vorfall korrekt verhalten? Es ist an Ihnen zu entscheiden!"

Im Saal wurde gerufen und gepfiffen, und es waren Leute zu sehen, die drohend die Faust schüttelten. Die Menschen waren in der richtigen Stimmung, sie wollten einen Sündenbock haben. Auf dem Bildschirm hinter dem Sündenbock wurde das Ergebnis sichtbar: Neunzig Prozent der Leute im Saal hatten den roten Knopf auf der Armlehne gedrückt. Virgil stand auf und setzte sich mit dem Rücken zum MV, als das virtuelle Feuerwerk begann.

Ein paar Tage später holte Virgil Sara von ihrer Wohnung ab, die im teuersten Viertel von Elmare lag. Es hieß „Wohlbefinden“ und bestand aus Schwimmhäusern, die in nichts mehr einem Hausboot ähnelten. Es gab eins mit einer breiten Treppe zur Haustür, ein anderes Haus hatte eine große Terrasse über dem Wasser und daneben lag ein Ruderboot. Das Haus, in das Titus Zuidema gezogen war, hatte eine Glaskuppel als Dach. Virgil musste sich überwinden, auf den Klingelknopf zu drücken. Nach der letzten Folge des Sündenbocks hatte er Angst, Saras Vater unter die Augen zu kommen. Außerdem fühlte er sich schuldig. Sara und er waren schließlich die „Einbrecher“ gewesen. Es war seine Schuld, dass der Mann vom Reinigungsdienst zum Sündenbock erklärt worden war. Die ganzen letzten Tage hatte er ständig darüber gegrübelt, aber er war zu keinem Schluss gekommen, was er machen sollte.
Er drückte auf den Klingelknopf und erschrak vor dem

laut schallenden Ton der bronzenen Glocke. Sara öffnete und hinter ihr stand ihr Vater.
„Aha!“, sagte Titus Zuidema. Er kam mit ausgestreckter Hand auf Virgil zu. „Also du bist Virgil. Ich hab schon viel über dich gehört!“
Verwirrt sah Virgil Titus ins Gesicht, aber der sah ihn bloß freundlich an. Natürlich, Titus wusste ja nicht, wer in dieser Nacht im Infocenter gewesen war. Verlegen schüttelte er die große Hand, an der Titus einen goldenen Siegelring trug.
„Komm doch rein, dann kann sich Sara noch fertig machen, bevor ihr geht. Du weißt doch, Frauen brauchen dafür ihre Zeit. Ich führe dich inzwischen mal rum.“
Virgil fing einen Blick von Sara auf, die kurz die Augen verdrehte. Dann folgte er dem großen Mann, der eine karierte Hose und ein blaues Oberhemd trug. Die Wohnung war rund um eine Halle mit Glasdach gebaut, in der tropische Pflanzen blühten. Zu seiner Überraschung hing an einer der weißen Wände ein großes Bild seiner Mutter.
„Schön, nicht wahr?“, sagte Titus und zeigte darauf. „Die Kunst von Elmare liegt mir am Herzen.“
Virgil sah sich um. Sara war nirgends zu sehen. Sollte er jetzt sagen, dass seine Mutter das Bild gemalt hatte? Aber er fand es besser, das nicht zu erwähnen.
Diese Zimmer hatte nichts mehr mit dem Wohnzimmer bei ihm zu Hause zu tun. In der Mitte des Raums stand ein MV-Bildschirm, doch das Empfangsgerät dazu war

nirgends zu sehen. Gegenüber dem Schirm stand ein makellos weißes Sofa. Der Teppich auf dem weißen Boden war blau und passte ausgezeichnet zu dem Bild. Virgil konnte sich gut vorstellen, dass Sara auf dem blauen Teppich lag um MV zu sehen. Das Sofa schien nicht dafür geeignet, um darauf zu sitzen.
Titus Zuidema nahm ihn mit in die Küche, die ausschließlich aus Marmor und Chrom bestand. Er bot Virgil einen hohen Barhocker vor der Esstheke an und machte die Kühlschranktür auf. „Was zu trinken?"
„Nein, danke schön", brachte Virgil mit Mühe heraus. Unbehaglich saß er auf dem hohen Barhocker und wollte nur, dass Sara wieder auftauchte. Titus stand ihm gegenüber und stützte sich mit den Ellbogen auf die Platte. Sich selbst hatte er ein Glas Whisky eingegossen.
„So!", sagte der berühmte Moderator von Elmare und hob sein Glas. „Auf eure großartige Freundschaft."
Virgil grinste etwas und studierte die Tischplatte.
Sara kam in die Küche gestürmt und zog Virgil so kräftig am Arm, dass er fast vom Hocker gefallen wäre. „Fertig", sagte sie aufgedreht. „Kommst du?"
„Schön, dass wir miteinander gesprochen haben", sagte Titus Zuidema.
Virgil murmelte etwas und folgte Sara schnell. Die Haustür schlug mit einem lauten Knall hinter ihnen zu.
Auf dem Ponton blieb Sara stehen. „Schrecklich, findest du nicht auch?"
„Was?", stotterte Virgil. „Das Haus? Dein Vater?" Er hät-

te sich selbst eine scheuern können, als ihm das letzte rausrutschte.
Aber Sara lachte. „Beides“, sagte sie und warf ihr blondes Haar nach hinten.
Zusammen gingen sie bis zum Avidium. Virgil hatte die Hände tief in die Taschen gesteckt. Sara blickte ihn von der Seite an. „Du bist so still! Ist was?“
„Die Leute vom Reinigungsdienst. Hast du die nicht erkannt?
„Was meinst du?“ Ihre Stimme klang ehrlich überrascht.
„Weißt du nicht, dass sie die für die letzte Sündenbock-Sendung rausgegriffen haben? Der Mann, der im Infocenter sauber gemacht hat, der mit dem Staubsauger. Er hätte die Vorschriften einhalten müssen, wurde gesagt. Er hätte den Alarmknopf oder so was drücken müssen.“
Saras Gesicht war ganz ernst geworden. „Das hab ich nicht gewusst“, sagte sie leise. „Ich war allein zu Haus und bin in meinem Zimmer geblieben und hab schön laut Musik gehört.“
„Es liegt mir richtig schwer im Magen! Ich denke, wir sind schuld“, sagte Virgil und sah sie fragend an.
Sara zuckte mit den Schultern. „Da bin ich mir nicht so sicher. Hör mal, das musst du nicht so tragisch nehmen. Den haben sie doch morgen schon wieder vergessen. Titus meint, dass die Leute es oft sogar schön finden, in den MV zu kommen. Das hat was mit Geltungssucht zu tun, sagt er.“
Ihre Erklärung beruhigte Virgil nicht so ganz. Es er-

schien ihm überhaupt nicht schön, auf diese Art bekannt zu werden! Aber vielleicht hatte sie auch Recht, die Menschen waren schließlich verschieden. Er zuckte mit den Schultern und machte die Tür zum Avidium auf.
Im Krankenhaus stellte sich heraus, dass Bert in ein normales Zimmer verlegt worden war, wie er vorhergesagt hatte. Gegen einen Stapel Kissen gelehnt saß er aufrecht im Bett.
Virgil holte zwei Stühle und sagte: „Opa, das ist also Sara."
„Guten Tag, Herr Wensveen", sagte Sara höflich. „Virgil hat mir schon so viel von Ihnen erzählt, dass ich Sie fast schon ein bisschen kenne."
Virgil setzte sich und hörte dem Gespräch zwischen seinem Großvater und Sara zu. Bei den Geschichten, die Bert über die Abläufe im Krankenhaus auftischte, musste er lachen. Die Besuchszeit war im Nu vorbei und eine Lautsprecherstimme verkündete, dass die Besucher nun das Krankenhaus verlassen müssten.
„Bringst du sie noch mal mit?", fragte Bert.
Virgil nickte. „Wenn's nach mir geht, schon."
Draußen holte Sara tief Luft.
„War's schlimm?", fragte Virgil.
Sie nickte. „Dein Opa ist ein Schatz. Aber von der Luft wird mir schlecht."
„Er fand es schön, dass du mitgekommen bis", sagte Virgil. Er blickte zum Himmel, der sich strahlend blau über Elmare wölbte. „Schönes Wetter zum Skaten heute. Schade, dass mein Brett zu Bruch gegangen ist."

„Kannst du es mir beibringen", fragte Sara plötzlich. „Ich hab's noch nie getan, Skateboard fahren, meine ich. Ihr benutzt doch diesen rostigen eisernen Bogen?"
„Das heißt Halfpipe. Aber du hast doch gar kein Skateboard?"
Sara lachte. „Titus kauft mir alles, wenn ich darum bitte. Du musst mir nur sagen, welches das beste Skateboard ist."
Wollte Sara wirklich skaten lernen? Virgil war gespannt, ob sie Talent dazu hatte.

Am nächsten Tag in der Schule gab es eine Schülerversammlung im großen Saal. Virgil sah sich suchend nach Sara um. Sie saß ganz hinten. Als sie ihn sah, winkte sie ihm und nahm ihre Tasche vom Stuhl neben sich. Virgil ging hin und setzte sich neben sie, als wäre das die normalste Sache der Welt.
Scharf klang die Stimme der Direktorin durch den Saal. „Schülerinnen und Schüler, letzte Woche hat es im Infocenter einen Einbruch gegeben. Es besteht der Verdacht, dass junge Leute aus unserer Schule darin verwickelt sind."
Während sie sprach, spürte Virgil, wie ihm kalt wurde. Ein Prickeln lief ihm über die Arme und er merkte, dass er die Hände ineinander verkrampft hatte. Sara blickte ihn erschrocken an.
„Ich habe diesen Vorfall mit dem Lehrkörper besprochen", redete die Direktorin weiter. Wir waren immer

stolz auf den guten Ruf unserer Schule. Es ist wichtig, dass wir zeigen, dass wir Respekt haben vor den Regeln unserer Gemeinschaft."
Sara lehnte sich zu Virgil und flüsterte: „Das klingt, als würde ich Titus reden hören."
Virgil nickte fast unmerklich.
„Durch solche Vorfälle bekommt unsere Schule einen schlechten Ruf. Wir glauben zu wissen, aus welcher Ecke diese Personen kommen." Der Blick der Direktorin glitt durch den Saal und Virgil musste mit aller Gewalt das Bedürfnis unterdrücken, auf den Boden zu blicken. Betont gelassen sah er nach vorn.
„Es scheint sich um junge Leute zu handeln, die ein Vergnügen daran haben, gegen unsere Regeln zu verstoßen. Beim letzten Mal hat einer von ihnen sich bereits ein Bein gebrochen."
Es war klar, dass sie die Gruppe der Skater meinte. Ein Raunen ging durch den Saal und die Schülerinnen und Schüler verrenkten sich neugierig die Hälse. Virgil konnte sehen, dass Peter rot wurde. Zum Glück saß er ziemlich weit hinten im Saal und die Direktorin bemerkte sein rotes Gesicht nicht. Doch Virgil fand, dass Peter ganz schön schuldbewusst aussah. Er selbst versuchte so ruhig wie möglich zu bleiben.
„Solche Verstöße darf es nicht geben. Wir müssen das Ansehen unserer Schule makellos erhalten!" Die Direktorin machte eine Pause und blickte durch den Saal. „Von nun an werdet ihr alle scharf im Auge behalten. Es ist

unerträglich, dass in der wohl geordneten Gesellschaft von Elmare solche Dinge passieren. Ihr fallt unter unsere Verantwortlichkeit. Wenn jemand von euch dem Namen der Schule schadet, schadet er jedem Einzelnen!"
Virgil rutschte unruhig auf seinem Stuhl hin und her. Ihre Worte waren wie ein Echo dessen, was Titus Zuidema gesagt hatte oder Goman. Was war denn in letzter Zeit in Elmare los? Plötzlich hatte er große Lust aufzustehen und zu sagen, dass er es gewesen war, dass niemand sich für das, was er getan hatte, schuldig fühlen brauchte. Es war seine Schuld, nicht die der Schule oder der Mitschüler. Aber der Gedanke an die Unannehmlichkeiten, die er auf dieses Weise hervorrufen würde, hielt ihn auf dem Stuhl fest. Aber später, schwor sich Virgil, später würde er denen noch was erzählen. Er würde ihnen zeigen, dass ein Mensch sich trauen musste, selbst Verantwortung zu übernehmen. Nicht die Gruppe und nicht die Gesellschaft. War er denn der Einzige, der so empfand? War das das Erbe seines Großvaters?
Während er noch überlegte, beendete die Direktorin ihre Ansprache. Mit einem Kopfnicken deutete sie an, dass sie gehen konnten. Alle standen auf und es gab ein großes Gedränge.
Auf dem Gang kam Peter schnell auf ihn zu. „He, Wensveen!" Virgil blieb stehen. Peter kam dicht an ihn heran und flüsterte: „Passt du ein bisschen auf? Wir müssen vorsichtig sein, die haben uns total im Blick."
Virgil lächelte abfällig, blickte Peter an und sagte: „Ich

hab im Infocenter deinen Namen angegeben. Das findest du doch nicht schlimm, oder? Schließlich war es deine Hausarbeit." Er ging weiter.
Hinter ihm sagte Peter mit kieksiger Stimme: „Aber … Warum hast du das getan?!"
Ohne anzuhalten sagte Virgil: „Ich hab keinen Pass, weißt du noch? Du schon."
Sara, die mit ihm gekommen war, fragte: „Seid ihr jetzt quitt?"
Virgil tat, als verstünde er sie nicht. „Was meinst du damit?"
„Das weißt du doch genau! So wie er es mit dir gemacht hat, damals mit den Eintrittskarten. Jetzt hat Peter Schiss. Und es stimmt nicht mal."
„Na und wenn!", sagte Virgil grimmig. „Der kann sich ruhig ein bisschen mies fühlen. Ich werd dem doch grad erzählen, wie es wirklich war."
„Hm." Zweifelnd hob Sara die Schultern und ging zu ihrem Unterricht.
Im Soziologieraum hing ein Poster von Titus Zuidema. Väterlich blickte der berühmte Moderator auf sie herab. Ganz verblüfft blicke Virgil das große Foto an, unter dem geschrieben stand: „Die Jugend von Elmare hat einen Auftrag!"
„So, heute Morgen habe ich eine Premiere für euch", sagte Goman. Hände reibend stand er vor der Klasse. „Herr Zuidema, euch allen wohl bekannt, hat mir eine wichtige Aufgabe anvertraut. Wie ihr alle wisst, wird es in Kürze

ein neues MV-Programm geben, das sich speziell an die Jugend wendet. Herr Zuidema macht sich Sorgen über zu viel Gewalt im MV. Berichte von Verbrechen, Serien aus Novamonde, in denen die Welt nicht so gezeigt wird, wie sie sein könnte! Und nun sind wir heute Morgen Testpersonen."

Virgil schob seinen Stift von der einen Tischseite auf die andere. Testpersonen? Zum Teufel, sie waren doch keine Kaninchen.

Strahlend vor Freude machte Goman weiter: „Ich zeige euch heute Morgen ein Beispiel von den Sendungen des neuen MV-Programms. ‚Morgen hat schon heute begonnen', heißt das neue Produkt. Ihr seht jetzt eine Probesendung. Danach könnt ihr eure Meinung in diesem Formular eintragen. Aber das ist noch nicht alles." Er machte bewusst eine Pause und sprach dann weiter: „Herr Zuidema stellt unserer Schule für einige Stunden in der Woche sein Studio zur Verfügung. Grund dafür ist, dass einige junge Leute aus unserer Schule selbst ein Live-MV-Magazin gestalten sollen!"

Diese Ankündigung verursachte große Aufregung in der Klasse. Virgil bemerkte, dass Peter sich kerzengerade hinsetzte und den Lehrer mit großen Augen ansah.

„Ich weiß noch nicht, wie dieses Projekt ablaufen soll. Leute, die daran interessiert sind, können sich nach der Stunde dafür bei mir eintragen. Ich denke, dass Herr Zuidema dann festlegen wird, wie viele Schüler daran mitarbeiten können."

Peter meldete sich. „Können wir dann selbst was tun?", fragte er höchst interessiert. „Ich meine mit Kameras und so und selbst auswählen, was wir machen wollen?"
Goman nickte. „Ich denke schon. Es muss natürlich eine Art Nachrichtensendung aus der Schule werden. Es ist geplant, dass sie jeden Morgen in jeder Klasse über die Monitore gezeigt wird."
Peter pfiff leise vor sich hin und klopfte mit den Fingern auf den Tisch, während er offenbar nachdachte. Wahrscheinlich sah er sich selbst im Mittelpunkt wie einen zweiten Titus Zuidema!
Nun wurde das Licht im Klassenzimmer zurückgedreht und der große Bildschirm vorne wurde hell. Die Schüler machten es sich in ihren Bänken bequem. Virgil streckte seine langen Beine neben dem Tisch aus und verfolgte wenig interessiert die Erlebnisse einer Familie, die irgendwo in Elmare wohnte. Ganz kurz waren Schwimmhäuser im Bild und Virgil glaubte, ein Viertel zu erkennen, aber gleich darauf zeigte die Kamera Bilder aus einem Wohnzimmer, wo sich fast die ganze Handlung abspielte. Ein Mitglied der Familie, ein hübsches junges Mädchen, musste sich zwischen ihrer Ausbildung und einem sehr anziehenden jungen Mann aus Novamonde entscheiden. Nach einer halben Stunde, in der viel geredet wurde, hatte sich das Mädchen für ihre Ausbildung entschieden und schickte den Jungen mit der Fähre zurück. Das letzte Bild zeigte das Mädchen über ihren Büchern, wie sie sich gerade noch eine Träne wegtupfte, bevor sie sich eifrig in ihre Arbeit vertiefte.

„Den Namen rechts oben in die Ecke“, sagte Goman und fing an, die Formulare zu verteilen.
Virgil hob die Hand. „Das ist doch eine Art Meinungsumfrage? Dann geht das ohne Namen, anonym.“
Goman blickte ihn mit gerunzelter Stirn an. Die anderen Schüler, die ihren Stift schon in der Hand hatten, sahen fragend auf.
„Ich finde, Sie haben doch sonst nichts von unserer Meinung“, behauptete Virgil, der sich zugleich fragte, ob er nicht schon wieder zu weit ging. „Dann schreiben wir nämlich genau das, was Sie hören wollen, und Sie wissen dann nicht, was wir wirklich meinen.“ Um ihn herum wurde vorsichtig genickt.
Goman blickte unsicher auf die Formulare, die er noch in der Hand hielt. „Ich hab die Anweisung bekommen …“, fing er an, unterbrach sich aber und sagte dann: „Gut, in diesem Fall ohne Namen.“
Virgil nahm seinen Stift, der schon wieder drohte vom Tisch zu fallen, und begann, das Formular zu lesen. Unter den Fragen standen drei mögliche Antworten, die man ankreuzen konnte. Doch für Virgil bestand die Schwierigkeit darin, dass er bei keiner einzigen Frage die richtige Antwort entdecken konnte. Ob er jetzt zwischen a, b oder c wählte, seine Meinung stand da nicht!
„Wie hat dir diese neue Serie gefallen?“, war die erste, nahe liegende Frage, und dahinter stand: „a: spannend, b: lehrreich, c: wegweisend.“
Er kaute auf seinem Stift. Spannend fand er sie bestimmt

nicht, und „lehrreich“ und „wegweisend“ stand für ihn überhaupt nicht zur Debatte! Er nahm seinen Stift und schrieb „langweilig“.
Die nächste Frage war: „Welche Worte passen deiner Meinung nach zum Charakter der Hauptperson? a: standhaft, b: launisch, c: eigenwillig.“ Bei „launisch“ musste Virgil grinsen. Er hatte große Lust, alle drei Kästchen anzukreuzen. Denn er fand, dass das dem Mädchen noch am meisten entsprach.
Bei der letzten Frage konnte er auf drei gepunkteten Linien seine eigene Meinung schreiben. Beim Lesen dieser Frage glaubte Virgil zuerst, sich verlesen zu haben: „Was würdest du tun, wenn du zwischen der Pflicht, Elmare schon im Voraus zu dienen, und der Liebe wählen müsstest?“, stand da in ordentlicher Computerschrift. Grimmig blickte Virgil um sich. Seine Klassenkameraden waren alle eifrig am Werk. Sie hatten ganz offenbar deutlich weniger Probleme als er. Er beugte sich vor und schrieb: „Ich würde dafür sorgen, dass wir zusammen in Elmare bleiben!“ Er las seine Antwort noch einmal und fand sie viel zu brav. In dieser Antwort sollten sie mehr von seiner Meinung erfahren! Wieder nahm er den Stift und fügte hinzu: „oder in Novamonde.“

In der Nacht träumte Virgil von endlosen Gängen, durch die er auf der Suche nach Sara lief. Aber jedes Mal, wenn er sie sah, verschwand sie gerade um eine Ecke und er konnte sie nicht einholen. Die Wände schienen sich auf-

einander zu zu bewegen, er spürte Gefahr hinter sich und drehte sich um. Da sah er eine Wand von Wasser, die höher und höher wurde, bis die Wassermasse sich nach vorne bewegte und auf ihn niederkam. Mit einem Schreckensschrei drehte er sich um und rannte so schnell er konnte los, durch endlose Gänge, und das Wasser folgte ihm. Er hörte jemanden gellend schreien und plötzlich liefen auch andere Menschen mit ihm. Ein Ruf ertönte: „Der Deich ist gebrochen!" Dann stolperte er, das Wasser überspülte ihn und er merkte, wie er mitgezogen wurde. Er versuchte Luft zu holen, aber er ertrank in den grünlichen Fluten.
Virgil richtete sich ruckartig im Bett auf und warf die Decken von sich, keuchte und würgte, als wäre er tatsächlich am Ertrinken gewesen. Sara, war das Sara, die er im Traum so gellend schreien gehört hatte?
Langsam kam er wieder zu sich. Ein Glück, dass er nicht wirklich geschrien hatte. Unter ihm schlief Jasper immer noch friedlich. Virgil legt sich wieder hin und zog seine Decken zurecht.
Warum hatte er das geträumt? Es gab doch nichts, wovor er Angst haben müsste? Draußen hörte er den Wind und das Schwimmhaus schaukelte auf und nieder. Hier in Elmare war er doch sicher. Während er noch auf die Geräusche von draußen horchte, sah er, dass der Himmel plötzlich hell erleuchtet wurde. Blitze zuckten. Das Gewitter kam aus der Richtung von Novamonde. Wie beim letzten Mal wunderte es Virgil, dass das Licht so grell

war. Unbewusst hielt er den Atem an und zählte, bis er den Donner hörte: Er kam bis zehn, und das bedeutete, dass das Gewitter direkt über Novamonde hängen musste. Er kletterte aus dem Bett und blickte aus dem Fenster. Über dem höchsten Turm von Novamonde flackerte ein unheimliches blaues Licht. Dann verschwand es und es schien, als würde das Dach des Turms rot nachglühen, aber dann verging auch diese Erscheinung. Virgil hörte den Regen aufs Dach prasseln. Er kroch wieder in sein Bett und zog sich die Decken über den Kopf.

Am nächsten Morgen wurde über den MV eine Sturmwarnung durchgegeben. Es wurde geraten, entsprechende Vorsorge zu treffen, man rechne mit Windstärke neun.

„Schon wieder Sturm!“, sagte Leonore klagend. „Er kommt in der letzten Zeit so oft. Es ist, als ob sich das Wetter verändert hätte.“

Aber Steven schüttelte den Kopf und meinte, das wäre nicht möglich. Virgil half seinem Vater, das Schwimmhaus zu verankern. Dabei musste er an Saras Luxushaus denken. Ob es diese großen Häuser aushalten würden, wenn es richtig tobte? Er konnte sich nicht vorstellen, dass Titus Zuidema selbst auf das Dach stieg! Aber der hatte wahrscheinlich ein automatisches Sicherungssystem, da brauchte er, Virgil, sich keine Sorgen zu machen.

Als alles sicher festsaß, beschloss Virgil wie üblich zur Schule zu gehen. Im Avidium hatte man weniger Probleme mit Stürmen. Das Gebäude stand fest. Der Regen schlug ihm ins Gesicht, und als Virgil in der Zentralhalle ankam, war er völlig durchgefroren. Zum Glück hatte er eine wasserdichte Jacke an. Mit dem Schal trocknete er sich das Gesicht ab und ging in die Schule.

An den Eingangstüren hingen ein paar Schüler rum, aber es war lange kein solches Gedränge wie sonst um diese Zeit. Einen Augenblick lang dachte Virgil, er hätte sich im Tag vertan, aber er war sich ganz sicher, dass heute nicht Sonntag, sondern Montag war.

„Heute ist frei!“, schrien ihm ein paar seiner Klassenkameraden zu, als sie ihn herankommen sahen. „Die Lehrer haben Angst vor dem Sturm und kommen nicht aus ihren Häusern raus.“

„Na klasse“, maulte Virgil. Er wollte auf Sara warten, doch nach einer halben Stunde war ihm klar, dass sie heute nicht kommen würde. Mit der Rolltreppe fuhr er nach oben ins Infocenter und spähte vorsichtig nach der Frau hinter der Theke. Verdammt, heute war nicht sein Tag. Es war ausgerechnet die, die Sara und ihm beim letzten Mal geholfen hatte. Weil er befürchtete, sie würde ihn erkennen und lästige Fragen stellen, kehrte Virgil um und fuhr wieder nach unten. Er wählte den Gang zur Einkaufspromenade. Heute war es überall ganz ruhig. Die Glastüren zu der Einkaufsstraße waren geschlossen, aber als Virgil dagegen drückte, gingen sie geräuschlos auf. Vor sich sah er das graue Wasser der Flevosee. Mit wütender Kraft schlug es gegen die gläserne Abschirmung. Virgil schreckte etwas zurück, überlegte aber dann, dass keine

Gefahr bestünde. Technik ist unfehlbar, hatte Titus Zuidema gesagt. Und solange sich alle an die Vorschriften hielten, würde alles gut gehen! Die Scheiben der Abschirmung saßen fest in ihren eisernen Fassungen, und von oben schütze ihn die gläserne Überdachung vor dem heftig niederprasselnden Regen.
Virgil schlenderte an den Geschäften vorbei, die trotz des schlechten Wetters geöffnet hatten. Er hörte sich die neuesten Musik-CDs an und probierte ein gerade erschienenes virtuelles Spiel aus. In einer kleinen Boutique, wo ihn eine freundliche Verkäuferin begrüßte, sah er sich nach einem Schmuck für Sara um. Das war nicht so einfach, denn er kannte ihren Geschmack nicht genau und außerdem hatte er nicht viel Geld.
„Achtung, Achtung ..." Die Stimme aus dem Lautsprecher schreckte ihn auf. „Der Wind hat auf Stärke 11 zugenommen. Aus nordwestlicher Richtung nähert sich eine Windhose. Wir erwarten eine Flutwelle mit einer Geschwindigkeit von zwanzig nach der Skala von Bulot. Innerhalb von fünf Minuten muss alles geschlossen sein. Wir wiederholen: In fünf Minuten müssen alle Geschäfte geschlossen sein. Dem Personal wird dringend geraten, in die Halle des Avidiums zu kommen."
Die Verkäuferin, eine junge Frau in einem engen Wickelrock, sah Virgil hilflos an. „Ich weiß nicht, was ich tun muss!", sagte sie nervös. „Ich darf nicht abschließen. Das ist die Sache von meinem Chef, und der ist nicht da!"
„Aber Sie müssen den Laden abschließen!" Virgil ging

zu ihr. „Die sagen, dass eine Flutwelle auf uns zukommt. Da ist es besser, wenn alles dicht ist!" Er blickte zur Ladentheke, wo das Schaltbrett für den Laden zu sehen war.

„Aber ich hab das noch nie anfassen dürfen. Die Läden müssen vor die Fenster und die Tür muss verriegelt werden", rasselte die junge Frau herunter. „Und das Licht aus, natürlich." Sie blickte auf das Schaltbrett und drückte vorsichtig einen Knopf. „Das ist irgend so eine Sicherung. Man drückt auf einen Knopf, und dann hat man noch eine Minute, um aus dem Geschäft zu kommen."

„Und das haben Sie nun gerade getan", sagte Virgil ungläubig. „Kommen Sie mit, wir müssen hier raus!"

„Aber die Läden! Das Licht!" Die junge Frau war nun völlig am Durchdrehen.

Virgil befand sich in einem Dilemma. Er drückte hastig auf einen Knopf, und die Lichter erloschen eins nach dem anderen. Doch die Läden, die vor die Fenster mussten, die vom Boden bis zur Decke reichten, kamen nicht in Bewegung. Er musste an seinen Traum denken. Es näherte sich eine Wand von Wasser, und er stand hier herum, weil irgendeine hilflose junge Frau ihn in Schwierigkeiten gebracht hatte. Schnell fasste er einen Entschluss. Er schnappte sie am Handgelenk und zerrte sie zur Ladentür.

„Meine Jacke! Meine Sachen!", schrie die junge Frau, die auf hohen Absätzen hinter ihm herstolperte.

Die Tür kam in Bewegung. Virgil lief so schnell er konn-

te nach draußen, hinter ihm kam die Verkäuferin. Die Einkaufspromenade lag verlassen da, nur weiter vorne sah man Leute auf die Glastüren zueilen.
„Zieh die blöden Schuhe aus, wir müssen rennen!“, schrie er die Frau an.
Die blickte auf die Flevosee und stieß einen Schrei aus. Virgil sah auch hin, und was er sah, ließ ihm das Blut in den Adern gefrieren.
Eine meterhohe schmutziggraue Wassermasse verdeckte den Horizont. Es war, als würde die Flevosee von einer riesigen Hand gehoben und könnte jeden Augenblick über Elmare zusammenschlagen. Die Einkaufspromenade würde überspült werden. Virgil bezweifelte, ob die gläserne Abschirmung der Gewalt des Wassers standhalten konnte.
Er rannte los. Hinter ihm kam die junge Frau, aber da sie sich geweigert hatte, sich ihre Schuhe auszuziehen, kam sie nicht so schnell voran wie er. Virgil erreichte die gläsernen Türen, drückte sie auf und stürzte nach drinnen. Hinter sich hörte er, wie sich die Türen mit einem harten Klacken schlossen. Eine Sirene schallte durch das Avidium und alle Lichter gingen plötzlich aus. Ein Wärter zog mit einem energischen Ruck die Verriegelung vor die Türen.
„Noch nicht!“, schrie Virgil. „Es kommt noch jemand!“
Auf der anderen Seite der Glastür stand die junge Frau. Hinter ihr war die gläserne Abschirmung und dahinter mit ein paar Metern Abstand das aufgepeitschte Wasser.

Virgil drängte den Mann in der Wärteruniform, der die Türen verschlossen hatte, zur Seite, ruckte die Tür wieder auf, riss die junge Frau nach drinnen und drückte die Tür wieder ins Schloss.
„Bist du total verrückt geworden!“, brüllte der Wärter. „Fünf Minuten haben sie gesagt! Vorschriften sind Vorschriften. Hast du den Alarm nicht gehört?“
Die junge Frau fiel auf den harten Boden der Halle nieder und fing mit lauten Schluchzern an zu heulen. Nun war keine Zeit mehr für Diskussionen. Das Wasser stürzte auf die Einkaufspromenade. Virgil, der noch an der Tür stand, sah, wie die Abschirmung unter der Gewalt des Wassers in tausende von Splittern zerbarst. Durch den Aufprall erbebte das Avidium bis in seine Grundfesten, das Wasser schlug gegen die Türen und Virgil hatte für einen Augenblick den Eindruck, er säße in einem riesigen Aquarium.
Durch das eiserne Gitter hindurch, das die Türen verstärkte, sah Virgil das Wasser höher und höher kommen. Dann veränderte es seine Farbe, wurde durchsichtig und riss in Schaumkronen auseinander. Die See zog sich zurück und nahm Glasscherben, verbogenes Eisen, Lampen und Möbel mit sich.
Virgil schob sich zwischen den schreienden Menschen durch bis zur Mitte der Halle, wo er sich auf den Rand eines Pflanzbeckens niedersacken ließ. Fünf Minuten, hatte der Wärter gesagt, Vorschriften sind Vorschriften. Und die Menschen?

Jemand tippte ihm auf die Schulter. „Warst du der Letzte, der vor dem Alarm reingekommen ist?“ Vor ihm stand ein Kamerateam, die Kamera auf ihn gerichtet.
Erschrocken stand Virgil auf. „Wieso? Was wollen Sie von mir?“ Er drehte sich um und ging weg, aber die Leute vom MV-Team liefen hartnäckig hinter ihm her.“
„Der Wärter hat dich uns gezeigt, also bist du einer von den Letzten, die reingekommen sind. Und wer war die Person, die von dir noch reingelassen wurde, als der Alarm schon ausgelöst war?“
Virgil wurde fuchsteufelswild. Er drehte sich um und brüllte die in schwarz gekleideten Männer an: „Sucht ihr einen neuen Sündenbock?! Was für ein Blödsinn! Menschen sind wichtiger als Vorschriften! Sie konnte nicht rein, sie war nicht rechtzeitig! Sonst wär sie verdammt noch mal tot gewesen! Lasst mich in Ruhe!“
Der Mann hinter der Kamera machte unbeirrbar weiter: „Von wem redest du jetzt? Wer war der Letzte? Und wie kam es, dass sie zu spät war?“
Virgil erreichte die Türen an der Vorderseite des Avidiums und lief nach draußen, ohne sich noch einmal umzusehen. So bekam er auch nicht mit, dass die Kamera seinen Marsch über den nassen Ponton in aller Ruhe aufnahm.
Auf dem Heimweg sah Virgil überall die Folgen des Sturms. Häuser waren gegeneinander geschmettert worden, das Wasser hatte Haufen von Seetang und Muscheln zurückgelassen und es knirschte unter den Füßen. La-

ternen waren umgestürzt und Elmare lag in Dunkelheit gehüllt, obwohl es mitten am Vormittag war. Immer noch regnete es, ein schwerer Regen, der Virgil ins Gesicht schlug. Er hatte Angst vor dem, was er in seinem Viertel vorfinden würde und ging so schnell wie möglich.

Sein Viertel, im Osten von Elmare, schien im Windschatten gelegen zu haben. Die nördliche Seite, wo das Avidium lag, war am schwersten betroffen. Alle Schwimmhäuser in seinem Viertel lagen noch ordentlich nebeneinander, wenn auch bei einigen die Läden vom Sturmwind abgerissen worden waren. Er sah zerbrochene Fensterscheiben und Menschen, die dabei waren, mit Holzplatten kaputte Fenster abzudichten.

Virgil zog die Tür mit einem Ruck auf und stolperte ins Haus, warf seine durchnässte Jacke auf den Boden und ließ sich an den Tisch fallen, wo Leonore blass und still saß. „Die sind verrückt!", polterte er mit heiserer Stimme los. „Die sind verrückt hier in Elmare, total behämmert." Er sah seine Mutter an. „Wo ist Steven?"

„Er und Matt sind helfen gegangen. Überall sind Schwimmhäuser voll Wasser geschlagen."

„Also so total sicher ist Elmare doch nicht", sagte er bitter. „Übrigens komme ich jetzt im MV. Ein Kamerateam vom Sündenbock hat nach der großen Welle in der Halle vom Avidium gefilmt. Es war verdammt knapp. Ich hab schon gedacht, dass es aus mit mir wäre."

„Wo warst du denn?"

„Ich bin auf die Einkaufspromenade gegangen, die Schule

war ausgefallen. Dann kam die Warnung und die Läden mussten geschlossen werden. Ich hab gesehen, wie das Wasser gekommen ist, Leonore. Das war eine Welle! Gut fünf Meter hoch."

Leonore sagte erst nichts, aber Virgil sah, dass sie kurz zitterte, als ob ihr kalt wäre. „Elmare ist sicher, Virgil. Es ist nichts passiert. Wir wohnen gut hier", sagte sie schließlich.

„Dann darf das Wasser aber nicht noch höher kommen."

Virgil stand auf und ging unruhig im Zimmer hin und her. „Ich hab davon geträumt. Ich hab das Wasser heut Nacht im Traum kommen sehen."

Leonore stand auf und legte ihm die Hände auf die Schultern. „Ganz ruhig, du bist ja ganz durcheinander. Warum gehst du nicht mal ins Krankenhaus und siehst nach, ob da alles in Ordnung ist? Die Leute dort müssen auch schrecklich erschrocken sein. Aber zieh dir erst was Trockenes an."

Das Krankenhaus, an der einen Seite des Avidiums gelegen, war unversehrt. Offensichtlich hatte hier alles gut funktioniert. Die Fenster waren noch gesichert, als Virgil eintraf, die Notbeleuchtung brannte und die Gänge waren rötlich beleuchtet. Er wollte zu Berts Zimmer gehen, aber ein Pfleger hielt ihn auf.

„Es ist keine Besuchszeit!"

Virgil schüttelte die Hand des Mannes, die er auf seinen Arm gelegt hatte, ab. Er ließ sich heute nicht mehr aufhalten. Die konnten ihn mal mit ihren Vorschriften! Er stieß die Zimmertür auf und ging zu dem Bett am Fenster.

„Ist hier alles in Ordnung?"
Als er die Stimme hörte, blickte Bert überrascht auf. „Virgil! Kannst du mir mal erzählen, was los ist? Die sagen hier nichts, aber ich hab die See gesehen, bevor die Läden geschlossen wurden."
Virgil, der sehr genau wusste, dass er diesem alten Seemann nichts vormachen konnte, erzählte, was passiert war.
Bert nickte nachdenklich. „Das war es also. Ich hab die Erschütterung gespürt, die durch das Gebäude ging. Weißt du, Virgil, die Pontons, vor denen habe ich schon gewarnt, als die alten Bootsstege ersetzt wurden. Die sind lebensgefährlich."
„Herr Wensveen!" Der Pfleger war mit einem anderen Mann in weißer Jacke hereingekommen. „Sie dürfen sich nicht aufregen. Ihr Enkel muss jetzt gehen!"
„Das regt mich viel mehr auf, wenn er gehen muss!", sagte Bert wütend. „Ich will, dass der Junge bleibt!"
Der andere Mann seufzte, sah auf seine Uhr und sagte: „Fünf Minuten, Herr Wensveen."
„Ich hab mir schon was überlegt", sagte Bert leise und beugte sich zu Virgil vor, „wie ich mein Boot wieder kriegen kann, wenn es mir endlich besser geht. Zusammen müssten wir das schaffen. Mein Schiff kann einen Sturm viel besser überstehen als diese Ansammlung von schwimmenden Gebilden, die sie hier Häuser nennen."
Bert lehnte sich in die Kissen zurück und machte die Augen zu.

„Ginge das wirklich?", fragte Virgil aufgeregt.
„Ich hab dir alles erklärt, weißt du noch? Du weißt, wie das Schiff funktioniert, du kannst die Motoren anwerfen. Du bist geschickt genug." Bert grinste, und Virgil fand, dass sein Großvater fast wie ein alter Kaperkapitän aussah. „Wenn die Zeit dafür reif ist, erzähl ich es dir genauer. Weißt du, Virgil, was am besten ist? Ein Überraschungsangriff."
„Ich komme mit", sagte Virgil.
„Erst müssen wir dahinter kommen, wo das Schiff liegt. Der genaue Ort, die Nummer vom Liegeplatz, welcher Bootssteg, alles."
Ein Pfleger kam rein. „Die fünf Minuten sind rum!"
Virgil stand auf. Aus den anderen Betten blickten ihn zwei alte Männer neugierig an. Ob sie das Gespräch gehört hatten?
„Und die Probleme, die löse ich schon", sagte Bert grimmig. „Man hat hier alle Zeit, um nachzudenken." Seine Stimme klang drohend, und der Pfleger versuchte, ihn schnell zu besänftigen: „Sie sind hier nur zu Ihrem Besten, Herr Wensveen."
„Das hoffe ich", murmelte Bert.
Virgil beugte sich vor und legte seine Hand ungeschickt auf die seines Großvaters. „Das kommt in Ordnung, Skipper!", sagte er.
Sie sahen sich an und Bert grinste. „Wenn wir uns zusammentun, müssen die aufpassen!"
Später im Gang dachte Virgil über diese Worte nach.

Durch all das, was in der letzten Zeit passiert war, begann sich seine Haltung zu verändern. Er wurde genauso unbequem wie sein Großvater.

Die misslungene Flucht

Am Abend kamen die Nachrichten zur gewohnten Zeit. Der MV ging an und der Nachrichtensprecher von Elmare erschien und saß wie immer hinter einem halbrunden Tisch. Er räusperte sich und fing an: „Der schwere Sturm, der Elmare heute heimgesucht hat, hat erhebliche Schäden an …“ Das Bild verschwamm. Steven ging verwundert zu dem Gerät und klopfte dagegen, aber das brachte nichts. Es war nur ein leichtes Geräusch zu hören und über den Bildschirm verlief ein bunter Balken.

„Ist der Apparat kaputt?“, wollte Leonore wissen.

Steven schüttelte den Kopf. „Ich weiß nicht, es sieht eher wie eine Störung aus. Virgil, frag doch mal schnell nebenan.“

Virgil kam gleich wieder mit der Information zurück, dass die Nachbarn auch kein Bild hätten.

„Seltsam“, sagte sein Vater. „Vielleicht hat der Sturm heute etwas beschädigt.“

Sie ließen den MV angeschaltet und Virgil ging an seine Hausaufgaben. Kurz darauf flackerte der Bildschirm auf und zeigte das Testbild von Elmare, die friedlich plätschernde See. Dann erklang eine Stimme aus den Lautsprechern: „Guten Abend. Wir möchten uns vielmals für die Störung entschuldigen. Es wurde beschlossen, die Nachrichten von Elmare heute Abend nicht zu senden. Zurzeit wird eine größere Konferenz über die Nachrichtensendungen abgehalten. Anstelle der Nachrichten bekommen Sie nun einen Dokumentarfilm mit dem Titel ‚Die Entstehung von Elmare' zu sehen."

Steven starrte verblüfft auf den Multiviser. „Das verstehe ich nicht! Ich war so gespannt auf die Folgen der Flutwelle!"

„Jedenfalls hat es an der Ladenstraße einen ordentlichen Schaden gegeben", brummte Virgil. „Das hab ich selbst gesehen. Hör mal, Steven, ich glaub das war Titus Zuidema, der da grad gesprochen hat."

Sein Vater sah überrascht zu ihm hin. „Das geht doch nicht, der hat mit den Nachrichten doch gar nichts zu tun. Wahrscheinlich irrst du dich."

Virgil zuckte mit den Schultern und machte an seinen Hausaufgaben weiter. Nach dem Dokumentarfilm erschien das Sündenbock-Zeichen im Bild. Titus Zuidemas Stimme war aus den Lautsprechern zu hören, und Virgil war sich sicher, dass er vor dem Dokumentarfilm auch diese Stimme gehört hatte.

„Fehler sind gemacht worden, menschliche Fehler. Kann Elmare, unsere technisch hoch entwickelte Stadt, keinen Sturm überstehen? Warum hat sich nicht jeder strikt an die Vorschriften gehalten? Müssen wir unsere Technik vervollkommnen? Sehen Sie am Samstagabend un-

ser Programm, live aus dem Studio von Elmare – Der Sündenbock.“ Das Zeichen flammte rot auf und verschwand.
„Ich glaube, ich weiß schon, wen sie sich diesmal vornehmen“, sagte Virgil düster.
„Doch nicht etwa dich?“, fragte Leonore erschrocken.
Virgil schüttelte den Kopf. „Nein, nicht mich.“ Er dachte an die Verkäuferin mit den hohen Absätzen.
„Aber du hast gesagt, dass sie dich gefilmt haben.“
„Ich bin weggelaufen.“ Virgil stand auf. Diesmal wollte er etwas dagegen tun. Beim letzten Mal mit dem Mann vom Reinigungsdienst hatte er nicht gewusst, dass der der Sündenbock werden sollte. Aber jetzt konnte er vielleicht verhindern, dass so etwas passierte. „Ich geh zu Sara, vielleicht kann sie ihrem Vater das ausreden.“
„Aber spätestens um ein Uhr bist du wieder zu Haus“, sagte Steven scharf.
Virgil murmelte etwas und hörte dann, schon im Flur, seinen Vater sagen: „Ich glaube nicht, dass jemand Titus Zuidema etwas ausreden kann, vor allem nicht, wenn es um Einschaltquoten geht.“
Draußen war es jetzt trocken. Zwar jagte der Wind noch Wolkenfetzen über den Himmel, aber der Sturm war vorüber. Mit großen Schritten ging Virgil zu Saras Viertel. Als er dort ankam, sah er große Scheinwerfer über das Wasser leuchten. Ein Mann lief hin und her und eine Rettungsmannschaft fischte nach allen möglichen Sachen im Wasser. Auf den Pontons standen Leute, die zusahen. Ein

Schwimmhaus war gekentert. Am Ponton hing es r
fest, aber Leitungen und Rohre waren sichtbar. Der
tere Teil lag schräg unter Wasser. Gerade versuchte man, Trossen daran zu befestigen und es hochzuziehen. In der Menge erkannte er die blonden Haare von Sara. Es war eigenartig, als er sie so da stehen sah, wurde ihm auf einmal ganz warm von innen.

„Hi!" Sara lief auf Virgil zu. „Sieh dir das mal an, die sind fast alle ihre Möbel los! Auch eine Art von Generalhausputz!"

Auch Virgil lachte. „Schade, dass der MV gestört war. Es scheint ganz schön viel durch die Flutwelle passiert zu sein. Ist bei euch alles in Ordnung?"

Sie gingen zu dem großen Haus von Titus Zuidema.

Sara machte die Haustür auf. „Mein Vater ist nicht da. Die sind alle im Studio. Es werden Aufnahmen für die Sendung am Samstag gemacht. Die ist so richtig was für ihn, du hättest ihn sehen müssen, bevor er fortgegangen ist. Er hat vor Vergnügen gestrahlt." Sie warf ihre Regenjacke in den Flur und zog sich die Stiefel aus. „Schön, dass du noch vorbeigekommen bist."

Virgil befreite sich von Jacke und Schuhen und lief in Strümpfen über den marmornen Boden. Zu seiner Überraschung war der warm.

„Fußbodenheizung", sagte Sara, die seinen erstaunten Blick sah. „Alles bis zum i-Tüpfelchen geregelt. Nein, mit unserem Haus ist nichts passiert. Du kennst doch Titus, alles muss perfekt sein. Bevor wir das Haus hier gekauft

haben, hat er alles von einem Gutachter überprüfen lassen. Ich hol uns schnell noch was zu trinken."
Kurz darauf saßen sie beide in Saras großem Zimmer. Noch nie zuvor hatte Virgil bei jemandem so viel Zeug rumliegen sehen. Offensichtlich machte sich Sara nicht die Mühe, ihre Sachen aufzuräumen. Über jedem Stuhl hing ein Kleidungsstück und auf dem Boden häuften sich Schuhe, Strümpfe und Zeitschriften.
„Sorry. Hätte ich gewusst, dass du kommst, hätte ich aufgeräumt", sagte Sara. Sie wischte ein paar Hosen von einem Stuhl und stellte das Tablett darauf. Sie selbst setzte sich aufs Bett. Weil es sonst keinen freien Stuhl im Zimmer gab, setzte Virgil sich neben sie. Dann erzählte er, was am Vormittag passiert war.
„Ist das die Verkäuferin aus der Boutique, die zerstört worden ist?", fragte Sara.
Virgil nickte.
„Ja, dann wird die das sein", sagte Sara
Virgil verstand sofort, was sie damit meinte. „Aber sie ist doch noch eine junge Frau und sie war total in Panik!", sagte er. „Sie war heute alleine in dem Laden und sie wusste nicht, was sie tun sollte. Sara, ich will nicht, dass wieder jemand durch meine Schuld zum Sündenbock wird, genau wie der Mann vom Reinigungsdienst. Kannst du nicht mit deinem Vater reden?"
Sara lachte kurz. „Titus hört auf niemanden und auf mich schon gar nicht. Aber wie kommst du darauf, dass du schuld bist?"

Virgil zog die Schultern hoch. „Ich weiß es nicht. Es ist vielleicht nicht ganz so, aber es sieht ein bisschen danach aus."
Nachdenklich sagte Sara: „Du hast schon Recht, wenn du dabei bist, passiert was."
„Wie meinst du das?" Virgil griff zum Glas, nicht weil er Durst hatte, sondern um sich an etwa festhalten zu können. Sie saß so dicht neben ihm, dass er ihr Bein an seinem spüren konnte.
„Also schon mit dem Kaffeeautomat. Du warst der, der am dichtesten dabei gestanden hat. Bei dem Mann vom Reinigungsdienst weiß ich es nicht so genau, da bin ich mindestens genauso schuld. Aber heute Morgen warst du zufällig alleine in dem Geschäft mit der Frau."
Virgil zog wieder die Schultern hoch. „Ach, ich bin der dritte Sohn. Bestimmt ziehe ich das Unglück an." Er schwieg und dachte an seinen Traum. Sollte Sara Recht haben und es stimmte etwas nicht mit ihm? Aber das wollte er einfach nicht! Am liebsten würde Virgil seinen eigenen Weg gehen, nicht auffallen, zum Unterricht gehen und mit seinen Freunden Spaß haben. Und er hätte gerne einen eigenen Pass, damit er dazugehörte. Aber er gehört nicht dazu, denn er war der dritte Sohn.
„Vielleicht können wir dieses Mal was tun", sagte Sara grübelnd. Ich glaub, dass ich ihre Adresse rauskriegen kann. Dann können wir sie warnen. Ich schätze, sobald Titus die rausbekommt, geht es los."
„Was?", fragte Virgil, der es schwierig fand nachzudenken, wenn Sara so dicht bei ihm war.

„Gespräche mit Freunden, Interviews mit Bekannten", zählte Sara auf. „Titus wird dich sicher auch dabei haben wollen."
„Da mach ich nicht mit", sagte Virgil heftig. Er stellte das Glas hart auf das Tablett zurück. „Ich würde am liebsten verschwinden!"
„Vielleicht ist das sogar die beste Idee", sagte Sara. „Denn die lassen dich doch nicht in Ruhe. Was ist das nur mit dir, Virgil? Du ziehst es wirklich an, Unglück und so was." Sie wandte sich ihm zu, und plötzlich war ihr Gesicht dicht vor seinem.
Später hätte Virgil nicht mehr sagen können, ob sie oder er angefangen hatte. Aber was er wohl wusste, war, dass er auf dieses Erlebnis für kein Gold der Welt hätte verzichten wollen. Ihre Gesichter kamen einander näher, und zum ersten Mal in seinem Leben küsste er ein Mädchen richtig. Ihr Mund war weich und warm unter seinem und Virgil empfand, dass etwas mit ihm geschah, wofür er keine Worte hatte. Alles wurde unwichtig, nur sie beide waren noch da.
Einige Zeit später lösten sie sich verlegen voneinander. Sara war rot. Sie strich sich die Haare aus dem Gesicht, um ihre Fassung wiederzuerlangen. Virgil streichelte ihr vorsichtig mit dem Finger die Wange.
„Aber das mit dir, das ist doch kein Unglück?", fragte er.
Sara lachte einen Moment, gab aber keine Antwort.
Trotz allem, was an diesem Tag passiert war, hatte Virgil

auf dem Heimweg das Gefühl, dass er der ganzen Welt gewachsen sei. Pfeifend machte er die Haustür auf, warf in gekonntem Bogen seine Jacke auf den Garderobenhaken und ging ins Wohnzimmer. Matt saß am Tisch, seine Freundin war auch da. Sie hatte kurze Haare und war klapperdürr.
„Der ist verliebt", sagte Matt.
„Und ich weiß auch, in wen", sagte Jasper, der ebenfalls am Tisch saß. Irgendwie klang seine Stimme abfällig.
„Jungs, könnt ihr nicht etwas taktvoller sein?", sagte Leonore vom Sofa.
„Jedenfalls hat er einen guten Geschmack", meinte Steven, der neben ihr auf dem Sofa saß.
Virgil drehte sich um und ging ohne ein Wort in sein Zimmer. Das hatte ihm noch gefehlt, das Geschwätz von seiner Familie. Er nahm einen Spiegel und betrachtete sich kritisch. Mit dem, was er sah, war er nicht so zufrieden. Wie konnte sich ein Mädchen denn in jemanden mit einer solchen Nase verlieben? Er versuchte sich von der Seite zu sehen, wurde aber von Jasper gestört, der ins Bett wollte. Hastig legte Virgil den Spiegel weg.
„Ach, jetzt wirst du auch noch eitel", sagte sein Bruder bösartig. „Wie ist sie denn?"
„Was meinst du?", fragte Virgil.
„Na hör mal, das kapierst du doch wohl?!" Die Stimme von Jasper war unangenehm. Aber Virgil achtete nicht so darauf. Konnte er gut küssen? Und was musste er jetzt machen? Was erwartete ein Mädchen danach von ihm?

Er wünschte, er könnte einen seiner Brüder fragen, aber Matt machte immer nur blöde Witze und Jasper hatte noch keine Freundin. Steven und Leonore waren zu alt. Bei denen war das alles viel zu lange her.
„Wenn du deine Geheimnisse für dich behalten willst, will ich nicht drängeln!"
Virgil drehte sich zu seinem Bruder um. „Was soll ich denn sagen? Was erwartest du von mir?" Er hatte keine Lust, über Sara zu reden, denn er hatte Angst vor Jaspers blöden Bemerkungen.
„Sie hat einen Wahnsinnsbusen, das wird dir kaum entgangen sein." Jasper wollte in sein Bett steigen, aber Virgil sprang auf und packte seinen Bruder.
„Ich will nicht, dass du so über Sara redest! Überhaupt nichts! Kein Wort! Keinen Buchstaben!"
„Lass mich los, du grober Sack!", keuchte Jasper. „Ich sag ja nichts mehr." Sie kletterten in ihre Betten und Jasper machte das Licht aus. In der Dunkelheit hörte Virgil ihn murmeln: „Schnell eingeschnappt, das ist man, wenn man verliebt ist."
„Halt die Klappe!", sagte Virgil und drehte sich mit dem Gesicht zur Wand.

Bevor Virgil am nächsten Tag in die Schule ging, wollte er bei der Einkaufspromenade vorbeisehen. Aber die Glastüren waren vernagelt und fest verschlossen.
Sara stand an der Garderobe und grüßte ihn kaum. Sie hängte gerade ihre Jacke auf und versteckte ihr Gesicht

hinter den Haaren. Virgil erschrak. Hatte er irgendetwas falsch gemacht? Lag das an gestern Abend? Hatte er sich ihr zu sehr aufgedrängt und schämte sie sich jetzt? Oder hatte sie schlicht mehr von ihm erwartet? Während all diese Gedanken durch seinen Kopf rasten, schüttelte Sara ihre Haare zur Seite und sagte ein bisschen unsicher: „Hi!“

Virgil holte erleichtert Luft. Es war also noch alles gut zwischen ihnen. Er lächelte breit und überlegte, was er sagen sollte.

„Sie haben die Einkaufspromenade abgeschlossen“, meinte er schließlich. „Die haben bestimmt Angst, dass die Leute da rumschnüffeln.“

Sara nickte, dass ihre blonden Haare tanzten. „Ja, wahrscheinlich.“

„Ich wollte wisssen, wie es da aussieht“, sagte Virgil. „Hast du noch was von deinem Vater gehört?“

„Ich hab ihn gar nicht gesehen, er ist erst spät in der Nacht nach Hause gekommen“, sagte Sara. Langsam gingen sie zu dem Raum, in dem Virgil Unterricht hatte, und blieben noch kurz vor der Tür stehen.

„Sehe ich dich heute noch?“, fragte Virgil leise.

Sara nickte.

Der Lehrer, der die Tür zum Unterrichtsraum schließen wollte, sah ihn und sagte: „Kommst du noch rein oder bleibst du heute auf dem Gang?“

„Sobald ich was weiß, komme ich zu dir“, sagte Sara noch schnell. Sie lächelte ihn an und ging dann. Virgil sah ihr

noch nach, als ihn die Stimme des Lehrers aufschreckte.
„Letzte Chance!“
„Entschuldigen Sie“, murmelte Virgil und ging schnell hinein.
Es schien, als ob auch Novamonde unter dem letzten Sturm gelitten hätte. Als Virgil nach Hause kam, sah er die entsprechenden Bilder im MV. Es ging gerade um den Wasserschutz der Stadt, der nicht ausreichend gewesen war. Steven sah mit offensichtlichem Vergnügen zu.
„Das haben wir hier viel besser gelöst. Schau dir das mal an, das Wasser ist über die Schleusen gespült. Da sind wir hier viel sicherer!“
„Bert sagt, dass die Pontons gefährlich sind“, sagte Virgil, während er seinen Rucksack neben das Sofa fallen ließ. „Es sind zu viele Sachen gemacht worden, die nachher dann doch nicht so gut funktioniert haben. Hast du auch schon was über Elmare gehört?“
Steven schüttelte den Kopf. „Es ist eigenartig, aber sie zeigen keine Bilder von Elmare. Ich habe nicht die leiseste Ahnung, was da los ist.“
„Im Viertel Wohlbefinden ist ein Schwimmhaus gekentert. Das hab ich selbst gesehen. So sicher ist es hier auch nicht!“, sagte Virgil eigensinnig.
„Virgil, ich versteh das nicht …“, fing Steven an.
„Nein, ich versteh auch vieles nicht“, unterbrach ihn Virgil, „aber eines ist sicher: Die Voraussagen sind nicht so gut, wie sie sein müssten. Es werden neue Computerprogramme gebraucht, um das alles besser zu berechnen.“

„Es wird immer Sachen geben, die einem über den Kopf wachsen“, sagte Steven.
„Eben das mein ich doch!“, rief Virgil und ging in sein Zimmer.

Ein paar Tage später klingelte Sara bei Virgil. Sie hielt etwas hinter dem Rücken, und es war so groß, dass er sofort erriet, was es war.
„Zwei Neuigkeiten“, sagte sie strahlend. Sie trug eine kurze Bluse über einer engen Hose. Ihre Jacke stand offen. „Willst du zuerst die erste sehen oder die zweite hören?“
Virgil grinste. „Du hast ein Skateboard?“, sagte er.
„He, woher weißt du das!“ Sara blickte über ihre Schulter und sagte: „Bitte schön.“
Sie öffnete die Hülle und drücke Virgil ein glänzendes Brett in die Hand. Er legte es auf den Boden und sah es bewundernd an. Es war das allerneuste Modell, hatte einen Rand aus Metall und hinten bog es sich etwas nach oben. Auf dem Brett war das Bild eines zierlichen Delfins.
„Als ich es gesehen hab, musste ich gleich an dich denken!“, sagte sie. Es ist superleicht und es heißt, es wäre das Allerneuste.“
„Aber wie kommst du denn da dran?“, wollte Virgil wissen.
„Ist doch klar, gestohlen!“ Sara lachte. „Nein, so schlimm ist es eben nicht immer, ein Einzelkind zu sein. Manchmal hat Titus Gewissensbisse, dass er so wenig Zeit für

mich hat. Dann ist er unheimlich nett. Das Brett hier hat er für mich bestellt, um mich aufzumuntern. Heute Mittag ist es mit der Fähre angekommen, direkt aus Novamonde."
Virgil betrachtete das neue Skateboard und merkte, wie ein bisschen Neid in ihm hochstieg. So ein Brett könnte er sich auch in mehreren Jahren nicht zusammensparen. Es war einfach vollkommen und er hatte große Lust, es gleich auszuprobieren.
Aber er verbannte seine neidischen Gefühle und fragte: „Soll ich es dir beibringen?"
„Jetzt gleich?", fragte Sara. „Draußen ist es trocken und wir haben noch Zeit."
„Und was ist die zweite Neuigkeit?", wollte Virgil wissen.
„Ich hab die Adresse von dem Mädchen. Wenn du willst, können wir da grad vorbeigehen."
Bewundernd sah er sie an. „War das schwierig?"
„Ach, nein. Titus findet es schön, wenn er mir alles über seine Sendung erzählen kann. Er hat mit ihrem Chef Kontakt aufgenommen. Sie hat sich krank gemeldet. Sie wohnt im Viertel ‚Dienst und Pflicht'."
„Ach, die billigen Schwimmhäuser, von denen es vier Reihen gibt." Virgil sagte seinen Eltern, dass er Skaten ging und nahm seine Wollmütze und die Handschuhe. Er trug das Brett bis zum Kontrollpunkt, wo er Saras Pass benutzte, um an dem Pfosten vorbei zu kommen. Dann warf er ihr den Pass wieder zu, den sie um Haaresbreite

auffing, und dann gingen sie zusammen zum Kai, wo an der Halfpipe eine Gruppe Jugendlicher rumhing.
„Soll ich den Delfin gerade mal ausprobieren?“, frage Virgil und zeigte auf das Skateboard.
„Natürlich“, sagte Sara. „Aber brauchst du dann auch einen Motor?“
Virgil schüttelte den Kopf. „Nicht auf der Halfpipe. Da ist der unnötig.“
Kurz drauf stand Virgil zum ersten Mal seit Wochen wieder mit einem Brett auf der Halfpipe. Er ließ sich hin- und herrollen, um das Gleichgewicht auszutesten und wunderte sich darüber, wie sicher es lag. Er bog sich zur Seite und bekam mehr Fahrt, schob sich nach oben und schwirrte nach unten und stieg auf der anderen Seite mit einer Geschwindigkeit auf, die er nicht erwartet hatte. Das war vielleicht ein Mordsding! Er merkte, dass er nun fast bis ganz an den Rand kommen konnte. Um sich nach oben zu schnellen, minderte er die Geschwindigkeit etwas. Jetzt würde Sara etwas zu sehen bekommen! Virgil kauerte sich hin und ließ das Brett mit aller Geschwindigkeit, die er sich herauszuholen traute, auf der anderen Seite hochschießen. Neben ihm schrie jemand auf, als er über den Rand der Halfpipe flog. Wie an den Füßen festgeklebt war das Brett, als er wieder auf das Metall aufkam. In einem eleganten Bogen landete er am Rand der Halfpipe.
„Ich hab mich zu Tode erschrocken!“ Sara kam langsam auf ihn zu. „Wie machst du das?“

„Der ist einfach gut." Peter tauchte auf und blickte Virgil finster an. „Aber die Mütze, die geht wirklich nicht mehr!"
„Mir gefällt die", meinte Sara.
Verwundert sah Virgil Peter an. Vor einer Woche hatte Peter noch lange Haare gehabt, die er ständig kämmte, um sie auf ihrem Platz zu halten. Heute waren sie ganz kurz, und über den Ohren waren zwei dünne Streifen ausrasiert.
Mit einem Nicken deutete er auf den kahlen Kopf seines früheren Freundes. „Neue Frisur?" Hinter Peter standen dessen Freunde mit genau derselben Frisur. Sie hatten aber nur einen und nicht zwei Streifen ausrasiert.
„Der Mensch muss mit der Zeit gehen", sagte Peter und strich sich kurz über die Haare. „Andere Zeiten, andere Haare."
Darauf wusste Virgil nichts zu antworten. Er hatte auch keine Lust, mit Peter zu reden. Er drehte ihm den Rücken zu und sagte zu Sara: „Jetzt du."
Sie stellte sich auf das Skateboard und er sich hinter sie. Dann drückte er ihre Hüften etwas nach unten. Sie lachte, aber er gab ernsthaft Anweisungen. „Geh leicht in die Knie, du musst spüren, wo dein Gleichgewicht liegt. Und dann lehn dich ein bisschen zu Seite ..." Er zog sie an sich heran und legte sich etwas nach rechts, aber der Kontakt mit ihrem Körper durchfuhr ihn wie ein Schlag. Schnell ließ er sie los und stellte sich vor sie. „Pass mal auf, ich stoß dich ein bisschen an."

„Vorsichtig!“, rief Sara. „Ich trau mich noch nicht!“
„Stehst du gut?“, fragte Virgil. „Keine Angst, ich halt dich fest.“ Er schob sie an, ließ dann los und Sara kam von selbst wieder zurück.“
„Super!“, rief sie. „Noch mal.“
Nach ein paar Versuchen gelang es ihr, mit ausgebreiteten Armen selbst in Schwung zu kommen. Virgil zog sie etwas weiter nach oben und ließ sie dann los. Mit einem Schrei verschwand Sara nach unten und fiel dann vom Brett.
„Geht's?“, frage Virgil. „Du solltest Knieschützer haben.“
Sara rieb sich die Knie und meinte, nun könne er wieder mit dem Skateboard fahren. In der nächsten halben Stunde probierte Virgil das neue Brett aus. Er war begeistert, er konnte es unglaublich gut beherrschen, es konnte einfach nichts schief gehen. Er verschmolz mit dem Brett, und die anderen, denen auffiel, wie weit er an diesem Abend ging, verschwanden einer nach dem anderen von der Halfpipe, um ihm Platz zu machen. Wäre die Halfpipe höher gewesen, hätte er versucht, eine ganze Drehung in der Luft zu machen. Virgil genoss die Möglichkeiten, die das Brett ihm gab. Er steigerte seine Geschwindigkeit und versuchte einzuschätzen, ob es auch so glücken würde. Er müsste weit über die Halfpipe hinauskommen und in der Luft den Dreher machen. In voller Fahrt näherte er sich dem Rand und drehte sich energisch um. Kurz glaubte er, dass er falsch aufkommen

würde, die Pipe schien weiter weg zu sein, als er gedacht hatte, er sah den Kai, ein paar kleine Figuren wirbelten mit ihm vor seinen Augen. Unter sich sah er das Brett, und der Delfin sah ihn an. Dann kam er zurück, in der richtigen Richtung, er sah die Pipe näher kommen und setzte mit einem Klacken auf das Metall auf. Er sauste nach unten, stellte sich aufrecht hin und ließ das Brett ausrollen.

Als er das Brett zu sich hoch schnellen ließ, pfiffen die anderen und schrien. Er fing es auf und ging zu Sara.

„Das machst du nie wieder!“, sagte sie wütend. „Ich hab gedacht, ich sterbe!“ Sie warf ihm die Arme um den Hals.

Virgil klopfte ihr auf den Rücken. „Es dauert nicht lange, und dann wirbelst du auch durch die Luft“, versprach er ihr. „Willst du noch mal?“

Aber Sara meinte, ihr sei von seinen Kunststücken übel geworden. Langsam ließ sie ihn los und fragte: „Ist das nicht dein Bruder da bei Peter? Der guckt schon die ganze Zeit zu mir rüber.“

Virgil blickte hin und sah Jasper neben Peter stehen. Beide blickten in seine Richtung. Bald würde wohl auch Jasper seine Haare abschneiden, um dazuzugehören. Über diese blöde Idee musste Virgil plötzlich grinsen. Jasper konnte doch nicht skaten, das wussten alle. Und die Haare gehörten zu der Skater-Gruppe. Also er würde sich bestimmt nicht den Kopf kahl scheren lassen, um dazuzugehören! Schulterzuckend sagte er zu Sara: „Na und?

Die sind einfach neidisch. Komm, wir gehen jetzt zum Dienst- und Pflichtviertel und suchen die Verkäuferin."
Er band sich das Brett auf den Rücken und ging hinter ihr her.
„Hast du das jetzt doof gefunden, dass ich auf dich böse war?", fragte Sara etwas unsicher.
Virgil schüttelte den Kopf. „Wenn man zuguckt, sieht man nicht alles, und dann weiß man nicht, was passiert."
„Ich meine, ich war nicht wirklich böse, ich hab mich nur so schrecklich erschrocken."
Er lachte. „Du hättest ja vielleicht auch mit ein bisschen Bewunderung reagieren können."
„Aber ich will nicht das machen, was von mir erwartet wird. Ich versuche so zu sein, wie ich mich fühle! Bei Titus ist das auch so. Ich muss im richtigen Moment lachen oder ernst gucken, das sagen und dies nicht sagen ... Da werd ich verrückt von!"
„Sara", sagte Virgil, blieb stehen und sah, dass sie ihn etwas ängstlich ansah. Er blickte sich um. Sie waren allein – oder verschwand da hinter dem Avidium ein Schatten? Aber dann musste er über seine eigenen verqueren Vorstellungen lachen und rief laut: „Ich find dich klasse! Ich find dich ganz große Klasse!"
Sara wurde rot, steckte sich die Finger in die Ohren und rannte weg. „Bitte sei still! Jetzt weiß ich es doch."
Er rannte hinter ihr her und ihre Fußtritte trommelten auf den Pontons.

Als sie die Tür öffnete, erkannte Virgil die Verkäuferin sofort, auch wenn sie sich noch nicht das Gesicht geschminkt hatte. Ihre Haare hatte sie nachlässig hinten zusammengebunden. Sie blickte die beiden fragend an, bevor sie sagte: „Ach du bist das, was ist los?"
„Könnten wir kurz mal reinkommen?", fragte Sara höflich.
Hinter der jungen Frau gingen sie in das Schwimmhaus. Sara holte tief Luft und sagte dann: „Kennen Sie das Programm ‚Der Sündenbock'?"
Das Mädchen zuckte kurz mit den Schultern, als wollte sie ein Schaudern unterdrücken. „Natürlich. Die sind schon da gewesen. Gestern. Ich bin zu der Sendung am Samstag eingeladen worden." Sie sah Virgil an und fragte: „Gehst du auch hin?"
„Nein!", sagte Virgil. „Und wenn Sie klug sind, weigern Sie sich, ins Studio zu kommen."
Die junge Frau sah sich hilflos um. Es gab nur wenig Möbel, und insgesamt machte das Schwimmhaus einen ärmlichen Eindruck. „Aber was soll ich denn tun? Ich war so froh über den Job. Wenn ich nicht hingehe, werd ich natürlich entlassen. Und es ist so schwer, was zu finden."
„Die haben schon mit Ihrem Chef gesprochen", sagte Sara ernst. Sie stand mitten im Zimmer und Virgil sah, wie sie sich auf die Lippen biss. „Noch kennt Sie niemand. Aber sobald … Sie gehen besser weg. Nehmen Sie Urlaub!"
„Wer bist du?", fragte die Verkäuferin und kam näher zu

Sara. „Dein Gesicht kommt mir bekannt vor, die Augen … Woher weißt du das? Dass die mit meinem Chef gesprochen haben?“

„Sie ist die Tochter von Titus Zuidema“, sagte Virgil ernst. „Sie hat Recht. Können Sie nicht einfach eine Woche lang verschwinden?“

„Mit wem haben die denn noch gesprochen?“ Die Frau sah ihn argwöhnisch an. „Wird das Gespräch hier etwa aufgenommen?“

„Machen Sie sich nicht lächerlich!“ Saras Stimme klang scharf. „Wir sind hergekommen, um Ihnen zu helfen!“

Virgil unterstützte sie. „Ich hab Ihnen doch schon mal geholfen, das wissen Sie doch! Ich will einfach nicht, dass die Sie für die Sendung benutzen. Es ist ein scheußliches Programm.“

„Ich kann doch nichts dran ändern!“ Die Verkäuferin sah ihn verzweifelt mit großen Augen an. Durch das helle Licht im Zimmer wurde noch deutlicher, wie blass sie war. „Mein Chef hätte mir die Befugnis geben sollen, die Sachen abzuschließen. Er hätte es mir erklären müssen. Was hätte ich tun sollen? Er war nicht da. Es ist genauso seine Schuld. Alles ist kaputt, der ganze Laden.“ Sie schwieg und atmete gehetzt.

„Na ja, Sie haben einfach nicht genug Bescheid gewusst.“ Virgil sprach behutsam, als hätte er es mit einer Kranken zu tun. „Was sagt Ihr Chef dazu?“

„Mein Chef?“ Das Mädchen lachte verächtlich. „Der ist doch heilfroh, dass sie ihm nichts nachweisen können.

Sonst würde doch sein Geld flöten gehen. Das Geld von der Versicherung, verstehst du?"
„Also wir machen alle mal einen Fehler", sagte Sara. „Aber an Ihrer Stelle würde ich morgen das Boot nach Novamonde nehmen."
„Ich hab kein Geld." Sie ging zum Fenster und guckte hinaus. „Mein Gehalt ist noch nicht überwiesen worden. Ich kann nirgendwo hin."
„Ich hab Geld!" Sara fing an, in ihren Taschen zu wühlen. „Blöd, ich hab mein Portmonee zu Hause gelassen. Sollen wir morgen früh noch mal vorbeikommen?"
„Bestimmt mit dem MV-Team." Die Stimme der Frau klang bitter. Sie drehte sich nicht um.
Virgil ging zu ihr. „Sara meint das doch gut. Wir wollen Ihnen wirklich nur helfen."
Heftig drehte sich das Mädchen um und blickte ihn an. „Glauben Sie wirklich … Eine Woche lang? Reicht denn eine Woche?"
„Sie tun so, als hätten Sie die Sendung vergessen", sagte Virgil, „und rufen von Novamonde aus an. Alles ganz unschuldig. Wenn Sie niemand im MV gesehen hat, wissen die hier in Elmare doch auch nicht, wer Sie sind. Nach einer Woche ist dann sowieso alles vorbei. Dann gibt es wieder eine neue Sendung."
„Eine Woche", wiederholte die junge Frau leise.
„Warum sich selbst freiwillig lächerlich machen?", sagte Sara bissig.
Die junge Frau schien zu einem Entschluss zu kommen.

Sie verließ ihren Platz am Fenster und ging durch das Zimmer, nahm etwas in die Hand und blickte es grübelnd an. Virgil sah, dass es ein Bild von einem kleinen Hund war. Sie strich kurz mit dem Finger über den Kopf und stellte es wieder hin. „Eine Tasche. Dann muss ich eine Tasche packen. Was soll ich mitnehmen?"
„Sollen wir uns morgen früh wieder treffen?", fragte Sara. „Bevor wir in die Schule gehen? Dann kommen Sie auch rechtzeitig zur ersten Fähre."
„Gut." Die junge Frau nickte, dass ihr Pferdeschwanz wippte. Virgil fand, dass ihre Augen schon etwas weniger traurig wirkten. „An der Anlegestelle der Fähre, um halb neun. Passt euch das?"
Sara nickte. „Prima."
Die Frau fuhr sich mit der Hand übers Gesicht und sagte resigniert: „Ihr habt Recht. Die würden es mir nicht glauben, wenn ich es erzähle. Niemand würde es kapieren. Und danach ..." Sie zitterte, als würde sie zum ersten Mal begreifen, was ihr dort passieren könnte. „Danach könnte ich mich nirgendwo mehr blicken lassen. Dann bin ich tot."
„Was meinen Sie?" Virgil sah sie erschrocken an.
„Nur so eine Redensart." Sie lächelte mühsam. „Einfach so."
Draußen lag das Skateboard, das Virgil an das Gitter gelehnt hatte, auf dem Ponton. Er verstand nicht, wie das passieren konnte, er hatte es sorgfältig abgestellt. Vorsichtig nahm Virgil es auf und besah es sich von allen Seiten,

auch wenn er nicht wusste, wonach er eigentlich suchte. Dann hängte er es sich wieder auf den Rücken.
Ein Stück liefen sie zusammen, doch dann musste jeder in eine andere Richtung.
„Morgen früh?“, sagte Virgil fragend.
„Halb neun, Fährstation!“, antwortete Sara. „Aber jetzt muss ich mich beeilen, denn heute Abend ist Titus zufällig zu Hause!“ Sie nahm den Delfin und lächelte ihm zu.

Am nächsten Morgen traf Virgil eine atemlose Sara, die ein paar Minuten vor halb neun angerannt kam und schon von weitem rief: „Ich hab verschlafen. Wartest du schon lange?“
Virgil, der Viertel nach acht aus dem Haus gegangen war, murmelte etwas.
„Es ist kalt“, sprach Sara weiter, deren Atem in der Morgenluft wie weiße Rauchwölkchen aussah. „Ist sie noch nicht da?“
Virgil schüttelte den Kopf.
„Was bist du so gesprächig heute!“, stichelte sie.
Virgil zog die Schultern hoch. „Ich bin nervös und ich weiß nicht warum. Ich bin mit so einem komischen Gefühl aufgewacht, als wäre gestern Abend was falsch gelaufen. Ganz komisch.“
Sara wollte gerade antworten, da tauchte etwas entfernt eine zierliche Gestalt auf hohen Absätzen auf. „Da ist sie!“

Sie nahm ihr Portmonee und zog einen Schein raus. „Fünfzig Möpse mit den besten Grüßen von meinem Vater!"
„Heißt das, du ..." Virgil stockte.
„Geklaut!", sagte Sara fröhlich. „Das merkt er doch nicht. Ich fand das eine prima Idee, dass er ihre Karte bezahlt."
Die erste Fähre aus Novamonde näherte sich dem Anleger. Das graue Wasser schäumte auf, aber das Schiff selbst machte keinerlei Geräusch. In aller Ruhe schob der stumpfe Bug das Wasser vor sich her, noch ein paar Meter, und das Boot würde den Anleger erreichen. In dem gläsernen Kontrolldurchgang konnte man Leute erkennen. Virgil sah, dass die meisten schwarz gekleidet waren. Leute, die auf das Boot gewartet hatten, kamen näher an den durchsichtigen Durchgang heran.
Die Verkäuferin kam nun auf den kleinen Platz und hatte einen Koffer bei sich. Sie trug wieder ihren engen Rock, und ihr Gesicht war stark geschminkt.
„Da bin ich!", sagte sie und sah Virgil und Sara an. „Fertig, ich kann losfahren."
Sara gab ihr den Fünfziger, und die Frau lächelte sie verlegen an. „Tut mir Leid wegen gestern Abend, dass ich so misstrauisch war. Ich hab mich von dem allen so kaputt gefühlt. Danke noch mal für das Geld und dass ihr mich gewarnt habt."
„Gute Reise", sagte Virgil.
„Und machen Sie sich eine schöne Woche", sagte Sara.
Die Frau nickte ihnen zu und ging das kurze Stück zum

Kontrolldurchgang. Ein paar Leute kamen ihr entgegen, eine kleine Gruppe schwarz gekleideter Personen.
Sara schlug die Hand vor den Mund. „Oh nein!“
Einer der Männer trug eine Kamera auf der Schulter.
„Virgil! Weg hier!“ Sara zog ihn am Ärmel, doch er blieb noch einen Moment stehen und sah, wie die Kamera auf die junge Frau gerichtet wurde.
Eine gehässige Stimme sagte: „Und hier haben wir die Hauptperson unserer wichtigen Sündenbock-Sendung. Darf ich Sie fragen, gnädige Frau, wo Sie gedenken hinzugehen?“
Die Verkäuferin stieß einen Schrei aus, blickte um sich und ließ ihren Koffer fallen. Sie versuchte, sich durchzudrängen, wurde aber von den Leuten des MV-Teams festgehalten.
Virgil sah noch kurz ihr Gesicht, eine angstvoll verzogene Maske. Trotz des Abstands, der sie trennte, konnte er den Hass in ihren Augen erkennen, als sie ihn da noch stehen sah. Dann drehte er sich um und rannte so schnell er konnte Sara hinterher.
„Sie hat gedacht, dass das eine Falle war.“ Virgil saß im Avidium auf dem Rand des Pflanzbeckens, wo er schon einmal gesessen hatte. Sara saß neben ihm. „Sie denkt jetzt, dass wir es deswegen getan haben, Sara. Dass wir sie verraten haben.“
„Aber wir haben ihr doch helfen wollen! Woher haben die das nur wissen können? Nur wir drei haben davon gewusst.“

„Vielleicht hat dein Vater was gemerkt?"
Sara schüttelte den Kopf. „Es sei denn, ich rede im Schlaf." Sie blickte ihn an. „Rede ich etwa im Schlaf?"
„Du hast es selbst mal gesagt." Virgil sah sich um. Das Avidium wirkte leer. „Dass sie überall sitzen, dass sie hinter alles kommen."
Sie schüttelte den Kopf. „Ich versteh das wirklich nicht.
„Hör mal, wir müssen zur Schule. Wir sind schon zu spät."
Sie liefen durch den Gang, der zur Schule führte, als Virgil vor den Eingangstüren eine Gruppe schwarz gekleideter Menschen sah. Er drehte sich zu Sara und zischte: „Jetzt suchen sie mich. Ich bin weg!"
Und er rannte so schnell er konnte den Weg zurück, den sie gerade gekommen waren. Er konnte nicht sehen, was Sara tat, aber später erzählte sie es ihm: Blitzschnell hatte sie ihre Tasche aufgemacht und die ganzen Schulutensilien auf den Boden gekippt, sodass die Ersten des MV-Teams darüber stolperten. Vor allem der Mann mit der Kamera hatte Pech. Er verlor das Gleichgewicht, und weil er das teure Gerät nicht auf den Boden fallen lassen wollte, ließ er sich selbst fallen. So konnte er zwar die Kamera auffangen, handelte sich aber einen verstauchten Knöchel ein. Deshalb wurde Virgil nicht weiter verfolgt und sie konnten auch keine Bilder von seiner geglückten Flucht machen.
Virgil wusste nur einen Ort, wo sie ihn nicht suchen würden: das Krankenhaus. Er flitzte in die Halle des klei-

nen Krankenhauses und vorbei an der Theke, wo ihm die Leute verwundert nachsahen. Dann stieg er die Treppe zum ersten Stock hoch und ging zum Zimmer seines Großvaters. Wägelchen mit Geschirr und Bettzeug versperrten den Weg, aber Virgil achtete nicht weiter darauf, bis er zum Zimmer seines Großvaters kam. Die Tür stand auf, und er sah sofort, dass Bert nicht mehr in seinem Bett lag. Er ging weiter bis zu einem kleinen Zimmer am Ende des Gangs, wo er ihn fand. Sein Großvater saß in einem Stuhl beim Fenster und blickte über Elmare.

„Virgil!“ Der alte Mann sah überrascht auf. „Du bist früh!“

Virgil setzte sich auf die Fensterbank und holte tief Luft.

„Darfst du schon aufstehen?“

Bert grinste. „Da hab ich gar nicht nach gefragt. Was ist mir dir?“

Das war das Tolle an seinem Großvater. Er kam immer sofort zur Sache und vergeudete keine Zeit mit höflichen Floskeln.

Virgil erzählte, was alles passiert war. „Ich muss mich bis Samstag verstecken. Sonst komm ich im MV, und das will ich nicht.“

„Kannst du dich nicht einfach weigern?“

„Ha!“ Virgil lachte kurz. „Dann nehmen die das Gespräch auf und geben dazu ihren Kommentar. Ich weiß doch, wie die sind. Was ich nicht begreife, ist, woher sie alles wussten. Haben sie uns belauscht? Nur Sara und ich und die Verkäuferin wussten von der Verabredung heute Morgen.“

Bert schwieg eine Weile. Dann sagte er langsam: „Nur du und Sara haben davon gewusst? Tja, Junge, ich will dich nicht beunruhigen, aber Titus Zuidema ist schließlich ihr Vater."
Virgil sprang von der Fensterbank. „Meinst du …"
„Jetzt reg dich nicht auf. Wir hatten früher das Sprichwort: ‚Der Apfel fällt nicht weit vom Stamm.' Sieh dir uns mal an. Du bist genau so ein aufbrausender Kerl wie ich." Bert nickte ihm freundlich zu.
„Das glaub ich einfach nicht. So ist Sara nicht. Sie will gerade anders sein als ihr Vater." Virgil fing an, im Zimmer auf und ab zu gehen. „Ich muss nach Hause, Leonore warnen. Die kommen bestimmt vorbei."
„Fernsehterror nenn ich das", sagte Bert. „Dagegen müsste man was tun. Bleib noch eine Stunde hier, dann waren die schon bei dir zu Hause."
„Oder sie postieren einen in unserem Viertel", überlegte Virgil, „der auf mich warten soll." Virgil blickte seinen Großvater verzweifelt an. „Ich weiß einfach nicht, was ich tun soll."
„Nun mal ganz ruhig", sagte Bert und strich sich bedächtig über das Kinn. „Weißt du vielleicht, wo es ein Ruderboot gibt? Du kannst doch auch außen rum?"
Virgil dachte an das Boot, das er in Saras Viertel gesehen hatte. Es wäre ein ordentliches Stück, das er rudern müsste, fast ganz um Elmare herum, aber so würde ihn niemand sehen.
Bert stand auf und sah mit Kennerblick über das Wasser.

„Ruhige See. Windstärke drei oder vier. Nach den Fahnen zu urteilen Westwind. Wo liegt das neue Viertel?" Virgil zeigte es ihm und Bert sagte: „Dann hast du den Wind im Rücken. Das müsste klappen."
„Dann geh ich jetzt mal, ich mach mir Sorgen wegen Leonore", sagte Virgil.
„Die weiß sich schon zu helfen", brummte Bert. „Denkst du noch an unseren Plan?"
Virgil nickte. „Danke für deinen Rat!", sagte er.
Sein Großvater nickte. „Viel Erfolg! Ich drück dir die Daumen."
Von der Klinik ging Virgil zu dem Viertel mit den luxuriösen Schwimmhäusern. Ständig hatte er das Gefühl, über die Schulter blicken zu müssen, ob nicht jemand hinter ihm herkam. Nur mit großer Anstrengung konnte er dieses Bedürfnis unterdrücken. Er kam an Leuten vorbei, die ihrer Arbeit nachgingen, und niemand achtete auf ihn. So erreichte er das Viertel ohne Probleme.
Vor ihm lag der breite Ponton, der einzige Zugang zu den Luxushäusern. Er sah das Haus von Sara. Dort musste er vorbei, um zu dem Haus zu gelangen, wo er das Ruderboot gesehen hatte. Virgil atmete tief durch. War der Plan nicht doch völlig falsch, wäre es nicht besser, ganz normal nach Hause zu gehen? Warum sollten die jemanden auf ihn ansetzen? So wichtig war er doch auch wieder nicht! Er bedachte noch einmal, was heute Morgen geschehen war. Wenn die so verrückt waren und zwei Teams einsetzten, eines an der Anlegestelle der Fähre und eines an

seiner Schule, dann würden die wirklich alles versuchen, um ihn vor die Kamera zu bekommen. Irgendwie war das alles absurd. Er stand hier, während er eigentlich in der Schule sein müsste, und wurde von MV-Leuten verfolgt. Es war, als hätte sich Elmare verändert. Virgil sah die Schwimmhäuser, aber er sah sie anders als damals, als er hier gewesen war, um Sara abzuholen. Da hatte er nur an Sara gedacht. Jetzt kam es ihm so vor, als ob hinter jeder Tür Leute auf der Lauer lagen, die ihn verraten könnten. In seiner eigenen Stadt fühlte er sich als Flüchtling.
Virgil dachte wieder an das Ruderboot. Es war auf jeden Fall besser, so vorsichtig wie möglich zu sein. Bert hatte Recht. Es war nicht weit, und der Wind war heute ruhig. Er lief weiter und kam an Titus Zuidemas Haus vorbei. Hinter den Fenstern des berühmten Moderators rührte sich nichts. Virgil warf einen schnellen Blick auf die Haustür, aber die blieb zu.
Er ging an dem Haus vorbei und dann schneller bis zum Ende des Pontons. Dort ließ er sich hinuntergleiten. Dicht unter ihm plätscherte das Wasser, manchmal schlug es ihm über die Schuhe, aber er war sich sicher, dass ihn niemand sehen konnte. Nach einer Weile hörte er, wie eine Tür aufging. Vorsichtig spähte er über die Kante des Pontons und sah einen Mann aus dem Schwimmhaus kommen, das bei dem Sturm gekentert war. Der Mann lief über seinen eigenen Anleger auf den breiten Ponton. Er war schwarz gekleidet, hatte einen kahlen Kopf und trug einen schwarzen Aktenkoffer aus Leder. Bestimmt

ein wichtiger Geschäftsmann, dachte Virgil. Er wartete, bis der Mann aus seinem Blickfeld verschwunden war, und ging dann zu dem Haus mit der Terrasse. Das Ruderboot lag am Bootssteg, und zu Virgils Glück fehlten auch die Ruder nicht. Er warf seine Schultasche rein, sprang hinterher und löste die Knoten der Taue, mit denen es festgebunden war. Dann drückte er sich behutsam vom Steg ab und ohne jedes Geräusch schob er das Boot vom Haus weg.

Bis er das offene Wasser erreichte, wriggte er sich nur mit einem Ruder vorwärts, und als er dann glaubte, weit genug entfernt zu sein, legte er die Ruder in die Dollen, packte die verwitterten Enden der Riemen und machte sich mit kräftigen Ruderschlägen auf die Heimfahrt. Rudern konnte er gut, das hatte Bert ihm beigebracht.

Als er dann sachte an das Fenster des Wohnzimmers pochte, sah Leonore nicht einmal erstaunt auf. Sie öffnete das Fenster und half ihrem Sohn hinein.

„Waren sie schon da?"

Leonore nickte. „Ich glaube, sie stehen auch noch draußen. Ich hab ihnen gesagt, dass sie gehen sollten. Eine von ihnen, eine Frau, lächelte nur, als ich ihnen die Tür vor der Nase zugeschlagen hab."

Virgil band das Boot fest und schloss das Fenster. „Ich hab's gewusst."

„Virgil, was ist denn überhaupt passiert? Von wem ist das Boot? Warum bist du nicht in der Schule?"

Zum zweiten Mal musste er nun die ganze Geschichte

erzählen. „Aber jetzt bin ich froh, dass ich zu Hause bin“, schloss er seinen Bericht. „Hier vermuten sie mich nicht! Wenn ich am Nachmittag und auch am Abend nicht auftauche, legen die sich bestimmt woanders auf die Lauer.“

„Jetzt, wo ich deine Geschichte gehört habe“, sagte Leonore langsam, „kann ich gut verstehen, warum sie dich dabei haben wollen! Du hast der jungen Frau also wirklich helfen wollen?“

„Die hat gedacht, dass sie ihre eigene Version erzählen könnte“, sagte Virgil. „Es war richtig schwer, sie davon zu überzeugen, dass sie besser wegfahren würde.“

„Du bleibst heute besser im Wohnzimmer, diese Seite vom Haus können sie nicht einsehen.“

„Es sei denn, sie kriechen aufs Dach“, murmelte Virgil.

Leonore erschrak. „Ich hab da was gehört. Ich hab gedacht, das sei der Wind … Geh du ins Bad und ich sag Steven Bescheid.“

Im Bad konnte Virgil hören, wie sein Vater nach draußen ging. Kurz darauf erklang seine Stimme: „Hören Sie mal, machen Sie, dass Sie von meinem Dach runterkommen. Dazu habe ich keine Erlaubnis gegeben! Das gibt eine Anzeige!“

Eine männliche Stimme brummte: „Nur ruhig, ich tu doch nur meine Arbeit. Gehört das Ruderboot Ihnen?“

„Damit hab ich nichts zu tun. Runter, hab ich gesagt!“

Virgil seufzte und setzte sich auf den Klodeckel. Am Samstag war die Sendung und heute erst Donnerstag.

Musste er jetzt zwei Tage lang im Bad bleiben? Vielleicht würden sie genug kriegen und einfach weggehen?

Am Samstagabend saß die Familie vor dem Bildschirm. Auch Matt war da. Als er hörte, dass sein jüngster Bruder vor dem MV-Team hatte fliehen müssen, schlug seine Stimmung um. „Jetzt geht es aber zu weit!“, war seine Reaktion. Voller Mitgefühl hatte er Virgil auf die Schulter geklopft. Selbst Jasper war einigermaßen empört gewesen.
Die allabendlichen Nachrichten waren in dieser Woche anders gewesen als sonst. Es schien nur wenig Neues in Elmare zu passieren. Die Nachrichten bestanden hauptsächlich aus alten Reportagen und Mitteilungen. Nach der Wettervorhersage erschien das Zeichen der Sündenbocksendung auf dem Bildschirm. Der schwarze Bock rüttelte mit seinen Hörner und der Hintergrund wurde flammend rot. Dann erklang Titus Zuidemas Stimme.
„Heute Abend bekommen Sie alle Informationen über die Flutwelle, die unser schönes Elmare getroffen hat. Sind wir hier sicher? Sind alle ausreichend vorbereitet? Heute Abend im Sündenbock: Wessen Schuld war es, dass eines der Geschäfte auf der Einkaufspromenade so schwer und unglückselig getroffen wurde?“
Die Musik schwoll an und Titus Zuidema stieg die Treppe herab. Die Kamera glitt über das Publikum, das ihn mit Klatschen und Schreien begrüßte. Dann verharrte sie

kurz auf einer der vorderen Reihen, und Virgil erkannte Sara. Sie saß wieder im Saal, zurechtgemacht wie beim letzten Mal. Das war so seltsam, dass Virgil die Sendung nur halb verfolgen konnte. Ständig wartete er darauf, dass die Kamera wieder auf die vorderen Reihen schwenken würde. Als es dann endlich wieder geschah, saß er nach vorne gebeugt vor dem Bildschirm. Doch es gab keinen Zweifel, sie war es wirklich.

„Wären alle Maßnahmen richtig befolgt worden, wäre auch unsere Ladenstraße sicher gewesen. Unsere Stadt kennt keine schwachen Punkte, über alles hat man sorgfältig nachgedacht. In dieser Sendung zeige ich Ihnen, wie viel Vertrauen Sie in unsere Gemeinschaft setzen können. Ich zeige Ihnen die Leute, die am Aufbau unserer schimmernden Wasserstadt mitgeholfen haben." Titus Zuidema zeigte sein breites Lächeln. „Heute Abend haben wir eingeladen: den Architekten der Einkaufspromenade!"

Das Zeichen der Sendung leuchtete rot auf. Ein Mann mit glänzender Glatze saß auf dem Sitz darunter und Virgil erkannte ihn sofort. Es war der Mann, den er gesehen hatte, als er sich das Boot geliehen hatte.

„Ich versteh das nicht", sagte er zu seinen Eltern. „Worum geht es denn jetzt?"

„Wenn du still bist", meckerte Steven ihn an, „kann ich es besser hören!"

Virgil zog die Schultern hoch und achtete weiter auf die Sendung.

Der Architekt hatte das Wort. „Es ist sehr bedauerlich, dass nicht alle Vorschriften befolgt wurden. Natürlich ist die Einkaufspromenade sicher, das kann ich persönlich garantieren.“ Der Mann blickte direkt in die Kamera. Es war eigenartig, dass er keinerlei Anzeichen von Nervosität sehen ließ. „Schon vor Jahren, als ich den Entwurf für die Gemeinschaft gemacht habe, haben wir alle Möglichkeiten sorgfältig in Erwägung gezogen. Es wurde ein holografisches Modell des Avidiums angefertigt, auf das wir alle erdenklichen Kräfte einwirken ließen. Sturm, einzelne Windstöße, Treibeis, und ich kann Ihnen versichern, dass an alles gedacht worden ist.“

Nun wurden Bilder von den Plänen gezeigt. Der Architekt sprach noch immer. „Hier sehen Sie die ersten Pläne für das Einkaufsviertel von Elmare. Diese Modell wurde verworfen, weil das Gebäude bei Windstärke zwölf erschüttert würde.“ Der Architekt sprach immer weiter, immer neue Pläne wurden gezeigt, bis schließlich der endgültige Entwurf dreidimensional ins Bild kam. „Als sich Elmare für diese Ausführung entschloss, habe ich sehr deutlich gesagt“, der Architekt erschien wieder auf dem Bildschirm, als er sich gerade die Stirn mit dem Taschentuch wischte, „dass bei dieser Wahl sehr hohe Anforderungen an die Ausführung gelegte werden müssen.“

„Und wer hat die Galerie gebaut?“, wollte Titus Zuidema wissen.

„Derselbe Unternehmer, der auch das Avidium gebaut hatte“, sagte der Architekt.

Titus Zuidema nickte wie ein allwissender Lehrer. „Ich nehme an, die bekannte Firma Meesmer."
Sogleich war ein Mann zu sehen, der für die Firma Meesmer sprach. Selbstbewusst blickte er in die Kamera und erklärte: „Wir haben die Pläne von Herrn Klaassen, dem Architekt, so sorgfältig wie möglich ausgeführt. Es wurde beidseitig armiertes Glas verwendet, wie ich vorgeschlagen hatte. Ich kann Ihnen versichern, bei richtigem Gebrauch konnte da nichts passieren."
„Was meinen Sie damit?", hakte Titus Zuidema sofort nach. Die Kamera zeigte kurz sein Gesicht. Es war deutlich zu sehen, dass er diesen Vorgang genoss.
Der Sprecher der Firma Meesmer zögerte. „Tja, ich will natürlich nicht zu viel sagen, aber für mich ist es ganz klar, dass selbst eine Flutwelle keinem einzigen Laden hätte Schaden zufügen können. Wenn die Läden geschlossen gewesen wären, natürlich."
Virgil verstand das nicht. Die gläserne Abschirmung der Einkaufspromenade sollte doch das Wasser abwehren, damit die Läden geschützt waren. Aber die taten gerade so, als ob keine einzige Scheibe von dem Schlag zerschmettert worden wäre!
Titus Zuidema stand breit im Bild. „Elmare, die vollkommene Stadt!" Seine Stimme war sarkastisch. „Zumindest könnte diese Stadt das sein." Bewusst legte er eine Pause ein und blickte direkt in die Kamera. „Was ziehen Sie vor? Eine Stadt, die technisch vollkommen ist? Eine Stadt, auf die wir alle stolz sein können? Eine Stadt als perfekt ar-

beitende Maschine, deren einzelne Teile perfekt funktionieren? Wollen Sie ein Teil davon sein? Oder begnügen Sie sich mit den schwerwiegenden Fehlern, die von einigen Leuten gemacht werden? Die Wahl liegt bei Ihnen!"
Nun ging es weiter mit einem Bericht über die Folgen des Sturms. Aber eigenartiger Weise wurden nur die Schäden an der Einkaufspromenade gezeigt. Es waren Leute zu sehen, die mit Besen und Hochdruckstrahlern Sand und Seetang entfernten. Sie zeigten die verrammelten Ladenfronten, gegen die das Wasser geschlagen war. Selbst die gläserne Überdachung schien unversehrt zu sein.
Auf der Boutique verharrte die Kamera. Virgil erschrak, wie zerstört sie war. Er wusste noch, wie der Laden ausgesehen hatte. Eigenartig, dass er noch wenige Augenblicke, bevor die Flutwelle alles zerschmettert hatte, dort drinnen gewesen war. Der Boden war mit Glassplittern und Bruchstücken der Ladeneinrichtung übersät und alles war noch nass. Bis in den hintersten Winkel war die Welle eingedrungen. Die Kamera schwenkte auf die Stelle, wo sich das Schaltbrett befunden hatte, doch da waren nur noch Bruchstücke zu sehen.
„Hier sind wir auf das Schaltbrett des Ladens gestoßen."
Titus Zuidemas Stimme klang so geheimnisvoll, als wäre er dabei, einen Mord aufzuklären. „Zu unserer Überraschung war dieses Schaltbrett noch einigermaßen intakt. Wir haben es mit ins Studio genommen, um es eingehender zu untersuchen."
Virgil rutschte hin und her. Er saß auf dem Teppich und

der Boden darunter war hart. Jetzt würden sie gleich mit der Verkäuferin anfangen. Ob sie sich wohl mit ihrer Rolle bei dieser Sendung abgefunden hatte?"
Ausführlich wurde nun das Schaltbrett gezeigt und der Besitzer des Ladens wurde befragt, der erklärte, dass dies tatsächlich eines der neuesten Modelle war. Er war ein grobknochiger Mann mit lang wallendem Haar, das sich über dem Kragen seiner Jacke lockte.
„Ich hab Sylvia erklärt, wie es funktioniert!", sagte er, aber er vermied es, in dic Kamera zu blicken. „So schwierig ist das nicht. Es gibt nur drei Knöpfe. Sie wusste, was getan werden musste. Ich verstehe nicht, warum sie das Geschäft einfach so verlassen hatte, obwohl die Läden noch nicht vorgelegt waren. Es ist unbegreiflich."
Er schüttelte den Kopf und warf einen schrägen Blick zur Kamera.
„Der lügt!" Virgil wandte sich aufgeregt an seine Eltern. „Sie hat es nicht gewusst! Ihr Chef musste das tun, sie hat nicht abschließen dürfen. Das hat sie mir gesagt!"
Steven schüttelte den Kopf und Leonore wollte etwas sagen, aber Titus Zuidemas Stimme schallte laut aus dem MV: „Wir haben auch Personal und Eigentümer der anderen Läden eingeladen." Mehrere Menschen kamen die Treppe herunter und setzten sich an den Tisch neben die Leute, die bereits gesprochen hatten.
„Und nun, meine Damen und Herren, die Hauptperson des heutigen Abends: der Sündenbock!" Das Zeichen der Sendung wurde rot, fast schien es, als würden die Flam-

men gleich auch noch aus dem MV kommen. Und dann saß eine zierliche Person auf dem Stuhl darunter. Virgil erkannte sie, sobald die Scheinwerfer ihr Gesicht erhellten.

„Hiermit stelle ich Ihnen vor: Sylvia Coninck."

Während Titus Zuidema weitersprach, stand Virgil auf. „Nichts davon stimmt. Die sagen nichts von dem Schwimmhaus, das gekentert ist. Und ich hab selbst gesehen, wie die gläserne Abschirmung zersplittert ist. Die lügen. Der Besitzer lügt, Titus Zuidema lügt!" Er musste immer lauter sprechen, um die Geräusche aus dem MV zu übertönen.

„Geh mal zur Seite", brummte Matt. „Du stehst mir im Bild!"

Virgil machte sich noch breiter. „Die lügen, sag ich dir!", schrie er und ballte die Hände zu Fäusten. „Ich will nicht, dass ihr da zuseht. Die Verkäuferin konnte doch gar nichts machen!"

Matt stand auf und stieß seinen Bruder weg. Steven stand auch auf und hielt die beiden Brüder auseinander. „Jetzt ist aber Schluss. Virgil, hör auf zu streiten."

„Ich such keinen Streit!" Virgils Stimme klang schrill. Er drehte sich um, stürmte in den Flur und nahm seine Jacke. Dann rannte er nach draußen.

Er ging schnell, ohne zu wissen, wohin er sollte, um den Druck auf seiner Brust loszuwerden. Am Ende des Pontons blieb er stehen und seine Hände umfassten krampfhaft das Geländer. Was war bloß los in Elmare?

Dann atmete er tief und versuchte, wieder ruhiger zu werden. Irgendetwas stimmte nicht. Davon war er überzeugt. Im MV zeigten sie nur die halbe Wahrheit. Und die Hälfte, die sie wegließen, passte nicht in das Bild, das Titus Zuidema aufrechterhalten wollte: Elmare, die vollkommene Stadt. Aber er wusste nur allzu gut, dass Elmare nicht vollkommen war. Und er selbst wusste nicht mehr, ob er das schlimm finden sollte oder ob er darüber einfach froh war.

Die Herausforderung

Als Virgil, nachdem er lange in Elmare herumgewandert war, wieder nach Hause kam, hatten seine Eltern Besuch. Er hätte gerne noch mit ihnen gesprochen und ging nun irritiert in sein Zimmer. Jasper, der noch am Tisch saß und arbeitete, blickte auf. Virgil konnte sich auf seinen Gesichtsausdruck keinen rechten Reim machen.

„Schade, dass du den Schluss der Sendung verpasst hast, Brüderchen."

Virgil schmiss seinen Pullover auf den Boden und gab keine Antwort. Mit Jasper zu sprechen hatte er nun wirklich keine Lust.

„Du hättest ihr Gesicht sehen sollen!" Jasper blickte seinem Bruder unverwandt ins Gesicht. „Vor allem als das mit der Fähre kam. Die ist total weiß geworden. Tja, die Flucht hat natürlich für sich gesprochen." Er blickte Virgil erwartungsvoll an, aber der sagte noch immer nichts. „Schuldig! Das fanden natürlich alle."

Virgil hätte Jasper gerne eine reingehauen, aber er beherrschte sich und schwang sich stattdessen in das obere Bett und zog die Decken mit einem Ruck über sich. Eine Genugtuung hatte er: Jasper, der sauer war, dass sein

Bruder nichts geantwortet hatte, zog die Zimmertür mit einem solchen Schwung auf, dass er sie sich an den Kopf schlug.

In der Nacht schlief Virgil unruhig. Immer wieder schreckte er auf. Die Bilder jagten sich in seinem Kopf, ständig sah er das Gesicht der Verkäuferin und hörte immer wieder ihren Namen. Sylvia Coninck. Schuldig. Ihre Flucht hat sie verraten. Gegen Morgen gab er auf und lag mit offenen Augen in der Dämmerung. Wer hat davon gewusst? Liefen wirklich überall in Elmare Spitzel rum? Vielleicht benutzten sie Mikrofone, die alles aufnahmen, was gesprochen wurde? Aber das war natürlich Unsinn. Was hatte Titus Zuidema noch gesagt? Die Menschen waren das schwache Glied. Irgendjemand hatte von dem Plan gehört und es dem Sündenbock-Team weitererzählt. Ob das Peter sein konnte? Sein früherer Freund hatte ihn schon einmal reingelegt. Virgil nahm sich vor, sobald wie möglich zur Halfpipe zu gehen, wo Peter sonntags immer rumhing, und ihn zu fragen. Dann musste er wieder an Sara denken. Sie hatte im Saal gesessen. Ob ihr Vater sie gezwungen hatte? Hatte ihr Vater sie vielleicht auch gezwungen zu erzählen, dass sie die Frau gewarnt hatten? Wenn er nur mit ihr sprechen und sie fragen könnte, denn er verstand gar nichts mehr.

Weil er viel früher als Jasper aufstand, war es möglich, dessen Pass aus der Hosentasche zu fischen und einzustecken. Mit Pass war das Leben doch erheblich einfacher. Steven und Leonore schliefen noch. Virgil räumte die Sa-

chen vom vorigen Abend weg und richtete das Frühstück für seine Eltern.
„Hast du dich etwas beruhigt?“, fragte Steven. „Gestern Abend bist du ja wie ein Verrückter aus dem Haus gerannt.“
Leonore zupfte Virgil leicht am Arm. „Erzähl doch mal, was dir nicht passt.“
Virgil platzte los: „Ich versteh überhaupt nichts mehr. Jedes Mal geht es schief. Ich hab versucht, was Gutes zu tun und die Verkäuferin zu warnen, und trotzdem ist sie zum Sündenbock geworden.“ Er sah seine Eltern verzweifelt an. „Sie wollte wirklich nicht in den MV.“
„Vielleicht hat sie es sich anders überlegt“, meinte Steven.
Virgil schüttelte den Kopf. „Bestimmt nicht. Die ist gegen ihren Willen von der Fährstation mitgenommen worden. Jemand hat gewusst, dass wir sie gewarnt haben, und hat uns verraten.“
„Du darfst nicht so schnell jemand beschuldigen“, versuchte Steven zu dämpfen.
Virgil nickte widerstrebend. „Ich versteh überhaupt nichts mehr. In der Sendung haben sie nicht gezeigt, dass die gläserne Abschirmung kaputt war. Die war total zersplittert. Ich hab es doch selbst gesehen.“
Leonore und Steven wechselten einen Blick.
„Virgil, bist du dir da ganz sicher?“, fragte Leonore freundlich. „Oder übertreibst du vielleicht ein bisschen?“

Virgil starrte seine Mutter verblüfft an. Sie glaubte ihm nicht! Die dachten bestimmt, dass er es schlimmer machte, als es war. Im Kopf sah er wieder die Glassplitter umherspritzen. Die Abschirmung war zu Bruch gegangen. Er hatte es selbst gesehen.

„Ihr glaubt mir nicht!?“, platzte es aus ihm heraus. „Denkt ihr, dass ich das erfinde?“

„Virgil, wir wissen dass du eine rege Fantasie hast“, sagte Steven. „Manchmal etwas zu viel.“

„Und was ist dann mit dem Schwimmhaus?“ Virgil stand auf. Er konnte nicht länger still sitzen. „Das gekentert ist?“

„Aber im MV war nichts davon zu sehen.“

Fassungslos schüttelte Virgil den Kopf. „Also nur, wenn was im MV kommt“, sagte er langsam, „glaubt ihr es!“

Er musste an Sara denken. Sie hatte es auch gesehen. Eine Menge Leute hatten dort gestanden. Aber wenn es nicht im MV kam, dachten die Menschen wohl dass es nicht so schlimm sei. Es war gerade so, als wäre der MV echter als das wirkliche Leben.

„Ich geh zur Halfpipe“, sage er und ging zur Tür. „Vielleicht treffe ich Sara. Die hat das übrigens auch gesehen, das gekenterte Schwimmhaus. Das war in ihrem Viertel.“

„Aber die gläserne Abschirmung der Verkaufspromenade?“ Steven blickte seinen Sohn fragend an. „Wer hat das sonst noch gesehen?“

Virgil schüttelte wieder den Kopf. Es war, als könnte er nicht richtig denken. Was hier ablief, verwirrte ihn nur. Konnte er seinen eigenen Augen denn nicht trauen? „Ich weiß es nicht", sagte er müde. „Ich weiß überhaupt nichts mehr." Dann zog er die Tür hinter sich zu.

Mit Jaspers Pass konnte Virgil diesmal auf ganz normale Art den Kontrollpunkt passieren. Er ging über den Kai zur Halfpipe. Da vorne konnte er Sara erkennen, eine schlanke Gestalt, deren blondes Haar vom kräftigen Wind nach hinten geweht wurde. Virgil ging schneller. Er war froh sie zu sehen. Sie hatte ihr Brett dabei, und Lars stand neben ihr und erklärte ihr etwas. Sara hörte ihm offenbar aufmerksam zu. Bei diesem Anblick verlangsamte Virgil seinen Schritt. Warum war sie hier? Warum war sie ihm nicht entgegengekommen? Er ging zu ihnen und nickte Lars kurz zu. Sara biss sich auf die Lippe und blickte Virgil hilflos an. Lars war so nett zu verschwinden.

„Ist was?" Virgil hatte es satt, dass sich seine Stimme so oft überschlug. Warum sah ihn Sara nicht an? Fand sie Lars interessanter als ihn?

Sara drehte sich um und nahm ihr Brett auf. „Nichts", sagte sie kurz.

Verblüfft starrte Virgil auf ihren Rücken. „Was ist mit dir?" Sara ging zur Halfpipe und setzte das Skateboard ab. „Sara, hör doch mal! Sag mir doch erst mal, was los ist. Liegt es an mir?"

Ohne ihn anzublicken, sagte Sara: „Ich darf dich nicht mehr treffen." Virgil stand fassungslos da, während Sara noch sagte: „Mein Vater ... Er hat gesagt, dass damit jetzt Schluss sein muss. Zwischen dir und mir, meine ich."

„Wieso mischt der sich da ein?", sagte Virgil wütend.

„Das kommt durch das Programm." Saras Stimme klang gepresst.
Plötzlich wurde Virgil klar, dass es um den Sündenbock ging. Vorsichtig legte er die Hand auf Saras Schulter. „Also bring ich doch Unglück?"
Sara drehte sich um und Virgil sah erschrocken, dass sie weinte. „Mir nicht! Ich hab nur gefunden ... Ich hab gedacht ..." Virgil nahm sein Taschentuch und gab es ihr. Unter Tränen brachte sie ein verwässertes Lächeln zu Stande. „Jetzt hab ich zwei."
„Zwei?"
„Taschentücher. Ich hab das andere auch noch. Weißt du das nicht mehr?"
„Wenn du willst, kannst du sie beide haben!"
„Virgil, vielleicht lässt mich mein Vater bespitzeln. Ich hab doch gesagt, dass sie alles rausbekommen." Sara blickte sich um. Außer den Jugendlichen, die Skateboard fuhren, war niemand zu sehen.
„Ich glaub, dass uns jemand verraten hat. Vielleicht ist es Peter. Ich frag ihn jedenfalls, ob er mehr darüber weiß." Virgil sah sich suchend um, aber er konnte seinen früheren Freund nirgends entdecken.
Sara legte die Hand auf seinen Arm. „Ich hab Angst, dass sie tot ist, Virgil."
„Du meinst die Verkäuferin, Sylvia?" Virgil sah Sara ungläubig an. „Wie kommst du darauf?"
„Nach der Sendung sind ein paar Leute auf meinen Vater zugekommen. Ich hab sie sagen hören, dass sie sie nir-

gends mehr finden könnten. Da hat Titus gesagt, dass es gut wäre, wenn es so läuft. Es wäre besser, wenn solche Menschen verschwinden, hat er gesagt." Sara sprach ohne Pause und mit blassem Gesicht. „Ich trau mich nicht mehr, mich gegen ihn zu stellen, verstehst du, ich hab Angst vor ihm. Deshalb war ich dabei."

„Und wir haben uns solche Mühe gegeben, ihr zu helfen", sagte Virgil düster.

„Und du hast es gewagt, ihnen zu widersprechen. Ich hab es gesehen, den Abschnitt, als du offensichtlich vor der Kamera protestiert hast. Titus ist wütend geworden. Deshalb darf ich dich nicht mehr treffen. Er hat gesagt, er würde dafür sorgen, dass sich die Dinge in Elmare ändern. Er hatte es dann von überholten Ideen, die abgelöst werden müssten."

Sie zupfte einen Fussel von ihrem Pullover. „So ist mein Vater nun mal", sagte sie leise.

„Ich versteh das alles nicht mehr, Sara." Virgil konnte es nicht ändern, dass seine Stimme wütend klang, aber er war nicht böse mit ihr. Sie konnte ja auch nichts daran ändern. „Was ist mit den Nachrichten los? Warum haben die die Sturmschäden nicht gezeigt?" Er erzählte, dass ihm seine Eltern nicht mehr glaubten, nachdem die Bilder nicht im MV gekommen waren.

Sara nickte trübsinnig. „Ja, das ist nun die Macht der Multivision, würde Titus sagen. Eine Nachricht ist nur dann eine Nachricht, wenn sie gesendet worden ist."

„Aber das Schwimmhaus? Es war doch gekentert!"

„Das ist das von dem Oberbaumeister, dem Architekten. Titus ist mit ihm befreundet. Ich hab ihn noch gesehen an dem Abend. Er ist ziemlich spät gekommen und eine ganze Weile geblieben, um mit Titus zu reden. Als er dann gegangen ist, haben sie gelacht und sich gegenseitig auf die Schultern geklopft.

Virgil musste an die Abschirmung der Einkaufspromenade denken und blickte nach oben. Sie befanden sich direkt darunter. Alles schien in Ordnung zu sein, es war kein Kratzer zu sehen. Wurde er langsam verrückt?

Sara unterbrach seine Gedanken. Leicht legte sie ihre Hand auf seinen Arm und fragte: „Willst du mir noch das Skaten beibringen?“

Virgil nickte, und gemeinsam gingen sie zur Halfpipe. Zuerst ließ er sie üben. Sie wurde immer besser. Danach versuchte er, seinen Zorn auf dem Skateboard loszuwerden. Er tobte schlimmer herum als jemals zuvor. Zum Schluss machte er eine verkehrte Bewegung. Im letzten Moment schaffte er es, das Gleichgewicht zu halten, sonst wäre er auf den Boden geknallt. Das erschreckte ihn. Ließ ihn seine Körperbeherrschung im Stich? Das wurde auch nicht dadurch besser, dass ihm Peter, der mit seinem Anhang bei der Halfpipe aufgetaucht war, zurief: „Läuft es nicht so, wie du willst, Wensveen?“

Virgil drehte sich um und sagte böse: „Hast du die Hausarbeit eigentlich schon zurück, Alewijn?“

Peter kam näher, bis er dicht vor Virgil stand. „Was meinst du damit?“

„Nichts, ich war einfach neugierig auf meine Note. Sorry, deine Note."
„Ach, Mann, hör doch auf. Skaten kannst du nicht, und einen neuen Wettkampf hast du dir auch nicht ausgedacht."
„So, ich kann nicht skaten?", sagte Virgil wütend. „Dann möchte ich dich erst mal sehen!"
Peter trat sein Brett hoch und ging zur Halfpipe. „Dann pass mal auf!"
Sara sah atemlos zu, wie Peter eine Reihe von perfekten Slides machte, die jeweils mit einer eleganten Wende abgeschlossen wurden. „Der ist gut!", sagte sie bewundernd.
Peter hatte die Bemerkung aufgeschnappt und grinste Virgil herausfordernd an, der wütend sagte: „Ja, aber bei Hausarbeiten ist er nicht besonders. Hast du keine Angst, dass Bredius das durchschaut? Es ist schließlich das erste Mal, dass du eine ordentliche Arbeit abgegeben hast!"
„Solange du den Mund hältst ...", sagte Peter drohend.
Virgil ging auf ihn zu. War das wirklich Peters Werk, dass die Verkäuferin an der Fährstation abgefangen worden war? Er blickte seinen Freund unverwandt an und fragte: „Und du? Kannst du deinen Mund halten? Oder spionierst du Leute aus, damit du danach alles weitererzählen kannst?"
Er sah, wie Peter rot wurde. Aha, Peter fühlte sich schuldig! Hinter Peter standen seine Kumpels, alle mit kurzen Haaren und über den Ohren ausrasierten Steifen. Die Gruppe wird immer größer, dachte Virgil finster.

Peter wandte sich an seine Kumpels hinter ihm. „Jungs, wir sind herausgefordert worden!“ Seine Freunde kamen näher, die Bretter hatten sie unter den Arm geklemmt. Plötzlich stand da jemand neben Virgil. Er blickte kurz zur Seite und sah zu seiner Überraschung, dass es Lars, war. Hinter ihm standen dessen Freunde. Der große Junge fischte aus seiner Tasche eine verwaschene Mütze und grinste Virgil zu. Der verstand die Geste, suchte in seinen Taschen und hatte wenig später eine Wollmütze auf, eine von Bert.

Sara stellte sich an Virgils andere Seite und band sich mit herausfordernden Bewegungen ein Kopftuch über ihre langen Haare. Virgil fand, dass sie wie eine Piratenkönigin aussah. Die Freunde von Lars trugen ebenfalls alle irgendwelche Kopfbedeckungen.

„Wir stellen uns links und ihr rechts auf!“, rief Lars. „Dann kommt abwechselnd von jeder Gruppe einer nach dem anderen und zeigt, was er kann. Abgemacht?“

Der Vorschlag wurde begeistert aufgenommen. Virgil zog Sara kurz auf die Seite und sagte: „Du brauchst nicht mitzumachen, wenn du nicht willst.“

„Ich will aber doch mitmachen!“ Sie blickte ihn enttäuscht an. Virgil nickte.

Die mit den kahlen Köpfen standen nun auf der einen, die Jungen mit den Mützen und Kappen auf der anderen Seite der Halfpipe. Peters Gruppe fing an.

Einer nach dem anderen ließen sie ihre Kunst sehen. Einige sausten mit Angst einjagender Geschwindigkeit nach unten, andere hockten gebückt auf ihrem Brett und versuchten bis an die Füße der Gruppe auf der anderen Seite zu kommen. Peter tauchte direkt vor Virgil auf und grinste, als der zurückschreckte.

Dann kam Sara. Behutsam ließ sie sich mit weit ausgebreiteten Armen nach unten gleiten, und weil sie alles so elegant machte, bekam sie lauten Beifall. Sara machte eine saubere Wende, wie sie es von Virgil gelernt hatte, und kam zum Stand. Virgil grinste anerkennend. Er war der Letzte und hatte beschlossen, allen einen ordentlichen Schreck einzujagen. Gegenüber war zwischen zwei Jungen noch genug Platz, um das zu machen, was er sich vorgenommen hatte.

Er übernahm den Delfin von Sara und bückte sich tief. Dann sauste er voller Konzentration nach unten, die Mütze tief in die Stirn gezogen. Die Jungen, auf die er zusteuerte, stoben auseinander, als er näher kam. Genau zwischen ihnen drehte er sich um, worauf sie nicht gefasst waren, und streifte den einen mit dem Brett. Als er wieder zurück bei seiner Gruppe war und zur anderen Seite blickte, sah er, wie Peter mit geballten Fäusten auf ihn schimpfte. Virgil rief: „Bisschen Schiss, Alewijn?“, und grinste kurz zu Lars rüber.

Peter schrie zurück: „Kommt einfach mal runter und zeigt, dass ihr keine Angst habt!“ Er gab seiner Gruppe ein Zeichen.

Lars verstand noch vor Virgil, sprang auf sein Brett und rief: „Los, alle zusammen!“

Mitten auf der Halfpipe gab es den großen Zusammenprall. Einige waren an der Seite geblieben und konnten rechtzeitig vom Brett springen, andere kurvten zwischen der entgegenkommenden Gruppe durch und erreichten die andere Seite, doch die meisten kamen unsanft mit dem Gegner oder einem durch die Gegend schleudernden Skateboard in Berührung. Es wurde geschimpft und an Jacken gezogen, Mützen wurden erbeutet und es gab viele blaue Flecken.
Virgil war einer der Wenigen, die durch geschicktes Steuern durch das Gewirr gelangten, ohne sich etwas zu tun. Er war froh, dass er das Brett hatte und nicht Sara, die noch lange nicht geschickt genug war, um in einem solchen Chaos ungeschoren davonzukommen.
Sara kam auf ihn zugerannt. Als sie sah, dass er unverletzt war, sagte sie, dass sie nach Hause müsste. Virgil wollte mit ihr gehen, aber sie schüttelte den Kopf. „Nein, wir müssen vorsichtig sein. Ich seh dich morgen in der Schule." Hastig gab sie ihm einen Kuss und ging.
Virgil sah ihr nach, wie sie sich mit dem Skateboard auf dem Rücken entfernte. Schade, dass sie jetzt schon weg musste. Durch den Wettstreit mit Peter hatten sie nicht richtig miteinander reden können. Er schlenderte zum Wasser. Der Kai war leer, heute am Sonntag lagen da vor allem keine Frachtschiffe aus Novamonde, und so konnte er weiter sehen als sonst. Er blickte über das Wasser und sah in einigem Abstand vom kleinen Hafen ein Schiff liegen. Virgil hob die Hand über die Augen, um besser sehen

zu können. Sein Herz fing an zu schlagen. Das schien die Hopper 7 zu sein, das Schiff seines Großvaters!
Aber dann wäre es ja überhaupt nicht schwierig, zu dem Schiff zu gelangen, nur ein Ruderboot müsste er haben.
Virgil schüttelte den Kopf. Warum sollte er versuchen, zur Hopper 7 zu rudern? Was würde er dann mit dem Schiff machen. Und wenn er an Bord ginge, würden ihn die Leute von der Bewachung schnell wieder runterholen.
Er drehte sich um und sah Lars.
„Kennst du das Schiff?“, fragte der und wies mit dem Kopf auf den einsamen Küstenfahrer. „Mein Vater hat es reingeholt.“
„Das gehört meinem Großvater“, sagte Virgil düster. „Sie haben gesagt, dass sie hier kein weiteres Schiff haben wollen.“
Lars nickte. „Was ist jetzt mit deinem Großvater?“
„Die wollen ihn in so ein Zimmer im Altenheim stecken. Das ist aber nichts für meinen Großvater.“
„So ein Schiff hätte ich gern“, sagte Lars ganz unerwartet. „Später werd ich auch Seemann, genau wie mein Vater. Vielleicht auf einem der Frachtschiffe oder so.“
Virgil nickte und machte sich auch auf den Heimweg. Zu seiner Überraschung kam ihm Jasper am Kontrollpunkt entgegen.
Mit schriller Stimme fragte sein Bruder: „Wo ist mein Pass? Ich weiß bestimmt, dass du ihn hast. Du bist ein Dieb!“
Wütend holte Virgil das kleine Kärtchen aus der Tasche.

Er hielt es hoch und sagte spöttisch: „Was machst du denn hier? Willst du auch skaten?"
„Das geht dich gar nichts an!", schnaubte Jasper und grabschte den Pass aus Virgils Hand. „Pass lieber auf dich selber auf!"

Leonore blickte auf, als Virgil mit versteinertem Gesicht nach Hause kam. „Was ist los? Du siehst so böse aus."
Virgil ließ sich neben Matt aufs Sofa fallen und sagte: „Sara meint, dass sie weg ist. Der Sündenbock von gestern Abend, Sylvia Coninck. Vielleicht ist sie auch tot."
Erschrocken sah Leonore ihn an. „Jetzt mal ganz langsam, Virgil. Wie kommst du denn da drauf?"
„Sara hat es gesagt. Sie hat gehört, wie im Studio darüber geredet worden ist. Und ich hab das Gefühl, dass das meine Schuld ist. Ich hab mich ja unbedingt drum kümmern müssen. Hätte ich sie doch bloß in Ruhe gelassen!" Er schwieg kurz und sagte dann: „Steven hat es selbst noch gesagt. Ich bin eben jemand, der Unglück bringt."
Steven setzte sich auf die Sofalehne. „Was hab ich denn gesagt?"
„Schon bei dem Kaffeeautomaten hast du so was gesagt. Und jetzt ist echt was Schlimmes passiert."
„Aber das weißt du doch noch gar nicht mit Sicherheit", sagte Leonore.
„Mann, du musst dir doch nicht jeden Schuh anziehen", warf Matt ein. „Die Dinge laufen, wie sie laufen. Du musst dich nicht für alles verantwortlich fühlen!"

„Aber das ist es doch gerade!“ Virgil sprang auf. „Ich fühl mich sehr wohl verantwortlich!“
Matt zuckte mit den Schultern. „Wenn ein Mädel so was macht, dann ist auch noch was anderes los. Bestimmt ist auch noch ihr Freund abgehauen oder so was.“
„Matt, sei doch nicht so gefühllos!“, sagte Leonore ärgerlich.
„Ich denk halt praktisch.“ Matt ging zur Tür. „Virgil muss einfach mal aufhören, sich für alles schuldig zu fühlen!“
Dann fiel die Tür hinter ihm zu.
„Sara hat gesagt, dass sie mich nicht mehr treffen darf“, erzählte Virgil traurig. „Ihr Vater meint, dass ich nicht der passende Umgang für sie wäre.“
„Also so was!“, sagte Leonore entrüstet. „Für wen hält der Mann sich denn! Steven, du solltest mal mit ihm reden.“ Aber Steven hob nur mit deutlichem Unbehagen die Schultern.

In der Schule wurden die ersten Bilder des Schuljournals „ Morgen hat schon heute begonnen“ gezeigt, die die Schülergruppe gemacht hatte. Goman kündigte an, dass von jetzt ab jeden Montagvormittag eine Sendung zu sehen sein würde.
Hinten in der letzten Reihe legte Virgil die Füße auf den Stuhl vor ihm und spielte mit seinem Stift, den er auf dem Tisch hin und her rollen ließ. Er war gespannt, was sie zu sehen bekommen würden. Er konnte beobachten, wie aufrecht und stolz Peter dasaß und mit seinen Freunden

tuschelte. Natürlich hatte Peter bei dem blöden Journal mitgemacht, das konnte man ihm genau ansehen.

In der Klasse gingen die Lichter aus und der Bildschirm wurde hell. Jemand saß vor einer blauen Wand, räusperte sich einmal und rückte seine Brille zurecht, bevor er in die Kamera blickte. Virgil setzte sich mit einem Ruck aufrecht, wodurch der Stuhl vor ihm umfiel. Goman sah ihn tadelnd an, aber Virgil war viel zu verblüfft, um sich darum zu kümmern. Es war Jasper! Sein eigener Bruder schien der Moderator des Schuljournals zu sein und hatte zu Hause nichts davon erzählt! Virgil bückte sich und stellte den Stuhl schnell wieder richtig hin.

„Es ist mir eine große Freude, das Schuljournal vorzustellen", klang Jaspers gepflegte Stimme aus dem Schul-MV. „An erster Stelle möchte ich Herrn Zuidema danken, der dieses Journal ermöglicht hat." Er blickte kurz auf das Blatt, das vor ihm lag, und sprach weiter: „Heute haben wir folgende Themen. Wir beginnen mit einem Interview von einigen Kandidaten der Abschlussprüfung, dann folgt eine interessante Liste mit neuem Unterrichtsmaterial." Virgil schnaubte. Jasper war in seinem Element. Lehrbücher und Rechenmethoden waren für ihn das Schönste, was es gab. „Danach gibt es eine Dokumentation, die uns freundlicherweise von Herrn Zuidemas Studio überlassen wurde: ‚Berühmte Erfindungen aus Elmare, Teil 1'. Abschließen werden wir das heutige Journal mit der Serie: ‚Die dümmsten Antworten der Woche'. Ihr werdet hören, was Mijke Gelderen aus der Klasse

Naturwissenschaft 2 in Geschichte geschrieben hat. Und wir kriegen den Satz des Pythagoras so, wie ihn Thomas Sonderhof in der letzten Woche neu erfunden hat, zu hören."

Jasper blickte mit selbstgefälligem Lächeln in die Kamera und Virgil schüttelte den Kopf. Andere Schüler der Lächerlichkeit preiszugeben erschien ihm nicht gerade ein geeigneter Beitrag für ein Schuljournal. Aber er sah, wie Goman sich zufrieden in seinem Stuhl zurücklehnte und Peter bewundernd zunickte. „Scheint ganz ausgezeichnet zu sein für das erste Mal", sagte er laut flüsternd. Virgil kaute an seinem Stift.

Nach einem gepflegten Gespräch über die Auswahl der Studienfächer zweier Schüler aus Jaspers Klasse, bei dem es Virgil danach war, laut zu gähnen, erklärte ein Lehrer die Möglichkeiten eines neuen Computerprogramms. Darauf folgte die Dokumentation. Sie bekamen die Fährschiffe zu sehen. Die Konstruktion des ersten Bootes wurde gezeigt, Archivbilder, die Virgil noch nicht kannte. Dann erschien die Anlegestelle auf dem neuen Kai. Virgil erkannte den runden Platz mit dem gläsernen Durchgang.

Die Stimme eines Kommentators erklärte: „Hier gehen täglich Leute auf dem Weg nach Novamonde an Bord. Es ist eine ruhige und auch sichere Überfahrt. Durch Computer gesteuert sucht sich unser Fährschiff seinen Weg über das unruhige Wasser der Flevosee. Selbst bei Sturm und hoch gehenden Wellen ist das Boot vollkommen sicher." Wieder wurde der Platz gezeigt, auf dem Leute in einer Schlange auf das Schiff warteten. Gegen Schluss sah man die Anzeigetafel. Diese Bilder stammten aus der vorigen Woche: Datum und Zeit in digitalen Buchstaben und Ziffern waren gut zu lesen. Die Kamera fuhr langsam über die Reihe wartender Menschen. Da stand eine junge Frau mit Wickelrock und hohen Absätzen. Virgil setzte sich aufrecht. Die Kamera glitt die Schlange entlang, die Frau drehte sich um und strich das Haar aus dem Gesicht. Virgil hatte das Gefühl, als bekäme er einen Schlag in den Magen. Für ihn gab es keinen Zweifel, das war Sylvia Coninck, die Verkäuferin aus der zerstörten Boutique.

Den Rest der Sendung nahm Virgil praktisch nicht mehr wahr. Den Aufruf an die „viel versprechende junge Generation" von Elmare, sich restlos für Elmare einzusetzen, hörte er kaum. „Die dümmste Antwort der Woche", die unter seinen Klassenkameraden viel Gelächter hervorrief, bekam er nur zur Hälfte mit. Ohne irgendetwas richtig wahrzunehmen, starrte er auf den Abspann der Sendung, in dem die Namen der Schüler erschienen. Als dann das Licht anging, entkrampfte sich Virgil langsam wieder. Ohne wirklich darauf zu achten, was er tat, stopfte er seine Sachen in die Schultasche, ging mit großen Schritten nach vorne und war der Erste auf dem Gang. Saras Stundenplan wusste er auswendig, sie müsste jetzt in der Theaterklasse sein. Als die Tür zum Unterrichtsraum aufging, wartete er voller Ungeduld darauf, dass sie herauskam.

„Sara!“ Sie blieb stehen und sah ihn erschrocken an. „Ich muss mit dir reden!“

„Aber …“ Sara zögerte und strich sich die Haare aus dem Gesicht. „Wir dürfen nicht, wir können hier nicht so einfach …“ Dann kam sie ganz plötzlich zu einem Entschluss, so wie er es schon von ihr kannte. „Komm, wir gehen auf das Dach.“

Das war ein Ort, an dem sich auch andere junge Leute trafen, wenn sie etwas zu besprechen hatten, was andere nicht hören sollten. Sie fuhren mit den Rolltreppen nach oben. Sara betrachtete die Leute hinter ihnen auf den Treppen genau. Offenbar suchte sie nach bekannten Gesichtern. Schließlich drückten sie die Tür auf, die auf das Dach des Avidiums führte. Die Luft war klar und die Aussicht über Elmare fantastisch. Sara ging zum Geländer, das um das Dach verlief, und lehnte sich dagegen. Dumm, dass er da nicht eher dran gedacht hatte: Von hier aus konnte er ausgezeichnet sehen, wo die Hopper 7 lag! Er zeigte es Sara. „Sieh mal, das Schiff von meinem Großvater.“ Sie nickte, ohne etwas zu sagen.

Virgil stand breitbeinig da, mit den Hände in den Hosentaschen. Der Wind ließ seine Haare flattern. In der Ferne sah er die Rauchfahne, die aus dem enorm hohen Schornstein der Fabrik von Novamonde quoll.

„Die ganze Woche hab ich an die Verkäuferin denken müssen.“ Er blickte auf den Rauch, der immer höher stieg. Es wirkte, als würden sie in Novamonde versuchen, Wolken herzustellen. „An Sylvia. Wie sie sich gefühlt haben

muss. Ich hab mich schuldig gefühlt, Sara. Verstehst du das? Ich hatte das Gefühl, dass es meine Schuld war."
„Aber so darfst du nicht denken!" Sara blickte ihn besorgt an. „Demnächst bietest du dich noch selbst als Sündenbock an!"
Virgil lachte kurz, aber es war kein fröhliches Lachen. „Na ja, zum Glück kann ich das jetzt abhaken. Hast du das Schuljournal gesehen? Sie kam in dem Bericht über die Fähre vor."
„Sie ist also nach Novamonde gefahren?" Saras Stimme klang erleichtert. „Ich hab schon gedacht, dass ich sie erkannt hätte, war mir aber nicht sicher. Aber du hast Recht, sie war es, in der Schlange."
„Und trotzdem stimmt da etwas nicht", schimpfte Virgil los. „Dass Leute lieber weggehen. Was hat Titus noch mal gesagt? Solche Menschen gehören nicht nach Elmare?"
„Irgendwie so. Dumm von mir zu glauben, sie sei tot."
„Sara, dein Vater vertreibt mit seiner Sendung Menschen. Aus Elmare. Als könnte er entscheiden, wer hier wohnen darf und wer nicht."
Unsicher schüttelte Sara den Kopf. „Nein, das muss ja nicht so gewesen sein. Die Frau wollte selbst weg."
„Weil sie nach der blöden Sendung hier nicht mehr bleiben konnte!" Wütend ging Virgil ein paar Schritte. Begriff Sara das denn nicht? Oder wollte sie nicht begreifen, weil er ihr Vater war? Welche Sorte von Menschen durfte dann hier bleiben? Wahrscheinlich nur die, die hübsch das taten, was er sich für sie ausgedacht hatte. Also das

war nichts für ihn. Er drehte sich wieder zu Sara um. „Es gibt so viele Leute, die nicht streng nach den Vorschriften leben wollen. Mein Großvater zum Beispiel. Den nehmen sie sofort ins Krankenhaus mit." Er schnaubte. „Anpassungsprobleme!"

Sara fingerte an den Kordeln ihrer Jacke herum und gab keine Antwort.

„Und nimm dich doch bloß mal selbst!", machte Virgil weiter. „Dein Vater hat gesagt, dass wir uns nicht mehr treffen dürfen. Findest du das gut, dass er das einfach so bestimmt?" Dann kam er zu einem Entschluss. „Ich kann mit deinem Vater reden."

„Würdest du dich das trauen?" Sara blickte ihn unsicher an.

„Ich hab keine Angst vor ihm." Virgil fühlte sich erleichtert, nachdem er zu einem Entschluss gekommen war. „Guck nicht so verschreckt. Vielleicht ist das ja eine gute Idee. Dann kann er selbst sehen, wie ich bin. Ist er heute Nachmittag zu Hause?"

Sara nickte.

Virgil blickte sie prüfend an. „Sara, du hast doch selbst auch eine Meinung. Was möchtest du denn?"

Sie wandte den Blick von ihm ab und sagte stockend: „Ich find das so schwierig. Das ist, als müsste ich zwischen dir und Titus wählen. Ich will keinen Ärger mit meinem Vater, aber ich will mich auch mit dir treffen."

Sie sah ihn an und lächelte.

Virgil war froh, dass sie so offen zugab, dass sie ihn sehen wollte. Während sie ihn so ansah, hatte er das Gefühl, dass er alle Probleme lösen könnte.

Auf dem Dach des Avidiums war sich Virgil seiner Sache so sicher gewesen, doch als er sich dem Viertel mit den vornehmen Schwimmhäusern näherte, ging er immer langsamer. Ein paar Mal hatte er versucht, das Gespräch im Voraus zu führen, aber das hatte nicht geklappt. Daraufhin hatte er beschlossen, einfach abzuwarten, was ihm in den Sinn kam, wenn er Titus Zuidema persönlich vor sich hatte. Aber vielleicht fiel ihm dann gar nichts mehr ein!

Er warf einen schiefen Blick auf das Haus des Architekten, dessen Ruderboot er ausgeliehen hatte. Zum Glück war der nicht zu Hause. Das Boot lag noch immer vertäut an ihrem Schwimmhaus.

Virgil stieg die Treppe hoch und drückte auf den Klingelknopf, bevor er es sich noch anders überlegen konnte. Wie beim vorigen Mal erschrak er von dem lauten Klang, der irgendwo im Haus ertönte.

Noch kann ich weg, dachte er, doch in diesem Moment wurde die Tür aufgezogen. Titus Zuidema stand in einer karierten Hose vor ihm und hielt ein Glas in der Hand.

„Virgil, so war es doch, oder?“ Der Moderator runzelte die Stirn. „Meine Tochter ist nicht da, und vielleicht hast du mitbekommen …“

„Ich wollte zu Ihnen!“, stieß Virgil aus. „Ich mein, ich wollte Sie sprechen.“

Titus zog die Tür weiter auf. „Dann komm mal rein. Ich hab gerade etwas Zeit."
Im Wohnzimmer bot Titus ihm einen Platz auf dem Sofa an, aber Virgil blieb stehen. „Herr Zuidema, ich hab es vielleicht falsch angepackt, aber ich hab nur helfen wollen. Mein Vater sagt auch, dass ich mich überall einmische. Dadurch haben Sie vielleicht einen falschen Eindruck von mir bekommen."
Titus Zuidema sah Virgil weiter mit gerunzelter Stirn an. „Ich nehme an, dass wir über die Angelegenheit mit der jungen Dame aus der Boutique sprechen, dem Geschäft, das auf so fatale Weise zerstört wurde."
Virgil nickte und blickte den berühmten Moderator an, der das Glas in der Hand drehte, ohne daraus zu trinken.
Titus ging zu einem wie ein Schmetterling geformten Sessel und ließ sich hineinsacken. „Junger Mann", sagte er in gemessenem Tonfall, „ich verstehe in der Tat nicht, warum ein Junge deines Alters sich um solche Sachen kümmert. Schließlich geht es um die Interessen von Elmare, dieser schönen Stadt, der ich mit meiner kritischen Sendung zu dienen versuche. Jemand in deinem Alter versteht Derartiges noch nicht."
Virgil hatte den Blick gesenkt. Er konnte Titus Zuidema nicht die ganze Geschichte erzählen – von der Nacht im Infocenter, von dem Mann vom Reinigungsdienst und von seinem Gefühl, dass er dadurch, dass er der Verkäuferin half, etwas zurechtrücken könnte. Und vor al-

lem durfte er nicht sagen, dass er die Sendung mit dem Sündenbock überhaupt nicht ausstehen konnte! Stattdessen fragte er zögernd: „Warum wollen Sie, dass solche Menschen aus Elmare verschwinden?"
Ehrlich überrascht blickte Titus Zuidema ihn an. „Wie kommst du denn auf so etwas! Von wem hast du denn gehört, dass ich so was wollte?"
Virgil wollte nun auf keinen Fall sagen, dass Sara ihm das erzählt hätte. Er zuckte mit den Schultern. „Das kann ich nicht sagen."
Titus schnaubte. „Natürlich hat meine Tochter, die meine Ratschläge immer als gegen sie gerichtet auslegt, mit dir darüber gesprochen. Es kommen nur Missverständnisse heraus, wenn Menschen Gespräche aufschnappen, die sie nur zum Teil verstehen. Wie kannst du nur denken, dass ich die Macht oder auch nur den Wunsch hätte, Leute aus Elmare verschwinden zu lassen! Die bewusste junge Dame hat ihre Wahl völlig selbstständig gefällt. Wenn ich richtig informiert bin, ist sie bei ihrer Familie in Novamonde. Elmare lag ihr nicht so. Jeder hat die Freiheit wegzuziehen, wenn das Leben in Elmare nicht zu ihm passt."
Virgil wollte etwas sagen, aber der berühmte Moderator sprach schon weiter: „Natürlich ist es nicht gut, wenn du Menschen ungefragt Ratschläge erteilst." Titus stand auf und fing an, hin und her zu laufen. „Du bist so impulsiv wie ich auch. Ich hab einen Filmausschnitt gesehen, auf dem du lauthals deine Meinung von dir gibst. Ziemlich …

eigensinnig. Wie ich auch. Ich befürchte, dass Sara von dir beeinflusst wird.“ Titus wandte sich um und blickte Virgil an. Es war seltsam, Saras blaue Augen in diesem Gesicht zu sehen.

„Ich denke gern selber nach“, sagte Virgil trotzig. Er wusste nicht so recht, was er antworten sollte.

„Natürlich ist es wichtig, selbst zu denken!“ Titus startete zu einer neuen Runde durch das Zimmer. Vor Leonores Bild blieb er stehen, kniff kurz die Augen zusammen und rückte es zurecht, obwohl Virgil absolut nicht gesehen hatte, dass es schief hing. „Entscheidend ist aber, wie wir unser Denken einsetzen.“ Mit der freien Hand deutete er auf Virgil – in der anderen hielt er noch immer das halb leere Glas. „Du scheinst mir ein außergewöhnlich intelligenter junger Mann zu sein. Bei richtiger Anleitung könntest du große Dinge erreichen. Elmare kann junge Menschen wie dich sehr gut gebrauchen. Du solltest dich einem großen Ideal widmen, anstatt nur deinen eigenen Kurs zu fahren! Warum widmest du dich nicht dieser herrlichen Stadt?“

„Es geht nicht nur um Elmare“, stieß Virgil hervor. „Menschen sind kein Zubehör zu einer Maschine.“ Das war ihm schon so lange durch den Kopf gegangen und musste nun raus. „Wir sind lebendige Wesen!“

„Mein lieber Junge“, sagte Titus Zuidema und beugte sich zu Virgil. „Natürlich sind wir lebendige Wesen. Du bringst alles durcheinander. Wunderbare, lebendige und kluge Wesen, das sind wir! Zu großen Dingen befähigt!

Sieh dich um, und alles zeugt von der Macht des menschlichen Geistes. Wir sind in der Lage, das Wasser zu bezwingen, der Natur unseren Willen aufzuzwingen. Nicht alle natürlich, nicht jeder Mensch ist zu großen Taten berufen. Nur die, die das System anerkennen, die die Regeln kennen und anwenden, die können in der gut geordneten Gesellschaft von Elmare mitwirken."
Virgil murmelte etwas Unverständliches. Er hatte das Gefühl ein Einpersonenpublikum für einen Mann darzustellen, der sprach, als hätte er es mit einem ganzen Saal voller Menschen zu tun.
„Darum ist der Ausbildung allergrößtes Gewicht beizumessen", machte Titus weiter, der nun so richtig in Schwung kam. „Junge Menschen, gut ausgebildet und ihrer Verantwortung bewusst, junge Menschen, die ihren Platz kennen, die sich ihre eigene Grundlage schaffen, ihr eigenes Spezialgebiet. Das geniale System von Elmare. Wenn das konsequent angewandt wird, wird Elmare zu nie gesehener Größe aufsteigen und Novamonde seine führende Position verlieren." Er blickte Virgil kurz an und sprach dann weiter: „Wir tragen eine große Verantwortung für den Erfolg dieses Systems. Jeder muss auf seinem Platz darüber Rechenschaft ablegen, ob er sich beteiligt und funktioniert. Nur dann kann das ganze Große Erfolg haben."
„Darf dann keiner mehr einen Fehler machen?", fragte Virgil, der zu begreifen versuchte, worum es Titus Zuidema ging.

Der machte mit der freien Hand eine Bewegung, als würfe er etwas fort. „Falsch machen! Fehler! Die Technik kann nichts falsch machen! Menschen machen natürlich Fehler. Aber damit dürfen wir uns nicht abfinden. Wer Elmare Schaden zufügt, fügt uns allen Schaden zu! Denk daran! Wir müssen diese Menschen streng mit den Folgen ihres Verhaltens konfrontieren, sonst finden wir uns mit der Unvollkommenheit ab, mit einer Gesellschaft, die unreif ist! Stell dir den Verlust vor, die verpassten Möglichkeiten! Elmare ist nahezu vollkommen, alles kann gut werden. Es hängt von den Menschen ab, unwilligen Menschen, widerspenstigen Menschen, dummen Menschen!" Während er das sagte, war Titus immer lauter geworden, und den letzten Satz schrie er.

Virgil war unbehaglich und er trat von einem Bein auf das andere. Er sah, wie der Moderator sein Glas so gefährlich schief hielt, dass die Flüssigkeit auf den makellosen Teppich zu tropfen drohte. Er zeigte auf das Glas und sagte: „Achtung! Gleich kleckern Sie."

Die Reaktion auf seine harmlose Bemerkung kam besonders überraschend. Titus hielt schnell sein Glas wieder aufrecht, bekam ein rotes Gesicht und blickte sich aufgeschreckt um. Aber außer Virgil war niemand im Raum, der seine Unachtsamkeit gesehen haben könnte.

„Das liegt nur an dir!" Mit einem Knall stellte Titus das Glas auf einen gläsernen Tisch. „Das ist dein Einfluss, deine Widerspenstigkeit …" Er holte tief Luft und strich sich über das Haar. „Menschen wie du sind gefährlich für Elmare!"

Virgil sah sich plötzlich mit den Augen von Titus, wie er da stand mit ungekämmter und abstehender Mähne und in seiner schlampigen Jacke. Fast hätte er nach unten geblickt, um nachzusehen, ob seine Schuhe dreckig waren. Er betrachtete Titus Zuidema aufmerksam, der knallrot geworden war. Vielleicht war mit ihm etwas nicht in Ordnung, überlegte Virgil besorgt. Er verstand nicht, weshalb der Vater von Sara sich wegen Elmare so schrecklich aufregte. Jedenfalls nahm er alles schrecklich wichtig, das war Virgil klar.
„Ich hab Sie doch nur warnen wollen", Virgil sprach leise, ein bisschen unsicher.
„Mich warnen?" Die Stimme klang scharf. „Bist du der Meinung, dass man mir helfen muss?!" Er holte tief Luft und sagte dann: „Jetzt geh und komm nicht wieder!"
„Aber …" Virgil blieb zögernd stehen. Er hatte über seine Freundschaft mit Sara sprechen wollen, aber dazu war er einfach noch nicht gekommen.
Der Moderator wies ihn mit einer gebieterischen Geste zur Tür.
Virgil ging in den Flur und öffnete die Haustür. Aus dem Zimmer hörte er Titus noch rufen: „Und lass meine Tochter in Ruhe! Ich will nicht, dass sie von deinen anarchistischen Vorstellungen angesteckt wird!"
Mit lautem Knall zog Virgil die Haustür hinter sich zu und sagte durch die Zähne: „Das entscheide ich selbst!"
Er sah sich um und schüttelte den Kopf. Wenn er schon anfing, laut mit sich selbst zu reden, würde er vielleicht

genauso verrückt wie Titus werden. Statt vernünftig mit ihm zu sprechen, hatte er eine Rede über sich ergehen lassen müssen. Ob das wahr war, was Titus ihm erzählt hatte, dass Sylvia selbst es vorgezogen hatte, Elmare zu verlassen? Und was hatte die eigenartige Reaktion zu bedeuten, als er ihn nur warnen wollte, nicht auf seinen tadellos sauberen Teppich zu tropfen? Voller Unbehagen zog Virgil die Schultern hoch. Er verstand Saras Vater nicht, und er befürchtete, dass er, anstatt sich für ihre Freundschaft einzusetzen, die Dinge nur noch schlimmer gemacht hatte.

„Opa, ich hab die Hopper 7 gesehen!" Mit diesen Worten machte er die Tür des Krankenhauszimmers auf. Bert saß vollständig angezogen in einem Sessel am Fenster und sah wieder wie er selbst aus. Es war Donnerstag, und er durfte heute nach Hause. Matts Zimmer war frei geworden. Er hatte vor kurzem eine Stelle beim Wartungsdienst von Elmare bekommen, und er und seine Freundin hatten bekannt gegeben, dass sie nun zusammenzögen. Im Viertel Dienst und Pflicht war plötzlich ein Schwimmhaus frei geworden, was nicht so oft vorkam. Virgil hatte versprochen, bei Matt und Lindy zu helfen, sobald er seinen Großvater nach Hause gebracht hatte. Die Verwaltung war vorläufig einverstanden damit, dass Bert bei seinem Sohn wohnen würde.
„Es liegt außerhalb vom Hafen vor Anker, gegenüber dem Handelskai."

Bei Virgils Worten wurde Bert ganz aufgeregt. Du hast sie gesehen? Wie sah sie aus?"
„Normal, wie immer, soweit ich es erkennen konnte."
„Da kommen wir leicht hin!", sagte Bert aufgedreht. Seine Augen glitzerten und seine Hände umspannten die Armlehnen des Sessels.
„Das glaub ich auch", sagte Virgil. „Aber du musst dir erst überlegen, was genau du eigentlich willst. Du willst doch nicht etwa wieder alleine losfahren?"
„Nein, das stimmt", murmelte sein Großvater und ließ sich wieder zurück in den Sessel sinken. Mit der Hand tastete er nach dem Griff seines Koffers, der neben ihm stand.
Virgil räusperte sich und fragte verlegen: „Opa, was genau heißt eigentlich ‚anarchistisch'?"
„Anarchistisch?" Bert wiederholte das Wort langsam. „Tja, Junge, das ist schwer zu erklären. Das hat was mit Menschen zu tun, die sie selbst sein wollen, die sich einen Dreck um Vorschriften kümmern. Menschen, die sich ihre eigenen Verhaltensregeln machen."
„Ich hab mehr an jemand gedacht, der Rabatz macht", sagte Virgil, der im Kopf eher ein Bild von einem hatte, der mit Bomben um sich warf. „Der die ganze Gesellschaft über den Haufen schmeißen will?"
„Du kannst Anarchist sein, ohne Gewalt auszuüben", meinte Bert, „und ohne die bestehende Ordnung kaputtzumachen. Eigentlich eher so jemand wie ich, der einfach so leben will, wie er sich das zurechtgedacht hat."

„Du hast mal gesagt, dass du ein Idealist warst“, meinte Virgil. Die verschiedenen Begriffe verwirrten ihn. „Ist das nicht dasselbe?“
„Ach, die ganzen Etikettierungen“, sagte Bert. „Die Leute kleben immer Etiketten auf andere Menschen. Wir wollen einfach unseren eigenen Ideen folgen, auf unsere eigene Art leben. Das ist gar nicht so kompliziert.“
Die Tür ging auf und Steven und Leonore kamen herein.
„Alles klar?“, fragte Leonore vergnügt. Sie beugte sich vor, um ihren Schwiegervater zu küssen.
„Gestiefelt und gespornt und bereit“, sagte Bert, „den ganzen Kram hier hinter mir zu lassen!“
„Du siehst so aufgeregt aus“, sagte Steven kritisch. „Liegt das an Virgil?“
Bert schüttelte den Kopf. „Nein. Ich will hier raus, und je schneller desto lieber.“ Seinem Enkelsohn zwinkerte er viel sagend zu, bevor er noch sagte: „Einen alten Anarchisten darf man nicht einschließen!“
Steven lachte pflichtgemäß und nahm den Koffer. „Dann mal los.“

Auf dem Weg zum Viertel Dienst und Pflicht grübelte Virgil darüber nach, was sein Großvater gesagt hatte. Ein Anarchist war also einer, der nach seinen eigenen Vorstellungen leben wollte. Plötzlich begriff er, warum er all die Vorschriften nicht ausstehen konnte und die Menschen, die dachten, sie wüssten alles besser als er. Er wollte einfach über seine eigenen Regeln nachdenken! Aber dann

passte er wirklich nicht in das Elmare, das Titus Zuidema beschrieben hatte. Virgil blieb stehen und blickte ohne etwas zu sehen auf die Schwimmhäuser. Eigentlich hatte Titus Zuidema Recht. In dessen Augen war er wirklich gefährlich, auch wenn er nicht mit Bomben um sich schmiss. Verwirrt schüttelte Virgil den Kopf und ging weiter. Er sollte sich besser an die praktischen Sachen halten, von der ganzen Nachdenkerei rauchte ihm allmählich der Kopf. Matt hatte ihm ausführlich beschrieben, wo er hinmusste. Es war das vierte Haus auf der rechten Seite. Als er sich etwas genauer umsah, hatte er den Eindruck, dass er hier schon einmal entlanggegangen war. War das nicht mit Sara gewesen? Erschrocken blieb Virgil stehen. Natürlich war er schon einmal hier. Das war, als sie Sylvia Coninck besucht hatten. Virgil versuchte sich zu erinnern, wie sie da gegangen waren, aber er war sich plötzlich nicht mehr so sicher. Vermutlich hatte er da mehr auf Sara geachtet als auf seine Umgebung.
Virgil klopfte gegen das Fenster und Matt machte ihm auf. Er grinste von einem Ohr zum anderen. „He, Virgil, das ist schön. Komm rein, wir putzen gerade."
Er ging ins Wohnzimmer vor, wo Lindy mit einem Eimer herumfuhrwerkte. „Virgil kommt helfen!", kündigte Matt an. „Na, Bruderherz, wie findest du es hier? Es ist nicht groß, aber es gehört uns!"
Virgil blickte sich um. Das Zimmer war leer, und der graue Bodenbelag konnte ihm nicht verraten, wer hier früher gewohnt hatte. Er beschloss, das Grübeln sein zu

lassen und warf seine Jacke auf einen Klappstuhl. Kurz darauf strichen Matt und er das kleine Schlafzimmer. Matt war genauso geschickt wie Steven, und gegen Abend war das Zimmer praktisch fertig.

Lindy kam, es sich anzusehen und nickte begeistert. „Das sieht toll aus! Kommt mal was trinken, ich hab Kaffee gemacht."

Im Wohnzimmer war es sauber, Lindy hatte schwer gearbeitet. Virgil setzte sich auf den Boden und bekam einen Becher gereicht.

„Ich weiß nicht, wer hier gewohnt hat", erzählte Lindy. „Aber auf jeden Fall war es ein Schmutzfink. Staubmäuse in den Ecken und die Fenster seit Monaten nicht geputzt. Und dann der Umzug! Die haben es bestimmt sehr eilig gehabt."

„Wieso glaubst du das?", fragte Virgil. Es war komisch, während sie sprach, hatten sich die Härchen auf seinen Unterarmen aufgerichtet. Er strich sich über die bloßen Arme. Matt sah das und sagte geistesabwesend: „Es ist etwas kühl hier. Du musst morgen den Antrag auf Bioheizung stellen, Lindy."

„Es lag noch jede Menge Zeug im Schrank", erzählte Lindy weiter. Sie war munterer, als Virgil sie jemals erlebt hatte. „Und überall hab ich noch Kleinigkeiten gefunden. Im Badezimmer stand sogar noch ein Wäscheaufbereiter. Den können wir gut gebrauchen. Das meiste sonst hab ich weggeworfen, aber das hier fand ich lustig." Sie zeigte Matt etwas, und der nickte. „Nett."

„Lass mal gucken“, sagte Virgil. Lindy gab es ihm, Virgil warf einen Blick darauf und blieb stocksteif sitzen. Es war das Bild eines kleinen Hundes mit schiefem Hals.
„Was ist los, du bist ja plötzlich so weit weg?“ Lindy stand besorgt auf. „Fühlst du dich nicht gut? Ihr habt aber auch so schwer gearbeitet.“
Virgil schüttelte den Kopf, gab ihr das Bild zurück und stellte seinen halb vollen Kaffeebecher auf den Boden. „Ich glaub, ich hab die, die hier gewohnt hat, gekannt“, sagte er und hatte einen üblen Geschmack im Mund. „Ich erkenn das Bild.“
„Ob sie es wiederhaben will?“, fragte Lindy
Virgil stand auf und nahm seine Jacke. „Ich weiß es nicht.“ Er verabschiedete sich von Matt und Lindy und war kurz darauf draußen. Ihm war kalt, obwohl er seine Jacke bis oben hin zugezogen hatte. Was war nur los? Was passierte alles hier in Elmare? Warum hatte die Verkäuferin ihr Haus nicht ordentlich zurückgelassen? Immerhin hatte sie mehr als die Hälfte ihrer Sachen einfach dagelassen. Virgil ging weiter. Seine Schritte klangen Unheil verkündend laut auf den geteerten Brettern der Pontons. Da steckt alles drin, dachte Virgil wie nebenbei. Die elektrischen Leitungen, die Rohre der Biogasheizung. Als ob er durch die Bretter sehen könnte, sah Virgil alle Leitungen, die farbigen Röhren, die grauen Rohre des Abfallsystems. Die Pontons bargen wirklich alle Geheimnisse von Elmare in sich. Und sie waren gefährlich. Bert hatte gesagt, die Pontons seien lebensgefährlich.

Plötzlich stand er vor dem Avidium, ohne zu wissen, wie er dorthin gekommen war. Virgil sah sich verdattert um. Was machte er hier? Er fühlte sich, als wäre er aus einem Traum aufgewacht. Er blickte nach unten, doch die Bretter auf dem Platz zeigten unter sich nicht länger irgendwelche düsteren Geheimnisse. Aber er wusste genau, dass er noch kurz zuvor durch sie hindurch hatte sehen können.

„Virgil!" Eine bekannte Gestalt kam auf ihn zu. „Ich hab dich gesucht. Wie ist das Gespräch mit meinem Vater gelaufen?"

Virgil betrachtete Sarah aufmerksam. Waren das die Augen von Titus Zuidema? Nein, jetzt wusste er es endlich sicher. Sara war anders als ihr Vater. Er lächelte sie müde an.

„Nicht so besonders. Der hält mich für verrückt, glaub ich."

Sara lächelte auch. „Ja, das stimmt ja auch. Du bist wirklich ein eigenwilliger Vogel." Sie zupfte an seinen Haaren.

„Wollen wir was trinken gehen, oder willst du lieber nicht mit mir gesehen werden?"

Sara schüttelte entschlossen den Kopf. „Mein Vater hat nicht zu bestimmen, wer meine Freunde sind."

Virgil legte den Arm um ihre Schultern.

Im Restaurant, wo Sara einen Milchshake bestellte, erzählte Virgil von seiner jüngsten Entdeckung. Matt und Lindy hatten das Schwimmhaus von Sylvia Coninck bekommen, und alles deutete darauf hin, das sie in großer Hast aufgebrochen war. „Erinnerst du dich noch, wie sie das Bild von einem kleinen Hund in die Hand genommen hatte?"

„Meinst du das hässliche Ding!", fragte Sara. „Ein Hund mit schiefem Hals?"

Virgil nickte. „Es scheint, dass sie sehr schnell abgefahren ist. Aber dein Vater hat gesagt, dass er nicht das Bedürfnis habe, Menschen aus Elmare zu verjagen oder so was." Er wollte ihr nun ausführlich von seiner Begegnung mit Titus erzählen, aber die Tür des Restaurants ging auf und Peter kam mit zwei von seinen Kumpels herein. Er tat so, als würde er Virgil gar nicht sehen und wandte sich sofort an Sara.

„Hallo, Schönheit, kommst du mit mir? Heut Abend hab ich Lust auf dich!" Die beiden anderen hinter ihm lachten.

Virgil spürte, wie ihm die Hitze hochstieg. Er sprang auf und sagt wütend: „Dafür entschuldigst du dich, Alewijn. So redet man nicht mit ihr!"

Peter drehte sich zu ihm um, als wäre er überrascht. „Ah, der Herr Wensveen! Der dritte Sohn Wensveen. Der Sohn ohne Pass! Was hat du hier in Elmare eigentlich zu suchen?!"

„Was geht dich das an?", sagte Virgil wütend. „Als ob du so ein braves Musterknäblein wärst! Der Wettkampf, wer hat sich den eigentlich ausgedacht? Und die Eintrittskarten, die du gestohlen hast?"

Peter wollte einen Schritt nach hinten machen, weg von Virgils zornigem Gesicht, aber seine Leibwächter hinter ihm verhinderten das. Sie waren offensichtlich nicht die Schlausten. Sie hörten gespannt zu und waren neugierig, was passieren würde.
Virgil machte weiter: „Und alleine traust du dich nichts! Du sorgst immer dafür, dass die beiden Flaschen da bei dir sind! Ich glaub, du traust dich noch nicht mal, alleine zu skaten!“
Er wollte sich umdrehen, aber Peter packte ihn an der Jacke und schrie: „Oh ja, denkst du das? Skaten jedenfalls kann ich besser als du. Du hast dein Brett zu Schrott gefahren, nicht ich! Ich fordere dich heraus! Zu einem neuen Wettkampf, aber dann nur zwischen uns beiden!“
„Das ist hervorragend!“, sagte Virgil. „Und wo? Wir waren schon an allen Stellen in Elmare. Oder willst du vielleicht auf dem Dach vom Avidium Skateboard fahren?“
„Gute Idee.“ Peter drehte sich zu seiner Begleitung um. „Ihr habt es gehört. Auf dem Dach! Nur du und ich, Wensveen. Auf einem Skateboard mit Motor.“
Nun mischte sich Sara ein: „Das dürft ihr nicht! Wenn da einer runterfällt ...“
„Ist er tot!“ Peter blickte Virgil herausfordernd an. „Den sind wir dann los, würde ich sagen.“
Virgil war so zornig, dass ihm alles egal war. Hätte er sein Brett dabei gehabt, wäre er im Stande gewesen, sofort zum Avidium zu gehen.
„Heute Abend“, schnauzte er Peter an. „Um halb zwölf.

Und wenn du nicht auftauchst, bis du genau das, was ich glaube: ein Waschlappen!"
Peter wurde ein bisschen weiß um die Nase. „Hör mal", sagte er, „heute Abend hab ich schon eine Verabredung. Deshalb passt es mir nicht. Ein anderes Mal."
„Traust du dich nicht?", fragte Virgil höhnisch. „Also wann dann?" Er sah Peters Kumpels einen Blick wechseln.
„Ich und mich nicht trauen?", sagte Peter hastig. „Du meinst wohl dich selbst. Sonntagnachmittag, zwei Uhr."
„Prima", sagte Virgil. Sara mit sich ziehend stiefelte er aus dem Restaurant.
Draußen sagte Sara eine ganze Weile nichts. Virgil ging mit großen Schritten. Sie konnte kaum mithalten. Dann sagte sie: „Virgil, ist das denn jetzt noch vernünftig?"
Virgil zuckte mit den Schultern und brummte: „Wohl kaum."
„Ich komm mit am Sonntag", sagte Sara entschieden.
„Warum?"
„Du brauchst mein Brett, du Knallkopp!"

Es wird ernst

Nachdem sein Zorn abgeflaut war, wurde Virgil klar, wie gefährlich das war, was sie vereinbart hatten. Ihm fiel wieder ein, was Sara gesagt hatte: „Wenn da einer runterfällt …“

Er fing an, darüber nachzudenken. Menschen konnten sterben. Das Leben, auch sein eigenes, würde einmal zu Ende sein. Nun sah er seinen Großvater plötzlich mit ganz anderen Augen.

Er musste daran denken, was Sara ihm von ihrer Mutter erzählt hatte, die lange und tapfer gekämpft hatte. Nachts wurde er wach und starrte ins Dunkle. Die Menschen, die er liebte, seine Mutter, sein Vater und sein Großvater waren älter als er. Also würden sie vermutlich auch früher sterben als er. Aber freiwillig? Indem er ein unsinniges Risiko einging? Musste er da wirklich mitmachen? Virgil wälzte sich unruhig hin und her. Das war kein Spiel mehr. Ob es für die anderen ein Spiel war, bei dem sie nicht bedachten, dass sie dabei sterben konnten?

Virgil musste an die Möwen denken, die immer über Elmare kreisten. Die Tiere hatten es einfach, dachte er finster. Die fürchteten sich nicht vor dem Moment, in dem

sie sterben würden. Der kam einfach, manchmal ganz plötzlich, manchmal spürten sie, wie er näher kam. Ein krankes Tier verkroch sich, fraß nichts mehr, schloss die Augen und quälte sich nicht mit Gedanken, die Virgil quälten.
Er träumte davon. In der Nacht fiel er von endlos hohen Gebäuden. Er fiel einfach, und das Fallen nahm kein Ende. Denn immer schrak er aus dem Schlaf auf, bevor er den Boden erreichte. Schweißgebadet und mit verspannten Muskeln, als hätte er im Schlaf versucht, sich irgendwo festzuhalten.
Er fragte seinen Großvater, ob er Angst vor dem Tod hätte. Bert schüttelte den Kopf. „Ach, mein Junge, alt werden ist schlimmer. Nach der Woche im Krankenhaus weiß ich ein bisschen, wie das ist. Sie müssen was trinken, Herr Wensveen, Sie müssen noch Wasser lassen, Herr Wensveen … Die Abhängigkeit, die ist schlimm. Hilflos sein und zu wissen, dass es nicht mehr besser wird. Das große Abtakeln. Ich hab immer gesagt, ich springe besser über Bord, bevor es so weit kommt."
„Und was dann? Ich darf nicht daran denken, dass du … Ich meine, als du auf Reisen warst, da gab es dich einfach, irgendwo. Aber wirklich tot …" Virgil lief unruhig im Zimmer umher.
Bert drehte sich um und sah seinen Enkelsohn nachdenklich an. „Ja, mein Junge, wenn du dir das erst mal klar machst, dann bist du kein Kind mehr. Wirklich tot, das werden wir alle einmal sein. Aber glaub mir, abgetakelt

zu sein, hilflos zu werden, Schmerzen zu haben – das ist allemal schlimmer. Aber jetzt genug geredet. Die Sonne scheint, ich fühl mich prima! Ich muss jetzt mal kurz an die Luft. Gehst du ein Stück mit mir?"

Kurz darauf gingen sie durch den kalten Wind. „Sollen wir mal zum Kai gehen?", fragte Virgil. „Vielleicht können wir die Hopper 7 sehen."

Sein Großvater nickte. „Ja, das ist gut."

Während sie nebeneinander her liefen, hatte Virgil das Bedürfnis, sein Herz auszuschütten. „Opa … was würdest du machen … wenn es um eine Ehrensache geht oder so was. Wenn jemand dich herausfordert und du weißt, dass das dumm und gefährlich ist … würdest du es dann trotzdem tun?"

Bert blieb stehen und sah seinen Enkel prüfend an. „Dumm und gefährlich? Das klingt nicht so gut. Wieder ein neuer Wettkampf?"

Virgil nickte. „So ähnlich. Aber jetzt … Es ist anders, weißt du. Ich hab das Gefühl, ich muss es tun. Um etwas wieder ins Lot zu bringen." Aber stimmte das denn auch? Was konnte er denn an den seltsamen Vorgängen in Elmare ändern? Dadurch, dass er sich selbst in Gefahr brachte? Oder wollte er, dass Peter … Vor diesem Gedanken schreckte er zurück. Er wandte sich wieder an seinen Großvater. „Nein, ins Lot bringen ist nicht das richtige Wort."

„Es ist dein Leben, Virgil", sagte Bert unerwartet ernst. „Du musst das tun, von dem du glaubst, dass du es tun musst. Und irgendwie stimmt das, was du sagst. Manche Dinge können nur dann wieder ins Lot gebracht werden, wenn wir uns selbst in die Waagschale werfen. Viel zu viele Menschen benehmen sich, als wären sie nur Zuschauer bei einem Wettkampf. Nach dem Motto: Wir machen doch nichts, wir sehen nur zu! Und andere Menschen fühlen sich dazu berufen, etwas zu tun. Die fühlen sich verantwortlich für die Dinge, die geschehen."

Virgil nickte. Es war genau so, wie Bert sagte. Er fühlte sich verantwortlich. Indem er Peter herausforderte, hatte er das Gefühl, endlich etwas zu tun. Und seiner Meinung nach war es besser, etwas zu tun, als die Dinge einfach laufen zu lassen. Aber würde es etwas bewirken?

Nachdem sie beide mit Berts Pass den Kontrollpunkt passiert hatten, liefen sie den Handelskai entlang. Es war starker Betrieb. Schiffe wurden entladen und Gabelstapler transportierten Paletten mit Waren zu den Aufzügen. Es roch nach frischem Fisch aus den kollektiven Fischzuchtanlagen von Elmare weiter draußen in der Flevosee, die auch nach Novamonde Fisch lieferten. Damit wurde viel Geld verdient, das für die Wirtschaft von Elmare wichtig war.

Bert sah einen alten Bekannten, der auf einem Fischerboot gearbeitet hatte, und fing ein Gespräch mit ihm an. Virgil ging weiter und suchte nach einer Stelle, von der er aufs offene Wasser sehen konnte. Aber heute herrschte zu viel Betrieb. Alle möglichen Schiffe versperrten ihm die Sicht auf den Ankerplatz, wo er die Hopper 7 gesehen hatte.

Bert kam, und stellte sich zu ihm.

„Dahinter muss sie liegen“, sagte Virgil und zeigte auf die See. Zusammen spähten sie über das schmutziggraue Wasser.
„Tiemen kommt jeden Tag hierher“, sagte Bert. „Sie haben ihn zu den Alten gesteckt. Zimmer hundertzwei, sagt er. Er meint, die Hopper 7 liegt da noch, zufällig hat er sie gestern noch gesehen.“
„Am Sonntag ist es hier still“, sagte Virgil. „Und wir können genau wie ich letzte Woche außen rum, mit dem Ruderboot.“ Sie sahen sich wie zwei Verschwörer an.
„Wo ist die Stelle, wo ihr skatet?“, fragte Bert. Virgil führte ihn zu der abgelegenen Ecke auf dem Kai, wo die Halfpipe stand. Ein paar Jungen waren dort zugange. Mit dem Kopf wies Bert auf das eiserne Halbrund. „Kannst du das auch?“
Mit Kennerblick betrachtete Virgil die Jungen. Das waren Anfänger. Alle hatten sie ihre Mützen angeberisch verkehrt herum aufgesetzt. „Klar!“ Ob man das verlernen konnte? Abgesehen von den paar Mal mit Sara hatte er in den letzten Wochen kaum auf einem Skateboard gestanden. Virgil spürte, wie ihm bei diesem Gedanken kalt wurde. Man hatte ihm erzählt, dass Peter in dieser Woche jeden Tag auf der Pipe geübt hatte. Virgil ging zu den Jungen und fragte einen, ob er mal kurz auf seinem Brett fahren dürfte.
Während Bert zusah, nahm Virgil Schwung. Aber heute keine Kunststücke, er spürte, dass er dazu nicht in Stimmung war. Mit einer eleganten Wendung stoppte er genau in der Mitte der Halfpipe und trat das Brett hoch.

Bert nickte anerkennend. „Nicht schlecht."
Virgil gab dem Jungen das Skateboard zurück und schüttelte den Kopf. „Es ist zu schwer." Er war froh, dass er morgen den Delfin nehmen konnte.
Beide ganz in Gedanken vertieft, gingen sie nach Hause. Morgen würde er Peter auf dem Dach des Avidiums herausfordern.

Am Sonntagmorgen regnete es. Nicht stark, es war eher ein grauer Nieselregen, der wie ein Schleier über Elmare hing. Als Virgil nur im T-Shirt nach draußen lief, um kurz zu prüfen, von wo der Wind kam, wurde ihm gleich kalt. Es roch nach einem frisch geteerten Schwimmhaus, das rechts von ihnen lag. Dann kam der Wind also von Nordwesten, aber sehr stark war er nicht. Er ging wieder hinein und setzte einen Kessel mit Wasser auf, um für seine Eltern Tee zu kochen. Wie meistens am Sonntagmorgen lagen sie noch im Bett.
Bert stand schon in seiner blauen Seemannshose und strahlend weißem Hemd in der Küche und rasierte sich. Mit einem Lächeln auf seinem halb eingeseiften Gesicht wandte er sich an Virgil. „Na, Kamerad, musst du dich noch nicht rasieren?"
Virgil wurde rot. Er hatte schon öfter vor dem Spiegel gestanden und nach Bewuchs in seinem Gesicht gesucht, doch außer Flaum auf der Oberlippe noch nichts entdecken können.
„Na, das kannst du noch lange genug genießen!", sagte

sein Großvater und blickte kritisch in den kleinen Spiegel, den er hinter eine Schranktür geklemmt hatte. „Ich hab mir mal einen Bart stehen lasen, um das Gedöns los zu sein, aber das hat meiner Frau nicht gefallen."

„Wie hat Oma das gefallen, das Herumreisen?" Virgil wusste, dass Bert und seine Frau zusammen lange Reisen unternommen hatten, von Land zu Land, wobei sie den alten Frachtkran mit den verschiedensten Waren beladen hatten.

„Marthe?", Bert lächelte nachdenklich. „Die war eine richtige Schipperstochter. Am liebsten sind wir nach Norden gefahren. Einmal haben wir in St. Petersburg überwintern müssen. Das war vielleicht ein strenger Winter. So kalt wird es heute nicht mehr. Wir sind auch mal nach Afrika gefahren, aber das fand sie nicht so gut. Der Handel da, verstehst du, das war mit lauter Kriegszeug und Drogen. Das war nichts für sie." Er drehte sich wieder zu dem kleinen Spiegel und bearbeitete die andere Gesichtshälfte.

Virgil wusste auch, dass Bert seine Frau sehr geliebt hatte. Nach ihrem Tod war er allein geblieben. Wie er es ausgedrückt hätte: kein fremder Rock auf meinem Kahn! Und daran hatte er sich gehalten. Jetzt hatte er nichts mehr. Keine Frau und kein Schiff. Alles, was er besaß, seine Erinnerungen an ein Leben voller Reisen und Fahrten, steckten in der Hopper 7. Virgil fand es überhaupt nicht seltsam, dass sein Großvater das Schiff unbedingt zurückhaben wollte.

Er brachte seinen Eltern den Tee ans Bett und sagte ihnen, dass er für den Mittag eine Verabredung hätte. Auf der Bettkante sitzend, betrachtete er ihre verschlafenen Gesichter. Früher wäre er zu ihnen gekrochen. Was würde Steven ihm wohl raten? Er blickte seinen Vater an und hörte ihn in Gedanken sagen: Man soll kein unnötiges Risiko eingehen!

Und Leonore? Er sah seine Mutter an, die seinen Blick mit einem Lächeln beantwortete. Die würde ihn natürlich so lang wie möglich klein halten wollen, ihn verhätscheln und vor allen Gefahren behüten. So waren Mütter nun mal, selbst wenn sie eigenwillige Künstlerinnen waren wie sie. Aber das ging einfach nicht mehr. An Weihnachten würde er fünfzehn. Virgil stand auf und streckte sich.

„Was hast du denn vor?“, fragte Steven, und Virgil versuchte, möglichst dicht bei der Wahrheit zu bleiben, als er antwortete: „Mit Sara skaten.“ Dann zog er die Tür so leise wie möglich hinter sich zu.

Er hatte sich mit Sara bei der Halfpipe verabredet, und da stand sie auch schon mit dem Delfin auf dem Rücken. Virgil übte eine Weile. Aus der Übung gekommen war er nicht, aber er merkte, dass er nervös war, und machte am Anfang Fehler. Er ärgerte sich über sich selbst und nahm sich vor, konzentrierter zu fahren. Die nächste halbe Stunde ging es besser. Sara sagte die ganze Zeit kein Wort, hatte sich auf eine leere Kiste gesetzt und folgte seinen Bewegungen mit den Augen.

Virgil trat das Brett hoch und setzte sich neben sie.

Dann erzählte er ihr, worüber er in der vergangenen Woche ständig hatte nachdenken müssen. Als er fertig war, schlang sie die Arme um ihn und legte ihren Kopf auf seinen Rücken. „Aber du stirbst nicht!“, sagte sie voller Überzeugung. Für Virgil klang das wie eine Art Beschwörung. „Gehen wir jetzt?“

Ganz kurz spürte Virgil, wie sich sein Magen zusammenzog, aber er unterdrückte das Gefühl mit Macht und folgte Sara ins Avidium.

Die Zentralhalle war leer, was am Sonntagmittag normal war. Aber die Rolltreppen sprangen geräuschlos an, sobald sie auf der ersten Stufe standen. Virgil sagte nichts, bis sie oben waren.

Auf dem Dach war der Wind stärker. Es regnete nicht mehr, der Wind hatte den Himmel freigeweht. Langsam ging Virgil über das große Flachdach und besah sich alles genau. Es gab jede Menge Hindernisse: Schornsteine aus den Maschinenräumen, Entlüftungsrohre und die Kabel, die zum Sendemast führten. An der Rückseite waren über die ganze Breite Sonnenkollektoren angebracht. Es blieb ihnen also nur die Seite über der Einkaufspromenade zum Skaten. Die Treppe, die von den Glastüren auf das Dach führte, machte den Durchgang schmal, und es war zu hoffen, dass nicht gerade dann jemand plötzlich herauskam, wenn sie die Stelle passierten.

Er setzte das Skateboard vor sich ab und ließ den Motor an. Alles lief ausgezeichnet. Mit dem Fuß auf dem Pedal konnte er die Geschwindigkeit gut regeln. Schnell fuhr er auf Sara zu und kippte dann das Brett nach oben. Sara stand am Geländer, das um das Dach herum verlief. Es war ein ganz normales Geländer, nicht einmal besonders hoch. Darunter war die Überdachung der Einkaufspromenade zu sehen und dahinter der Kai. Sara wollte gerade etwas zu ihm sagen, als Peter erschien.

Er war nicht allein, fünf oder sechs Jungen kamen hinter ihm her. Merkwürdig war, dass einer von ihnen eine kleine Kamera auf der Schulter trug. Ein anderer Junge hielt Peter ein Mikrofon vor den Mund und Virgil wusste nicht, was das nun schon wieder bedeuten sollte: Es war sein Bruder Jasper!

„Und hier sind wir nun auf dem Dach des Avidiums", ratterte Peter runter, „wo die Spannung zum Zerreißen ist! Wie ihr wisst, hat das Dach über vierhundert Quadratmeter, und das ist groß genug, ha! Ich geh jetzt auf meinen Herausforderer zu, hier ist er schon …"

Mit großen Schritten ging Virgil auf Peter zu und zischte: „Was ist das denn für ein Quatsch! Allein, hab ich gesagt! Was hast du dann vor?"

„Na, wonach sieht es denn aus?!, sagte Peter und deutete auf die Kamera. „Das find ich gut, so eine erstklassige Reportage. Wir senden sie natürlich nicht im Schuljournal, sie ist nur für den Privatgebrauch! Ist doch klasse, zu Hause gemütlich zuzusehen, wie wir …"

„Vom Dach segeln!", schnaubte Virgil. Peters Art, nichts richtig ernst zu nehmen, machte ihn rasend. „Glaubst du, das ist nur ein Spiel, wie du's im MV sehen kannst? Das

ist die Wirklichkeit, Mann. Das ist echtes Leben!" Er drehte sich um.
Sara kam auf ihn zu. Zu dem Jungen mit der Kamera sagte sie: „Mach die aus!"
Von ihrem autoritären Auftreten überrumpelt, nahm der Junge gehorsam die Kamera runter.
Nun griff Peter ein: „Sag mal, was mischst du dich da eigentlich ein!"
Sara blickte ihn mit eisblauen Augen an. Es klang fast so wie von Titus Zuidema, als sie sagte: „Ich kann meinem Vater ja erzählen, dass ihr so ohne weiteres seine Ausrüstung benutzt. Darüber wird er sich sicher nicht freuen!"
Peter maulte etwas, schlug die Augen aber nieder, als Sara ihn weiter ansah. „Virgil hat Recht", sprach sie dann weiter. „Du bist ja so was von kindisch, du denkst, dass das alles nur ein Spiel ist." Sie stellte sich neben Virgil und betrachtete die kleine Gruppe. „Und ihr auch!", sagte sie anklagend. „Es ist ja alles nur ein Spiel! Genau wie im MV. Aber bei solchen Spielchen sterben schon mal Menschen, wusstet ihr das schon?"
Virgil war von dem, was sie sagte, völlig überrascht. Sie hatte wohl in der vergangenen Woche über dieselben Dinge nachgedacht wie er, sonst hätte sie jetzt nicht so reden können.
Sie blickte Virgil ernst an. „Bist du sicher, dass du hier weitermachen willst?"
Er nickte. „Ja."

Jasper, der sich die ganze Zeit abseits gehalten hatte, ließ sich nun hören: „Virgil liebt riskante Sachen."
Sara wandte sich wieder den anderen Jungs zu. „Ihr müsst da weg. Die brauchen den ganzen Platz."
Peter sah sich um und ging wie kurz zuvor noch Virgil zum Geländer und spähte nach unten. Dann drehte er sich um. „Wo fangen wir an? An der Westseite?"
Virgil spürte den Wind, der ihm die Haare aus dem Gesicht blies und schüttelte überlegend den Kopf. „Die andere Seite ist besser, denke ich."
Peter nickte. Er war daran gewöhnt, dass Virgil solche Sachen besser wusste als er. „Also der Wettkampf ist einfach." Er grinste seinen Freunden zu, die sich auf die Seite gestellt hatten. Der Junge mit der Kamera fummelte unentschlossen an den Knöpfen herum. „Wir starten auf der einen Seite und versuchen, so schnell wie möglich auf die andere Seite zu kommen. Wer als Erster so dicht wie möglich am Geländer anhält, hat gewonnen."
Virgil packte sein Brett fester. Kurz blickte er zu Sara und nickte ihr zu. Dann ging er vor Peter her zur gegenüberliegenden Seite des Dachs. Am Geländer hielt er an. Unter ihnen, weit weg, schlug das Wasser der Flevosee gegen die Mauern des Gebäudes. Die Wellen waren grau. Auf der anderen Seite ging es nicht so tief runter. Wie stabil war das Geländer eigentlich, wenn man dagegen donnerte? Virgil packte es mit beiden Händen und drückte mit aller Kraft. Es gab nicht nach.
„Na ja, zum Glück haben wir schwimmen gelernt!", sag-

te Peter locker. Das stimmte, sie waren zusammen im Schwimmunterricht gewesen.
„Peter, warum hast du unseren Plan verraten?“, Virgil musste das wissen. In diesem eigenartigen Moment direkt vor dem Wettkampf war es, als befänden sie sich in einem luftleeren Raum, als würde der Anlass, aus dem sie hier waren, nicht zählen.
Peter sah ihn völlig erstaunt an. „Mann, wovon redest du?“
Virgil schätzte kurz ab, ob das Erstaunen in Peters Gesicht aufrichtig war. Aber das konnte auf die Schnelle gar nicht anders sein, oder es war Peter gewesen, der ihnen damals gefolgt war. Vielleicht hatte Titus Zuidema ihn dafür ausgesucht und als Gegenleistung für ein paar Informationen durfte er dann beim Schuljournal mitmachen.
„Und das jetzt, dieser Wettkampf, hast du davon auch rumerzählt?“
„Nein, natürlich nicht!“ Peters Stimme klang entrüstet. „Für wen hältst du mich eigentlich, Mann!“
Sara kam zu ihnen. „Seid ihr so weit? Soll ich das Startzeichen geben?“ Es war wieder genau wie damals auf dem Kai. Wieder hatte sie beide Arme gehoben und ein farbiges Tuch in der rechten Hand. Virgil stellte seinen rechten Fuß auf das Skateboard, Peter seinen linken.
„Fertig zum Start?“, Saras helle Stimme klang laut über das Dach. „Eins, zwei …“, blitzschnell schlug sie die Hände nach unten, ihre Stimme wurde scharf: „Drei!“
Virgil trat den Motor an und sprang mit beiden Füßen

auf das Brett. Das erste Stück war einfach, sie hatten genügend Platz. Peters Skateboard schien schneller als der Delfin zu sein. Virgil trat das Pedal tiefer und nahm Fahrt auf, er wollte an Peter vorbei.

Der näherte sich der Treppe, die aus drei breiten Stufen bestand. In der Mitte verlief ein eisernes Geländer, denn es waren zwei Türen, die auf das Dach führten. Virgil erkannte die Situation und hatte sich schon entschieden. Ohne das Tempo zu drosseln, holte er Peter ein, verkantete das Brett und nahm so die unterste Stufe. Peter erschrak, als er Virgil plötzlich rechts von sich auftauchen sah, wo er ihn überhaupt nicht erwartet hatte. Im Nu war Virgil an der ersten Tür vorbei und musste sich tief ducken, um unter dem überstehenden Ende des Geländers durchzupassen. In dem Moment wurde die zweite Tür geöffnet, jemand kam hastig die Treppe runter und schrie auf, als plötzlich ein Junge auf einem Skateboard an ihm vorbeisauste. Virgil konnte so schnell nicht erkennen, wem er den Schrecken seines Lebens eingejagt hatte. Er kam von der Stufe runter, legte sich geschmeidig leicht nach links und ließ das Brett wieder gerade laufen. Dabei überholte er Peter.

„Seit ihr denn total verrückt geworden!“

Die Stimme kannte er, aber Virgil wollte auf keinen Fall stoppen, jetzt, wo er vorne lag. Mit hoher Geschwindigkeit steuerte er auf das Geländer zu, das Geländer, das er kurz zuvor getestet hatte. Nur wenige Zentimeter davor drehte er sich mit aller Macht quer, das Skateboard

rutschte und Kies und Asphaltsplitter spritzen hoch, als Virgil zum Stehen kam.
Er stand nun direkt vor Peter, der in voller Fahrt angesaust kam. Dicht vor ihm sprang er mit wütendem Gesicht vom Brett und wollte es auffangen, griff aber daneben. Virgil spürte einen scharfen Schmerz am Schienbein, als Peters Brett ihn traf. Dann trudelte es über das Geländer und verschwand in der Tiefe. Peter schrie vor Enttäuschung auf und warf sich auf das Geländer, um sein Brett noch zu retten. Doch Virgil packte ihn bei den Schultern und zog ihn nach hinten.
„Lass!“, sagte er keuchend. „Besser das Brett als du!“
Peter blickte ihn einen Moment lang merkwürdig an. Dann stieß er einen schweren Seufzer aus und fluchte aus tiefster Seele. „Verdammt, jetzt hab ich auch kein Skateboard mehr!“
Sie sahen sich an und fingen an zu grinsen.
„Virgil!“ Steven kam schnell auf sie zu und stand dann mit hochrotem Gesicht vor seinem Sohn. „Was in Gottes Namen machst du hier?!“
Sara und Peters Freunde rannten nun auch auf sie zu.
Virgil klammerte sich an Saras Brett, als ob es ihm Halt gäbe. Er blickte in das wütende Gesicht seines Vaters. „Sorry, Paps“, presste er hervor.
Steven holte tief Luft und sagte scharf: „Ihr mit euren bescheuerten Wettkämpfen seid wirklich blöd! Genauso gut hätte einer von euch an Stelle des Skateboards sein können!“

„Es war meine Idee", sagte Virgil schroff. „Ich hab Peter herausgefordert. Ich musste … Ich hab gedacht …", seine Stimme überschlug sich, er musste husten und merkte zugleich, dass sein Bein ziemlich schmerzte. „Ich hab es tun müssen."
Steven schüttelte den Kopf. „Erklär mir das zu Hause", sagte er nur.
„Kann Sara mitkommen?"
Steven nickte wortlos. Virgil ging hinter seinem Vater her, als ihn plötzlich jemand am Ärmel zog. Es war Lars. „Das war ein toller Wettkampf!", sagte er leise und voller Bewunderung. „Wie du über die Treppe geflogen bist, echt gut! Hör mal, ich hab was über das Schiff gehört, nach dem du gefragt hast."
„Die Hopper 7?" Virgil sah, dass Steven anhielt und sich verärgert umdrehte.
Lars nickte. „Sie wird diese Woche demontiert, danach wird sie zu einem Fischerboot umgebaut, sagt mein Vater. Sie ist noch ein gutes Schiff."
„In der Woche jetzt?" Virgil blickte Lars bestürzt an. „Weißt du das genau?"
„Virgil, komm jetzt!", rief Steven barsch.
„Klar doch. Heute Morgen hat mein Vater darüber gesprochen."
Bert würde sich total aufregen! Virgil dankte Lars noch für die Auskunft und ging schnell zu seinem Vater. Er hatte erwartet, dass Jasper mit ihnen gehen würde, aber sein Bruder war nirgends mehr zu sehen.

Bert erwartete sie im Flur. „Es tut mir Leid“, sagte er. „Ich hab deinen Vater informiert, es hat mir keine Ruhe gelassen.“

Steven warf seine Jacke über einen Haken der Garderobe und ging zur Wohnzimmertür. „Ich hab halb Elmare abgesucht! Das muss einem erst mal einfallen, ein Skaterwettkampf auf dem Dach vom Avidium!“ Mit großen Schritten betrat er das Zimmer.

„Was ist denn passiert?“ Leonore kam näher. „Virgil! Deine Hose!“

Virgil guckte auf seine kaputte Hose und rieb sich unbewusst über das Schienbein. Die Sonne war schon wieder verschwunden und Regen hing in der Luft. Er setzte sich neben Sara auf das Sofa und versuchte zu erklären. „Das war meine Idee. Ich hab Peter zu einem Wettkampf auf dem Dach vom Avidium herausgefordert.“

Leonore sah ihn erschrocken an. „Das ist doch nicht dein Ernst!“

„Aber ich kann es erklären!“ Und dann erzählte er die ganze Geschichte, auch den Grund, warum Peter verraten hatte, dass Sara und er mit Sylvia Coninck an der Fährstation verabredet waren: Um sich bei Titus Zuidema ins rechte Licht zu rücken. Sara sagte nichts, aber Virgil sah, dass sie ab und zu nickte, um das, was er erzählte, zu bestätigen.

„Deshalb hab ich ihn herausgefordert“, schloss er seinen Bericht. Um die Sache wieder ins richtige Lot zu bringen.“

„Was meinst du damit", fragte Steven irritiert.
„Also meiner Meinung nach ist Peter schuld daran, dass sie aus Elmare weggezogen ist. Von ihm ist das Sündenbock-Team gewarnt worden und hat die Frau mit ins Studio geschleppt."
„Also dann ist mein Vater schuld!", sagte Sara plötzlich. „Denn er macht die Sendung!"
„Ich auch, weil ich mich um sie gekümmert hab", sagte Virgil. Er konnte den Gedanken nicht loswerden, dass Peter um ein Haar seinem Skateboard nachgefolgt wäre. Im Geist sah er seinen Freund über das Geländer stürzen. Er schüttelte den Kopf, um das Bild zu verscheuchen.
Neben ihm sagte Sara: „Nein, das ist natürlich meine Schuld." Sie wandte sich an Leonore, die auf der Sofalehne hockte. „Ich glaub, dass Peter eifersüchtig war. Ich hab gesehen, wie er ständig zu Virgil und mir hingeschaut hat. Deshalb ist er uns natürlich nachgeschlichen."
„Aber warum hast du an ‚ins Lot bringen' gedacht?", wollte Steven wissen, dessen Zorn offensichtlich wieder etwas abgeflaut war. „Begreifst du eigentlich, was du getan hast, Virgil? Fast hättest du ein Unglück verursacht. Peter in Gefahr bringen, weil da noch eine Rechnung offen ist, damit wird nichts gelöst. Dann hast du nur zwei Opfer. Außerdem hast du selbst Kopf und Kragen riskiert."
„Aber ich hab es tun müssen!", sagte Virgil verzweifelt. Er wandte sich jetzt an seinen Großvater. „Alle finden es herrlich, wenn jemand zum Sündenbock erklärt wird.

Aber ich finde das blöd, ich kann da nicht mal hingucken! Warum lassen sie die Menschen nicht in Ruhe?!"
Langsam sagte Bert: „Weißt du, woher das Wort kommt, Sündenbock? Das haben die früher in der Wüste gemacht. Jedes Jahr haben die Leute so getan, als könnten sie alle Dinge, die sie falsch gemacht haben, alles dumme Zeug einem Bock zuschieben. Sie haben das arme Tier sozusagen damit beladen. Na und dann haben sie das Vieh in die Wüste gejagt und waren von allem befreit."
„So einfach geht das", sagte Sara.
„Eben nicht." Bert schüttelte den Kopf. „Denn sie waren noch immer selbst verantwortlich."
Steven sagte streng: „Jetzt hör mal gut zu, Virgil. Ich verstehe, was du gemeint hast. Aber ich find es nicht richtig. Auf die Art machst du dich selbst zum Richter. Um an die Geschichte von Bert anzuschließen, das heißt Rache. Das war früher so, weißt du? Auge um Auge, Zahn um Zahn hieß es. Wenn einer seinem Nachbarn das Auge blau geschlagen hatte, durfte der zurückschlagen. Im Großen hat das dann Krieg bedeutet."
Virgil dachte nach und nickte. Das klang vernünftig, was sein Vater sagte. Normalerweise sollte das auch so sein, aber die Dinge liefen in Elmare nicht mehr so wie früher. Seiner Meinung nach spielte Titus Zuidema selbst den Richter, um die Worte seines Vaters zu gebrauchen. Er fand es schrecklich, einen Vater zu haben, dem man nicht mehr richtig vertrauen konnte. Und Titus war alles, was Sara hatte. Er blickte zu Steven, der mit den Händen in

den Hosentaschen am Fenster stand. Auch wenn sein Vater im Moment böse auf ihn war, hätte er ihn nie gegen Titus Zuidema eintauschen wollen!
Leonore stand auf. „Virgil, lass das das letzte Mal gewesen sein, dass du bei einem so blöden Wettkampf mitgemacht hast! So, und jetzt geh ich und mach was zu essen. Hilfst du mir dabei, Sara?"
„Gern, Frau Wensveen", sagte Sara und sprang auf.
Virgils Mutter lächelte und sagte: „Sag Leonore zu mir."
Virgil ging zu Bert, der in dem großen Sessel saß. Er sah grau aus, was wohl von den Medikamenten kam, die er immer noch nehmen musste. Er wurde auch viel schneller müde als früher.
„Opa?", Virgil dämpfte seine Stimme so weit wie möglich. „Jemand hat mir erzählt, dass sie das Schiff demontieren wollen."
„Was?!" Sein Großvater schrak hoch. Steven blickte von der anderen Seite des Zimmers stirnrunzelnd herüber. „Wollen die mein Schiff abwracken? Wann denn?"
„Diese Woche. Sie wollen es zu einem Fischerkahn umbauen."
„Aber dann müssen wir was tun!", sagte Bert aufgeregt. „So schnell wie möglich. Und du musst mir helfen, Virgil." Er packte Virgils Arm. „Du bist der Einzige. Matt und Jasper haben keinen Sinn dafür. Wir beide müssen das zusammen tun."
Virgil nickte und ließ seinen Großvater allein, um seiner Mutter und Sara zu helfen. Nach dem Essen nahm er

Sara mit in sein Zimmer, wobei er sehnlichst wünschte, dass Jasper noch eine Weile wegbliebe. Er zeigte ihr die Entwürfe und Pläne, die er in der letzten Zeit gemacht hatte. Sie betrachtete sie ausgiebig und fragte interessiert nach Einzelheiten.

Zusammen saßen sie auf seinem schmalen Bett. Er sah ihren schlanken Hals, während sie sich über die Zeichnungen beugte. Leicht strich er über ein paar Haarsträhnen, die sich aus dem Pferdeschwanz gelöst hatten. Sara schauderte ein bisschen und schaute ihn an. Virgil ließ seine Hand weiter gleiten und spürte die Wärme auf ihrem Rücken. Sie trug einen Pullover mit weitem V-Ausschnitt und darunter ein weißes Top, das mit einer kleinen Spitzenborte besetzt war. Virgil merkte, wie ihm warm wurde, als er das sah.

„Das kribbelt", sagte Sara und bewegte den Kopf. Virgil sah sie unsicher an. Sie zog an seinem Pullover und dann spürte er, wie sie mit den Fingern etwas auf seinen Rücken schrieb. „Kannst du das lesen?", fragte sie mit einem leichten Grinsen, aber Virgil schüttelte den Kopf.

„In Novamonde hast du sicher auch einen Freund gehabt", sagte er und sah sie fragend an.

„Warum fragst du das?"

„Einfach so."

Sara zog sich ein bisschen zurück. „Und du?", fragte sie. „Hast du schon mal eine Freundin gehabt?"

Virgil schüttelte den Kopf. „Du bist die erste." Seine Stimme war heiser. Er sah sie mit ernstem Gesicht an und

beugte dann den Kopf vor, um sie zu küssen. Aber Sara schien das nicht zu bemerken, sodass der Kuss in der Luft hängen blieb.
„Da waren immer Jungs, die mir nachgelaufen sind." Sie seufzte etwas. „Aber mit dir ist es anders. Dir kann ich viel mehr sagen als irgendjemand sonst."
Ihre Worte machten ihn verlegen. „Und dein Vater? Kannst du mit dem nicht reden?"
„Titus?", Sara lachte kurz. „Klar, er ist richtig lieb zu mir. Er kauft mir alles, was ich will." Sie zog die Schultern hoch. „Aber manchmal ist er schrecklich. Dann hat er zu viel getrunken, und dann muss ich ihm stundenlang zuhören."
„Worüber redet er dann?"
„Oh, über seine Vorstellungen von der idealen Gesellschaft, wie die aussehen muss. Weißt du, er ist ganz schön klug. Er hat viel gelesen und kann überall mitreden. Er hat mal gesagt, dass sein Kopf wie ein Computer sei." Sie lachte. „Das klingt klasse. Ich hätte das auch gern."
„Ich finde deinen Kopf schön, so wie er ist."
„Sagst du das, um mir zu schmeicheln?" Sara blickte ihn prüfend an. „Ich mein, die meisten Jungs machen das so. Sie machen einem Komplimente, aber des Einzige, was sie wollen, ist einen anzumachen."
Virgil wurde rot und wusste nicht, was er antworten sollte. Darüber hatte er sich noch nie Gedanken gemacht! Würde sie ihn jetzt für einen Trottel halten, der zu wenig Erfahrung hatte? Sie hatte ihn schließlich gefragt, ob sie

seine erste Freundin sei. Zögernd ließ er seine Hand über ihren Arm gleiten und zog sie dann sanft näher. Sie hatte Recht. Er war genauso wie die anderen Jungen, er wollte sie schrecklich gerne berühren. Vorsichtig küsste er sie, während er ihr Haar auf dem Rücken streichelte. Sara schlang die Arme um ihn und küsste ihn leidenschaftlich zurück. Ganz vorsichtig ließ Virgil seine Hände weiter wandern, bis die Fingerspitzen ihre Brüste berührten. Erschrocken ließen sie sich beide los. Sara schüttelte sich die Haare vors Gesicht, aber Virgil konnte sehen, dass sie rot geworden war. Musste er jetzt sagen, dass es ihm Leid tat? Oder gerade das nicht? Er räusperte sich verlegen und blickte zur Zimmerdecke. Was da in seinem Kopf rumgeisterte, traute er sich nicht auszusprechen, und so kam er auf ihren Vater zurück.

„Was für ein Programm hat er in Novamonde gemacht?"

Sara wickelte eine Haarsträhne um ihren Finger. „So eine Art Talkshow. Da war er gut drin. Leute haben ihm im MV Sachen erzählt, von denen sie nicht einmal zu Hause gesprochen haben! Alle haben die Sendung geguckt, aber er fand sie nicht gut genug." Sie verzog das Gesicht. „So ist mein Vater. Er ist ein Perfektionist."

„Und nun ist er hier", sagte Virgil, „und krempelt ganz Elmare um."

„Na, umkrempeln …", Sara überlegte. „Jedenfalls finden es die Leute gut."

„Bis auf die Opfer", murmelte Virgil.

„Mein Vater macht einfach nur eine Sendung. Das ist sein Beruf.“
„Aber er hat sich das Programm doch ausgedacht!“, sagte Virgil. „Und er hat dich ausspionieren lassen.“
„Vielleicht war das Peters Idee!“ Sara setzte sich auf. „Du kannst meinem Vater nicht an allem die Schuld geben!“
„Er kann vielleicht gut denken, aber ich mag seine Ideen nicht“, sagte Virgil. „Vielleicht trinkt er wirklich zu viel und kommt dann auf solche Ideen!“
„Das ist gemein!“ Sara sprang auf.
Virgil sah sie überrascht an. Er hatte sie nicht verletzen wollen. Hatte sie Tränen in den Augen? Versöhnlich streckte er die Hand aus, aber Sara achtete nicht darauf.
„Ich will nicht, dass du meinen Vater beleidigst!“ Sie wischte sich über die Augen und stürmte aus dem Zimmer, einen fassungslosen Virgil zurücklassend. Was hatte er denn falsch gemacht? Das Einzige, was er wirklich gewollt hatte, war da weiterzumachen, wo sie mit dem Umarmen aufgehört hatten. Mit beiden Händen fuhr er sich durch die Haare und lief ihr schnell hinterher, aber das Zuschlagen der Haustür sagte ihm, dass es zu spät war.
Im Flur hielt ihn sein Großvater auf. Bert hatte seine Seemannsmütze auf. „Ich will dich was fragen. Können wir ein Stückchen zusammen gehen?“
Virgil murmelte etwas, aber weil er noch nicht so richtig wusste, was er Sara sagen sollte, nickte er.
„Sara hatte es aber eilig“, sagte Bert trocken. „Habt ihr euch gezankt?“

Virgil zog unbehaglich die Schultern hoch. „Ich hab was Dummes gesagt“, murmelte er. „Über ihren Vater.“
„Ja, das Mädchen hat es nicht leicht.“
Sie schwiegen beide und gingen in Gedanken versunken nebeneinander her. Bert brach das Schweigen zuerst.
„Aber das Mädchen hat Klasse. Wenn man näher hinsieht, gleicht sie ihrem Vater überhaupt nicht, finde ich.“
Virgil war erleichtert, dass sein Großvater das sagte. Er fand ja auch, dass Sara ganz anders war als Titus Zuidema.
„Weißt du, ich hab irgendwie Glück gehabt.“ Bert blickte in den grauen Himmel, der Tag ging langsam zu Ende. „Ich hab über mein Schiff nachgedacht. Steven macht sich Sorgen wegen mir und das nicht ohne Grund. Ich hab gesehen, wie er mit dem Doktor im Flur vom Krankenhaus gesprochen hat.“ Bert unterbrach sich und holte tief Luft. „Und er hat natürlich Recht. Ich muss mich zurückhalten, besser darauf achten, was ich sage. Die Dinge in Elmare haben sich verändert. Es ist hier nicht mehr so wie früher.“
Virgil blickte seinen Großvater aus den Augenwinkeln an. Würde Bert jetzt sagen, dass er alles abblasen wollte, dass er jetzt doch ein Zimmer im Altenheim nehmen würde?
Sie waren am Ende der Pontons angekommen. Vor ihnen lag das offene Meer. Die Wellen unter ihren Füßen waren grau.
„Aber ich kann das einfach nicht!“, stieß Bert zwischen den zusammengebissenen Zähnen hervor. „Das Schiff

muss hier in Elmare liegen können. Dann kannst du später noch damit fahren – oder Jasper. Ach, nein, der steckt den Kopf zu tief in seine Bücher. Du bist mir ähnlich, du tust lieber was, bist aktiv. So war ich auch. Das Schiff, mein Junge, das sollte dein Erbe sein. Ich hab doch sonst so wenig. Aber damit wollte ich dir ein Stück Freiheit geben."

Virgil war wie erstarrt. Ganz tief in ihm weckten die Worte seines Großvaters etwas auf. Freiheit. Das Wort gehörte zum offenen Meer und allem, was damit zu tun hatte: ein eigenes Leben zu führen, den eigenen Kurs zu bestimmen. Er entdeckte, dass Bert Recht hatte. Das war das Einzige, was für ihn zählte: seine Freiheit. In Elmare würde er die nicht bekommen können. Er drehte sich zu seinem Großvater und sagte entschieden: „Dann muss es sehr schnell passieren. Diese Woche noch."

„Aber", sagte Bert und zögerte, weil ihm nun das Ruder von dem jungen Skipper aus den Händen genommen wurde, „aber nach dem, was heute passiert ist? Du hast heute schon für genug Streit gesorgt, Bootsmann."

„Dann kommt es auch nicht mehr drauf an."

„Meinst du, schlimmer kann es nicht werden? Also wie packen wir es an?"

„Du brauchst nicht viel zu tun, wenn du mir sagst, was passieren soll", sagte Virgil. „Die entscheidende Frage ist nur, wo lassen wir das Schiff?"

Bert grinste. „Ich hab gedacht, wir legen es bei euch längsseits, wie ich das schon immer gemacht hab."

Virgil stellte sich Stevens Gesicht vor, wenn er aufwachte und die Hopper 7 vor dem Fenster liegen sah. „Aber Opa“, sagte er, „was ist, wenn die Leute vom Zoll vorbeikommen?“
Bert stieß ihn an. „Aber Junge, du weißt doch, wie es hier läuft. Der Zoll hat seine eigenen Aufgaben. Der kümmert sich nur um Schiffe, die nach Elmare reinkommen oder von hier ablegen. Der Ordnungsdienst kümmert sich um die Leute, die die Ordnung stören, und wir werden es ganz heimlich tun. Die Verwaltung bestimmt über die Genehmigungen. Und die hab ich alle.“
„Also du glaubst, dass wir das einfach tun können?“
Bert nickte entschieden. „Das war es, was ich mir überlegt hab, als ich in der Klinik gelegen bin: In Elmare kümmert sich jeder nur um seinen eigenen Aufgabenbereich. Tja, und dann wissen sie in unserem Fall wohl kaum, wer für was zuständig ist! Wir schlüpfen sozusagen durch eine Masche im Netz. Dem Netz aus all den verdammten Regeln und Vorschriften, wobei jedem völlig klar ist, was er zu tun hat, aber niemand weiß was von der Arbeit seines Kollegen.“
„Das also ist das großartige System von Elmare! Eine Stadt wie eine gut geölte Maschine, jeder Mensch auf dem richtigen Platz und so!“
„Genau!“, sagte Bert breit grinsend. „Das prächtige System von Elmare bietet uns die Chance, das zu tun, was wir wollen.“
Virgil hielt die Faust in die Luft. „Okay, Skipper!“

Bert streckte auch seine Faust nach oben. „Alles klar, Bootsmann!"

Jasper kam rein, als alle schon am Tisch saßen. Virgil fand, dass sein Bruder komisch aussah. Er blickte triumphierend um sich, war aber zugleich ganz rot im Gesicht, als hätte er sich sehr beeilt, um nach Hause zu kommen. Es war ungewöhnlich, dass Jasper zu spät zum Essen kam, denn meistens saß er in seinem Zimmer und machte Hausaufgaben.

„Woher kommst du denn so spät?", wollte Steven wissen.

Jasper zuckte lässig mit den Schultern und sagte: „Ich hatte noch was für die Schule zu tun." Er zog seinen Stuhl näher an den Tisch.

„Bestimmt für das Schuljournal", meinte Virgil.

Einen Augenblick lang blieb es still. Dann fragte Leonore erstaunt: „Machst du denn da mit?"

„Er moderiert es", sagte Virgil kurz. „Er ist so eine Art zweiter Titus Zuidema."

Jasper fuhr hoch, als hätten ihn Virgils Worte gestochen. „Was willst du damit sagen?"

Virgil blickte Jasper herausfordernd an. „Wie hieß die Rubrik noch mal? ‚Patzer und Schnitzer der Woche'? Ach, nein, ‚dümmste Antworten' heißt sie. Demnächst ernennt ihr auch noch jemand zum ‚größten Dummkopf der Schule'!"

„Na, das wirst dann bestimmt du!", schnappte Jasper zurück. „Dafür werd ich schon sorgen."

Steven stand auch auf. „Jasper, würdest du das bitte mal kurz erklären?"
Der ruhige Tonfall seines Vaters ließ Jasper wieder zu sich kommen. Er strich sich durchs Haar, rückte die Brille zurecht und setzte sich wieder an den Tisch. „Da ist nichts zu erklären. Ich war wirklich im Studio wegen dem Programm für morgen Vormittag. Es ist übrigens eine große Auszeichnung, dass ich bei dem Programm mitmachen kann. Wir lernen viel dabei."
„Wer ist ‚wir'?", fragte Leonore.
Jasper räusperte sich. „Also, ganz einfach, Freunde halt, Leute von der Schule."
„Peter Alewijn." Virgil verstand nicht, warum sein Bruder sich so verkringelte. „Du weißt doch, Steven, von dem Wettkampf heute Mittag."
„Ihr ward doch immer dick befreundet, Virgil?"
„Nicht mehr." Virgil nahm einen großen Bissen, und es dauerte ein Weilchen, bevor er weitersprach. „Seit Titus mit seinen Programm in Elmare ist. Peter findet es toll. Ich nicht."
Jasper warf Virgil einen vernichtenden Blick zu. „Ja, das sind Dinge, die du nicht begreifst. Dem MV gehört die Zukunft, dass du das nur weißt."
„Ich finde die Nachrichten nicht mehr so interessant wie früher", sagte Leonore. „Wir kriegen überhaupt keine Reportagen mehr aus Novamonde."
„Aber es geht um Elmare", sagte Jasper mit so viel Nachdruck, dass ihn alle erstaunt ansahen. „Was wir hier erle-

ben, das sind die echten Nachrichten. Was haben wir mit Novamonde zu tun."
„Sehr viel!", das war Bert, der die ganze Zeit zugehört hatte und sich nun in das Gespräch einschaltete. „Ohne Novamonde gäbe es uns hier nicht."
„Wieso denn nicht?", fragte Virgil neugierig.
„Na, Elmare liefert Fisch nach Novamonde und wir kaufen Produkte aus Novamonde. Anders könnten wir hier nicht überleben."
„Das stimmt überhaupt nicht!", sagte Jasper hitzig. „Elmare kann sich hervorragend mit allem, was wir brauchen, selbst versorgen. Wir brauchen Novamonde nicht, sagt Herr Zuidema. Wir müssen nur mehr produzieren, damit wir auch mit anderen Städten Handel treiben können."
Bert schüttelte den Kopf. „Überlass die Ökonomie mal den Erwachsenen, Jasper. Und ich finde es bescheuert, dass wir keine anderen Nachrichten zu sehen kriegen als nur die aus unserer eigenen Gemeinschaft. Meiner Meinung nach muss ein Mensch auch über seine eigenen Grenzen hinweggucken."
Jasper zucke mit einer solchen Gebärde die Schultern, dass es fast beleidigend war. Zumindest kam das Virgil so vor. Was hatte sein Bruder mit der Bemerkung gemeint: Dafür werd ich schon sorgen, als es um das Schuljournal ging? Es wirkte, als würde das Studio die Menschen verändern. Aber vielleicht war es auch einfach nur eine böse Bemerkung gewesen. Virgil beschloss, sich darüber nicht weiter Gedanken zu machen. Das würde bestimmt das Beste sein.

Die Hopper 7 wird gekapert

„Und jetzt die dümmste Antwort der Woche." Jasper blickte so vergnügt in die Kamera, als würde er einen Preis vergeben. „Wir haben Oliver Horsten aus der ersten Klasse eingeladen. Seine Auffassung vom Fach Geografie weicht erheblich von der seines Lehrers ab."

Virgil blickte in Olivers bedrücktes Gesicht. Das Schuljournal von heute war genauso interessant wie das letzte. Sie hatten sogar ein Mädchen dazu geholt, das einen Aufsatz vorlas. Die berühmte Erfindung von Elmare war dieses Mal die Wetterstation, und das fand er noch ganz spannend.

Jasper sprach weiter in seinem selbstzufriedenen Ton, den Virgil auch zu Hause nicht ausstehen konnte: „Wie es jeder von der ersten Klasse an weiß, beschäftigt sich die Geographie auch mit der Landschaft. Oliver, was hast du auf die Frage geantwortet: Wie kommt es, dass es so unterschiedliche Landschaften gibt?"

Oliver machte den Mund auf und wollte etwas sagen, machte ihn dann aber wieder zu und zog die Schultern hoch.

Jasper drehte sich zur Kamera und hielt ein Blatt Papier

hoch. „Ich werde es euch vorlesen. Olivers Antwort: ‚Die haben da andere Architekten.‘“

Virgil konnte sich nicht helfen, gegen seinen Willen musste er lachen. Er wusste, wie die richtige Antwort lauten musste: „Durch natürliche und menschliche Faktoren.“ Oliver hatte wahrscheinlich das erste Kapitel vergessen oder er hatte sein Buch verloren. Danach waren natürlich Beispiele in Bildern gekommen wie Berge und Flüsse oder Dinge, die Menschen bewirkt hatten. Virgil schüttelte den Kopf. Er war nun in der dritten Klasse, für ihn war es ganz normal, dass er diese Dinge wusste. Aber so einen Grünling aus der ersten Klasse vor die Kamera zu schleppen, das ging echt zu weit.

Aber er konnte auch verstehen, warum Oliver diese Antwort gegeben hatte. Hier in Elmare kannten sie nur zwei Arten von Landschaft: die große Stadt in der Ferne und die sich weithin erstreckende Oberfläche der Flevosee und darauf ihre schwimmenden Behausungen. Berge hatten sie außer in Dokumentarfilmen im MV noch nie gesehen. Virgil träumte sich fort. Im Geist befand er sich auf dem Schiff seines Großvaters und fuhr zur Ostsee oder vielleicht auch viel weiter, jedenfalls nach Norden, wo er im Winter zwischen Eisschollen hindurchfahren musste.

„In dieser Woche haben wir eine Besonderheit zusätzlich.“ Jaspers Stimme holte Virgil aus seinen Tagträumen zurück. „Wie ihr alle wisst, gibt es immer Menschen, die gerne auffallen. Nichts ist ihnen zu viel, um eine gute Figur zu machen. Ich zeige euch heute Vormittag einen, der

letzte Woche auf ganz besondere Art von sich reden gemacht hat."
Virgil setzte sich auf. Er traute dem unbewegten Gesicht von Jasper nicht. So sah er zu Hause auch immer aus, wenn er eine blöde Geschichte von jemandem zu erzählen begann. Zu Hause war meistens er, Virgil, das Opfer.
„Hier ist der eifrigste Schüler der Schule." Jaspers Stimme klang eindeutig sarkastisch. „Er wirft sich toll ins Zeug, um gute Noten zu bekommen. Unser Kameramann war zufällig anwesend und konnte die folgende Szene festhalten."
Es war, als sei es plötzlich ein paar Grad kälter im Klassenzimmer geworden. Oder lag das an ihm? Unbewusst rieb sich Virgil die Hände. Seine Finger waren kalt und fühlten sich seltsam an. Was beabsichtigte Jasper? Sollten sie auf dem Dach doch Aufnahmen gemacht haben? Er blickte sich um und sah, wie Peter unbehaglich auf dem Stuhl hin und her rutschte.
Nun wechselte das Bild und Virgil holte erleichtert Luft, als ein Klassenzimmer zu sehen war. Die Aufnahmen waren nicht besonders scharf, als ob derjenige, der die Aufnahmen gemacht hatte, die Kamera nicht richtig gehalten hätte. „Wir sind hier beim muttersprachlichen Unterricht." Jaspers Stimme kam weiter aus dem Hintergrund. „Es findet gerade ein Vierteljahrestest statt. Allerdings wurde er soeben durch den Lehrer unterbrochen, der in diesem Augenblick einen der Schüler anspricht."
Die Kamera brachte nun einen Lehrer mit hochrotem Kopf ins Bild. Seine Stimme klang wütend: „Und trotz-

dem will ich jetzt deinen Arm sehen!" Virgil sah einen Pulloverärmel, der von der anderen Hand am Handgelenk zugehalten wurde. Virgil musste auf Peters Pullover blicken. Der sah wieder zum Bildschirm, wo langsam der Ärmel hochgeschoben wurde. Die Kamera stellte sich auf das ein, was nun sichtbar wurde: In winzigen Buchstaben standen auf dem Unterarm der Person, die noch immer nicht im Bild war, reihenweise Notizen.

Jaspers Stimme salbaderte: „Eine beachtliche Arbeit, so klein und doch so deutlich zu schreiben. Damit ist dieser Schüler wohl ein Weilchen beschäftigt gewesen! Natürlich seid ihr jetzt neugierig auf den Erfinder dieses gewaltigen, aber leider doch ziemlich durchsichtigen Tricks. Sein Gesicht dürfte euch wohl bekannt sein."

Die Kamera schwenkte nach oben, und Virgil sah, dass Peter ächzend die Hände vors Gesicht schlug. Auf dem Bildschirm war nun sein entrüstetes Gesicht zu sehen. Zum Überfluss fügte Jasper noch hinzu: „In der Tat, liebe Leute, das war Peter Alewijn als Glanznummer dieser Sendung. Ich wünsche euch allen eine gute Schulwoche. Mein Tipp für diese Woche: Lernt mit dem Kopf und nicht mit dem Arm. Guten Morgen!"

Das Licht im Klassenzimmer ging an und der Bildschirm wurde dunkel. Virgil blickte auf den gekrümmten Rücken vor ihm. Was ging da vor? Warum hatte Jasper ihn auf diese Weise bloßgestellt? Eines war jedenfalls klar. Die Zusammenarbeit zwischen Jasper und Peter würde dadurch nicht besser werden.

Bredius ging nach vorne und stoppte das Gemurmel mit einer Handbewegung. „Klassenarbeit“, sagte er kurz. „Unangekündigt. Da kann ich zumindest sicher sein, dass niemand dem Vorbild nachgekommen ist, das wir gerade gesehen haben. Sehr lehrreich, dieses Schuljournal.“
Virgil stöhnte und nahm seinen Stift. Er musste sich jetzt gut konzentrieren, denn er wollte nicht in dem blöden Schuljournal als Trottel des Monats gezeigt werden.
In der Zeichenstunde entwarf er ein großartiges Schwimmhaus, das er sorgfältig kolorierte. Er versah es mit eigenwilligen Türmchen, Bögen und Verzierungen und krönte das ganze mit einem eleganten Schwan auf dem Dach. Über die Zeichnung schrieb er: „Für Sara.“ Dann rollte er sie sorgfältig zusammen, knüpfte ein Band darum, und als er sie in der Pause bei ihren Freundinnen stehen sah, steuerte er geradewegs auf sie zu und gab ihr die Rolle. Ein paar der Mädchen kicherten. Virgil blickte Sara an, und das Einzige, was er sah, waren ihre blauen Augen. „Für dich“, sagte er leise. Sie zögerte kurz, nahm das Blatt dann aber an.
In der Mittagspause gab ihm ein Mädchen einen blauen Umschlag, den er sofort aufmachte. Nur wenige Worte standen in dem kurzen Brief. „Dieses Haus wird niemals schwimmen, es sei denn, wenn du auf der einen und ich auf der anderen Seite …“, Virgil faltete das Blatt wieder zusammen und lächelte. Auf jeden Fall hatte sie darüber nachgedacht, wie es wäre, mit ihm zusammen in einem Schwimmhaus zu sein.

In Mathe war es stiller als sonst. Ein Mädchen wurde an die Tafel gerufen. Sie schrak zusammen, als ihr Name genannt wurde und ging mit steifen Beinen nach vorne. Beim Versuch, die Aufgabe zu lösen, stotterte sie. Mathe war eindeutig nicht ihre Stärke. Der Lehrer schwieg und machte nicht die geringste Anstrengung, ihr zu helfen. Als sie fertig war, sagte er nur: „Ungenügend", und schrieb etwas auf ein Blatt, das vor ihm lag.

Virgil wurde wütend. Der Sinn der Unterrichtsstunden war doch, ihnen etwas beizubringen. Wenn man etwas beim ersten Mal nicht gleich kapierte, konnte das doch auch am Lehrer liegen! Er setzte sich auffallend gerade hin und der Lehrer rief ihn auf.

Virgil ging ganz gemächlich nach vorne. Er sah das Mädchen kurz an und nahm dann den Stift, den der Lehrer benutzt hatte. In aller Ruhe erklärte er die ganze Aufgabe noch einmal, aber einfacher als es der Lehrer getan hatte. Die Klasse hörte mucksmäuschenstill zu. Virgil schrieb die Rechnung an die Tafel, zog einen Strich und schrieb das richtige Ergebnis darunter. „Und deshalb", schloss er seine Erläuterungen, „ist dies das Ergebnis der Rechnung." Er legte den Stift hin und sah, dass der Lehrer missbilligend guckte.

„Das reicht", sagte der lediglich.

Virgil ging wieder auf seinen Platz.

Nach der Stunde hielt der Lehrer Virgil zurück. „Du bist ein guter Schüler, Virgil Wensveen", sagte er in gemessenem Ton. „Aber würdest du dich in Zukunft etwas weniger provozierend verhalten?"

Virgil zuckte mit den Schultern. „Entschuldigung", sagte er. „Ich fand nur Ihre Erklärung etwa umständlich." Noch während ihm das rausrutschte wurde ihm klar, dass er das nicht hätte sagen dürfen.
Der Lehrer blickte ihn frostig an. „Darüber werde ich einen Vermerk machen, Herr Wensveen." Und mit einem Nicken schickte er Virgil fort.
Wütend lief Virgil über den Flur. Langsam hing ihm diese Schule zum Hals raus. Immer nur seinen Mund zu halten, das war nichts für ihn. Die Menschen sollten Angst davor haben, offen ihre Meinung zu sagen. Die Erwachsenen konnten auf dem Stuhl des Sündenbocks landen, und hier in der Schule wurde man im Journal vorgeführt.
Er stieß auf Peter, der beim neuen Kaffeeautomaten stand. Es fiel Virgil auf, dass er alleine war. Ohne darüber nachzudenken sagte er: „Demnächst traut sich niemand mehr den Mund aufzumachen. Das geht einfach zu weit, was die hier machen."
Peter blickte ihn schief an. „Ich muss mich noch bei dir bedanken. Für gestern. Als du mich festgehalten hast."
Virgil zuckte mit den Schultern und rührte in seinem Kaffeebecher. „Das war doch nur normal."
„Ich weiß nicht mehr, was das ist." Peter spähte in seinen Becher, als schwämme etwas darin herum. „Normal. Hast du das normal gefunden heute Morgen?"
Virgil wusste sofort, was Peter meinte. „Nein. Aber das denke ich schon viel länger."
„Ich hab gedacht, ich hätte es kapiert." Peter schmiss sei-

nen leeren Becher auf den Boden und gab ihm einen Tritt. „Ich hab gedacht: Du musst einfach das Spiel mitspielen. Wenn du dich nur mal zurückhältst und dafür sorgst, auf der richtigen Seite zu bleiben, dann gehst du kein Risiko ein. Schließlich ist ja jeder auf sich selbst gestellt, oder? Du willst doch auch ein Diplom? Ohne Schein keine Anstellung, und ohne Anstellung keine Existenz, ha!"

„Na, dann geh ich wohl kaum ein Risiko ein", sagte Virgil bitter. „Wenn ich dran denke, dass ich hier bestimmt keine Stelle kriege." Plötzlich fiel ihm ein, dass er das vielleicht auch gar nicht wollte.

„Sei doch nicht so verrückt, du hast auf jeden Fall Hirn", sagte Peter. „Du kapierst mehr als ich. Ich hab nur schlaue Ideen. Na und du siehst ja, was das bringt." Nach diesem Bekenntnis waren beide eine Weile still.

„Ich muss dir was sagen." Peter sah in den Flur und vermied es, Virgil direkt anzublicken. „Jetzt bist du an der Reihe. Ich hab selbst dabei mitgemacht. Gestern haben wir uns noch zusammen kaputtgelacht. Dein Bruder, du, vor dem musst du dich in Acht nehmen."

„Was meinst du damit?", Virgil spürte, wie sein Herz hämmerte. Er konnte sich schon denken, worauf Peter hinauswollte, doch er wollte es noch nicht glauben.

„Die Kamera gestern. Glaubst du etwa, die hätten die wirklich abgeschaltet? Die große schon, aber die war bloß zur Ablenkung da. Jasper hatte die richtige, so eine kleine, eine versteckte Kamera!" Trotz seiner Rolle im Schuljournal konnte Peter noch ein bisschen grinsen. „Du hast's ja heute Morgen im Schuljournal gesehen. Ich hab schon gewusst, dass sie auch im Unterricht filmen. Aber ich hab echt nicht gedacht, dass sie mich …" Er stopfte seine Hände tief in die Taschen. „Es ist Jaspers Idee. Der lauert dir schon die ganze Zeit auf."

„Was meinst du denn jetzt?" Virgil hatte den Eindruck, die Zeit würde in Zeitlupe ablaufen und dass er alle möglichen Einzelheiten wahrnahm, die völlig unwichtig waren, die bröckeligen Fugen zwischen den Fliesen auf dem Boden, die Farben in Peters Pullover. Alles erschien ihm vergrößert, nicht real und die Wirklichkeit verzerrt.

„Dein Brüderchen ist eifersüchtig auf dich. Es ist ja auch verrückt, du und Sara. Ich war auch eifersüchtig."

Plötzlich ordneten sich die Dinge und fanden ihren Platz. Virgil wurde klar, dass dies das Puzzleteilchen war, durch das er das ganze Bild erkennen konnte. „Es war Jasper." Das war keine Frage mehr, das war eine Feststellung. „Er ist uns nachgegangen. Er hat uns verraten. Und jetzt …"

Peter nickte. „Gestern auf dem Dach hab ich nicht kapiert, was du mit der Frage gemeint hast, ich hätte euren Plan verraten. Ich hab dann mit Jasper drüber gesprochen und der fing an zu lachen. Er hat gesagt, dass das erst der Anfang wäre. Sie wollen ein ‚Exempel statuieren', hat er es genannt. Die Jugend von Elmare soll gewarnt werden."

Peter sah Virgil schief an. Der konnte es noch nicht fassen. Aber er wusste auch, dass stimmte, was Peter sagte. Jasper war eifersüchtig und er arbeitete jetzt mit Titus Zuidema zusammen. Dem Vater von Sara. Mit dem Mann,

der nicht wollte, dass seine Tochter mit ihm, Virgil, befreundet war.
„Gestern hab ich schon daran gedacht, dir alles zu erzählen. Nach dem von heute Morgen hab ich mir klar gemacht, dass niemand mehr sicher ist. Was du auch tust, wie du das Spiel auch spielst, Mann, du bist für die Rolle abgestempelt. Es gibt ganz schön viel Material über dich. Wie du dauernd deine Meinung verkündest. Man müsste dir mal das Maul stopfen. Gestern noch: ‚Es war meine Idee. Ich hab Peter herausgefordert.' Virgil Wensveen, der Sündenbock."
„Danke." Virgil sagte es knapp, sein Mund war wie ausgetrocknet.
„Was willst du jetzt tun?"
„Ich hau ab." Virgil blickte sich um und begriff kaum, dass es wohl das letzte Mal war, dass er hier stand. „Mein Großvater … Wir haben einen Plan. Aber ich erzähl dir nichts davon."
Peter nickte. „Ja, das ist sicher besser. Also, viel Erfolg."
Virgil setzte sich in Bewegung, hielt dann aber wieder an und drehte sich um. „He, Peter!"
Sein Freund blickte ihn fragend an. „Ja?"
„Lass dir die Haare wachsen."

Virgil sah Sara erst, als er fast mit ihr zusammenstieß.
„Pass doch auf!" Er sah, dass sie seine Zeichnung unter den Arm geklemmt hatte. „Was ist los?" Kannte sie ihn so gut, dass sie in seinem Gesicht lesen konnte?

„Ich muss dir was erzählen. Komm, wir suchen uns einen ruhigen Fleck.“
Sara warf ihre langen Haare nach hinten. „In Ordnung.“
Sie liefen durch das Avidium, während der Regen auf das Glasdach trommelte. In einer Ecke hinter den Rolltreppen hielt Virgil an. In kurzen Zügen erzählte er, was er gerade von Peter erfahren hatte.
Bei dem Wort Sündenbock schlug sich Sara die Hand vor den Mund. „Virgil, nein, was machst du jetzt?“
„Verschwinden.“ Er zog die Schultern hoch, als ob ihm kalt wäre. In Gedanken ging er schon durch, was er mitnehmen würde. Viel hatte er nicht. Ob Bert es schlimm fände, für eine Weile abzuhauen? Er wusste ja noch von nichts. „Mein Großvater hat einen Plan. Wahrscheinlich ist das meine einzige Chance von hier wegzukommen.“
„Aber die Schule?“
„Lernen kannst du überall. Ich wollte schon immer gern mal nach Novamonde.“
„Da ist es noch viel schlimmer“, sagte Sara. „Alle sind in Eile, keiner hat Zeit. Ich hab immer gedacht, das würde hier in Elmare anders sein.“
Virgil räusperte sich. „Es tut mir Leid“, sagte er und blickte zur Unterkante der Rolltreppe. „Was ich über deinen Vater gesagt hab. Ich hab dich nicht traurig machen wollen.“ Jetzt blickte er Sara an und sah, dass sie seufzte.
„Titus ist wirklich nicht einfach. Aber er ist mein Vater, weißt du? Sorry, dass ich einfach weggelaufen bin.“
„Schon gut.“

Sie schwiegen beide und Sara spielte mit der Kordel an ihrer Jacke.
„Wie hast du das Schuljournal heute gefunden?"
Sara verzog das Gesicht. „Für Peter fand ich es ziemlich schlimm. Aber auf der anderen Seite hat er ständig die große Klappe. Er musste mal einen Dämpfer kriegen."
„Ich bin ruhig", brummte Virgil. „Aber das hat mir nicht viel geholfen."
Sara schüttelte den Kopf. „Du und ruhig?! Mit all deinen verrückten Plänen?" Sie blickte ihn von der Seite an und Virgil schlang seine Arme um sie. Verrückt, auf der einen Seite fand er es gar nicht schlimm, von Elmare wegzugehen und etwas von der Welt zu sehen, aber Sara würde ihm fehlen.
„Kannst du nicht mitkommen?", fragte er heiser. Er spürte, wie sie langsam den Kopf schüttelte.
„Ich würde schon wollen, aber es geht wirklich nicht."
Er zog sie noch dichter an sich. Seine Hände glitten unter ihre Jacke und seine Arme legten sich um ihren Rücken. Er spürte, wie sich ihre Brüste gegen ihn drückten. Wie gerne hätte er sie jetzt weiter berührt, aber es war einfach nicht der richtige Moment. Kurz blieben sie noch so stehen und ihr Atem strich ihm über die Wange. Dann machte er sich mühsam los und blickte sie traurig an. „Ich glaube, wir müssen gehen. Sara …", er hielt ein. Es war so schwierig zu sagen, wie er sich fühlte. „Du wirst mir fehlen. Und nicht nur ein bisschen." Er fuhr sich mit der Hand durch die Haare.

Sie lächelte bekümmert. „Du mir auch.“ Sie strich ihm die Haare glatt. „Du kommst doch wieder zurück?“
Virgil nickte. „Natürlich komm ich zurück. Wirst du … Willst du auf mich warten?“ Er sah, wie sie sich etwas vom Hals löste.
„Bück dich mal.“ Virgil tat, was sie sagte und spürte, wie sie ihm ein Kettchen um den Hals legte. Er hielt es kurz fest, bevor er es unter seinen Pullover steckte. Es war ein Medaillon.
Sara blickte ihn ernst an. „Das hab ich von meiner Mutter bekommen. Es sind zwei Fotos drin. Eins von ihr und eins von mir. Ein Babyfoto.“
„Ich werd das immer tragen“, versprach er und Sara nickte.
„Dann bin ich doch ein bisschen bei dir.“ Sie gab ihm einen Kuss. „Natürlich warte ich auf dich. Komm, wir müssen jetzt weg.“

Es war schon nach Mitternacht, und es kostete Virgil große Mühe, wach zu bleiben. Auf dem kleinen matt leuchtenden Zifferblatt des Weckers konnte er sehen, dass es fast so weit war. Um die Zeit totzuschlagen, lag er da und dachte an Sara. Aber die regelmäßigen Atemzüge Jaspers im Bett unter ihm waren sehr einschläfernd.
Die Kleider hatte er anbehalten und die Schuhe standen bereits im Flur. Leise ließ sich Virgil aus dem Bett gleiten und zog die Zimmertür auf. Sonst quietschte sie, aber gestern Abend hatte Virgil sie schnell noch geölt. Über so

viel eigene Initiative hatte sich Steven gewundert. Ob sein Vater etwas ahnte? Was würden seine Eltern morgen früh denken, wenn sie seinen Brief fanden? Er hoffte nur, dass sie es verstehen würden. Kurz darauf stand er im dunklen Wohnzimmer und erschrak, als sich eine dunkle Gestalt aus dem Sessel am Fenster erhob. Es war Bert.

Ohne etwas zu sagen, ging Bert voraus in den Flur, dort zogen sie Schuhe und ihre winddichten Jacken an und Virgil steckte noch Stevens Handschuhe in die Tasche.

Bert hatte nichts gesagt, als Virgil ihm die ganze Geschichte erzählte, aber sein Gesicht war immer grimmiger geworden. Als Virgil mit seinem Bericht fertig war, hatte Bert den Kopf geschüttelt. „Jasper?!“ hatte er gemurmelt. „Pack einen Seesack. Nimm vor allem warme Klamotten mit.“ Mehr war nicht nötig gewesen, der einvernehmliche Blick hatte völlig genügt.

Ein gutes Ruderboot und ein paar kräftige Arme waren alles, was sie brauchten. Das Boot, das Virgil ausgeliehen hatte, lag noch immer bei ihrem Haus. Es war eine Nummer größer als ihr eigenes Boot, mit dem Virgil im Sommer öfters zum Fischen fuhr. Doch das hatte Steven aus dem Wasser genommen, um die Unterseite anzustreichen. Aber das ausgeliehene Boot würde heute Nacht auch seinen Dienst tun. Eigentlich wäre es auch an der Zeit, das Boot zurückzubringen, aber daraus würde wohl vorläufig nichts werden.

Bert warf einen in ein Tuch gewickelten Gegenstand ins Boot und sprang selbst hinterher. Es schaukelte, als Virgil die beiden Seesäcke in das Boot legte. Bert hielt sich am Dollbord fest und winkte Virgil. Der löste die Taue und sprang auf die Ruderbank. Beide schnappten sie sich ein Ruder und manövrierten vom Schwimmhaus weg auf das offene Wasser zu. Der Himmel war bewölkt. Anfangs konnte Virgil nicht die Hand vor den Augen erkennen. Bert schien jedoch in der Dunkelheit besser sehen zu können als ein Kater.

„Wir müssen auf die Bake zuhalten, die rechts vom Avidium liegt", sagte er mit gedämpfter Stimme. „Wir kreuzen die Fahrrinne der Fähre, aber die verkehrt nachts nicht, glaub ich jedenfalls."

Virgil packte beide Ruder und nickte zu dem Bündel auf dem Boden. „Was ist da drin?"

„Hab ich aus der Werkstatt von deinem Vater geholt, vielleicht brauchen wir das. Wenn du willst, dass ich auch rudere, sag es."

Virgil schüttelte den Kopf. „Kommt nicht infrage, Skipper. Wenn du sagst wohin, rudere ich."

Im Dunkeln konnte er den grauen Kopf seines Großvaters ausmachen. Bert nickte. „Also dann, auf geht's."

Die Wellen, durch die Virgil die Ruder zog, waren schwarz wie Tinte. Wenn er die Ruder anhob, hörte er die Tropfen zurück ins Wasser fallen. Auf dem ersten Stück hatte er Seitenwind und musste links stärker durchziehen, aber das machte ihm nichts aus, denn er hatte schnell seinen Rhythmus gefunden und ruderte das Boot zügig durch die Nacht.

Bert saß ihm, kaum mehr als ein Schatten, gegenüber. „Jetzt mehr nach rechts halten“, sagte er und spähte nach vorne. „Ich kann die Bake schon sehen, es klappt gut.“
Eine höhere Welle rollte gegen das Boot an und gischtete über Virgil, der sich wie ein junger Hund schüttelte, um das salzige Wasser wieder aus der Nase zu bekommen. Aber er behielt sein Tempo bei und konnte nun links von sich die Lichter des Fährkais sehen. Als er kurz dorthin blickte, sah er, dass der Platz verlassen dalag. Bert hatte sich eine leere Konservendose genommen und schöpfte Wasser aus dem Boot. Weiter vorne sahen sie das Avidium weit über Elmare herausragen. Der Wind trieb Virgil Gischt ins Gesicht, und Virgil war froh, dass er die Mütze auf hatte, denn sonst wären ihm die Haare ins Gesicht geweht worden. Sara hatte Recht, er sollte es einmal mit einem Pferdeschwanz probieren. Oder die Haare ganz abschneiden. Er dachte an Sara und versank in Erinnerungen.
Ihm gegenüber stieß Bert einen Schrei aus. „He, du hältst zu weit auf die offene See, und da kommt ein Schiff. Ohne Positionslichter außer dem Buglicht. Verdammt, der hält auf die Landungsbrücke zu!“ Er stand auf und setzte sich neben Virgil, der ohne ein Wort zur Seite rückte und seinem Großvater ein Ruder überließ. Der packte es, und gemeinsam zogen sie das Boot durchs Wasser, jeder mit beiden Händen am Ruder.
„Postboot!“, stieß Bert zwischen den zusammengebissenen Zähnen aus. „Blöd von mir.“

Virgil schüttelten den Kopf. Er kam langsam von dem hohen Tempo, das sie durchhielten, außer Atem. Sie mussten aus dem Fahrwasser des Schiffs raus, das mit großer Geschwindigkeit auf Elmare zuhielt. Und das hieß, am Avidium vorbei, sonst kämen sie nicht aus dem Sog des Postschiffs heraus. Neben sich hörte er die schweren Atemzüge seines Großvaters. Es schien, als würde die See mit dem Schiff, das immer näher kam, zusammenarbeiten. Der Wind fuhr ihnen ins Gesicht, und die Wellen schlugen über den Bug ihres kleinen Boots. Virgil spürte, wie durchnässt seine Hose war. Wasser stand im Boot, aber er ließ sich nicht beirren und ruderte mit aller Kraft.
Plötzlich kamen sie in den Windschatten. Die Wellen wurden flacher, und das Postboot wurde langsamer und ließ sich ins Wasser sacken. Ein paar große Wellen, die dadurch entstanden waren, kamen auf sie zu, doch die halfen eher, am Avidium vorbeizukommen.
Bert ließ das Ruder los und wischte sich über die Stirn. „Das war verdammt knapp“, sagte er heiser.
Virgil stieß ihn an. „Lass mich mal.“
Ohne ein Wort zu sagen, setzte Bert sich wieder Virgil gegenüber.
Obwohl ihm die Schultern schmerzten, spürte Virgil dass er noch ausreichend Energie hatte, bis zur Seite des Gebäudes zu gelangen. Von da an war es nur noch ein kleines Stück bis zur Hopper 7 und sie hatten Rückenwind. Er bog um die Ecke und links von ihm lag der Kai. Es war eigenartig, die Halfpipe einmal vom Meer aus zu sehen.

Am Handelskai lagen Schiffe. Auf einigen von ihnen brannte Licht, aber das kleine Ruderboot mit den beiden Gestalten war weit genug entfernt, um von niemandem bemerkt zu werden.
Bert deutete mit ausgestrecktem Arm. „Weiter nach rechts, wir haben's gleich."
Virgil plagte sich weiter. Seine Hände taten weh, ebenso die Schulter- und Halsmuskeln. Aber nun waren sie beinahe da, und es war nicht seine Art, nun langsamer zu werden, auch wenn sein ganzer Körper nach einer kleinen Pause schrie. Stattdessen zog er die Ruder weiter voll durch, und es war eine schöne Überraschung, die Hopper 7 neben sich auftauchen zu sehen. Mit Berts Anweisungen kamen sie an der seewärts gerichteten Seite aus, sodass niemand sehen konnte, wie Bert sich aufrichtete und eine der eisernen Krampen packte. Virgil hatte das eine Ruder eingeholt und steuerte mit dem anderen. Sachte glitt das Boot längsseits. Während Bert es festmachte, stellte sich Virgil breitbeinig hin und blickte hoch. Die Reling war weit über ihnen und der Wellengang stark.
Bert nahm das Bündel auf und wickelte es aus. „Kannst du das mit nach oben nehmen? Ich brauche beide Hände."
Virgil steckte die große eiserne Zange unter seine Jacke und griff nach der untersten Krampe. Geschickt kletterte er hoch und ließ die Zange auf das Deck fallen. Dann sah er nach unten. „Schaffst du's?"
Bert hielt ihm den Seesack hin. Virgil griff das schwere

Ding und hievte es an Bord. Als auch der zweite Sack auf dem Deck lag, kletterte auch Bert nach oben. Virgil nahm ihn am Arm und half ihm über die Reling. Triumphierend blickten sie sich an.
Die Hopper 7 war ein Frachtschiff mit großen Ladeluken, die den größten Teil des Vorschiffs in Beschlag nahmen. Darunter waren die Laderäume. Hinten befand sich das Steuerhaus und darunter die Kajüte.
Bert ging zum Steuerhaus und fluchte leise aber gut verständlich. „Hab ich mir doch gedacht! Virgil, gib mir mal die Zange."
Virgil gab ihm das Werkzeug, und Bert setzte die scharfen Backen der Zange an ein Glied der dicken, eisernen Kette. Erleichtert holte Virgil Luft, als das Kettenglied zersprang. Mit abfälligem Gesicht schob Bert die schwere Kette zur Seite und zog die Tür auf.
„So", hörte Virgil ihn murmeln, „als Erstes in die Kombüse und Kaffeewasser aufsetzen, würde ich sagen, und dann trockene Kleider an. Kurz ließ er seine Hand über das hölzerne Steuerrad gleiten.
„Die Akkus sind wahrscheinlich leer?", fragte Virgil.
Bert nickte. „Mit ziemlicher Sicherheit. Aber wir werden die Motoren auch ohne elektrische Zündung anbekommen. Das hab ich schon öfter gemacht, wenn der Dynamo kaputt war. Das ist aber richtig harte Arbeit, das schon. Komm, wir gehen runter."
Sorgfältig zog er die Tür des Steuerhauses hinter sich zu, schaltete die Taschenlampe an und stieg die schmale Stie-

ge nach unten in die Kombüse. Dort sahen sich Großvater und Enkel lachend an.
„Es hat geklappt! Wir sind an Bord!" Bert zog eines der Schubfächer auf, die sich unter den Kojen befanden und warf Virgil Arbeitskleidung zu.
Kurz darauf saßen sie nebeneinander auf der schmalen Bank, jeder in einem verschossenen blauen Overall. Virgil hatte die Hände um den warmen Becher gelegt. Der Kaffee, den Bert aufgebrüht hatte, war stark und heiß. Virgil nahm einen großen Schluck.
Inzwischen kramte Bert in seinen Sachen, zog Schränke und Schubfächer auf und schimpfte mächtig vor sich hin über die Unordnung, die er vorfand. „Die konnten doch die Finger nicht von meinen Sachen lassen, diese lausige Bande! Sieh dir mal meine Papiere an, alles durcheinander! Und ich kann dann die Trümmer beseitigen." Dann ging er in den Maschinenraum und kam kurz darauf triumphierend zurück. „Weißt du, was die getan haben? Die haben die Akkus rausgeholt. Wahrscheinlich denken sie, so bekämen wir den Kahn nie wieder gestartet! Aber die werden noch dumm aus der Wäsche gucken!"
Virgil goss den letzten Rest Kaffee runter und folgte Bert in den Maschinenraum. Sein Großvater ließ den Strahl einer Taschenlampe über die Maschine gleiten. „Zuerst muss ich die mal wieder ölen, sie steht jetzt doch schon eine ganze Weile still." Gespannt sah Virgil zu, wie sein Großvater den großen Dieselmotor durchcheckte. „Wir müssen es einfach mal probieren", sagte er dann.

In der Ecke war ein großes eisernes Rad mit einem Handgriff. Von da führte ein kompliziertes System von Röhren und schwärzlichen Lederriemen in das Innere des Motors.
„Es geht um den richtigen Ruck, ich zeig's dir mal." Bert zog mit einem kräftigen Ruck den Handgriff auf sich zu. Es knackte, aber sonst passierte nichts. „Das kann schon was dauern", sagte er zu Virgil.
Der nickte. „Lass mich mal."
Nach mehrmaligem Rucken an dem schweren Rad war er völlig erschöpft, und noch immer war nichts zu hören. Kurz schien es ihm so, als ob der Motor einmal gespuckt hätte, aber er war sich nicht sicher. Ein paar Mal hatte er sich die Stirn gewischt und hatte jetzt schwarze Streifen im Gesicht. Aber er wollte nicht aufgeben. Das wäre vielleicht eine Blamage, wenn sie mit dem Boot wieder nach Hause rudern müssten!
Wütend zog er das Rad mit einem so energischen Ruck auf sich zu, dass der im Inneren des gewaltigen Motors etwas erweckte. Es klang, als würde ein alter Mann husten. Virgil wusste, dass er jetzt weiterdrehen musste, bis irgendein Funke den großen Motor zünden würde. Er drehte mit aller Macht. Neben sich hörte er Bert schreien: „Die Kolben gehen schwer, du musst noch ein bisschen durchhalten!"
Außer Atem stieg Virgil fünf Minuten später hinter Bert die Stiege zum Steuerhaus hoch. Der alte Motor machte einen Höllenlärm, das ganze Schiff vibrierte. Bert sagte

Virgil, er könne das Schiff losmachen, und setzte sich selbst hinter das Steuerrad. Virgil lief über das dunkle Deck. Ohne Strom von den Akkus konnte Bert keine Lichter setzen, aber Virgil nahm an, dass er das auch sonst nicht vorgehabt hätte. Er kurbelte den Anker hoch und legte das Seil des Ruderboots in eine Talje, damit sie es hinten an der Hopper 7 hochgezogen mitnehmen konnten. Mit einem zweiten Tau befestigte er auch das Heck des Ruderboots entsprechend. Als er damit fertig war, ging er nach vorne, wo ein zweiter Anker das Schiff auf seinem Platz gehalten hatte. Zurück im Steuerhaus stellte er sich neben Bert, der routiniert alle Handgriffe ausführte, die notwendig waren, um das kleine Frachtschiff in Bewegung zu bringen.
Als die Hopper 7 dann schließlich zum ersten Mal seit langen Wochen wieder das Wasser durchpflügte, schlugen die Wellen hoch. Mit einem breiten Grinsen stand Bert hinter dem Steuer. „Sieht ganz danach aus, als hätten wir es geschafft."
Virgil grinste auch, während er sich die schmerzenden Schultern rieb. Morgen würde er Muskelkater haben.
Ob Sara wohl wach war und an ihn dachte? Virgil blickte in die dunkle Nacht. Sie hatte versprochen, auf ihn zu warten. Es gab genug Jungen, die gerne mit ihr befreundet wären. Aber sie hatte ihn ausgewählt. Während Bert den Kurs bestimmte, stützte sich Virgil auf den Kartentisch und sah im weißen Schaum hinter dem Schiff das blonde Haar von Sara.

Er musste eingenickt sein, denn plötzlich stand Bert direkt vor ihm. Verschlafen hob Virgil den Kopf. Sein Großvater machte ein besorgtes Gesicht. „Hör mal, Virgil." Bert setzte sich ihm gegenüber und stieß einen tiefen Seufzer aus. „Die haben nicht nur die Akkus rausmontiert, die haben auch den Treibstoff abgepumpt. Selbst der Reservetank ist fast leer."

Um etwas klarer zu werden, schüttelte Virgil den Kopf. Was nun?

Bert zog eine Karte näher zu sich heran. „Wir wollten ja nach Norden an der Küste der Flevosee entlang. Aber der nächste Hafen ist Marienstadt. Das schaffen wir nicht." Er blickte von der Karte auf. „Ich hab einen Pass und sehe nur eine Lösung. Wir werden nach Novamonde müssen."

Um sie herum schlug das Wasser gegen das Schiff. Das dumpfe Brummen des Motors ließ den Frachter leicht vibrieren. Bert blickte auf seine Uhr. „Leg du dich mal ein Stündchen in die Koje. Ich komm jetzt gut zurecht."

Virgil wurde von dem grauen Morgenlicht geweckt, das durch das kleine runde Fenster in die Kajüte schien. Er war aufgeregt. Sie lagen vor Novamonde, und er würde endlich die große Stadt sehen, die er sich schon so oft vorgestellt hatte. Er schwang seine Beine über den Rand des schmalen Bettes und stieß sich gleich darauf den Kopf an der niedrigen Decke.

Den Kopf reibend öffnete er die Tür zur Kombüse. Der kleine Raum war leer, aber es gab frischen Kaffee. Virgil

goss sich schnell einen Becher voll ein und kletterte dann nach oben. Bert stand im Steuerhaus auf das Steuerrad gelehnt und blickte auf die Stadt, die vor ihnen lag.
Im Licht des Morgennebels schien die Stadt auf dem Wasser zu treiben. Den Hafen konnte man noch nicht sehen, und die See verschwamm in den Wolkenbänken, die um sie herum lagen. Hohe Gebäude, Türme und mächtige Wohnhäuser bildeten die Silhouette. Das sah aus wie eine gewaltige Burg aus vergangenen Zeiten, aber als Virgil genauer hinsah, erkannte er die geraden Reihen von tausenden von Fenstern, die wie blinde Augen über die See blickten.
Novamonde. Die Stadt verhielt sich still, lag wie lauernd über den Wellen. Virgil zitterte ein bisschen in der kühlen Morgenluft und nahm seinen Kaffeebecher fester in die Hand. „Wo ist der Hafen?"
Bert zeigte nach links. „Siehst du da die Baken? Dahinter liegen die Längsbuhnen, die zu der großen Kammerschleuse führen. Die Stadt liegt unter dem Wasserspiegel."
Als Virgil ihn verständnislos anblickte, erklärte er: „Der Wasserspiegel der Flevosee liegt höher als Novamonde. Die Stadt wird von Spundwänden geschützt. Um in den Hafen zu kommen, müssen wir erst durch die Schleuse."
Er zog an einem Hebel, und das Schiff kam in Bewegung. „Da fahren wir jetzt hin."
Als sie an den Längsbuhnen vorbei waren, konnte Virgil Novamonde besser sehen. Die Stadt wirkte grau und die Wolken darüber waren gelbgrau. Der höchste Turm von

Novamonde, den er von Elmare aus über die Stadt hinausragen gesehen hatte, wirkte von Nahem unglaublich hoch. Das grüne Dach konnte Virgil gar nicht sehen, denn der Turm verschwand oben in Wolken, die dunkler schienen als die übrigen. Überall waren Möwen, die auf der Suche nach Futter laut schreiend um das Schiff herumflogen. Ab und zu tauchten einige in das schäumende, schmuddelig wirkende Wasser, um dann mit ihrer Beute wieder aufzutauchen.
Direkt vor ihnen erhob sich eine große Wand aus dem Wasser. Es sah aus, als würden alle Schiffe in einen Tunnel fahren. Das musste die große Schleuse sein. Die hatte er einmal im Multiviser gesehen, als das Wasser sie überspült hatte. Virgil machte sich jetzt klar, wie hoch das Wasser damals gekommen sein musste. Steven hatte noch gesagt, dass die Schutzmaßnahmen von Novamonde gegen das Wasser nicht ausreichen würden.
Virgil guckte sich die Augen aus. Noch einige andere Schiffe fuhren in die Schleuse ein. Riesige Containerschiffe, mehrere Stockwerke hoch, neben denen die Hopper 7 wie ein Zwerg wirkte, Tankschiffe, umgeben von kleinen Lotsenbooten und Frachtschiffe.
Sein Großvater war eindeutig in seinem Element. Geschickt lotste er sein Schiff zwischen den anderen Schiffen durch, die Hände locker auf dem Steuerrad und die Schiffermütze etwas schief auf dem Kopf. Als Virgil ihn so stehen sah, begriff er, dass das der echte Bert war. Nicht der alte Mann im Krankenhaus, der mit Medika-

menten ruhig gehalten wurde. Oder der Mann, für den ihr Schwimmhaus eigentlich zu klein war. Er gehörte auf die See, auf sein Schiff, ganz egal wie alt er war.
Je mehr sich das Schiff der Schleuse näherte, desto mehr Gedränge gab es. Bert passierte ein großes Frachtschiff und drosselte die Geschwindigkeit. Vor ihnen lagen die großen Tore der Schleuse von Novamonde. Es roch eigenartig nach einer Mischung aus Dieselöl und verdorbenen Lebensmitteln. Die Stadt dünstete eine Art fettige Luft aus. Bert, der Virgil schnuppern sah, grinste. „Jede Stadt riecht anders. Hier stinkt es."
Nun kam eine blutrote Sonne zwischen den hohen Gebäuden hervor und färbte auch die Wolkenfetzen um die Stadt herum rot. Bert manövrierte den alten Frachter in die Schleuse. Die war fast voll und sie fanden gerade noch einen Platz neben einem großen Schiff. Virgil ließ die Fender an den Seiten des Schiffs hinunter und sah, wie sich die großen Schleusentore langsam schlossen. Das Wasser begann zu sinken.
Ein kleines blaues Boot fuhr in der gewaltigen Schleuse zwischen den vertäuten Schiffen durch. Bert zeigte mit dem Daumen darauf. „Zoll. Vor dem müssen wir uns in Acht nehmen."
Er unterhielt sich kurz mit einem Seemann von einem Frachtschiff, und sie tauschten Informationen aus, von denen Virgil wenig verstand. Er fand es vor allem seltsam, mit dem Schiff und allem zu sinken. Er sah die schleimigen Wände der Schleuse und die mit grünen Algen

und Muscheln bedeckten verwitterten Steine, die langsam sichtbar wurden. Es war kühl an Deck. Virgil schauderte und beschloss, sich einen Pullover zu holen.
Ein lautes Tuten lenkte seine Aufmerksamkeit auf das blaue Schiff, das nun auf sie zukam. Männer in Uniform standen auf dem Vorderdeck.
„Da sind sie schon." Bert zog seinen Pass heraus und ging zur Tür des Steuerhauses. „Lass dich bloß nicht blicken."
Virgil sah ihn über das Deck laufen und entschied sich, nach unten in die Kajüte zu gehen, wo er vor neugierigen Blicken geschützt war.
Über sich hörte er Stimmen. Sein Großvater schrie etwas, und kurz darauf dröhnten schwere Schritte über das Deck. Waren sie an Bord gekommen? Virgil spähte aus dem kleinen Fenster. Das schmutzige Wasser klatschte gegen die Hopper 7. Neben sich sah er die Umrisse eines großen Schiffs, das mit einem zischenden Geräusch angehalten hatte. Das Zollboot konnte er aber nicht sehen.
Die Steuerhaustür ging auf und er hörte Bert sagen: „Ich hab noch keine Ladung. Ich bin hergekommen, um zu tanken und Frachtgut aufzunehmen. Was ist daran schlimm?"
Eine barsche Stimme sagte: „Wo sind die Papiere von dem Kahn?"
Virgil hielt den Atem an. Als sie die Hopper 7 beschlagnahmt hatten, hatten sie natürlich auch die Papiere mitgenommen. Jetzt konnte Bert nicht einmal beweisen, dass

er der Besitzer seines eigenen Schiffs war. Er hörte die kräftige Stimme seines Großvaters, der offenbar alle möglichen Argumente anführte. Virgil konnte nicht hören, was er alles sagte, aber er hoffte inbrünstig, dass der Zoll von Novamonde ihm glaubte.
Bert hob die Stimme. „Ja, ich bin alleine an Bord. Das bin ich schon seit Jahren." Was wollte sein Großvater damit sagen? Virgil sah sich um. Die Schlafstellen der Hopper 7 waren eingebaut, darunter und darüber war Stauraum. Virgil wollte keinerlei Risiko eingehen und sprang in die oberste Koje, rollte sich an die Wand und schob die Matratze gerade so weit zur Seite, dass er auf dem harten Bretterboden liegen konnte, und zog die raue Decke zurecht. Das Kissen schob er sich über den Kopf.
Seine Eingebung war richtig. Kaum lag er, kamen schwere Schritte die steile Treppe runter. Virgil hielt den Atem an, als jemand auf den Boden der Kombüse sprang. Dann hörte er, wie Türen geöffnet und in den Hohlräumen dahinter gewühlt wurde. Die Schritte kamen jetzt auf seine Seite. Er machte sich so klein wie möglich. Es wurde an der Decke gezogen, und jemand schlug sie nach hinten, sodass sie jetzt doppelt über ihm lag.
„Hör doch auf, Mann", hörte er eine harte Stimme. „Der alte Kerl ist allein, das siehst du doch. Glaubst du wirklich, dass er blinde Passagiere an Bord hat?" Es wurde gelacht. Dann entfernten sich die Schritte und Virgil hörte sie die Treppe nach oben verschwinden. Das war auch höchste Zeit, denn er hatte das Gefühl, unter der Decke

und dem Kissen ersticken zu müssen. Er drückte das Kissen ein paar Zentimeter hoch und holte tief Atem. Die kratzige Decke kitzelte und er bewegte sich unbehaglich, traute sich aber noch nicht, darunter hervorzukommen. Wieder Tritte. Waren die immer noch nicht weg!?
„Nicht mal ich alte Schiffsratte hab eine Ahnung, wo der Junge steckt“, ertönte Berts Stimme.
Virgil setzte sich auf, schmiss das Bettzeug von sich und grinste. „Du würdest ’ne schöne Ratte abgeben! So eine alte mit langen weißen Schnurrhaaren!“ Er wich dem Schlag seines Großvaters aus, der überraschend schnell kam.
„Hast du mich gehört?“ Bert sah ihn prüfend an. Virgil nickte. Bert kicherte. „Ich hab mir schon immer gedacht, dass wir ein gutes Team wären. Jetzt komm mit an Deck, die Leute sind weg. Aber das hat mich ganz schön was gekostet.“ Als er merkte, dass Virgil ihn fragend ansah, sagte er noch: „Geld. Zu irgendwas ist ein Pass doch noch zu gebrauchen.“
Virgil sagte nichts und dachte darüber nach, was sein Großvater gesagt hatte. Die Leute vom Zoll von Novamonde hatten Bert also passieren lassen, weil der ihnen Geld gegeben hatte. Aber das war doch nicht in Ordnung? Er traute sich nicht, danach zu fragen. Bert hatte es offenbar ganz normal gefunden.
Er ging auch nach oben. Im Steuerhaus sagte Bert: „Es gibt gleich noch eine Kontrolle, wenn wir das Hafengelände verlassen. Passkontrolle und so. Du nimmst am

besten die Treppe. Dann sieht's so aus, als wärst du mit der Fähre gekommen."

Als Virgil ihn verwundert ansah, erklärte Bert: „Die Fähre benutzt die Schleuse nicht. Das würde zu viel Zeit kosten. Sie legt außerhalb der Schleuse an. Es gibt eine Treppe, die auf dem Kai endet, über die kommen die Passagiere der Fähre."

„Aber die Leute, die mit der Fähre kommen, werden doch auch kontrolliert", warf Virgil ein.

Bert schüttelte den Kopf. „Die Kontrolle ist gleich bei der Schleuse. Ich weiß genau, wie das hier abläuft. Ich leg gleich an und du springst von Bord. Die Treppe ist am Ende des Kais."

„Ja, und du?" Virgil sah seinen Großvater ungläubig an. „Wie finden wir uns wieder?"

Bert schrieb etwas auf ein Stückchen Papier und gab es ihm. „Heute Abend treffen wir uns im Moby Dick. Da erledige ich meine Sachen. Wenn du mich vorne nicht siehst, bin ich hinten."

Langsam zog Virgil den Overall aus und griff nach seiner Hose. Die Hosenbeine waren noch feucht, und das Salzwasser hatte weiße Flecken hinterlassen.

„Wenn wir uns verpassen, kommst du zum Schiff." Bert sah seinen Enkel eindringlich an. „Du denkst dir dann was aus, um an Bord zu kommen. Ich will heute Abend mit der aufkommenden Flut abfahren. Sieh zu, dass du dann da bist. Abgemacht?"

Virgil nickte und kämmte seine Haare zu einem kleinen

Pferdeschwanz, den er mit einem Gummiband festmachte. Dann nahm er seine Jacke. „Kannst dich drauf verlassen, Kapitän."

Sobald die Schleusentore auf der anderen Seite geöffnet wurden, fuhr die Hopper 7 zusammen mit den anderen Schiffen in den Hafen. Hohe Kräne, Silos, Lagerhäuser und eine große Vielfalt unterschiedlichster Schiffe bestimmten das Bild an den verschiedenen Kais.

Bert sah auf die kleine Karte, die ihm die Leute vom Zoll gegeben hatten. „Pier siebzehn", murmelte er. „Liegeplatz A14. Guckst du auch mal?"

Virgil hielt die Augen offen und entdeckte die blauweißen Tafeln, die die Anlegestellen markierten. Er machte seinen Großvater auf die aufsteigenden Nummern aufmerksam, und Bert steuerte den kleine Frachter zu einer guten Anlegestelle, nicht so weit vom Kai entfernt.

„Jetzt geh mal", sagte Bert, nachdem sie das Schiff zusammen festgemacht hatten. „Und vergiss nicht, was wir ausgemacht haben."

Virgil grinste seinem Großvater zu und sprang auf den Anleger. Er blickte sich um. Wie Bert gesagt hatte, konnte er die große Treppe der Fähre weiter hinten sehen. Er hob die Hand zum Gruß und machte sich dann auf den Weg nach Novamonde.

Das Elmsfeuer

Die große Treppe endete bei einer überdachen Fußgängerbrücke, die in die Stadt führte. Virgil mischte sich unter die Menschenmenge, die über die Brücke strömte. Neugierig blickte er durch eines der kleinen Fenster nach draußen. Unter ihm raste der Verkehr und er sah viele verschiedene Fahrzeuge, die kleine graue Rauchwolken hinter sich herzogen. Leute liefen hastig vorbei, ohne ihn zu beachten. Sie trugen Koffer und Taschen. Und ihre blassen Gesichter wirkten verschlossen.

Am Ende der Fußgängerbrücke befand sich ein Einkaufszentrum. Virgil schlenderte dort eine Weile herum, bis ihm plötzlich klar wurde, was hier anders war als in Elmare: Die Straßen bewegten sich nicht!

In Elmare war er an das sachte Schwanken der Pontons gewöhnt, wenn er sich von der Stelle bewegte. Selbst zu Hause schwankte der Boden unter den Füßen ständig im Rhythmus der See. Er war sich dessen nicht bewusst, aber er ging ein bisschen wie ein Seemann, der gewohnt war, auf schwankendem Untergrund das Gleichgewicht zu halten. Die soliden Straßen von Novamonde vermittelten ihm das Gefühl, dass etwas nicht in Ordnung war.

Er fragte sich kurz, wie Sara das in Elmare empfunden hatte. Davon hatte sie nichts erzählt.
Als er genug von den Geschäften hatte, wählte er ein Laufband, das zu einem riesigen Verkehrsknotenpunkt zu führen schien. Rolltreppen brachten Menschen nach oben zur Hochbahn, die weit über der Straße verlief. Virgil wählte eine Treppe, die nach unten führte und wäre fast mit einer Frau zusammengestoßen, die ein Kind auf dem Arm trug. Sie schnauzte ihn an, er solle gefälligst aufpassen, und verschwand in der Menge am Fuß der Treppe.
Virgil sah sich gut um und prägte sich den Ort ein, denn heute Abend musste er den Weg zurück zu Berts Schiff finden. Vor ihm befand sich eine Straße mit viel Verkehr, wo die Fahrzeuge fuhren, die er gerade noch von oben gesehen hatte. Die Luft war schwer und brannte beim Atmen in der Kehle. Große Gebäude umgaben ihn. Als er hochblickte, sah er ein kleines Stück grauen Himmel.
Die großen Pfeiler, die die Hochbahn trugen, waren mit Vogelkot bekleckert und voller anzüglicher Zeichnungen. Die Mauern waren bröckelig und schwarz verrußt.
Ein Aufschrei ließ Virgil sich umdrehen. Um alles zu betrachten, war er stehen geblieben. Die Rolltreppen befanden sich dicht hinter ihm. Ununterbrochen transportierten sie Menschenströme hoch und runter. Von dem Schauspiel, das sich ihm nun bot, erschrak er.
Eine Frau war auf der Rolltreppe gestürzt, mit nach oben getragen worden und lag nun auf der obersten Stufe. Mit

der Hand hielt sie sich am Geländerband. Die Leute achteten nicht auf sie und gingen einfach weiter.
Virgil sprang immer zwei Stufen auf einmal nehmend die Rolltreppe hoch. Bei der Frau angelangt sah er, dass ihre Knie aufgerissen waren. Ihre Tasche, die runtergefallen war, lag auch oben an der Rolltreppe. Er griff nach ihr und wollte sie hochziehen, merkte dann aber, warum sie nicht schon selbst aufgestanden war. Ihre Jacke war bei dem Sturz neben den Stufen eingeklemmt worden und hielt sie nun eisern an Ort und Stelle fest. Er musste an das Tuch denken, das sich immer fester um das Rad seines Skateboards gewickelt hatte. Genau so wurde die Frau fest an die Treppe gezogen.
Er ließ den Arm der Frau los und zog mit beiden Händen an der Jacke. Man konnte hören, wie etwas riss, die Jacke kam frei und die Frau konnte aufstehen. Doch sie zitterte so, dass Virgil ihr helfen musste, auf den Beinen zu bleiben. Sie stolperte über die kantigen Stufen, aber Virgil hielt sie am Arm. Als er aufblickte, sah er, wie sich jemand mit ihrer Tasche schnell aus dem Staub machte.
„Soll ich ihm hinterherrennen?“
Sie schüttelte den Kopf und strich sich mit zitternden Händen die Jacke glatt. „Lass mal, da ist nichts Wertvolles drin.“ Ihre Stimme war heiser.
„Sie müssen sich hinsetzen“, sage Virgil besorgt. Er hielt sie am Arm und führte sie zu der Bank, die am Eingang zum Einkaufszentrum stand. Die Frau ließ sich seufzend auf die Bank nieder und schloss die Augen.

Virgil betrachtete ihre verschrammten Knie. Das Blut rieselte an den Beinen runter und tränkte die Fetzen ihrer Strümpfe. Mist, er hatte nichts dabei, womit er helfen könnte.
„Müssen Sie nicht ins Krankenhaus?“, fragte er unruhig. „Ich gehe gerne mit, wenn Sie das wollen.“
Als sie seine Stimme hörte, machte die Frau die Augen wieder auf. Virgil sah, dass sie nicht so alt war, wie er zuerst gedacht hatte. Sie war sicher einiges jünger als Bert, wirkte aber um Jahre älter.
„Du bist sicher nicht von hier“, bemerkte sie.
Virgil schüttelten den Kopf. „Nein, ich bin heute das erste Mal in Novamonde. Wie kommen Sie darauf?“
„Hier kümmern sich die Leute nur um sich selbst.“ Die Frau versuchte aufzustehen, ließ sich aber ächzend wieder auf die Bank zurückfallen.
Virgil war aufgestanden und hielt sie am Arm. „Sie können wirklich nicht alleine gehen! Ich komme wohl am besten mit Ihnen.“ Sie gingen zum Eingang der Hochbahn. Die Frau holte einen Beutel unter ihren Kleidern hervor, nahm ein dünnes Pappkärtchen heraus und steckte es in einen Apparat, der Virgil an die Kontrollpunkte in Elmare erinnerte. Sie wollte schon weitergehen, doch dann blickte sie Virgil fragend an. „Hast du keine Stempelkarte?“
Virgil schüttelte den Kopf.
„Das ist gefährlich“, sagte sie ernst. „Du musst nach der Kontrolle Ausschau halten.“

Virgil kam ihr auf den Bahnsteig nach, wo eine schweigsame Menschenmenge auf die Bahn wartete. Die meisten waren ärmlich gekleidet. Obwohl ein kalter Wind ging, hatten sie nur dünne Sachen an. Für seine warme Windjacke war er richtig dankbar.

Dann näherten sich die Lichter einer Bahn. Eine Gruppe besser gekleideter Leute kam nach vorne, sie trugen dicke, schwarze Anzüge und verhielten sich arrogant. Die anderen Menschen schoben sich zur Seite und ließen sie durch. Mit einer knappen Kopfbewegung deutete die Frau auf sie. „Die Beamten kriegen mal wieder die besten Plätze, wie immer."

„Wer sind die?" Virgil hatte Mühe, neben ihr zu bleiben, denn nun drängten die Menschen um ihn herum nach vorne.

Die Frau erklärte: „Abteilungsleiter. Leute mit Geld und einer guten Stellung."

Das Fahrzeug kam mit kreischenden Bremsen zum Stehen. Die Türen öffneten sich und sie wurden von einem Strom von Menschen zur Seite gedrängt, die mit teilnahmslosen Gesichtern aus dem Wagen stiegen. Die Menschen, die einsteigen wollten, drängelten nach vorne. Es wurde gerempelt und geschubst, und Virgil bekam den spitzen Ellbogen eines mageren Manns in die Seite. Zum Glück hielt er weiter den Arm der Frau fest. Sie wurden nach vorne geschoben und waren schließlich drin. Die Türen wollten sich zischend schließen, aber einige Leute waren noch dabei einzusteigen. Viel zu viele Menschen

standen auf engem Raum dicht an dicht. Virgil erwischte mit der einen Hand eine Stange und hielt sich daran fest. Dann blickte er sich um. Die Männer in den schwarzen Anzügen waren auf rätselhafte Weise zu einem Sitzplatz gekommen. Irgendwo in der Menge hielt eine Frau einen Blumenstrauß hoch. Virgil verstand nicht, wo sie den wohl herhatte. In Elmare hatte er solche Blumen noch nie gesehen. Es gab so viel, das er fragen wollte, aber es war hier ganz offensichtlich nicht üblich zu reden. Er sah einen Mann, der etwas über den Ohren trug, seinen Kopf ruckartig bewegte und die Lippen tonlos auf- und zumachte. Die Leute vermieden es, sich gegenseitig anzusehen, auch wenn sie sich an Schultern, Armen, Beinen und Füßen berührten. Eigenartig, dass Menschen so taten, als ob es all die anderen Menschen einfach nicht gäbe!
Die Frau stand schwankend neben ihm. Sie hatte nichts, um sich daran festzuhalten, und hing mit ihrem vollen Gewicht an Virgil. Er reckte sich, um nach draußen sehen zu können. Er sah Wohnkasernen vorbeigleiten, bei denen schmutzige Vorhänge den Blick in die Zimmer verwehrten. Er hätte nicht gerne so dicht an der Hochbahnlinie gewohnt.
Beim nächsten Halt drängten sich Leute mit verbissenem Gesicht nach draußen, während andere ihren Platz einnahmen.
„An der nächsten Haltestelle müssen wir aussteigen“, sagte die Frau. „Dann fahren wir mit der U-Bahn zum Krankenhaus.“

Sie waren ganz nach hinten gedrückt worden, und Virgil musste sich mit Gewalt nach vorne drängeln, um zum Ausgang zu kommen. Er hoffte, dass die Frau ihm folgen konnte. Niemand machte auch nur ein bisschen Platz, keiner blickte ihn an und alle taten, als ob er aus Luft wäre. Virgil murmelte eine Entschuldigung, als er jemand unsanft anstieß, doch langsam begann er wütend zu werden. Von guten Manieren hielt man hier offenbar nichts.

Die Bahn hielt an, jemand drückte auf einen Knopf, die Türen gingen auf und Virgil ließ sich mit nach draußen schieben. Auf dem Bahnsteig sah er sich um. Die Frau war auch ausgestiegen und hatte Mühe, zu ihm zu gelangen. Weil er stehen geblieben war, rempelten Menschen ihn an. Jemand trat ihm gemein gegen das Schienbein, und als er aufschrie, schnauzte ihn der Mann im Vorbeigehen an: „Bleib nicht einfach stehen!"

Dann spürte er die Hand der Frau auf seinem Arm. „Komm, wir müssen auf einen anderen Bahnsteig." Auf einer Rolltreppe fuhren sie hinab und kamen in einen dunklen Tunnel.

Diese Bahn fuhr unter der Erde und war nicht so voll wie die vorige. Virgil hatte die Orientierung völlig verloren. Er wollte sobald wie möglich auf einem Stadtplan nachsehen, wenn er an einen kommen könnte, sonst würde er nicht mehr zum Hafen zurückfinden.

An einem weißen Bahnsteig stiegen sie aus. Über eine Rolltreppe kamen sie zum Ausgang und gingen dann den Schildern nach, die den Weg zum Krankenhaus zeigten.

Virgil sah, dass die Frau kaum noch gehen konnte. Vor einer Theke mussten sie in einer langen Schlange mit mürrischen Leuten warten. Als die Frau endlich drankam, gab sie mit leiser Stimme ihren Namen und ihre Daten an. Die Frau hinter der Theke sagte barsch: „Ich kann sie nicht verstehen“, und hob den Hörer des Telefons ab, das vor ihr stand.
Endlich waren die Daten der Frau notiert und sie konnte sich setzen. Völlig erschöpft ließ sie sich auf einen harten Stuhl fallen und streckte vorsichtig ihre Beine aus. Das Blut war getrocknet und die Überreste ihrer Strümpfe klebten daran.
Wie groß hier alles war! Die Halle dieses Krankenhauses kam ihm eher wie ein Platz vor. Überall waren Theken und Sitzecken mit Stühlen. Flure führten nach allen Seiten und in der Mitte befand sich ein Aufzugsschacht. Virgil schlenderte zu einem Fenster und erwartete Wasser wie in Elmare zu sehen. Stattdessen sah er Straßen mit dichtem Verkehr und Gebäude. Er ließ sich auf einen Stuhl neben der Frau fallen und sagte: „Hier gibt es ja gar keine Aussicht.“
Die Frau lächelte müde. „Dann musst du auf den grünen Turm. Es heißt, dass man von dort aus ganz Elmare sehen kann. Da gibt es auch Ausstellungen. Hast du Geld dabei?“
Virgil schüttelte den Kopf. In Elmare brauchten sie ja kein Geld, da wurde alles mit dem Pass geregelt.
Die Frau holte den Beutel wieder zum Vorschein und

nahm ein paar zerknitterte Scheine heraus. „Hier hast du etwas für deine Mühe. Du hast mir sehr geholfen."
Verwundert schaute Virgil auf die Scheine, die sie ihm in die Hand drücken wollte. „Nimm es nur", drängte die Frau, „Das wirst du gut gebrauchen können."
„Sind Sie sicher, dass Sie jetzt alleine zurechtkommen?", fragte Virgil besorgt, während er langsam die Scheine glatt strich.
Die Frau nickte. „Ich denke, dass ich großes Glück gehabt hab, dass du da warst. So oft passiert das nicht, dass einem jemand hilft."
Virgil stand auf. „Ich find es komisch hier", sagte er mit gerunzelter Stirn. „Ich hab mir Novamonde ganz anders vorgestellt."
Die Frau zuckte mit den Schultern. „Was erwartest du, bei so vielen Menschen auf so engem Raum. Die Leute hier sind wie Ratten in einem Käfig. Nur die stärksten Ratten überleben."
Er musste an seinen Großvater denken, der sich heute Morgen auch mit einer Ratte verglichen hatte. Er lachte leise. „Sie sehen aber auch nicht gerade wie eine Ratte aus!"
Die Frau lachte auch. „Doch, doch, aber eine alte zähe Ratte. Aber jetzt geh mal, mein Junge. Wie heißt du eigentlich?"
„Virgil."
„Deine Eltern haben Glück, dass sie so einen Sohn wie dich haben, Virgil", sagte die Frau freundlich. „Viel Spaß noch bei deinem Besuch in Novamonde."

Virgil wollte zum grünen Turm gehen, und da die Frau ihn vor Kontrollen gewarnt hatte, schien es ihm am klügsten, zu Fuß zu gehen. Zuerst studierte er den Stadtplan, der an der U-Bahn-Station aushing. Der Turm lag auf der anderen Seite der Stadt, etwa zwischen Krankenhaus und Hafen. So konnte er etwas von Novamonde sehen und zugleich in Richtung Hafen gehen. Er musste nur darauf achten, sich nicht zu verirren, damit Bert nicht auf ihn warten musste.

Novamonde war offenbar nicht für Fußgänger gebaut worden. Auf den Straßen gab es nur einen sehr schmalen Rand, auf dem er gehen konnte, und ständig fuhren stinkende Fahrzeuge an ihm vorbei, manche gefährlich nahe. Er versuchte, sich möglichst dicht an den Häusern zu halten und trotzdem etwas von der Stadt zu sehen. Zum Glück wurden die Straßen allmählich breiter und die Stadt etwas weniger schmutzig. Er kam an einem Platz vorbei, auf dem es einen Springbrunnen gab und Kinder, die versuchten, etwas von dem herumspritzenden Wasser zu fangen.

Als er eine Straße überqueren wollte, passierte es. Der Verkehr nahm keine Rücksicht auf ihn und Virgil hatte keine Geduld, länger zu warten. Er hatte schon ein paar Schritte auf die Straße gemacht, als es laut hupte und er beinahe angefahren wurde. Mit einem Ruck wurde er an seiner Jacke nach hinten gezogen.

„Mann, was machst du denn!“ Ein Junge, der etwas älter war als er sah ihn böse an. „Willst du dich vielleicht umbringen?“

„Nein, rübergehen!“, antwortete Virgil und verstand nicht, warum der Junge zu lachen anfing.

„Bist bestimmt neu hier?“

„Warum?“ Es war nun schon das zweite Mal, dass Virgil das gefragt wurde. Sah er so anders aus?

Der Junge musterte ihn herausfordernd. „Menschen mit Geld laufen nicht auf der Straße, Mann. Du siehst aus, als hättest du’s dicke, und gehst zu Fuß.“

„Ich?“ Virgil blickte überrascht an sich herunter. Seine Hose mit den weißen Flecken fand er nicht gerade toll. Aber der Junge ihm gegenüber trug abgetretene Schuhe mit Löchern an der Seite, und seine Jacke wurde von Sicherheitsnadeln zusammengehalten.

„Du hast’s dicke“, bestätigte der Junge noch einmal. „Los, jetzt kannst du gehen.“ Virgil bekam einen Stoß in die Seite. Aus irgendeinem geheimnisvollen Grund hatten die Fahrzeuge angehalten. Sie standen mit laufenden Motoren hinter einem weißen Streifen und warteten darauf, dass sie weiterfahren konnten. Sie waren wie eine Meute wilder Tiere, die von etwas in Zaum gehalten wurden, das Virgil nicht erkennen konnte. Er wollte das aber nicht weiter ergründen und ging schnell über die Straße, bevor sie es sich anders überlegten und wieder losbrachen.

Der Junge, der ihn angesprochen hatte, war in einer Seitenstraße verschwunden, bevor Virgil ihn nach dem Weg hätte fragen können. Die Menschen in Novamonde gaben sich wirklich Mühe, sich so wenig wie möglich um einander zu kümmern.

Es war gar nicht so leicht, den grünen Turm zu finden. Er war zwar das höchste Gebäude der Stadt, aber es gab so viele hohe Häuser, die Virgil den Blick versperrten, dass er ganz verwirrt wurde. Endlich konnte er das Ungetüm sehen, aber eine breite Straße, die tiefer lag als die, auf der er sich befand, versperrte ihm den Weg. Virgil blickte sich suchend um und sah, dass er einen ordentlichen Umweg machen musste, um auf die gegenüberliegende Seite zu kommen.

An dieser Übergangsstelle passte er besser auf. Er stellte sich hinter die Leute, die dort warteten und die Regeln offenbar verstanden, und setzte sich erst in Bewegung, als sie losliefen. Es war schade, dass Sara nicht mitgekommen war, sie kannte Novamonde und hätte ihm alles erklären können. Aber andererseits war es auch gut, dass sie nicht mitbekam, wie dumm er war!

Er unterdrückte die Gefühle, die aufzusteigen drohten. Sara, seine Eltern, Elmare. Dort war es völlig anders als in dieser großen Stadt. In seiner Vorstellung hörte er das Wasser gegen die Schwimmhäuser klatschen. Er musste an die frische Luft denken und an den Himmel, den man so gut sehen konnte. Beim Weitergehen begriff er plötzlich, wie anders die Wasserstadt war. Bert hatte Recht. Es war wichtig, über die eigenen Grenzen zu blicken. Und wenn auch nur, um besser einschätzen zu können, was man zu Hause hatte. Ob sich seine Eltern auch nicht zu viele Sorgen machten? Bert hatte ihm geraten, einen Brief zu schreiben und auf den Esstisch zu legen. Sie wussten

also, dass er bei seinem Großvater war, und das würde sie hoffentlich beruhigen.
Er kam zu einem riesigen Platz, der als künstlicher Hügel gestaltet war. Die angelegten Beete waren verwildert, und der Platz war mit einem hohen Zaun umgeben. Inmitten dieser großen Anlage stand der grüne Turm. Sein Fundament wurde von vier mächtigen Säulen gebildet, die jede etwa zwanzig Meter hoch waren. Virgil legte den Kopf in den Nacken, um das Monstrum insgesamt betrachten zu können. Das grüne Dach, das ihm seinen Namen gab, war fast schon in den Wolken verborgen. Die Gebäude, die rund um den Platz standen, wirkten unscheinbar im Vergleich zu dem Koloss, der da aufragte.
Virgil steuerte auf das hohe Gebäude neben dem Turm zu. Eine Riesenschlange von Menschen bewegte sich ebenfalls darauf zu. Er nahm an, dass das der Aussichtspunkt war, von dem die Frau gesprochen hatte, und war ein bisschen enttäuscht, dass er den Turm selbst nicht besuchen konnte. Der Eingang zum Gelände, auf dem der Turm stand, wurde von Männern in Uniform bewacht. Virgil sah einen großen schwarzen Wagen davor halten. Pässe wurden gezeigt, und der Wagen fuhr geräuschlos weiter, währen das Tor wieder geschlossen wurde.
An dem Gebäude gegenüber dem Turm führte ein breiter Fußweg in Serpentinen nach oben. Virgil ging mit großen Schritten hoch, überholte Leute, die weniger schnell gingen, und kam etwas außer Atem zu den Eingangstüren. Gleich hinter dem Eingang stieß er wieder auf eine Men-

schenschlange. Hinten anstellen, sagte er sich, genau wie an der Theke im Krankenhaus. Hier war es offensichtlich normal, dass man warten musste, bis man an die Reihe kam.

Endlich kam er an den Schalter, wo ihm ein ebenfalls uniformierter Mann den Eintrittspreis zuschnauzte. Schnell holte Virgil das Geld hervor, das er bekommen hatte und schob es dem Mann zu. Er war überrascht, als er noch etwas zurückbekam. Die Eintrittskarte steckte er sorgfältig in die Tasche und ging weiter. Er kam auf einen großen Hof, von dem man auf den Platz sehen konnte. Schnell drehte Virgil eine Runde, um sich alles anzusehen, und beschloss dann hineinzugehen.

Er kam in eine Halle, wo er von einer doppelläufigen Rolltreppe hoch zu einer Plattform gebracht wurde, auf der sich gläserne Käfige befanden, die nach oben in die nächsten Stockwerke zu verschwinden schienen. Zusammen mit einer Gruppe Menschen betrat er einen der Käfige und wurde in die Höhe geschossen. Sein Magen krampfte sich zusammen, ihm wurde schlecht und er verspürte Druck in den Ohren. Heftig schluckend versuchte er, damit fertig zu werden, als eine mechanische Stimme bekannt gab: „Erster Stock, Ausstellung Meteorologisches Institut.“ Der gläserne Käfig hielt an, und Virgil spürte, wie sein Magen, der gerade noch gegen sein Zwerchfell gedrückt worden war, mit einem Schlag wieder nach unten fiel. Es war ihm immer noch ein bisschen schlecht, als er mit den anderen ausstieg.

Was auch immer er über Novamonde denken mochte, dieser hohe, helle Raum, in dem er nun stand, war beeindruckend. Unsicher drehte Virgil sich einmal um sich selbst, bis er sah, wohin er gehen musste. Ein Pfeil auf dem Boden schien den Weg durch die Ausstellung zu markieren. Er bekam einen kleinen Kasten in die Hand gedrückt, an dem eine dünne Schnur baumelte, und sah, dass sich die Leute vor ihm das Ende der Schnur ins Ohr steckten. Als er dasselbe tat, wurde er von einer Frauenstimme überrascht, die ihn freundlich begrüßte.

„Willkommen im Meteorologischen Institut von Novamonde, einem Ort der Wissenschaft und Technik. Wenn Sie der grünen Linie auf dem Boden folgen, erfahren Sie alles über Wetter und Klima. Atmosphäre, Großwetterlagen und Wolken werden anschließend für Sie keine Geheimnisse mehr bergen. Wir erzählen Ihnen, wie Wind und Sturm entstehen. Ob Schnee oder Hitzewelle, ob Orkan oder Ozonloch – diese Ausstellung erklärt Ihnen alles, was Sie über die Verhältnisse in unserer Atmosphäre wissen wollen. Und für die Mutigen unter Ihnen: Sie können das Elmsfeuer von Nahem erleben, erleben wie Blitze und Unwetter von unseren Wissenschaftlern gezähmt und an die Kette gelegt werden.“

Vor allem das letzte weckte Virgils Neugierde. Er fing mit der Tour an und kam bald zu einer dunklen Ecke der Halle. Dort zog er einen schweren Vorhang zur Seite und stand in silbrigem Licht, während die Frauenstimme in seinem Ohr weiter erklärte.

„Hier sehen Sie die Erdatmosphäre. Sie liegt wie eine Decke über der Erde und besteht aus verschiedenen Gasen. Gleichzeitig herrscht in der Erdatmosphäre ein elektrisches Spannungsfeld. Ohne diese dünne Schicht wäre kein Leben auf der Erde möglich. In diesem maßstabgerechten Modell sind Sie genau so groß wie der höchste Berg der Erde, der Mount Everest. Um Sie herum erstreckt sich die Troposphäre, in der sich die Entwicklung des Wetters abspielt. Und wenn Sie die Hand hochhalten, können Sie die Stratosphäre anfassen."
Virgil tat, was sie vorschlug, und sah, dass die Luft über ihm etwas dunkler war.
„In dieser Sphäre befindet sich auch die Ozonschicht. Weit über Ihrem Kopf, rund 850 Kilometer von der Erde entfernt, sehen Sie einen Satelliten auf seiner festen Umlaufbahn."
Virgil sah tatsächlich, wie sich dort ein kleiner Gegenstand bewegte. Um ihn herum bildete sich eine Art Nebel.
„Die Wolken, die Sie hier sehen, entstehen, wenn warme Luft in kalte Umgebung aufsteigt. Aufsteigende Luft dehnt sich aus, doch beim Ausdehnen kühlt sie sich ab. Kalte Luft kann weniger Wasserdampf führen und der Dampf kondensiert zu Tröpfchen. Dadurch bildet sich eine Wolke."
Während die Stimme weitersprach, bildeten sich um ihn herum immer mehr Wolken. Virgil musste grinsen, gleich würden sie es auch noch regnen lassen! Er stellte seinen

Fuß auf die Stelle, wo der Nebel aufstieg, und sah die Wolken wie Rauchschwaden weggleiten. Die Stimme sprach unerschütterlich weiter. Virgil nahm seinen Fuß weg und murmelte: „Bodennebel!“ als der Dunst sich über den Boden verteilte. Der Vorhang ging auf und Leute kamen in den Raum mit der Erdatmosphäre. Virgil fand es besser, jetzt weiterzugehen, sonst würde er womöglich noch einen Regenguss auslösen.

Er kam in einen Raum, wo sich die Erde als große Kugel um die Sonne drehte. Die Frauenstimme erzählte, wie Wind und Sturm entstehen. In einem anderen Raum gab es einen riesigen Bildschirm, wo Warmfronten die Kälte vor sich herschoben und Tiefs leichte Schauer zu schweren Orkanen werden ließen. Das Bild wechselte und die vernichtende Kraft eines tropischen Wirbelsturms wurde gezeigt. Kurz spürte man die Gewalt des Sturms auch im Raum. Virgil merkte, dass der Wind an seinen Kleidern zog und seine Haare aufstellte.

„Das ist nur ein kleines Abbild der saugenden Kraft eines Wirbelsturms“, beruhigte ihn die Stimme in seinem Ohr. „Im nächsten Raum können Sie erleben, wie eine Flutwelle entsteht.“

Neugierig strich sich Virgil die Haare glatt und ging in den nächsten Raum. Dort gab es ein großes Wasserbecken. Der Rand war so hoch, dass sich die Wasseroberfläche etwa auf gleicher Höhe mit Virgils Brust befand. Jetzt sprach ein Mann weiter: „Flutwellen sind die Folge eines besonders schweren Tiefs, das sich schnell bewegt.

Meistens treten sie zusammen mit einem Orkan auf. Über Landgebieten stößt der Wind auf zu viele Widerstände der Erdoberfläche, sodass die Orkanstärke meistens nicht lange anhält. Über dem Meer entwickelt sich kräftiger Wind überraschend schnell zu einem Sturm. Besonders, wenn die Flut ihren Höchststand erreicht hat, kann das Wasser zu ungeahnter Höhe aufgetürmt werden."

Das Wasser im Becken begann sich zu bewegen. Es war gut, dass sich zwischen Zuschauern und Wasser eine Glaswand befand, denn ein schwerer Wind peitschte darüber hinweg. Vor Virgils erstaunten Augen kam das Wasser immer stärker in Bewegung. Die Wellen schlugen immer höher, bis das Wasser fast über die gläserne Wand schlug. Das kam ihm doch sehr bekannt vor! Nachdenklich hörte er der weiteren Erklärung zu. „Die Wolken eines Gewitters können schwere Regengüsse hervorbringen. Bei solchen Wolkenbrüchen fällt in kurzer Zeit sehr viel Regen. Die Kombination von starkem Wind und hohem Wasserstand kann zu ernsthaften Überflutungen führen." Das Wasser tropfte von den Wänden wieder in das Becken und beruhigte sich. In Elmare war die Einkaufspromenade von so einer Flutwelle überspült worden!

Er ging dem grünen Strich nach in einen anderen Raum und stand erneut vor einer Weltkugel. Diese hier war so groß, dass er fast schon Einzelheiten erkennen konnte. „Wie Sie sicher wissen, wird unser heutiges Klima stark vom Treibhauseffekt beeinflusst." Die Stimme des Manns war ernst. „Die Eiskappen der Pole sind geschmolzen,

Flussmündungen wurden überflutet und wo früher Land war, ist heute Meer. Doch der Mensch kann durch neue Techniken überleben.“ Vor Virgils Augen wurden die Polkappen kleiner und kleiner und das grüne Land wurde vom Wasser überspült. Die Küstenlinien veränderten sich und er sah, wie die Flevosee entstand. Novamonde ragte aus all dem Wasser hervor. Wo früher höher gelegenes Land war, war nun eine neue Küste entstanden.
„Durch das Verbrennen fossiler Brennstoffe wie Öl, Gas und Kohle ist sehr viel Kohlendioxid in die Luft gelangt, und das führte dazu, dass es im letzten Jahrhundert auf der Erde ein ganzes Stück wärmer wurde. Die schreckliche Katastrophe mit dem letzten großen Atomkraftwerk hat sich noch in unser Bewusstsein geprägt. Fruchtbares Land ist dabei für Jahrtausende verloren gegangen. Neue Techniken sind entwickelt worden, um den Energiebedarf des Menschen zu decken. Sonne, Wind und Wellen stellen einen erheblichen Teil unserer Energievorräte. Doch es wird dringend auch nach anderen Quellen gesucht. Für den letzten Teil unserer Ausstellung möchten wir Sie bitten, sich in den Aufzug zu begeben, der sie zum obersten Stockwerk des Gebäudes bringen wird. Ihre Hörführer geben Sie bitte bei der Garderobe ab.“
Virgil ging der kleinen Gruppe hinterher, die in der Ausstellung genauso weit war wie er. Das Kästchen legte er auf die Theke an der Garderobe und stieg dann in den Aufzug. Der war keineswegs voll. Demnach wollten nicht alle das Elmsfeuer miterleben.

Im Aufzug waren Sitze, die Virgil an das Omegatheater denken ließen. Er setzte sich und schnallte die Gurte fest, die an dem Sitz hingen. Eine mahnende Stimme ertönte: Vergessen Sie Ihre Ohrenschützer nicht!“

Der Mann neben Virgil zog schnell die Schützer über die Ohren und sagte: „Die brauchen wir wohl auch, wenn wir mit 240 Stundenkilometern nach oben schießen.“ Virgil machte es ihm nach. Die Türen schlossen sich und ohne jede weitere Warnung schossen sie nach oben. Es war gut, dass er fest saß. Virgil spürte, wie sich die Gurte spannten, die ihn auf seinem Platz hielten. Das üble Gefühl in seinem Magen erinnerte ihn daran, dass er noch nichts gegessen hatte. Dann wurde der Druck geringer und der Aufzug hielt an. Virgil löste die Gurte und stand als Erster draußen.

Er war wirklich draußen, auf einer Plattform, die um den Turm herum führte. Ein Geländer schützte die Menschen vor der unvorstellbaren Tiefe unter ihnen. Novamonde konnte er nicht sehen, denn er guckte auf eine Wolkendecke, die jetzt um das Gebäude hing. Aber was er sehr gut betrachten konnte, war der grüne Turm, der auch über die Wolkendecke herausragte. Das grüne Dach glitzerte in der fahlen Sonne.

Eine harte Stimme warnte: „Nichts anfassen, auch das Geländer nicht! Zum Elmsfeuer durch diese Tür, da hängen die Schutzanzüge.“

Es schien hier einen Führer zu geben. Sie folgten ihm durch eine Tür in einen Raum, in dem Anzüge hingen, die eigentlich wohl für Feuerwehrleute gedacht waren. Virgil hievte sich in den weißen Anzug. Er war aus schwerem Stoff, und Stiefel gehörten auch dazu. Er hob einen Fuß, aber das funktionierte kaum: Die Stiefel waren schwer wie Blei.

„Sie erleben hier die Folgen eines elektrodynamischen Felds", sagte der Führer. „Ihre Stiefel sind positiv geladen, das ganze Stockwerk aber ist negativ geladen. Wie Sie wissen, ziehen verschiedene Pole einander an. Ihre Stiefel sind also magnetisch."

Das merkte Virgil, aber er verstand nicht, warum das so war. Der Führer forderte sie auf, wieder nach draußen zu gehen. Unbeholfen folgte die kleine Gruppe dem Mann, der selbst auch die schwere Ausrüstung trug. Er zeigte auf den grünen Turm.

„In wenigen Minuten können Sie das Ereignis beobachten, das als das Elmsfeuer bekannt ist. Wie Sie unten schon gehört haben, verläuft rund um die Erde ein elektrisches Feld. Man könnte es mit einem kleinen Kraftwerk von 500 Megawatt vergleichen." Es war deutlich, dass der Mann seine Geschichte schon oft heruntergeleiert hatte. Seine Stimme klang monoton und nicht gerade fesselnd.

Obwohl der Mann gesagt hatte, sie sollten nichts anfassen, strich Virgil kurz mit der Hand über das Geländer neben sich. Erschrocken zog er seine Hand zurück. Das Geländer prickelte und versetzte ihm einen kleinen Stromschlag.

„Dass der grüne Turm hier steht, hat Folgen für die anderen hohen Gebäude in der unmittelbaren Umgebung. Deshalb tragen Sie auch die Schutzkleidung. Sie können gleich selbst erleben, was passiert, wenn zwei Ladungen aufeinander treffen."

Im Kopf ging Virgil noch einmal durch, was er in der Ausstellung gelernt hatte. Was war unten noch einmal gesagt worden: Die Wolken eines Unwetters können schwere Regengüsse mit sich bringen …

„Hohe Türme beschleunigen den natürlichen Entladungsprozess", behauptete der Führer gerade. „Blitze werden erst dann ausgelöst, wenn der Spannungsunterschied in der Wolke Anlass dazu gibt."

Nun hörte Virgil besser zu. Löste also ein hoher Turm ein Unwetter aus? Wozu um Himmels willen hatten sie das nötig? Da, der Mann sprach gerade von der Erzeugung von Elektrizität.

„Ein positiver Blitz kann eine Stromstärke von 30.000 bis 60.000 Ampere liefern. Aber die meisten Blitze dauern nur eine Sekunde, zu kurz, um viel Nutzen daraus zu ziehen. Die Wissenschaftler von Novamonde haben die Möglichkeit erkannt, die Blitzeinschläge oben auf dem grünen Turm zu verlängern. Nicht mehr lange und wir werden aus diesen verlängerten Blitzen Energie gewinnen. Das wird ein Triumph der modernen Wissenschaft."

Virgil versuchte die Informationen zu kombinieren, aber das war nicht einfach. Ihm war klar, dass es einen Zusammenhang zwischen Gewitter und Regen gab, aber was würde dann die Wirkung solcher verlängerter Blitze sein? Vielleicht besonders viel Regen!

Der Führer zeigte mit ausgestrecktem Arm auf den grünen Turm. „Oben an hohen spitzen Türmen wird Energie in Form von Licht freigesetzt. Noch einen kurzen Moment und Sie können es selbst sehen."

An der äußersten Grenze seines Gehörs fing Virgil ein Geräusch auf. Es war ein sehr leises Zischen, als würde ein Topf voll Wasser gerade anfangen zu kochen. Er sah, dass die anderen zum Dach des grünen Turms hochguckten und spähte in dieselbe Richtung.

Über das Kupfer des Dachs sah er kleine Lichtblitze flackern. Er hielt eine Hand über die Augen, um besser sehen zu können. Das Zischen wurde lauter, es kam ein leises Knattern, als ob etwas anfinge zu brennen. Das Feuer auf dem Turm breitete sich aus, weiße Flammen fanden zueinander und wurden größer, Das Licht tanzte über das grüne Dach nach oben.

Das Knattern wurde stärker und ein starker Ozongeruch trat auf. Es waren bizarre Feuerbahnen, die immer größer wurden.

„Das Elmsfeuer!", sagte der Führer überflüssiger Weise. „Sie gehen jetzt besser rein, denn die Fangentladung hat bereits mit der Frühentladung der Gewitterwolke Kontakt." Er bemerkte, dass Virgil ihn ganz erschüttert ansah. „Wenn die beiden Kontakt haben, gibt es einen Kurzschluss. Also Blitze. Und das gibt dann in dieser Höhe ein ordentliches Feuerwerk. Gehen Sie jetzt rein, da sind Sie in Sicherheit."

Er schob die Letzten durch die Tür und machte sie hinter Virgil zu. „Sie müssen zwar die Schutzbekleidung anlassen, doch hier drinnen besteht keinerlei Gefahr. Der Raum ist vollständig mit Metallplatten abgeschirmt, auch als Faradayscher Käfig bekannt. Übrigens ist das ganze Gebäude gut abgeschirmt, weil es so dicht am grünen Turm steht. Es muss jetzt innerhalb von dreißig Sekunden mit einem Blitzschlag gerechnet werden."

Die Leute erstarrten, einige nahmen sich an der Hand. Virgil bemerkte plötzlich, dass seine Haare versuchten, sich kerzengerade aufzustellen. Er sah auch, wie sich die dünnen Haare des Mannes ihm gegenüber aufrichteten. Er befühlte seinen eigenen Schopf. Seltsam, die Haare fächerten sich nach allen Seiten auf und standen wie ein Strahlenkranz vom Kopf ab. Der Führer, der nur noch wenig Haare hatte, die platt über seinen Schädel geklebt waren, lachte zu ihnen rüber.

Dann schoss ein gewaltiger Energiestoß durch die Luft, weiß blendendes Licht zuckte an dem großen Fenster vorbei. Virgil sah eine weit verzweigte Schicht von Blitzen, die sich genau über der Spitze des Turms bündelten. Als dieser Blitz einschlug, schien das Dach einen kurzen Moment aufzuglühen. Und die Glut war noch nicht abgeklungen, als ein ohrenbetäubender Explosionsknall durch die Luft dröhnte. Erschrocken hielt Virgil die Hände vor die Ohren. Er hatte das Gefühl, das Gebäude um ihn he-

rum würde einstürzen. Lange hielt der Donner an, bis er endlich rumpelnd in der Ferne verklang.
Die Leute in der Gruppe taten ihr Bestes, um nicht allzu erschrocken auszusehen. Ein Mann nickte anerkennend. „Beeindruckend. Das erlebt man nicht jeden Tag." Und eine Frau wies besorgt auf den Führer. „Das ist doch schlecht für Ihre Ohren, jedes Mal dieser Krach!"
Der Führer grinste und zog seine geheime Waffe: Er hatte sich Stöpsel in die Ohren gesteckt.
„Wenn Sie noch einen Moment Geduld haben, die Herren Techniker senden gleich die Informationen zu diesem Einschlag." Er zeigte auf einen Apparat. „Ah, da sind sie schon." Ein weißer Papierstreifen kam aus der Maschine. Er las und nickte mit Kennerblick. „Die Herren werden wohl zufrieden sein, das war ein Einschlag mit einer Spannung von 90.000 Ampere. Dieser Blitz dauerte eine Sekunde und 30 Millisekunden."
Draußen klatschte der Regen auf das Dach. Es klang nach Hagel. Virgil hoffte, dass der Regen aufhörte, wenn er zum Hafen ginge. Schlechtes Wetter war auf See immer schlimmer.
Zusammen mit der Gruppe fuhr er wieder nach unten, aber sie landeten in einem anderen Stockwerk als dem mit der Ausstellung. Hier gab es ein Restaurant, und der Geruch nach Essen ließ ihm das Wasser im Mund zusammenlaufen. Er studierte die Speisekarte, die am Eingang aushing und zählte sein Geld. Er konnte sich ein belegtes Brot kaufen und würde dann noch etwas übrig behalten.

Mit seinem Teller setzte er sich an ein Fenster. Das Brot war im Handumdrehen verschwunden.
Unter ihm lag Novamonde. Er sah den Hafen und dahinter die große Schleuse. Sein Kopf war voll von dem, was er gesehen und erlebt hatte. Er musste Bert fragen, was das alles bedeutete. Als Seemann verstand sein Großvater viel vom Wetter. An den Wolken konnte er sehen, wie das Wetter würde, und oft sagte er Regen voraus oder aber Sonne, je nach Windrichtung.
Es regnete noch immer. Windstöße schlugen das Wasser gegen die Fenster des Restaurants. Virgil beschloss, nun doch aufzubrechen, denn langsam wurde es Zeit für den Rückweg. Bert hatte ihm die Adresse von der Kneipe in der Nähe des Hafens gegeben. Wenn er danach ebenso lange suchen musste wie nach dem grünen Turm, sollte er jetzt besser mal losgehen.
Draußen fauchte ein rauer Wind durch die Straßen, die dadurch noch trostloser wirkten. Virgil schlug den Kragen seiner Jacke hoch. Am Rand des Platzes sah er das Zeichen der U-Bahn aufleuchten. Er zögerte und spielte kurz mit dem Geld in seiner Tasche. Er könnte doch versuchen, mit der Bahn zu fahren, er konnte ja einen Fahrschein kaufen. Es war keine allzu verlockende Vorstellung, durch den Regen zum Hafen zu laufen.
Immer zwei Stufen auf einmal nehmend eilte er die Treppe runter und kam in die hell erleuchteten Hallen unter der Erde. Er strich sich das nasse Haar aus dem Gesicht und blickte sich um. Er erwartete einen Schalter zu se-

hen, wo ihm jemand einen Fahrschein verkaufen könnte, aber er konnte nichts entdecken, das danach aussah. Stattdessen hingen merkwürdige Automaten an der Wand. Er beobachtete, wie ein Mann Geld hineinsteckte und mit einem kleinen Papierstreifen wieder wegging. Die Frau hatte auch so einen Streifen gehabt, nur in einer anderen Farbe.

Virgil näherte sich dem Automat und sah ihn unentschlossen an. Es gab verschiedene Knöpfe und Anweisungen, die ihm aber nichts sagten. Altersgruppen, Abonnementbesitzer, Karten mit Zoneneinteilung, er verstand gar nichts! Während er noch vor dem Ding stand, kam jemand. Virgil trat schnell einen Schritt zur Seite und sah, wie der Mann routiniert Geld in einen Schlitz stecke und danach eine Reihe Knöpfe drückte. Es kam ein kleiner Papierstreifen heraus und der Mann ging leise pfeifend weiter.

Das müsste er doch auch können! Er holte sein Geld zum Vorschein und wog es in der Hand. Wie viele von den Münzen musste er reinstecken? Auch gut, er würde sie alle einwerfen und dann sehen, was rauskam.

Aber das Ergebnis war ganz anders, als er erwartet hatte. Er wollte gerade auf die Knöpfe drücken wie der Mann vor ihm, als die Münzen unten an dem Apparat klirrend wieder herausgerollt kamen und in einen glänzenden kleinen Behälter fielen. Über dem Einwurfschlitz erschienen Buchstaben. Virgil las: „Zahlungsmittel unzureichend. Verwenden Sie Ihre Kreditkarte oder füllen Sie den Betrag auf."

Verrückt. Das Ding hatte blitzschnell sein Geld gezählt und wieder ausgespuckt. Virgil nahm es aus dem Behälter und überlegte, was er tun sollte. Es war nicht schwer, in die Bahn zu kommen, die Frau hatte nur ihr Stück Papier in so ein Kontrollding gesteckt. Er selbst war ohne große Mühe durch die wenigen Absperrungen gekommen. Aber da war noch etwas, vor dem er sich in Acht nehmen musste. Es gibt manchmal Kontrollen, hatte die Frau gesagt. Heute Morgen waren sie mit zwei Bahnen gefahren und eine Kontrolle hatte er nirgends gesehen. Er könnte es jetzt doch auch versuchen. So ein großes Risiko schien es ihm nicht zu sein. Aber zuerst musste er auf dem Stadtplan nachsehen, wo er überhaupt hin musste, bevor ihn eine Bahn bis ans entgegengesetzte Ende von Novamonde brachte.

Eine ganze Weile studierte Virgil den Plan, der neben dem Automaten hing. Bis zum Hafen musste er noch ein ganzes Stück fahren. Auf dem Zettel, den Bert ihm mitgegeben hatte, stand die Straße, und es gab wirklich eine Linie, die diese Straße kreuzte. Aber dann musste er irgendwo umsteigen. Er sah nun, dass die U-Bahn-Linien eine andere Farbe hatten als die der Hochbahn. Bald würde er das System hier begriffen haben.

Virgil ging den Leuten nach, die zu einer noch tiefer gelegenen Ebene hinabstiegen. Dann kamen sie an die Sperren. Er beobachtete gut und sah andere, die auch keinen Papierstreifen in den Apparat schoben. Er war also nicht der Einzige! Von weitem hörte er schon das dumpfe Rumoren, das die Ankunft der U-Bahn ankündigte. Aufgedreht stieg er in den Wagen. Er fand, dass er sich in Novamonde schon recht gut zurechtfand. Er zählte die Haltestellen, um zu wissen, wann er aussteigen musste. Es war nicht so voll wie heute Morgen. Die Menschen waren natürlich auf dem Weg zur Arbeit gewesen, vielleicht hatten sie deshalb so missmutig ausgesehen.

Nun ging er den Hinweisschildern nach, die ihn auf einen anderen Bahnsteig leiteten, und kam durch einen langen, gekachelten Gang, als er leise Musik hörte. Erst dachte er, das gehörte zur U-Bahn, aber kurz darauf sah er am Ende des Gangs einen Mann stehen, der ein Instrument bei sich hatte. Vor ihm lag ein offener Koffer. Virgil blieb wie gebannt stehen, während hinter ihm die Menschen hastig vorbeiliefen.

Der Mann beendete sein Stück und sah seinen einzigen Zuhörer an. „Kein Applaus, keine Belohnung?"

Er hatte einen dicken Schnurrbart, den er mit dem Handrücken abwischte.

Virgil grinste. „Ich will noch was hören."

„Gut. Ein interessiertes Publikum ist auch was wert!", sagte der Mann mit einem Lächeln und schlug ein paar Akkorde an. Er sang in einer fremden Sprache. Virgil verstand ihn nicht, fand es aber schön zuzuhören. Als das Lied zu Ende war, warf er sein letztes Geld in den Koffer. Er glaubte nicht, dass er es noch brauchte. Der Mann dankte ihm mit einem Nicken und Virgil ging weiter.

Dann passierte er die Sperre des Bahnsteigs, auf den er

musste. Er sah, dass eine Gruppe schwarz gekleideter Männer dort wartete. Sie trugen Jacken mit Abzeichen auf den Ärmeln und unterhielten sich laut. Einer von ihnen trug die Jacke offen, und Virgil sah Metall glänzen. Er wurde unruhig. Vielleicht waren das die Kontrolleure, von denen die Frau heute Morgen gesprochen hatte. Er war noch unentschieden, als die Bahn kam, aber dann sah er, dass die Männer auf dem Bahnsteig stehen blieben. Er musste es riskieren, denn langsam wurde es spät. Er stieg ein und wählte einen Platz am Fenster. Die Türen schlossen sich und der Bahnsteig glitt vorbei. Dann fuhren sie in einen finsteren Tunnel und Virgil sah sein Gesicht als Spiegelbild im Fenster.

Plötzlich gab es Unruhe hinter ihm. Er war schon so daran gewöhnt, dass die Menschen während der Fahrt nicht miteinander sprachen, dass er sich jetzt umdrehte. Da standen zwei von den Männern in Schwarz. „Kontrolle. Ihre Fahrkarten bitte."

Verdammt, sie waren doch eingestiegen! Virgil drehte sich mit einem Ruck um. Jetzt saß er hier ohne Karte. Blöd von ihm, dass er sein Geld dem Musikanten gegeben hatte. Jetzt konnte er nicht mal eine Karte bei den Leuten kaufen. Er sah, wie die beiden ihm gegenüber in den Taschen suchten. Die Leute holten ihre Fahrscheine raus oder schwangen etwas, das wie ein Pass aussah. Der Lärm hinter ihm kam von einem zerlumpten Mann, der zeternd und schimpfend seine Taschen durchwühlte, aber keinen Fahrschein fand.

„Yan, wir haben hier einen!“, rief der eine Kontrolleur einem seiner Kollegen zu. Der kam näher und sprach in einen Apparat, den er sich vor dem Mund hielt. „Hier Wagen G07. Wir haben da zwei ohne Fahrausweis. Könnt ihr sie übernehmen? Wagen G, ja. Ihr seid da? Gut.“

Jetzt standen sie vor Virgil, der gerade zu einem Entschluss gekommen war. Es schien ihm das Beste, einfach zu erzählen, was los war. Es hatte keinen Sinn, so ein Theater zu machen wie der Mann hinter ihm. Er räusperte sich, sah den Mann direkt an und sagte ein bisschen heiser: „Es tut mir Leid, aber ich hab es nicht geschafft, einen Fahrschein aus einem der Automaten zu ziehen. Ich bin heute zum ersten Mal in Novamonde. Ich versteh nicht so recht, wie das alles funktioniert.“

Die Männer hatten ihm schweigend zugehört. Dann sagte der eine mit erhobener Stimme: „Yan, hier haben wir Nummer drei!“

Illegal in Novamonde

Die Männer schoben und schubsten Virgil aus dem Wagen. Das war nicht die Haltestelle, wo er hingewollt hatte. Der ärmlich gekleidete Mann stand neben ihm, und es roch schlecht, als er in vertrauensseligem Ton zu Virgil sagte: „Also das heißt jetzt eine Nacht lang brummen."
„Was meinen Sie?" Virgil blickte von dem Mann zu dem dritten Opfer, einem Mädchen mit lauter Zöpfchen, das etwas weiter weg stand und ständig den Mund bewegte. Sie schien irgendetwas zu kauen.
„Mitkommen!" Zwei Männer in Uniform hatten sich genähert. Als das Mädchen nicht reagierte, bekam sie einen Stoß. „Mach mal voran." Sie gingen über den Bahnsteig zu einer Rolltreppe, fuhren hinauf und gingen durch eine Halle, in der es von Menschen nur so wimmelte. Virgil bemerkte, dass ihre kleine Gruppe Aufsehen erregte. Er wusste nicht, was auf ihn zukam, er verstand nicht, was der Mann mit „brummen" gemeint hatte, und er wusste auch nicht, wohin sie ihn brachten. Es war klar, dass die Leute hier an seiner Erklärung überhaupt nicht interessiert waren, sie hatten überhaupt nicht auf seine Worte reagiert. Er hoffte, dass er mit einer Ermahnung

davonkommen würde, aber das autoritäre Verhalten der Männer verunsicherte ihn.
Sie kamen auf einen Platz, wo ein Wagen mit laufendem Motor auf sie wartete. Im Wagen befanden sich schon mehrere Leute. Keiner von ihnen sprach ein Wort, als die Tür hinten aufgemacht wurde. Virgil blickte zu dem kräftigen Mann in Uniform, der etwas Blinkendes in der Hand hielt. Die Männer waren bewaffnet, deshalb waren die Leute so gefügig! Seufzend setzte er sich auf die harte Bank und sah aus dem Fenster, als sich der Wagen in Bewegung setzte.
Es war ein eigenartiges Erlebnis, nun selbst in einem von den brummenden Fahrzeugen zu sitzen. Virgil verstand nichts von der Art und Weise, wie sich die Wagen auf der Straße verhielten. Manchmal fuhren sie an einer ganzen Reihe anderer Wagen vorbei, dann standen sie wieder still und wurden eingeholt. Wenn sie fuhren, dann mit hoher Geschwindigkeit, und er verstand nicht, warum die Fahrzeuge nicht ineinander krachten.
Sie hielten vor einem großen Gebäude, das düster und schmutzig wirkte. Virgil folgte der schweigenden Gruppe nach drinnen, wo sie sich in einer Reihe aufstellen mussten. In der Halle gingen Menschen in Uniform hin und her, auch der Flur war schmutzig und es war kalt. Langsam schob sich die Reihe weiter, und dann stand der Erste vor einer Art Schalter, hinter dem ein dicker Mann saß. Virgil hörte die Fragen, die in hartem Ton abgefeuert wurden: „Name, Adresse, Passport …“

Das Letzte erschreckte ihn. Er hatte doch überhaupt keinen Pass! Er drehte sich halb um und fragte das Mädchen, das hinter ihm stand, leise: „Hast du einen Pass?“
Sie blickte ihn mit gerunzelter Stirn an. Die kleinen Zöpfe waren mit farbigen Bändchen verziert. „Pass? Passport meinst du.“
„Was ist der Unterschied?
Sie musterte ihn mit müdem Blick. „Passport. Identitätsbeweis, weißt du doch. Damit sie sehen können, wer du bist. Musst du immer bei dir haben.“ Mit gleichgültigem Blick kaute sie weiter.
Langsam wurde Virgil klar, dass er nun wirklich in Schwierigkeiten war. Er hatte gegen etwas verstoßen, was sie hier ganz offensichtlich ziemlich ernst nahmen, und er hatte keinen Pass bei sich. Wäre er doch nicht mit der U-Bahn gefahren! Vorsichtig blickte er sich um, aber die Türen waren geschlossen und ein Mann in Uniform stand daneben. Der erste Mann wurde fortgeschickt. Er hatte die Wahl gehabt zwischen „vor Gericht erscheinen, übernachten oder sofort bezahlen“ und hatte sofort bezahlen vorgezogen. Virgil hörte, wie hinter ihm die Tür geöffnet und dann wieder geschlossen wurde. Die Reihe schob sich etwas vor.
Es dauerte eine ganze Weile, bis der Letzte vor Virgil an die Reihe kam. Es war der ärmlich wirkende Mann. Der Mann hinter dem Schalter sagte mit barscher Stimme: „Aha, da haben wir Kale Jaap auch mal wieder. Du kommst sicher, um gemütlich bei uns zu übernachten?“

Jaap fing an zu zetern. Er ließ eine ganze Tirade über das Leben in Novamonde los und beschimpfte den Mann hinter dem Schalter als Tyrann und einen, der seine Macht missbrauche, bis der genug davon hatte. „Jungs, nehmt den mal mit!“, rief er nach hinten. „Eine Woche Arrest wegen Beamtenbeleidigung.“

Kale Jaap wurde von zwei kräftigen Männern an den Armen weggeschleppt, während er noch immer schimpfte und sich beschwerte. Virgil überlegte, dass das wohl hier nicht die feine Art war, mit Leuten umzugehen. Er trat einen Schritt vor und befand sich Auge in Auge mit dem Mann hinter dem Schalter.

„Name?“

„Virgil Wensveen. Ich komme aus Elmare und bin heute das erste Mal in Novamonde.“

Der Mann blickte bei diesen höflichen Worten überrascht auf. Er schrieb auf, was Virgil gesagt hatte und blickte ihn dann abwartend an. „Dein Passport, junger Mann.“

Virgil spürte, wie ihm warm wurde. Nervös sagte er: „Den habe ich nicht. Ich hab probiert einen Fahrschein zu kaufen, aber der Apparat hat mein Geld nicht angenommen.“

„Warum hast du keinen Passport dabei? Hat dir der Zoll nicht gesagt, dass du immer einen Passport in der Tasche haben musst?“

„Nein, das heißt, wir waren heute Morgen so früh da, dass ich niemand vom Zoll gesehen habe.“

Der Mann schnaubte. „Junge, du hast keinen Pass, und

du bist auf die Wache gebracht worden, weil du eine grobe Übertretung begangen hast. Hast du wenigstens Geld dabei, um die Strafe zu bezahlen?“
Virgil schüttelte schweigend den Kopf. Der Mann hinter dem Schalter wurde langsam ungehalten. „Kein Geld, kein Passport. Das bedeutet, dass du eine unerwünschte Person bist. Und weißt du, was wir mit solchen Leuten in Novamonde machen?“
Virgil wusste es nicht, aber er konnte es sich denken. Auch in Elmare wollte man nicht, dass Leute einfach so in die Stadt kamen. Er versuchte, an die Gefühle des Mannes zu appellieren. „Mein Opa wartet auf mich. Ich muss wieder an Bord sein, bevor die Flut einsetzt.“
„Wo ist dein Großvater jetzt?“
Virgil zog das Papier heraus, das ihm Bert gegeben hat. „Er muss was erledigen. Ich soll ihn dort treffen.“
Mit gerunzelter Stirn las der Mann die Adresse. „Das ‚Moby Dick‘, aha! Gut, du kannst mal telefonieren. Ich hoffe nur für dich, dass dein Großvater nicht ohne dich losgefahren ist!“
Virgil blickte ihn besorgt an. „Was passiert dann mit mir?“
„Du musst hier blieben, bis für dich bezahlt wird. Sonst wirst du in Gewahrsam genommen.“ Mit einer Kopfbewegung übergab er Virgil der Obhut einer Frau in Uniform, die ebenso unwirsch wirkte wie alle anderen hier. „Er kann mal telefonieren. Er ist ein Illegaler.“
Das Telefon stand in einer Nische. Die Frau suchte die

Nummer heraus und gab die Zahlen ein. Dann gab sie Virgil den Hörer. Eine ihm unbekannte Männerstimme sagte: „Moby Dick."
„Hier ist Virgil Wensveen. Ich suche meinen Großvater, Bert Wensveen. Es ist dringend."
„Ich guck mal nach." Im Hintergrund waren ein paar Geräusche zu hören, dann kam der Mann wieder. „Der ist nicht hier."
„Aber er wollte zum Moby Dick gehen!" Virgils Stimme wurde etwas höher. „Wenn er vorne nicht wäre, würde er hinten sein."
„Kann ich irgendwas ausrichten?"
„Ich bin festgenommen worden und jetzt muss eine Strafe bezahlt werden, aber ich hab kein Geld."
Die Stimme am anderen Ende der Leitung wurde etwas freundlicher. „Auf welcher Wache bist du?"
Gab es denn von diesen Gebäuden mehrere? Virgil wandte sich an die Frau, die ihn misstrauisch musterte. „Entschuldigen Sie, wo bin ich hier?"
„Auf der Hauptwache natürlich."
„Ich bin auf der Hauptwache", sagte Virgil leise ins Telefon. „Ich hab keinen Pass. Sie sagen, dass ich illegal bin. Bert muss herkommen und die Strafe bezahlen, sonst lasen die mich hier nicht weg."
„Jetzt mach dir mal keine Sorgen, ich sag ihm das, sobald ich ihn sehe", brummte der Mann und legte mit einem kurzen Gruß auf. Virgil betrachtete den Hörer in seiner Hand. Zu Hause hatten sie kein Telefon, denn in Elmare

gab es nur ein paar Leute, die sich den Luxus einer solchen Anschaffung erlauben konnten.

Ohne etwas zu sagen, nahm ihm die Frau den Hörer aus der Hand und legte ihn zurück. Warum war Bert nicht im Moby Dick? Natürlich war sein Großvater nicht ohne ihn weggefahren, aber wo könnte er jetzt sein?

„Komm, ich hab nicht den ganzen Tag Zeit“, sagte die Frau, und ohne darauf zu achten, ob er ihr folgte, ging sie zu einer Tür, die sie mit einem Schlüssel, der an ihrem Schlüsselbund hing, aufschloss. Sie hielt ihm die Tür auf. Zögernd trat er ein und hörte, wie die Tür mit einem dröhnenden Knall zugeschlagen wurde.

„So, kommst du also auch noch“, bemerkte eine Stimme säuerlich. Auf einer abgewetzten Pritsche saß Kale Jaap. Wortlos ließ sich Virgil auf die Pritsche gegenüber plumpsen. Wie hatte er nur so blöd sein können, sich selbst in solche Schwierigkeiten zu bringen! Er musste hier raus, und zwar schnell. Der dritte Sohn, der ohne Pass. Überall dieselben Probleme. Er seufzte tief, schloss die Augen und lehnte sich an die Wand.

Ein übler Geruch ließ ihn aufschrecken. Kale Jaap hatte sich genähert. Virgil machte die Augen auf und sah ihn vor sich stehen. „Haben Sie auch keinen Pass?“, fragte Virgil mit betont ruhiger Stimme. Er fand diesen Kerl mehr als eigenartig, und es schien ihm klüger, gut mit ihm auszukommen.

Der Mann drehte sich brummend um. „Kein Geld, kein Pass, kein Leben hier!“

„Wohnen Sie in Novamonde?“
„Ha!“ Er schnaubte. „Wenn man das wohnen nennen könnte! Zu zehnt auf einem Zimmer. Wir haben nacheinander geschlafen. Wenn die anderen zur Arbeit waren, konnte ich schlafen. Aber ich hab keine Arbeit, und da haben sie mich aus dem Zimmer geschmissen. Gut, diese Woche habe ich wenigstens ein Dach über dem Kopf.“
Kale Jaap starrte missmutig vor sich hin.
Virgil versuchte, sich Kales Leben in Novamonde vorzustellen. Er dachte auch an die Frau, der er an diesem Morgen geholfen hatte. Seine Vorstellung, in Novamonde wäre es besser als in Elmare, hatte sich an diesem Tag in Luft aufgelöst.
„Wissen Sie, was die hier mit Illegalen machen?“, fragte er.
Kale Jaap zuckte mit den Schultern und begann an der Tür zu rütteln. „Ich hab Hunger! Ich hab Durst! Ich will was essen!“, brüllte er. Virgil hatte auch Hunger, aber es war ihm noch nicht in den Sinn gekommen, auf diese Art um etwas zu bitten.
„Mit Illegalen?“ Der Mann drehte sich ruckartig um. „Die müssen hier arbeiten. Die nehmen uns ja die Arbeitsplätze weg! Und sie kommen, um zu handeln, Kerlchen, um zu handeln. Hast du Stoff dabei?“
„Stoff?“ Erschreckt wich Virgil vor Kale Jaap zurück, der in seiner langen weiten Jacke eine seltsame Figur abgab. „Was für Stoff?“
Kale sah ihn weiter argwöhnisch an. „Bist du echt so ’n

Grünspecht oder tust du nur so? Alle, die herkommen, haben Stoff bei sich. Wenn du nichts zu verkaufen hast, warum kommst du dann hierher?"

Es war wie in einem Albtraum. Drohend kam der Mann näher, die Hände hatte er vorgestreckt, gruselige Klauen mit abgebrochenen Nägeln. Der Gestank wurde immer unerträglicher.

Virgil sprang auf. „Ich hab nichts bei mir, lass mich in Ruhe!" Der Mann packte Virgil. Der versuchte ihn abzuschütteln und dabei stießen sie an einen Stuhl, der krachend umfiel. Von draußen auf dem Gang hörte man laute Schritte und die Tür wurde mit Schwung aufgerissen.

„Hört sofort mit dem Lärm auf! Was ist denn hier los? Wer hat denn das Kind zu Kale Jaap gesteckt?"

Der Mann, der nun hereinkam, trug zwar auch eine Uniform, aber sein Gesicht wirkte weniger barsch als die Gesichter der anderen, die Virgil gesehen hatte. Intuitiv setzte Virgil seine Hoffnung auf ihn. „Er hat mich angegriffen."

Der Mann blickte zwischen ihnen hin und her. Kale Jaap wich unter diesen Blicken zurück und murmelte etwas in sich hinein.

„Der ist nicht ganz klar im Kopf", sagte der Mann in Uniform kurz, aber es lag ein nachdenklicher Ausdruck in seinen Augen. „Warum sitzt du hier ein, Junge?"

Stockend sagte Virgil: „Ich hab nicht begriffen, wie so ein Fahrkartenautomat von der U-Bahn funktioniert und

hatte keinen Fahrschein. Und keinen Pass und kein Geld, um die Strafe zu bezahlen. Ich hab probiert, meinen Großvater anzurufen, damit der mich hier abholt."
„Du bist also ein Illegaler", sagte der Mann ruhig und strich sich über das Kinn. „Du bist noch zu jung, um hier in Novamonde herumzustreunen." Er bedeutete Virgil mitzukommen. „Sperren wir neuerdings auch Kinder ein?", sagte er zu dem dicken Mann, der hinter seinem Schalter hervorgekommen war und um einiges weniger imponierend wirkte, als er so streng angesprochen wurde. Virgil begriff, dass der Mann, der ihn mitgenommen hatte, einen höheren Rang haben musste. Er trug zwei Abzeichen auf dem Ärmel und darüber einen silbernen Streifen. „Lassen Sie ihn ruhig im Wachraum sitzen und auf seinen Großvater warten. Er sieht nicht so aus, als würde er Ärger machen."
„Aber wir müssen uns doch an die übliche Verfahrensweise halten", maulte der dicke Mann zurück.
„Eben das ist der Unterschied zwischen Wortlaut und Bedeutung der Gesetze!", sagte der Mann mit autoritärer Stimme. „Beziehungsweise dem, das zu tun, was angeordnet wird, oder den eigenen gesunden Verstand zu gebrauchen! Ich will, dass dieser Junge in die Wachstube gebracht wird. Und lassen Sie ihm eine Tasse Kaffee bringen. Er ist von Kale Jaap angegriffen worden."
Virgil warf ihm einen dankbaren Blick zu. Die Aussicht, mit diesem unangenehmen Kerl in einem kleinen Raum bleiben zu müssen, war nicht gerade so verlockend ge-

wesen. Der Mann nickte ihm kurz zu und ging. Der andere Polizist brachte ihn in einen Raum, in dem nur ein paar einfache Holzbänke an den Wänden standen, zeigte auf eine der Bänke und ging, kam aber nach wenigen Augenblicken mit einem Becher zurück. „Hier, Befehl vom Chef."

Virgil trank einen Schluck. Es musste Kaffee sein, zumindest war es das gewesen, bevor es mit einer Menge heißem Wasser verlängert worden war. Aber das Getränk war warm, und es war auch schon eine ganze Weile her, dass er zuletzt etwas getrunken hatte.

„Gleich kommen hier noch welche aus Elmare." Der Polizist war stehen geblieben und deutete auf die Bank. „Jede Woche einen Stempel holen, so geht das hier!"

Virgil hatte nur eine ungenaue Vorstellung davon, was der Mann meinte. „Kann ich meinen Großvater noch mal anrufen?"

„Da muss ich kurz nachfragen." Er kratzte sich am Kopf. „Du hast schon angerufen, und laut Vorschrift geht das nur einmal."

So langsam hatte Virgil von seinem Besuch in Novamonde wirklich die Nase voll. „Aber heute Abend muss ich an Bord sein!", sagte er eindringlich. „Würden Sie bitte fragen?"

„Ich frage bei der Verwaltung nach." Der Beamte ging fort und überließ Virgil seinem Schicksal. Die Tür zum Wachraum schlug hinter ihm zu.

Virgil ging zum Fenster und schob die Gardine zur Seite.

Die Straße sah kalt und trostlos aus. Von außen war das Fenster mit einem Gitter gesichert.
Hier in Novamonde mochten sie Fremde noch weniger als in Elmare! Virgil drehte sich um und ging mit großen Schritten durch den Raum. Er hatte sich in ziemliche Schwierigkeiten gebracht. Ob Bert sehr böse auf ihn sein würde?
Er war so sehr in seine trübsinnigen Gedanken vertieft, dass er gar nicht aufsah, als jemand hereinkam. Dann ein Aufschrei.
„He, aber du bist doch … der Junge aus Elmare!"
Virgil blickte auf und sah vor sich eine junge Frau stehen. Sofort erkannte er sie. Es war gar kein Zweifel möglich: Das war Sylvia Coninck. „Was tun Sie denn hier?"
Virgil sah sie ungläubig an. Er hatte nie daran gedacht, dass er sie noch einmal treffen könnte. Sylvia Coninck ließ sich auf einen Stuhl fallen, und Virgil setzte sich ihr gegenüber. Sie hatte die Haare hochgesteckt, und nur ein paar einzelne Strähnen fielen ihr ins Gesicht. Nun zog sie sich den engen Rock zurecht und sagte: „Was ich hier mache? Stempeln natürlich." Sie sagte das schnippisch, und ohne Virgil anzusehen, sprach sie weiter: „Mit deiner Geschichte hast du mich ganz schön verarscht. Jedenfalls, nach Elmare kann ich nicht mehr zurück."
„Ich hab Sie nicht verraten!", sagte Virgil schnell. „Ich hab Ihnen helfen wollen, bestimmt! Jemand anderes hat uns belauscht." Dass sein eigener Bruder der Spion war, wollte er nicht erzählen. „Jemand von der Schule, der so

gerne das Schuljournal moderieren wollte. Der hat alles an Titus Zuidema weitererzählt. Ich hab da nichts von gewusst."

„Jedenfalls bin ich lieber hier als in dem schwimmenden Dorf!" Sylvia fummelte an ihren Haarsträhnen. „Ich bau mir in Novamonde ein neues Leben auf. Ich hab ein bisschen Geld bekommen – von Herrn Zuidema."

„Warum sind Sie hier auf der Hauptwache?"

„Ich muss mich jede Woche melden. Ich hab einen Rechtsanwalt genommen, und der hat einen Antrag auf Aufenthaltsgenehmigung eingereicht. Aber das wird noch was dauern. Du kannst dir in Novamonde nicht so einfach Arbeit suchen! So geht das hier nicht."

„Wie geht es denn dann?", fragte Virgil, der gerne auf all die Fragen, die ihm heute gekommen waren, eine Antwort gehabt hätte.

Sylvia Coninck seufzte. „Du musst Formulare ausfüllen und einen Antrag stellen. Du brauchst Zeugnisse, um zu beweisen, dass du bestimmte Tätigkeiten beherrschst, sonst schicken sie dich zurück. Ich hab in Elmare eine gute Stelle gehabt. Aber nach der Sendung hab ich mich nicht mehr wohl gefühlt. Alle meine Freunde und Bekannten haben mich in der Sendung gesehen. Herr Zuidema hat ja auch selbst gesagt, dass Leute wie ich, die solche Fehler machen, nicht nach Elmare gehören. Ich sollte es mal in Novamonde probieren. Am nächsten Morgen haben sie mich zur Fähre gebracht. Ich hab nicht mal genug Zeit bekommen, mein Haus so in Ordnung zu bringen, wie es sich gehört."

Also doch. Virgil sah sie schweigend an. Titus Zuidema war der Meinung, er könne bestimmen, wer nach Elmare gehörte und wer nicht. Er war ja aus demselben Grund weggegangen. Der Mann führte sich wie eine Art Diktator auf!

„Aber sie haben mir Geld gegeben." Sylvia Conincks Gesicht hellte sich wieder auf. „Um neu anzufangen. Willst du auch hier wohnen?" Sie sah ihn neugierig an.

Virgil schüttelte den Kopf. „Wir sind hier auf Besuch." Er konnte schlecht erzählen, dass sie die Hopper 7 gekapert hatten, und suchte hastig nach einer angemessenen Erklärung. „Mein Großvater muss hier was erledigen, und ich hab mir die Stadt angesehen. Dann hab ich ohne Karte in der U-Bahn gesessen und eine Kontrolle ist gekommen. Sie haben mich mitgenommen, und als sie gehört haben, dass ich keinen Pass habe, bin ich eingesperrt worden."

„Du hast keinen Pass?!"

Immer wieder dieselbe Frage! Virgil merkte, dass er wütend wurde. Nicht auf sie, die junge Frau, die ihn neugierig anblickte, sondern auf alle Schwierigkeiten, die er schon erlebt hatte. Vielleicht wurde er zum ersten Mal auf seine Eltern böse, die für seine Existenz verantwortlich waren, oder zornig auf das System von Elmare, das ihn sein Leben lang nur ausgeschlossen hatte.

„Nein, ich hab keinen Pass!", schnaubte er, stand auf und fing an, mit großen Schritten von einer Wand zur anderen zu laufen. „Ich bin der dritte Sohn von Leonore und Steven Wensveen, und das verstößt gegen die Familienplanung von Elmare, wie Sie sicher wissen." Ihm war danach, weiterzureden. „Die Vorschriften von Elmare, der hellen, blauen Stadt. Jedes Ehepaar darf nur zwei Kinder bekommen, sonst funktioniert das System nicht. Das ökologische System, das empfindliche Gleichgewicht zwischen Mensch und Natur, der Abfall, den wir produzieren, die Energie, die wir verbrauchen und immer so weiter. Unterkunft, Ernährung, Unterricht und Arbeit gibt es nur für zwei Kinder! Ich bin das dritte. Ich bin einfach zu viel!"

Virgil versuchte, seine Selbstbeherrschung wiederzugewinnen und setzte sich auf eine Bank. Sylvia blickte ihn von der Seite an. „Mann, du bist Herrn Zuidema aber ähnlich! Elmare, die helle, blaue Stadt ... Also ich hab ihn am Abend im Studio gehört, an dem die Sendung war, da hat er überhaupt nicht so positiv über Elmare gesprochen!"

„Was hat er denn gesagt?"

„Erst hat er eine Schimpfkanonade auf Elmare losgelassen, und dann fing er über Geld an und das Risiko, das er auf sich genommen hat. Plötzlich hat er mich da stehen gesehen und ist furchtbar erschrocken."

Virgil wusste nicht so richtig, was er von ihrer Erzählung halten sollte. „Ich will meinen Großvater anrufen. Ich muss heute Abend an Bord sein."

„Du musst hier warten, bis jemand kommt", sagte Sylvia. „Die sind nicht unfreundlich hier. Sie helfen dir bei den Anträgen und so. Außerdem sind hier noch mehr Leute aus Elmare.“ Sie kicherte etwas, aber es war ein seltsames Lachen. „Weißt du, wer auch noch hier ist? Der vom Reinigungsdienst! Noch ein Sündenbock!“

Virgil hatte gerade von seinem kalten Kaffee getrunken und verschluckte sich jetzt daran. Tränen traten ihm in die Augen und schnell stellte er den Becher auf den Tisch.

Sylvia sprang auf und klopfte ihm den Rücken. „Pass ein bisschen auf, du musst etwas vorsichtiger sein. Du machst dir einfach zu viele Gedanken!“

Virgil hustete und keuchte, bis er sich wieder besser fühlte. Er nahm noch einen Schluck Kaffee, und als er sich wieder in der Gewalt hatte, fragte er Sylvia so beiläufig wie möglich: „Warum ist der hier in Novamonde?“

„Woher soll ich das wissen? Hast du all die Geschäfte gesehen? Hier gibt es viel mehr als in Elmare.“

Virgil versuchte sich vorzustellen, wie ihre Zukunft wohl aussehen würde. „Und ein Haus?“, fragte er. „Helfen die Ihnen dabei auch?“

Sylvia schüttelte den Kopf. „Das wohl kaum. Ein Haus kriegst du hier nicht so leicht. Du kannst schon von Glück sagen, wenn du ein Zimmer findest. Aber vielleicht krieg ich mal eine feste Beziehung mit einem von hier. Dann ist alles viel einfacher.“

Sara hatte ihn noch gewarnt, dass das Leben in Novamonde ganz anders wäre, als er sich das vorstellte. Ob er das könnte, zu versuchen hier Arbeit zu finden und sich ein Leben aufzubauen? So schlecht war das Leben in Elmare ja auch wieder nicht. Im Kopf sah er ihr Schwimmhaus, wo Leonore gerade den Tisch gedeckt hatte. Seine Mutter würde ihn am meisten vermissen. Steven war natürlich wütend. Ob die Leute aus dem Studio schon da gewesen waren?

„Sylvia, was war das für ein Gefühl?“, fragte er leise.

Sie blickte ihn befremdet an. „Was meinst du?“

„Also wie Sie da auf dem Stuhl gesessen haben, dem Sündenbockstuhl.“

Er hatte alles fragen wollen: Warum sie zugestimmt hatte, sich überhaupt auf den Stuhl zu setzen, und wie sie sich gefühlt hatte, als sie mit den virtuellen Waffen beschossen wurde. Aber ihr Gesicht veränderte sich, verschloss sich. Sie stand auf und schlenderte durch den Raum, zog die Gardinen auf und spähte abwesend nach draußen. Es war ganz deutlich, dass sie nicht darüber sprechen wollte.

Die Tür ging auf, und es kamen weitere Leute rein. Unter ihnen war einer, den Virgil sofort erkannte. Es war der Mann vom Reinigungsdienst, den er im Infocenter überlistet hatte. Er setzte sich Virgil gegenüber.

Virgil räusperte sich. „Sie sind doch auch aus Elmare?“

Der Mann blickte auf und nickte. „Ja, das stimmt. Warum?“ Er hatte ein grobes Gesicht und seine Wangen waren von roten Äderchen überzogen. Die Haare standen ihm über den Ohren in zwei Büscheln vom Kopf ab, dazwischen war er völlig kahl.

Virgil hustete. „Ich wollte Sie fragen, warum Sie nach Novamonde gekommen sind“, sagte er langsam.

Bevor der Mann antworten konnte, rief jemand: „Habt ihr die letzten Nachrichten schon gehört?" Virgil drehte sich wie die anderen dem kleinen Mann zu, der gesprochen hatte. „Heute hat es einen Blitz von mehr als anderthalb Sekunden gegeben!" Triumphierend sah sich der Mann um. „Es war im MV. Deshalb regnet es jetzt so stark. Das hat alles was mit den Versuchen im grünen Turm zu tun. Für diese Woche bereiten die Leute vom Meteorologischen Institut einen Versuch vor, bei dem die Blitze zwei Sekunden lang andauern sollen. Zwei Sekunden! Damit kann man eine Menge Strom erzeugen!"

Die Stimme des Manns von Reinigungsdienst in Elmare dröhnte durch den Raum: „Aber ja! Zwei Sekunden Blitze! Na, Junge, das ist die Antwort auf deine Frage!"

Virgil sah ihn verständnislos an.

„Warum ich hier bin!", sagte der Mann. „Glaubst du, dass ich so einen Gewittersturm in den schwimmenden Häuschen mitten auf der Flevosee mitmachen will? Hier in Novamonde hockst du eng aufeinander, aber im Trockenen!" Er ließ seine großen Hände mit einem lauten Schlag auf die Holzbank fallen. „Ich bin ein ökologischer Flüchtling!", fügte er voller Stolz hinzu.

Die Tür schwang auf und der dicke Beamte kam rein. „Schön in einer Reihe!", rief er. „Der Stempelschalter ist geöffnet. Und du", er wandte sich zu Virgil, „du kannst noch mal anrufen."

Kurz darauf hatte Virgil den Mann vom Moby Dick wieder am Telefon, der dasselbe sagte wie eine Stunde zuvor:

Nein, er hatte Bert Wensveen heute noch nicht gesehen, aber er würde die Nachricht weitergeben.
Virgil war kurz davor zu verzweifeln. Was konnte Bert zugestoßen sein? Er legte den Hörer mit einem Knall wieder auf und ging in die Eingangshalle. Dort starrte er auf die geschlossenen Türen. Er musste einen Weg finden, hier wegzukommen. Auf Bert zu warten hatte keinen Sinn. Er musste zusehen, wie er sich selbst retten konnte.
Und genau dieser Entschluss begann ihn langsam zu beruhigen. Bis zu dem Augenblick hatte Virgil darauf gewartet, dass sein Großvater kommen und ihn aus dem Schlamassel rausholen würde. Genau wie ihm Steven immer geholfen hatte, wenn es wirklich nötig war. Aber hier in Novamonde gab es niemanden, der für ihn Verantwortung hatte. Sein Großvater hatte sich immer selbst zu helfen gewusst. Das musste er nun auch, und zwar so schnell wie möglich. Der Schalter, vor dem die Reihe stand, befand sich gegenüber der Eingangstür. Daneben stand ein Beamter, der für das Öffnen der Tür zuständig war. Virgil hatte sehen können, dass der Mann einen roten Knopf gedrückt hielt, wenn jemand hinausging. Im Augenblick waren verhältnismäßig wenig Beamte in der Halle, der Dicke hatte wieder hinter seinem Schalter Platz genommen und war ziemlich beschäftigt. Und der Mann neben der Tür hatte Virgil vorher noch nicht gesehen.
Sylvia war fertig, verstaute sorgfältig ein Papier in ihrer Tasche und wollte gehen. Sie ging auf den Beamten zu und Virgil nutzte kurz entschlossen die Gelegenheit.

Sie näherte sich dem Mann und dessen Hand bewegte sich zum Knopf.
Virgil ging schnell auf Sylvia zu und sagte halblaut: „Bist du endlich fertig? Jetzt müssen wir uns aber beeilen." Ihm brach der kalte Schweiß aus, als Sylvia ihn verwundert anblickte und den Mund aufmachte, um etwas zu sagen. Doch er kam ihr zuvor und meinte vergnügt: „Was essen wir heute Abend? Ich hab einen mächtigen Hunger!"
Sie kamen an dem Beamten vorbei und er wagte es nicht, ihn anzusehen. Noch ein Schritt und dann stand er draußen auf den Stufen. Die lange Straße vor ihnen war leer. Vor den Häusern waren Fahrzeuge geparkt, aber der Verkehr war schwach.
„Danke!", sagte Virgil zu Sylvia und rannte dann so schnell er konnte die Straße entlang. Er flitzte um eine Ecke, sprang über Hindernisse und hätte in seiner Hast, eventuellen Verfolgern zu entkommen, beinahe einen Fußgänger umgerannt. Als er es schließlich in einer dunklen Gasse keuchend wagte, langsamer zu werden und einen Blick über die Schulter nach hinten zu werfen, merkte er, dass er gar nicht verfolgt wurde. Es hatte geklappt! Die Hände auf die Knie gestützt ruhte er sich kurz aus, bis er seinen Atem wieder unter Kontrolle hatte.
Am Ende der Gasse konnte er das erleuchtete Zeichen einer U-Bahn-Station erkennen. Nicht, dass er auch nur eine Sekunde daran gedacht hätte, mit der Bahn zu fahren, aber er brauchte einen Stadtplan, um herauszufinden, wo er sich befand.

Virgil zog den Reißverschluss seiner Jacke hoch, denn der Wind war kalt. Er sah sich noch einmal um, es schien keine Gefahr zu drohen und er setzte sich in Bewegung. Da merkte er erst, wie seine Knie zitterten. Er zwang sich, ganz ruhig in die Station zu gehen, wo tatsächlich ein Plan hing. Bis zum Hafen war es noch ein gutes Stück zu laufen, und er prägte sich die Namen von ein paar größeren Straßen ein. Dann ging er wieder nach oben. Wenn er sich beeilte, konnte er noch rechtzeitig an Bord kommen.

An der Hochbahn über ihm erkannte er, dass er in die richtige Richtung ging. In der Tasche spürte er das Stück Papier mit der Adresse des Moby Dick. Er bezweifelte zwar, dass er Bert dort noch antreffen würde, aber es war die Mühe wert, es zu probieren. Dann kam er in eine Straße, in der die Beleuchtung kaputt war, nur die Reklame an den Fassaden gab etwas Licht. In einem Eingang stand eine Frau und Virgil wunderte sich, dass sie an dem kalten Abend so dünn angezogen war. Sie trat einen Schritt vor und ihr Parfüm prickelte ihm in der Nase.

„Na, Süßer, suchst du Gesellschaft?"

Virgil schüttelte den Kopf. „Nein, ich suche das Moby Dick."

Die Frau lachte heiser, als sie seine Stimme hörte. „Ein bisschen jung, denk ich, um dich allein hier rumzutreiben. Das Moby Dick ist da vorne rechts." Sie verschwand wieder in ihrem Eingang.

Dank dieser Auskunft stand Virgil kurz darauf vor einer

Tür, auf der in abgeblätterten Buchstaben „Moby Dick“ stand. Das war der einzige Hinweis darauf, dass er an der richtigen Stelle war, ein Wirtshausschild gab es nicht.
Gerade wollte er die Tür aufmachen, als ihn ein Geräusch vom Anfang der Straße her alarmierte. Ein Wagen mit rotem Blinklicht auf dem Dach kam um die Ecke, genauso ein Wagen, wie der, in dem er am Nachmittag zur Hauptwache gebracht worden war. Nach seinen Erfahrungen in Novamonde hatte er allen Grund, misstrauisch zu werden, wenn so ein Fahrzeug auftauchte. Er ließ den Türgriff wieder los, sprang um die Ecke in eine kleine Gasse neben dem Moby Dick und drückte sich in eine Ecke, in der Müllsäcke einen widerlichen Gestank verbreiteten.
Der Wagen hielt wirklich vor der Kneipe, wo er gerade noch gestanden hatte. Wagentüren wurden aufgerissen und wieder zugeschlagen und er hörte zwei Männerstimmen. In den Fenstern der Häuser gegenüber des Moby Dick spiegelte sich das Blinklicht. Die Männer kamen ziemlich schnell wieder zurück und einer sagte: „Wenn er hier auftaucht, muss das sofort gemeldet werden! Sofort, verstanden? Das ist die einzige Adresse, die er kennt.“
Meinten die vielleicht ihn? Virgil hielt den Atem an. Er hörte eine andere Männerstimme antworten: „Ich hab Ihnen doch gesagt, dass wir den Wensveen hier nicht gesehen haben. Ich kann doch nichts dafür, wenn der Bursche dauernd bei mir anruft. Haben Sie denn sonst nichts zu tun, als Illegale zu jagen?“

„Sie brauchen uns nicht zu erzählen, was wir zu tun haben!“, sagte eine autoritäre Stimme. „Das entscheiden wir schon selbst. „Passen Sie lieber auf, dass Sie die Genehmigung nicht verlieren!“ Zwei Wagentüren schlugen zu und Virgil sah den Wagen wegfahren. Er wollte gerade sein Versteck verlassen und sich weiter auf den Weg zum Hafen machen, als er eine andere Stimme hörte.
„Danke, Rolf. Ich muss jetzt los.“
Virgil sprang aus der Nische, wobei er einen der Müllsäcke umschmiss, der auf die Straße kullerte und seinen ekligen Inhalt dort verteilte. Aber Virgil bemerkte das gar nicht, so eilig hatte er es, endlich zu dem zu kommen, der gerade gesprochen hatte. Die Tür der Kneipe stand noch offen und etwas Licht schien nach draußen. Mit großen Schritten ging Virgil auf den zu, der gerade losgehen wollte. Der erschrak, als ihm jemand den Weg versperrte, aber dann sah er, wer vor ihm stand und rief: „Ei zum Donner! Virgil!“
Virgil grinste von einem Ohr bis zum anderen. „Komm ich noch rechtzeitig, Skipper?“
Bert Wensveen stieß einen tiefen Seufzer aus. „Im letzten Augenblick, Junge. Im allerletzten Augenblick!“
Auf dem Weg zum Hafen berichtete Virgil so knapp wie möglich, was ihm alles passiert war. Einzelheiten ließ er weg, die konnte er später noch erzählen. Als Bert an der Reihe war, erzählte er, dass sich der Einbau neuer Akkus verzögert hatte. Den ganzen Morgen war er damit beschäftigt gewesen. Zuerst hatten sie das falsche Modell

gebracht, und dann hatte er stundenlang warten müssen, bis sie mit dem richtigen wiederkamen. Danach hatte er aufgetankt und sauberes Trinkwasser nachgefüllt, was ihn den größten Teil des Nachmittags gekostet hatte. Erst gegen Abend konnte er zum Moby Dick kommen, wo ihm Rolf von Virgils Telefonaten berichtete.

„Aber ich hab noch niemand gefunden, der eine Ladung für mich hätte", sagte er mit besorgter Stimme.

„Wie komme ich jetzt an Bord, ohne gesehen zu werden?", fragte Virgil. Er hatte keine Lust, noch einmal etwas zu riskieren.

Bert lachte. „Raus kommen wir immer. Da könnte ich hundert blinde Passagiere mitnehmen. Novamonde ist knallvoll. Die sehen uns lieber von hinten als von vorne. Aber im Ernst. Natürlich müssen wir uns vorsehen. Am Eingang zum Hafengelände gibt es eine Kontrolle."

„Kann ich nicht über den Zaun?"

„Die patrouillieren mit Hunden, denen ich lieber nicht im Dunklen begegnen möchte. Du probierst es am besten wieder über die Brücke zur Fähre. Die Leute werden kaum kontrolliert, wenn sie an Bord gehen. Die letzte geht um acht Uhr heute Abend. Wenn du nicht auffallen willst, musst du dich beeilen."

„Gibt es an der Schleuse keine Kontrolle?", fragte Virgil.

„Schau an", sagte Bert. „Das klingt, als hättest du damit Erfahrung. Du musst mal in aller Ruhe erzählen, was du heute alles mitgemacht hast."

„Wenn wir an Bord sind", antwortete Virgil. Er hatte gesehen, dass sie bei dem großen Verkehrsknotenpunkt angekommen waren, wo heute Morgen seine Abenteuer in Novamonde begonnen hatten. Ihm kam es vor, als sei das schon vor einer Woche gewesen. „Ich geh durch das Einkaufszentrum. Den Weg kenne ich."

Bert nickte und drehte sich um. Virgil stieg die Rolltreppe immer zwei Stufen auf einmal nehmend nach oben.

Die Läden im Einkaufszentrum waren geschlossen und die Schaufenster mit eisernen Läden verrammelt. Weiter vorne sah er zwei Männer in Uniform, die einen Hund an der Leine mit sich führten. Virgil wartete, bis sie um eine Ecke verschwunden waren, bevor er weiterging.

Ein paar Männer überholten ihn. Virgil überlegte, dass sie wahrscheinlich auch zur Fähre unterwegs waren und folgte ihnen mit ein paar Schritten Abstand. Kurz darauf sah er die überdachte Fußgängerbrücke vor sich. Sie war erleuchtet, und die Männer, denen er nachgegangen war, hielten tatsächlich darauf zu. Virgil zögerte. Sollte er ihnen wirklich folgen?

Plötzlich hielten sie an und Virgil sah, dass vor der Brücke ein Gitter aufgestellt worden war. Dahinter saß ein Mann auf einem Stuhl und stand nun auf. „Ich muss Sie enttäuschen, meine Herren. Diese Woche geht keine Fähre mehr nach Elmare."

Einer der Männer sagte: „Das ist doch der Gipfel. Das hätte man uns doch auch früher sagen können! Was ist denn der Grund, wenn man fragen darf?"

„Es ist heute im MV gesagt worden. Es hängt mit den Experimenten zusammen. Sie müssen Ihre Pläne ändern."
Virgil sah, wie sie umdrehten und zum Einkaufszentrum zurückgingen. Er wurde unruhig. Was war da eigentlich los? Aber stehen bleiben konnte er auch nicht. Wenn die beiden mit dem Hund wieder vorbeikämen, würden sie bestimmt wissen wollen, was er hier tat.
Er ging durch das Einkaufszentrum und kam wieder zu der Rolltreppe. Ohne ein klares Ziel vor Augen fuhr er nach unten und rümpfte seine Nase, als er an einer stinkende Abfalltüte vorbeikam. Die Leute schmissen hier ihr Zeug einfach auf die Straße. In Elmare müssten sie dafür eine ordentliche Strafe zahlen. Plötzlich hielt er an, drehte um und ging zurück. In der Tüte waren Lebensmittel. Sie rochen zwar nicht gut, aber vielleicht würde ein Hund anders darüber denken. Er hob die Tüte auf und ging zur Straße. Jetzt war weniger Verkehr als heute Morgen. Virgil passte gut auf und überquerte sie dann schnell.
Dann sah er den Zaun des Hafengeländes vor sich. Bis zum Hafen war es noch etwas weiter. Bert war jetzt bestimmt schon auf dem Schiff. Virgil ging am Zaun entlang, bis er auf eine große Abfalltonne stieß, die auf dem Bürgersteig stand. Er sah sich schnell um, schleppte die Tonne an den Zaun und sprang darauf. Von da kletterte er über den Zaun und war im nächsten Augenblick auf dem Hafengelände. Vor ihm befanden sich hohe Container, die eine Art Labyrinth bildeten, durch das er durchfinden musste, um zum Kai zu gelangen.

Er hatte kaum zehn Meter zurückgelegt, als er das Bellen hörte. Er spähte um eine Containerecke und sah etwas entfernt die Wächter. Schnell rannte er ein gutes Stück weiter vor, kurvte um die großen Ungetüme, die ihn vor den Blicken der Wächter schützten, und war schon fast am Kai, als er um eine Ecke spähte und die Schnauze eines großen grauen Hunds direkt vor sich hatte. Fast wäre ihm die Tüte mit den Lebensmitteln aus der Hand gefallen. Er warf ihm die Tüte zu und rannte los, so schnell er konnte. Dann sah er, dass er bei Pier 30 angekommen war, und das hieß, dass es bis zu Berts Boot nicht mehr weit war.
Der Kai machte einen Bogen, und Virgil sah Pier 17 vor sich liegen. Er drosselte die Geschwindigkeit kaum und stürmte über den Anleger. Auf den Schiffen brannte Licht, und er sah dort Leute, die ihre Arbeit unterbrachen, als sie ihn vorbeikommen sahen. Einer von ihnen rief: „Hast du vielleicht Angst, dass du dein Boot verpasst?“, und die anderen lachten dröhnend.
Ohne etwas zu antworten rannte Virgil weiter. Er glaubte, das Hecheln des Hundes hinter sich zu hören. Dann sah er Berts kleines Schiff. Er raffte sich zu einem letzten Spurt auf und erreichte die Hopper 7. Bert stand an Deck. Virgil sprang an Bord und ließ sich gegen einen Fender fallen. Er blickte zu dem Anleger, über den er gerade gerannt war, aber da war kein Hund zu sehen.

Zurück nach Elmare?

Es kam Virgil völlig unwirklich vor, dass er wieder an Bord der Hopper 7 war. Schweigend befolgte er Berts Anweisungen, der den großen Motor schon angelassen hatte und nun im Maschinenraum alles noch einmal kontrollierte. Erst als das Schiff dann endlich das Hafenwasser mit Kurs auf die Schleuse durchkreuzte, machte er seinen Mund auf.

„Irgendwas ist hier los."

Bert stand am Steuer. Fragend blickte er seinen Enkel an. „Was meinst du damit?"

Virgil stopfte seine Hände in die Jackentaschen und guckte auf den erleuchteten Hafen. „In dieser Woche geht keine Fähre mehr. Das hat mit den Experimenten zu tun."

„Tut mir Leid, Junge, aber ich kann dir nicht folgen."

Virgil drehte sich zu seinem Großvater um. „Bert, da stimmt was nicht. Ich hab heut die verrücktesten Sachen gesehen, aber ich begreif das alles nicht. Ich muss mit dir darüber reden. Die machen in Novamonde Experimente mit dem Wetter. Also jedenfalls machen sie was mit Blitzen."

„Hör mal, wir bringen jetzt die Schleuse hinter uns, und

sobald wir im offenen Wasser sind, gehen wir nach unten und reden. Setz schon mal Kaffee auf, frisches Brot ist auch da, schmier doch ein Paar Butterbrote."

Erst in diesem Moment merkte Virgil, was für einen rasenden Hunger er hatte. Den ganzen Tag über, an dem so viel passiert war, hatte er nur ein Brot bei der Ausstellung gegessen. Er ging in die Kombüse und setzte den Wasserkessel auf. Der kleine Raum war tadellos aufgeräumt. Bert hatte ganz offensichtlich den Tag genutzt, um alles wieder nach seinen Vorstellungen zu ordnen. Kaffee fand Virgil in der verbeulten Dose, die wie immer im Hängeschrank stand, und Butter im kleinen Kühlschrank. Sein Großvater hatte an alles gedacht. Er goss den Kaffee auf und schmierte die Brote. Als er fertig war, ging er wieder nach oben.

In der Schleuse war nicht viel los. Weiter weg sah Virgil in der Dunkelheit die Schatten anderer Schiffe. Bert rief der Besatzung eines Frachtschiffs hinter ihnen etwas zu und sprang an Bord des anderen Schiffs. Es dauerte eine Weile, bis er zurückkam.

„Nun hab ich den Ärger, weil ich das Radio nicht repariert hab", sagte er mit gerunzelter Stirn zu Virgil.

Der hob fragend die Augenbrauen. Bert erzählte: „Es wird schweres Wetter erwartet. Ein Tief kommt von Norden, und das bedeutet Regen, vielleicht sogar Schnee. Das Barometer fällt stark."

Virgil versuchte sich an das zu erinnern, was er heute über Tiefs gehört hatte. Da war ein Zusammenhang zwischen

Tiefs und Gewittern, aber er wusste nicht mehr welcher. Er spürte, wie das Schiff in der riesigen Schleusenkammer schaukelte. Jetzt würde es nicht mehr lange dauern, bis sie auf der offenen See waren. Dann konnte er Bert endlich erzählen, was er den Tag über alles gesehen und gehört hatte.
Die Hopper 7 war als eines der ersten Schiffe in die Schleuse eingefahren. Die großen Schleusentore, die sich zur Flevosee hin öffnen würden, lagen vor ihnen.
Auf einmal ertönte eine Lautsprecherstimme: „An alle Schiffe! An alle Schiffe! In Anbetracht des näher kommenden Unwetters wird allen geraten, den Hafen von Novamonde nicht zu verlassen!"
„Verdammt, das hab ich noch nie erlebt!", murmelte Bert. „Wo kommt denn diese Fürsorglichkeit so plötzlich her? Meistens sind die doch froh, wenn wir endlich abhauen!" Nachdenklich strich er sich übers Kinn.
Vor ihnen gingen die Schleusentore langsam auf.
Bert schien einen Entschluss gefasst zu haben. „Virgil, mach sofort das Schiff los. Ich fahr in die Schleusenmitte."
Ohne nach dem Grund für den plötzlichen Entschluss zu fragen, rannte Virgil über das Deck und löste die Leinen, die die Hopper 7 an der Schleusenwand hielten. Er holte die Fender ein und stand auf dem Vordeck, als Bert das Schiff mit einem plötzlichen Manöver von der Wand schob. Virgil packte den Bootshaken und drückte das Schiff von der Wand ab. Er sah, dass das Schiff mehr

Fahrt machte, als nötig war, um nur bis in die Mitte zu kommen. Was um Himmels willen hatte Bert vor?
Virgil blickte zu den immer näher kommenden Toren der Schleuse und merkte, dass sie, statt sich weiter zu öffnen, angehalten worden waren. Durch die Öffnung in der Mitte konnte er die Flevosee sehen. Die Hopper 7 wurde schneller, Bert trieb das alte Schiff nach allen Regeln der Kunst an. Unter seinen Füßen konnte Virgil den Motor brüllen hören. Er eilte nach hinten und zog die Tür zum Steuerhaus auf. Bert stand mit grimmig entschlossenem Gesicht hinter dem Steuer. Virgil zog die Tür hinter sich zu und stellte sich neben seinen Großvater.
Die Schleusentore von Novamonde waren so hoch wie ein großes Haus und bestanden aus stumpfem Metall und grauem Holz. Und jetzt kamen sie langsam aber eindeutig in Bewegung: Sie bewegten sich aufeinander zu! Die Schleuse wurde wieder geschlossen!
Virgil ballte die Hände zu Fäusten. Wenn die Hopper 7 zischen die Tore kam, würde sie zermalmt werden. Aber ein Blick auf das entschlossene Gesicht seines Großvaters gab ihm wieder Vertrauen. Bert sah nicht so aus, als ob er zulassen würde, dass seinem Schiff auch nur ein Kratzer zugefügt werden würde.
Die Lautsprecherstimme ertönte wieder: „Alle Schiffe müssen in der Schleuse bleiben!" Eine Alarmsirene heulte und oben an den Schleusenwänden leuchteten rote Warnlichter auf.
Ein größeres Schiff oder ein Schiff mit schwerer Ladung

wäre nicht so schnell auf eine solche Geschwindigkeit gekommen wie die Hopper 7 jetzt. Aber der alte Frachter war klein und leicht und das Schiff reagierte auf seinen Skipper, als ob beide zusammen eins wären. Virgil sah, wie die Kanten der Schleusentore Angst erregend näher kamen. Schnell drehte er sich um. Der Achtersteven der Hopper 7 glitt gerade noch zwischen den Schleusentoren durch, bevor sie aufeinander trafen. Es gab einen harten Ruck, das Schiff bebte, schien kurz an Fahrt zu verlieren, fuhr dann aber weiter.

Virgil hatte sich an einem Türpfosten festgehalten.

Bert umklammerte das Steuerrad mit beiden Händen, seine Knöchel waren weiß. „Geh mal schnell nach hinten und sieh nach, was passiert ist", brummte er.

Virgil ging und sah die leeren Taljen. Mit einem Grinsen auf dem Gesicht kam er zurück ins Steuerhaus. „Erinnerst du dich an das Ruderboot, das ich ausgeliehen hab?"

Bert blickte ihn schweigend an. „Das hing doch hinten am Schiff. Ich hatte es hochgezogen. Ich fürchte, das sind wir los."

Da trat ein breites Lachen auf Berts Gesicht. „Also wenn das alles ist …"

Virgil nickte. Vor Erleichterung hatte er weiche Knie. „Ja, Skipper, das war's. Sonst ist noch alles da. Wir haben die Hopper 7 an einem Stück aus der Schleuse bekommen." Und dann sackte er auf den Hocker neben dem Steuerrad und atmete tief Der Schreck hatte nachträglich zugeschlagen. Kurze Zeit war es still.

„Du hast also auch keine Lust gehabt, in Novamonde zu bleiben?"
Bert schüttelte den Kopf. „Du wirst mir jetzt sofort genau erzählen, was du heute alles erlebt hast. Wo bleibt der Kaffee?"
Unten in der Kombüse sah es ziemlich schlimm aus. Der Ruck hatte den Wasserkessel vom Gaskocher fallen lassen. Nun lag er irgendwo unter der Bank und hatte eine nasse Spur hinterlassen. Die Kaffeedose, die Virgil vergessen hatte zurückzustellen, lag offen auf dem Boden. Wasser und Kaffee hatten sich zu einem matschigen Brei vermengt. Seufzend wischte Virgil das Zeug weg. Bert hatte ihm schon so oft eingeprägt, er solle nichts rumstehen lassen, alles musste sicher versaut sein, wenn sie auf See waren. Jetzt sah er mit eigenen Augen, warum das nötig war. Er sammelte auch die Butterbrote auf, die über den Boden verstreut waren, stapelte sie ordentlich auf einen Teller und wischte den Boden.
Als er endlich mit der Thermoskanne, zwei Bechern und den Broten wieder bei Bert gelandet war, meinte der nur: „Na, du hast dir aber Zeit gelassen. War unten ein großes Durcheinander?"
„Jetzt nicht mehr", meinte Virgil kurz. „Kommt die Kontrolle noch?"
„Zum Glück nicht!" Bert nahm den Becher, den Virgil ihm hinhielt. „Die müssten schon mit einer Kanone nach mir zielen, um mich zum Anhalten zu zwingen. Nein, das ist ein Riesenspaß. Das Zollschiff steckt auch in der

Schleuse fest. Ich hab sie gesehen, aber die dachten wohl, dass sie hinter einem Containerschiff unsichtbar wären. Und bevor die Tore wieder offen sind, haben wir einen großen Vorsprung."

Er trank seinen Kaffee, während Virgil in Windeseile die Butterbrote verschlang.

„Lässt du mir auch was übrig?", fragte Bert ironisch. „Also, wenn du jetzt mit dem Einbunkern fertig bist, will ich deinen Bericht hören."

Und Virgil erzählte. Er fing ganz von vorne an. Die Erlebnisse mit der Frau hatten ihn tief beeindruckt.

„Novamonde!", sagte Bert leise. „Gut, dass du was getan hast. Und dann?"

„Dann war ich in einer Ausstellung vom Meteorologischen Institut." Virgil hatte wieder die Erdatmosphäre vor Augen, in der er gestanden hatte. „Da wurde erklärt, wie Wolken entstehen und so was. So ein Tief, wie es jetzt kommt, das hat doch auch Einfluss auf Wind und Stürme?"

„Da kannst du aber sicher sein!", gab Bert zur Antwort. „Aber was hast du über Blitze gesagt?"

Virgil stopfte sich noch ein Brot in den Mund. Sein Hunger schien unstillbar. „Also oben im grünen Turm machen sie Blitze", sagte er mit vollem Mund.

„Virgil, einen Blitz macht man nicht, der entsteht irgendwo oben in der Luft!", sagte Bert belehrend.

Virgil erzählte, was er darüber gehört und gesehen hatte. „Weißt du, Bert, so ein Blitzeinschlag hat eine enorme elektrische Ladung. Sie versuchen, auf die Art Energie zu gewinnen."

„Aber ein Blitzeinschlag ist viel zu kurz."

„Sie machen in dieser Woche ein Experiment mit verlängerten Blitzen", erklärte Virgil. „Zwei Sekunden lang."

Der deftige Fluch seines Großvaters erstaunte ihn. „Hast du das nicht vielleicht falsch verstanden?"

„Sie haben gesagt, es wäre heute im MV gekommen. Auf der Hauptwache hab ich Leute aus Elmare getroffen. Die müssen sich da jede Woche einen Stempel holen. Ich hab dir doch von der Verkäuferin erzählt? Und da war noch ein Mann, der auch ein Sündenbock gewesen ist. Der hat gesagt, er sei ein ökologischer Flüchtling. Das fand er sehr witzig."

„Du hast gesagt, dass die Fähre nicht ausfahren durfte?" Bert wartete nicht auf eine Antwort, sondern machte gleich weiter: „Und die Schiffe wollten sie auch nicht aus dem Hafen lassen. Wahrscheinlich bis das Experiment abgeschlossen ist. Ein Blitzeinschlag von zwei Sekunden und ein Tief, das sich nähert. Sind die denn, zum Teufel, allesamt verrückt geworden! Wir müssen nach Elmare zurück. Wir müssen die warnen. Die letzte Flutwelle war nichts im Vergleich zu dem, was jetzt kommt."

„Aber", warf Virgil zögernd ein. „In Elmare sind wir doch sicher?" Das war ihnen immer wieder gesagt worden, er kannte es nicht anders.

„Ja, das war so", sagte Bert. „Bis sie die Pontons erfunden haben. „Ein solides Schiff hat eine ausreichende Chance, auch bei Wolkenbruch und schwerem Sturm. Aber jetzt, wo die Schwimmhäuser fest verbunden sind …“, er sprach nicht zu Ende, aber Virgil begriff, dass Bert Recht hatte. Er sah das Haus vor sich, das beim letzten Sturm gekentert war. Dadurch, dass die Verbindung des Hauses mit dem Ponton es an einer Seite festgehalten hatte, war es umgeschlagen.

„Warum müssen wir sie warnen? Elmare hat doch eine Wetterstation?“

Bert wandte sich ihm zu. „Sie wissen, dass schweres Wetter kommt und es werden bestimmt Maßnahmen getroffen. Aber ob sie auch wissen, dass ein gewaltiger Wolkenbruch zu erwarten ist, wenn die verlängerten Blitze zuschlagen? Über die Experimente mit Blitzen in Novamonde haben wir nichts gehört.“

Virgil schwieg. In den letzten Monaten hatte es gar keine Nachrichten aus Novamonde mehr gegeben. Der MV hatte ausschließlich Nachrichten aus Elmare gebracht. Sie hatten auch sonst nicht viel Kontakt mit Novamonde gehabt. Es schien, als hätte sich Elmare in den letzten Monaten völlig isoliert.

„Und wissen die auch, dass sie die Schwimmhäuser von den verdammten Pontons loskoppeln müssen?“ Bert war bereits voll damit beschäftigt, einen neuen Kurs zu setzen, die Hopper 7 hatte den Bug schon gedreht. „Ich fahre zurück. Früher war Elmare ein Symbol für die Freiheit. Ich kann nicht tatenlos zusehen, wie da der ganze Kram kaputtgeht.“

„Ich versteh das nicht“, murmelte Virgil. „Du sagst, dass Elmare ein Symbol für die Freiheit war. Wie kommt es dann, dass wir jetzt in einem Netz von Vorschriften und Regeln gefangen sind?“

„Also meiner Meinung nach, Junge, ist der Mensch immer auf der Suche nach Sicherheit. Erst hatten sie eine Idee, und dann schufen sie voller Begeisterung ihre eigene Welt. Elmare, die freie Stadt, das war das Ideal. Aber es scheint so, als ob die Menschen Angst vor der Freiheit hätten. Als ob sie Verantwortlichkeit lieber auf andere schöben, auf ein System. Mit der Zeit haben sie dann alles und jedes festgelegt. Als ob die Technik Sicherheit bieten könnte. Der Mensch hat nur eine Sicherheit, und die liegt in ihm selbst.“

„Was meinst du damit?“

„Sicherheit dadurch, dass wir uns selbst helfen können. Dass wir unserer eigenen Kraft vertrauen zu reagieren, wenn wir gefordert werden. Wie du heute Morgen, als du die Frau gesehen hast, die Hilfe gebraucht hat.“

Virgil schwieg und dachte drüber nach, was Bert gesagt hatte. In der Ferne wurden die Lichter von Novamonde immer kleiner. Die Wellen, die die Hopper 7 durchkreuzte, waren tiefschwarz. Ein Mensch schafft sich seine eigene Welt, hatte Bert gesagt. Novamonde machte ihm Angst. Doch auch da lebten Menschen, hatten dort ihre Häuser, ihre Regeln, ihre Existenz.

Er war genau wie Bert. Er wollte frei sein. Die Regeln anderer Menschen waren für ihn wie eine Art Gefängnis.

So wie sie ihn eingesperrt hatten, weil er die Vorschriften in der U-Bahn nicht befolgt hatte.
„Es hat auch einen Vorteil, dass wir nicht nach den Vorschriften leben", sagte er plötzlich zu Bert.
Sein Großvater sah ihn aufmerksam an. „Ja?"
„Ja, denn wir reagieren schon, während ein anderer sich noch fragt, welches Verhalten in einem solchen Fall vorgeschrieben ist!" Das hatte er in Elmare schließlich schon ein paar Mal mitgemacht.
„Über die Konsequenzen, die das hat, musst du dir aber auch im Klaren sein." Bert blickte über die See vor ihnen. „Zum Ersten kriegen wir Konflikte mit den Menschen, die Regeln und Vorschriften bis aufs i-Tüpfelchen genau befolgen. Zum Zweiten dürfen wir unsere Schuld nicht anderen zuschieben. Wir sind selbst verantwortlich. Wir können nicht anderen die Schuld geben, Virgil, oder einen Sündenbock suchen. Wenn wir Fehler machen, müssen wir auch den Kopf dafür hinhalten."
Es war, als würden die Elemente um sie herum, der dunkelblaue Nachthimmel, das Wasser und die Wellen diesen Worten eine tiefere Bedeutung verleihen. Virgil spürte diese Bedeutung. So wollte er auch leben.
„Kannst du das Schiff auf Kurs halten?", fragte Bert. „Dann leg ich mich in die Koje und schlaf ein paar Stunden. Ich bin müde bis in die Knochen. Zu viel Aufregung, und das in meinem Alter." Er lachte. „Wir waren einfach zu schnell für die!"
Sie wechselten die Plätze. Virgil setzte sich hinter das

große Steuerrad, das Bert festgestellt hatte. Er musste jetzt nur darauf achten, dass der Wind sie nicht vom Kurs abbrachte, und ab und zu eine kleine Kurskorrektur vornehmen, wenn sie zu stark abwichen. Das alles hatte ihm Bert schon früher beigebracht.

Allein im Steuerhaus dachte Virgil weiter über Berts Worte nach. Stimmte es wirklich, dass die Menschen Angst vor der Freiheit hatten? Dass es einfacher war, das zu tun, was ein anderer für einen gedacht hatte? Für ihn galt das bestimmt nicht. Vielleicht war er wirklich anders als die anderen. Auch Sara hatte gesagt, dass er anders sei. Damals hatte er einen Witz darüber gemacht.

Es war eine verrückte Vorstellung, dass sie morgen schon wieder in Elmare sein würden. Wie erstaunt würden seine Eltern gucken, wenn sie das Schiff längsseits liegen sahen. Virgil griff nach der Kette, die Sara ihm gegeben hatte und ließ das Medaillon aufschnappen. Er dachte an Sara, ihr Lächeln und an die Art, wie sie ihre langen Haare nach hinten warf. Er hatte gedacht, er würde monatelang fortbleiben, und nun kam er schon wieder zurück!

Aber Bert hatte Recht, sie mussten die Leute in Elmare warnen. Aber würden die ihnen überhaupt zuhören, würden sie ihnen glauben? Virgil starrte in die Nacht und grübelte über all diese Fragen nach und suchte nach Lösungen für die Probleme. Und während der Wind die Taue der Hopper 7 flattern ließ und der alte Motor eintönig dröhnte, kam Virgil eine Idee. Er dachte sich einen Plan aus, eine Möglichkeit, um den Leuten in Elmare mit einem Schlag klarzumachen, was los war. Es war riskant. Er könnte auch selbst das Opfer werden. Oder aber er würde mit einem Schlag alles zurechtrücken, was ihm bisher nicht gelungen war. Die Dinge würden danach nicht mehr so sein, wie sie waren. Aber vielleicht waren sie das auch jetzt schon nicht mehr, nach allem, was er mitgemacht hatte. Und es war vielleicht die einzige Möglichkeit.

Spät in der Nacht, oder besser gesagt früh am Morgen kam Bert nach oben, um ihn abzulösen. In den letzten Stunden war Virgil hinter dem Steuerrad immer wieder eingenickt. „Hau dich in die Koje, ich weck dich, wenn wir da sind.“ Virgil taumelte nach unten, legte sich auf eines der harten Betten und fiel wie ein Stein in Schlaf.

Wach wurde er davon, dass das Schiff still lag. Eigenartig. Das Schaukeln des Schiffs auf den Wellen hatte ihn im Schlaf beruhigt, aber als er nun das dumpfe Geräusch des Motors nicht mehr hörte, war er sofort aufgewacht. Hastig zog er seine Hose an und lief nach oben. Das Bild, das sich ihm bot, war ihm bekannt, aber auch wieder nicht. Diese Seite von Elmare hatte er noch nie von See aus gesehen.

Bert hatte ihn hochkommen hören und sagte, ohne sich umzudrehen: „Bist du so weit?“

Ihnen gegenüber lag Elmare. Diese Ansammlung schwimmender Häuser und umgebauter Binnenschiffe sah von der See aus nicht besonders beeindruckend aus. Aber das lag auch daran, dass Virgil die Stadt jetzt mit Novamonde vergleichen konnte. Weiter hinten konnte er das Avidium sehen. Verglichen mit dem grünen Turm und den anderen hohen Gebäuden fand er das höchste Bauwerk von Elmare ziemlich klein.

Doch gleichzeitig war ihm Elmare so bekannt und vertraut. Und außerdem war er etwas aufgeregt. Elmare bedeutete auch Sara wieder zu sehen.

„Ja, ich bin so weit." Virgil lachte . „Aber was Steven davon halten wird, weiß ich nicht."

„Das werden wir sehen." Bert zog an einem Hebel, und der Motor sprang leise wieder an. „Ich bin ein gutes Stück um die Stadt herumgefahren. Wir kommen jetzt an der Südseite an. Vermutlich gibt es an dieser Seite keinen Zoll. So weit weg vom Hafen rechnen die nicht mit einem Schiff."

Im grauen Morgenlicht fuhr die Hopper 7 langsam auf Elmare zu. Als sie näher kamen, erkannte Virgil das letzte Haus in der Reihe. Das flache Dach, die kleinen runden Fenster und auch die Farbe waren ihm bekannt und vertraut. Es war das Schwimmhaus seiner Eltern.

Auf den letzten hundert Metern schaltete Bert den Motor aus und sie glitten ohne ein Geräusch an den Häusern entlang. Nur die Bugwelle verriet ihre Anwesenheit, wenn sie die Häuser erreichte. Sie kamen zum letzten Haus. Virgil, der auf dem Deck stand, hielt ein Tau bereit, um die Hopper 7 längsseits zu bringen.

Er befestigte das Tau gründlich und sah, dass Bert es am Achterschiff ebenso tat. Virgil nahm seine Jacke und sprang vom Deck auf das Ende des Pontons, blieb kurz stehen und sog den Geruch Elmares tief in sich hinein. Zumindest stank es hier nicht. Der vertraute salzige Geruch nach Meer und frisch geteerten Schiffen kam ihm richtig gesund vor. Bert sprang neben ihn und nickte ihm zu. „Wollen wir?“

Virgil drückte die Haustür auf und trat ein. Es war still. Aber es war ja noch früh, vielleicht schliefen seine Eltern noch. Automatisch warf Virgil seine Jacke auf einen Garderobenhaken und ging gleich in die Küche. Er wollte erst Kaffee machen, bevor er seine Eltern weckte.

Aber daraus wurde nichts. Die Schlafzimmertür ging auf und Steven stand im Wohnzimmer. „Ach du liebe Güte!“ Der Ausruf klang laut in den stillen Morgen. „Du bist hier! Aber wie … warum …“ Er ging zum Fenster, sah die Hopper 7 liegen und schüttelte fassungslos den Kopf.

„Das kann doch nicht wahr sein!“

„Wie wunderbar, dass du wieder zurück bist!“ Leonore kam in ihrem leuchtend roten Morgenrock auf Virgil zu, legte die Arme um ihren jüngsten Sohn und drückte ihn fest an sich. „Ich hab gedacht, ihr wärt schon längst in Göteborg!“ Schnell machte sie sich daran Kaffee zu kochen, während sie ab und zu einen Blick auf Virgil warf. „Wie sieht denn deine Hose aus? Was hast du gemacht? Ich bin so froh, dass du wieder da bist. Ich finde dich noch viel zu jung, um so selbstständig sein zu müssen. Wie kommt es, dass ihr so schnell wieder zurückgekommen seid?“

Bert hatte sich an den Tisch gesetzt. Die Seemannsmütze hatte er vor sich auf den Tisch gelegt und blickte die anderen mit ernstem Gesicht an. „Steven, wisst ihr, dass sich von Norden ein Tiefdruckgebiet nähert?"
„Ich hab's gestern gehört." Sein Sohn setzte sich ihm gegenüber. „Aber das sind wir hier doch gewöhnt. Die Fensterläden hab ich schon bereitgelegt und neue Taue angeschafft."
Virgil nahm auch am Tisch Platz und blickte seinen Vater aufmerksam an. Dessen Stimme hatte zwar sehr gedämpft geklungen, aber er war keineswegs so sauer, wie Virgil erwartet hatte.
„Virgil, erzähl mal, was du in Novamonde gehört hast." Bert zeigte auf seinen Enkel.
Virgil nahm dankbar die Kaffeetasse, die Leonore ihm gab und legte los. Als er alles berichtet hatte, wurde es sehr still im Schwimmhaus. Leonore, die sich zu ihnen gesetzt hatte, stützte beide Ellbogen auf die Tischplatte. Steven schob imaginäre Krümelchen zusammen und schüttelte langsam den Kopf.
„Ein verlängerter Blitz? Das klingt wie ein Werbegag aus Novamonde."
„Was meinst du damit?", fragte Bert. Das frühe Morgenlicht fiel auf sein Gesicht und zeichnete ihm tiefe Falten um den Mund. Es fiel Virgil auf, dass Bert sehr gealtert wirkte. Die Ereignisse der letzten Tage hatten ihn wohl sehr mitgenommen.
„Das haben wir im MV gehört." Steven machte sich wie-

der ans Krümelfegen, pickte ein Staubteilchen heraus und schob es vor sich her. Virgil betrachtete die Hände seines Vaters. Warum konnte Steven sie nicht still halten?
„Novamonde versucht mit seinen Experimenten Eindruck zu machen. Bert, du glaubst doch nicht, dass das stimmen kann? Ein Blitzeinschlag von zwei Sekunden! Die ganze Stadt würde in Flammen aufgehen."
„Das hast du sicher auch aus dem MV." Bert blickte seinen Sohn aufmerksam an. „Von wem kamen die Berichte? Stammen sie vielleicht aus dem Studio von Titus Zuidema?"
„Natürlich." Steven schob wieder ein paar Krümel über den Tisch. „Es gibt hier keine anderen Programme mehr als die von Titus Zuidema."
Ein Geräusch im Flur ließ ihn aufblicken. Jasper kam aus seinem Zimmer. Als er sah, wer am Tisch saß, verfinsterte sich sein Gesicht.
„Und warum geht die Fähre nicht mehr? Warum haben sie kein Schiff aus der Schleuse gelassen?" Bert fing an sich aufzuregen, aber Steven hob gelassen die Schultern.
„Das weiß ich nicht. Aber ist das normalerweise nicht immer so, wenn schlechtes Wetter erwartet wird?"
„Steven, hier geht es nicht um schlechtes Wetter!" Bert stand auf und begann, aufgeregt hin und her zu laufen. „Wir reden von Unwetter! Ich war lange genug auf See um zu wissen, was da auf uns zukommt. Das wird kein normaler Sturm, sondern ein Orkan!"
Die Haustür ging auf und Matt kam herein. „Hab ich

meine Werkzeugtasche hier vergessen?“, fing er an, aber dann sah er Bert und Virgil. „Na, schon wieder zurück?“, fragte er Virgil „Ich hab gedacht, du suchst nach Abenteuern!“

„Abenteuer werden wir hier auch erleben“, sagte Bert scharf. „Habt ihr euch denn nicht das Barometer angesehen? Seit gestern Nacht fällt es wie verrückt. Es kommt ein Tiefdruckgebiet aus dem Norden mit Windstößen in Sturmstärke, hab ich gehört. Wenn das Experiment weitergeht, ist Elmare in Gefahr.“

Endlich reagierte Steven so, wie Virgil erwartet hatte. Er sprang auf und schrie: „Was willst du denn, Papa! Denkst du, dass die Leute mir das glauben? Wir hören die Berichte von Elmare, und die besagen, dass hier alles gut gehen wird.“

„Steven, was ist mit dir los?“, fragte Bert und stellte sich vor Steven. „Warum willst du nicht zuhören? Glaubst du nur noch das, was du glauben willst? Glaubst du denn, verdammt noch mal, dass ich verrückt bin?“

Steven drehte sich um, ließ sich schwer auf das Sofa fallen und schlug die Hände vors Gesicht. „Nein, aber ich glaub, dass ich langsam verrückt werde“, flüsterte er.

Virgil saß wie gelähmt am Tisch. Jasper, Matt und Leonore blickten Steven an, aber niemand wagte sich zu rühren. Leonore brach schließlich das Schweigen.

„Er hat es euch nicht sagen wollen“, sagte sie zu Matt und Jasper. „Heute Abend geht er ins Studio. Sie haben euren Vater als Sündenbock ausgewählt.“

Ein Tumult brach aus. Alle redeten durcheinander. Virgil war aufgesprungen und sein Stuhl fiel um. Selbst Jasper sah entsetzt aus. „Paps, das kann doch nicht sein!", sagte Matt. „Du machst doch keine so dummen Fehler. Warum haben sie dich genommen?"

„Wegen Virgil", sagte Jasper scharf. „Den haben sie eigentlich gewollt, und nun geht Steven an seiner Stelle! Aber jetzt ist er ja wieder da, also soll er ruhig selbst ins Studio gehen!"

Steven ließ die Schultern hängen und blickte seine Söhne an. Seine Haare waren völlig zerzaust und seine Stirn lag in tiefen Falten. „Willst du das denn, Jasper, dass dein eigener Bruder öffentlich der Lächerlichkeit preisgegeben wird?"

„Besser als mein Vater", gab Jasper zur Antwort. „Glaubst du denn, dass ich mich in der Schule noch als …", er unterbrach sich, als er Stevens Gesicht sah.

„Kannst du deinen Bruder denn so wenig ausstehen?", fragte Leonore dazwischen, setzte sich neben ihren Mann und legte einen Arm um seine Schultern, während sie ihren Sohn anblickte. „Warum, Jasper, willst du deinen Bruder fertig machen? Er hat es immer schwerer gehabt als du, er hat keinen Pass, er kann auf der Schule nicht mal seine Fächer selbst wählen."

„Und in all den Jahren habt ihr ihm viel mehr Aufmerksamkeit geschenkt als uns!", rief Jasper hitzig. Um seinen Mund lag ein verbitterter Zug. „Wegen ihm kriegen wir zu wenig zu essen! Jedes Mal müssen wir das Kleidergeld

mit ihm teilen! Vom Taschengeld ganz zu schweigen. Und wegen ihm hab ich kein eigenes Zimmer!“
Matt ging dazwischen. „Das hab ich nie als so schlimm empfunden. Dass da noch so ein Knirps war, hab ich eher immer lustig gefunden. Mit Virgil ist alles in Ordnung, abgesehen von seinem Talent, sich selbst in Schwierigkeiten zu bringen!“
„Und genau das finden sie schlecht!“, schrie Jasper. Er hatte die Brille noch nicht aufgesetzt, und ohne die Gläser wirkte sein Gesicht schutzlos. Jetzt konnte Virgil seine Augen auch besser sehen. Sie waren voller Hass. „Alle fanden die Kunststücke von dem Kleinen toll. Mit seinem Skateboard hat er sich wirklich ins Zeug gelegt, er hat sich die verrücktesten Dinge ausgedacht, nur um aufzufallen!“
Virgil wollte etwas zu seiner Verteidigung sagen, aber Leonore kam ihm zuvor. „Glaubst du, dass Virgil das deshalb getan hat? Um aufzufallen?! Vielleicht war es auch so, dass er etwas gebraucht hat, um wegen seinen Lebensbedingungen hier nicht zornig und missmutig zu werden!“
„Du bist einfach nur eifersüchtig.“ Virgil sah Jasper an. „Eifersüchtig, weil ich mich Sachen getraut hab, die du nicht kannst. Eifersüchtig, weil ich in manchen Dingen besser bin als du. Und du bist auch eifersüchtig, weil ich eine Freundin hab und du nicht. Du bist Sara und mir nachgegangen und hast uns ausspioniert. Du bist zu Titus Zuidema gegangen und hast uns verpfiffen. Und du

hast dafür gesorgt, dass ich der nächste Sündenbock sein soll.“

Es wurde still.

Dann stand Steven auf. „Jasper, stimmt das, was Virgil sagt?“

Jasper schwieg und sah seinen Vater nicht an.

Der wiederholte seine Frage sehr bestimmt. „Jasper, antworte! Bist du dafür verantwortlich, dass Virgil ausgesucht wurde?“

„Ja!“, schrie Jasper und wollte fortlaufen, aber Matt hielt ihn fest.

„Nicht so schnell, Brüderchen. Ich glaub nicht, dass wir schon fertig sind.“ Jasper kämpfte gegen die starken Hände an, die ihn festhielten, gab den Widerstand aber bald auf.

Mit matter Stimme sagte Steven: „Mir haben sie gesagt, dass ich mitmachen muss, weil ich der Vater von Virgil bin. Ich bin verantwortlich für die Existenz eines dritten Kindes, und das ist in Elmare nicht erlaubt. Und dann bin ich auch noch der Vater eines Sohnes, der sich nicht richtig verhalten hat. Sie wollen nicht speziell mich, sondern das Erziehungssystem von Elmare an den Pranger stellen. Und dafür haben sie mich als Sündenbock gewählt.“

Matt schüttelte entschlossen den Kopf. „Das ist nicht in Ordnung. Virgil ist alt und klug genug, um zu wissen, was er will und was er lassen soll. Ich versteh das nicht, Paps. Du musst doch nicht mitmachen?“

Steven schüttelte den Kopf. „Weißt du es denn nicht?“

Er drehte sich um und sah aus dem Fenster. „Ich weiß jetzt, warum die Leute mitgemacht haben. Alle. Als Sündenböcke." Es wurde ganz still im Wohnzimmer, während er mit leiser Stimme fortfuhr: „Wie lange würden wir es denn ohne Nahrungsmittel und ohne Zulagen aushalten? Ich habe eine Familie."

„Meinst du …", sagte Matt fassungslos und brach dann ab.

Virgil trat einen Schritt vor. „Ich finde, dass du nicht mitmachen sollst, Steven. Ich hab beschlossen, dass ich hingehe. Heute Abend. Ins Studio von Elmare."

„Das will ich nicht!" Steven blieb mit dem Rücken zu ihnen gewandt stehen. Seine Stimme klang entschieden. „Du bist doch noch ein Kind."

„Ich gehe trotzdem." Virgil hatte denselben Holzkopf wie Steven. „Ich bin dafür verantwortlich. Ich will nicht, dass du für mich gehst. Ich ziehe das selbst durch."

Langsam drehte Steven sich um und blickte seine Söhne einen nach dem anderen an. „Würdest du das tun, Matt?" fragte er seinen ältesten Sohn. „Würdest du anbieten, an meiner Stelle zu gehen?" Diesmal schwieg Matt. „Und du, Jasper, würdest du so was sagen? Würde es dir überhaupt in den Sinn kommen, mich zu vertreten?" Auch Jasper schwieg. Steven wandte sich an Leonore. „Das ist der Unterschied", sagte er müde. „Virgil würde es tun. Er hat uns immer Schwierigkeiten gemacht, vom Moment seiner Geburt an. Aber er ist der Einzige unserer drei Kinder, der auf einen solchen Gedanken kommt. Sie haben alle ihre Fähigkeiten und sie sind Jungen, auf die man stolz sein kann. Matt wird vielleicht Ingenieur, Jasper kann gut unterrichten. Aber diese Situation ist etwas für unseren dritten Sohn."

Matt hatte Jasper losgelassen, der mit hängenden Schultern stehen blieb. „Denkst du das wirklich, Paps?", fragte er mit verhaltener Stimme. „Dass du stolz auf uns bist?"

„Natürlich!", versicherte Steven mit Nachdruck. „Wenn ich das nicht schon früher gezeigt habe, tut es mir Leid!"

Jasper schüttelte den Kopf. „Ich bin sicher, wenn du wüsstest, was ich schon alles getan hab, wärst du nicht stolz." Er ging in sein Zimmer.

Leonore stand vom Sofa auf und ging ihm nach. „Ich muss mit ihm reden", sagte sie zu ihrem Mann. Dann fiel die Tür hinter ihr zu.

Bert kam zu Virgil und legte ihm die Hand auf die Schulter. „Bist du dir sicher?"

Virgil nickte. „Ich lass Steven bestimmt nicht an meiner Stelle gehen. Es ist nicht seine Schuld, dass ich Dinge anders mache als meine Freunde! Ich hab drüber nachgedacht, was du gestern Abend gesagt hast. Dass der Mann vom Reinigungsdienst ausgewählt wurde, war wegen mir. Ich bin in der Nacht im Infocenter gewesen. Aber der Mann bekam die Schuld. Und der Wettkampf auf dem Dach, als Peter fast seinem Brett hinterhergeflogen wäre … ich will nicht, dass jemand anderes die Schuld für Dinge kriegt, die ich mir ausgedacht hab."

Sein Großvater nickte. „Das ist es also, was du für dich beschlossen hast? Gut."
„Außerdem kann ich sie dann warnen", sagte Virgil. „Die Leute von Elmare. Bevor der Sturm losbricht, müssen sie die Schwimmhäuser von den Pontons loskoppeln." Er wandte sich an seinen Vater: „Opa hat wirklich Recht, Steven. Die Pontons sind lebensgefährlich. Ich hab's bei der letzten Flutwelle selbst gesehen. Und das Experiment mit den Blitzen stimmt. In Novamonde ist es im MV gesagt worden."
„Wovon redet ihr denn?", wollte Matt wissen. „Die Pontons loskoppeln, wisst ich überhaupt, wovon ihr sprecht?! Pro Haus hat es einen Tag gekostet, die Anschlussleitungen abzustimmen!"
Bert nahm es auf sich, die ganze Geschichte noch einmal zu erzählen.
„Die sind verrückt!", war Matts Kommentar. „Wenn das wirklich stimmt ... Aber wenn ich jetzt so darüber nachdenke, wir bekommen fast keinen Funkkontakt mehr nach Novamonde. Die Telefonleitungen sind auch fast ständig gestört. Über Novamonde hängt eine Art magnetisches Kraftfeld. Es könnte sehr gut stimmen, was Virgil sagt."
Steven wandte sich an seinen ältesten Sohn. „Glaubst du, es ist notwendig, Schwimmhäuser abzukoppeln?"
Matt zuckte mit den Schultern. „Das weiß ich nicht. Wenn das mit dem gekenterten Schwimmhaus stimmt, dann gibt es noch mehr Häuser, die gefährdet sind. Aber

das hängt meiner Meinung nach von der Windrichtung ab, dem Wellengang und der Stabilität der einzelnen Häuser. Man könnte das ausrechnen. Die Computer im Infocenter haben alle Daten."

„Das ist was für Jasper!", sagte Virgil. „Er ist gut am Computer und er versteht viel von solchen Informationen. Er müsste es berechnen können."

„Ich frag ihn", sagte Steven. Er sah schon wieder besser aus. Seine Augen glänzten und die Falten auf seiner Stirn waren verschwunden. „Dann weiß er zumindest, dass wir seine Fähigkeiten zu würdigen wissen."

Im Laufe des Vormittags kam ein starker Nordwestwind auf. Wolken zogen heran, grau und schwer. Gegen Abend sagte Bert Regen voraus, was von Steven bestätigt wurde.

Das Wetter hielt Virgil allerdings nicht davon ab, nach draußen zu gehen. Er hatte sich geduscht und seine Haare zu einem Pferdeschwanz gebunden, sodass sie ihm bei dem starken Wind nicht ständig ins Gesicht wehen konnten. Die Hände tief in den Taschen vergraben lief er zum Avidium, wo ihm in der Halle ein paar Kumpel aus der Schule entgegenkamen. Er bat Lars, Sara auszurichten, dass er wieder zurück in Elmare sei.

Er musste lange warten. Jedes Mal, wenn sich die Türen öffneten, sprang er auf, aber jedes Mal umsonst. Doch dann wurde eine Tür mit Schwung aufgemacht.

„Virgil!" Sara stürmte in die Halle und schlang ihre Arme

fest um seinen Hals. „Du bist schon zurück? Wo warst du? Ist was passiert?" Sie hatte einen hochroten Kopf, ergriff seine Hand und ließ sie nicht mehr los. Das Gefühl, das er empfunden hatte, als sie ihm so spontan um den Hals fiel, bewirkte, dass er sich viel selbstsicherer fühlte. „Hast du Lust, mit mir zu kommen?", fragte er und seine Finger streichelten heimlich ihr Haar. „Ich hab viel zu erzählen."

Sara nickte. Hand in Hand liefen sie über die Pontons zu ihm nach Hause. Der starke Wind zerrte an ihren Kleidern und Haaren.

„Aber du hättest nicht zurückkommen sollen!", sagte Sara unruhig. „Heute Abend läuft die Sendung."

„Ja, sie wollten Steven nehmen", antwortete Virgil. „Aber das ist nicht nötig, denn ich bin jetzt da!" Er machte ihr die Haustür auf und ließ sie vorgehen. Im Flur drehte sie sich zu ihm um und sie umarmten sich, bis ein warnendes Hüsteln Stevens Anwesenheit verriet.

Als sie dann am Tisch saßen, erzählte er ihr alles, was er wusste. Seinen Bericht über Novamonde hörte sie sich ohne einen einzigen Kommentar an. Nur als er erzählte, dass er in der U-Bahn festgenommen worden war, schlug sie die Hand vor den Mund. „Virgil, so was kann wirklich nur dir passieren!"

„Zwei Dinge verstehe ich nicht", sagte er, beugte sich vor und nahm ihre Hand. „Etwas, was Sylvia gesagt hat. Sie haben ihr Geld gegeben, damit sie nach Novamonde geht. Und sie hat was über deinen Vater gesagt." Er zögerte,

denn er wusste, dass Sara bei Kritik an Titus Zuidema empfindlich war. Doch Saras Gesicht verfinsterte sich.
„In letzter Zeit ist er schrecklich. Ich hab schon gedacht, dass es besser wäre, wenn er nicht da wäre. An allem kritisiert er rum, es ist, als könnte ich nichts richtig machen. Das ist allerdings nicht nur bei mir so. Gestern waren Leute vom technischen Dienst da, die alle Sturmsicherungen überprüfen sollten. Titus hat ihnen, glaub ich, mindesten hundertmal erklärt, was sie tun sollen, und dann hat er alles zusammen mit einem Bauaufsichtsbeamten noch einmal nachkontrolliert."
„Die Sturmsicherungen?"
„Alles! Die automatische Installation der Fensterläden, die Stabilisatoren, die Verriegelung der Türen, die Stahltrossen, die Verankerung und was noch alles. Es wirkt fast so, als würde er sich auf eine neue Hiobsnacht vorbereiten!"
Virgil schwieg.
Sara zwickte ihn in die Hand. „Virgil, was ist los?"
„Es zieht wirklich ein Unwetter heran. Durch das Experiment mit den verlängerten Blitzen kann es zu Wolkenbrüchen kommen. Außerdem sagt mein Großvater einen Sturm aus Nordosten voraus."
„Ach, wir haben doch öfter Sturm. Ich find das ganz spannend. Was hast du von Sylvia gehört?"
„Sie sagt, Titus hätte über Geld und über das Risiko gesprochen, das er einginge. Dann hat er sie bemerkt und ist erschrocken. Daraufhin haben sie sie am nächsten Mor-

gen schon früh zur Fähre gebracht. Sie hatte keine Zeit mehr, ihr Haus auszuräumen, und sie haben ihr Geld gegeben."

Saras Gesicht verfinsterte sich wieder. Sie stand auf und sagte: „Ich muss nach Hause."

Virgil stand auch auf. „Wann sehe ich dich wieder?"

„Ich weiß nicht."

„Kommst du heute Abend ins Studio?"

Sie nickte, verbarg aber ihr Gesicht hinter einem Vorhang aus Haaren. „Ist was?", fragte er vorsichtig. Sie schüttelte den Kopf, aber Virgil konnte einen eigenartigen Ausdruck auf ihrem Gesicht erkennen. Er zog sie sanft an sich und strich ihr zart die Haare aus dem Gesicht. „Du kannst es mir doch erzählen?"

„Du wärst besser fortgeblieben!", sagte Sara mit verzweifelter Stimme. „Sorry, das hört sich auch blöd an. Ich kann es dir nicht erzählen, aber es hat mit meinem Vater zu tun. Ich muss mir erst noch über einiges klar werden. Ich seh zu, dass ich heute Abend da bin." Doch anstatt zu gehen, klammerte sie sich an ihm fest. Sie küssten sich, und die ganze Welt um sie herum schien zu verschwinden.

Sara machte sich los. „Bis nachher", sagte sie leise und drehte sich um.

Virgil starrte ihr nach. Hatte er sich die Tränen in ihren Augen nur eingebildet? Er ging wieder ins Wohnzimmer.

„Virgil, ich will mich da nicht einmischen", sagte Steven, der mit dem Rücken zur Tür saß, „aber mir ist etwas auf-

gefallen. Titus Zuidema lässt sein ganzes Haus durchchecken. Also weiß er, dass ein schwerer Sturm kommt."
Virgil erschrak. Dumm, das war ihm gar nicht aufgefallen. Wenn es fast keinen Kontakt nach Novamonde mehr gab, wieso machte sich Titus Zuidema dann Sorgen um die Sicherheit seines Hauses? Wusste Titus etwas, das andere nicht wussten?
Steven stand vom Sofa auf. „Ich weiß nicht warum, aber das macht mich mindestens ebenso unruhig wie deine Geschichte. Vielleicht ist es wirklich besser, erst gar kein Risiko einzugehen und das Haus vom Ponton loszumachen. Ich red mal mit den Nachbarn darüber. Vielleicht gibt es noch mehr, die so denken."
Jasper kam mit klatschnassen Haaren herein. „Opa könnte prima als Wetterfrosch arbeiten!", sagte er, während er seine Jacke aufknöpfte. „Plötzlich hat es schrecklich angefangen zu regnen. Ich bin Sara begegnet, aber sie ist an mir vorbeigerannt." Er zog ein paar Blätter Papier hervor, die er unter der Jacke geschützt hatte, und breitete sie auf dem Tisch aus. „Ein tolles Programm. Da kannst du alles mit berechnen. Ich hab ein paar Zeichnungen von den verschiedenen Möglichkeiten ausgedruckt." Die Blätter zeigten Skizzen eines Schwimmhauses in unterschiedlichem Zustand. Schief, noch schiefer, gekentert. „Das kann bei Windstärke zehn zusammen mit starken Wellen passieren. Als Beispiel habe ich einen Entwurf von Architekt Klaasen genommen."
Steven blickte nachdenklich auf die Skizzen und ent-

schied sich plötzlich. „Ich geh die Leute warnen. Wenn sie dann nicht auf mich hören wollen, ist das ihre Sache. Aber ich muss das einfach weitergeben." Hinter ihm schlug die Tür zu.

Jasper faltete die Blätter zusammen. „Ist Opa auf der Hopper 7?"

„Ja, der ist froh, dass er auf seinem eigenen Schiff sitzt."

Die Brüder schwiegen und hörten, wie der starke Wind den Regen gegen die Fenster prasseln ließ.

„Ich kann es nicht mehr rückgängig machen." Jasper sprach mühsam und sah seinen Bruder nicht an. „Das ganze Material ist schon im Studio. Wir haben damals auf dem Dach mit einer versteckten Kamera gefilmt."

„Ja, Peter hat mir so was erzählt. Warst du das beim Schwimmhaus von der Verkäuferin?"

„Ja, ich bin erschrocken, als Saras Skateboard umfiel und schnell weggegangen. Ich hab nicht gedacht, dass sie Steven an deiner Stelle nehmen würden. Bist du sicher, dass du weitermachst?"

Virgil nickte. „Ja."

„Aber warum?"

„Jemand muss es tun." Langsam ging er in die Küche und machte gewohnheitsgemäß den Kühlschrank auf. „Vielleicht, damit es irgendwann einmal aufhört." Er sah, dass Jasper ihn mit gerunzelter Stirn ansah.

„Warum denkst du, dass du der Richtige bist, um so was zu stoppen?!" Die Stimme von Jasper klang gehässig wie immer.

„Die können damit weitermachen, so lange die Menschen Angst haben. Das glaub ich wenigstens. Ich jedenfalls hab aber keine Angst. Ich hab nichts zu verlieren."
Er nahm einen Teller mit Fischpaste aus dem Kühlschrank und strich sich damit ein Brot.
Leonore, die gerade reinkam, stöhnte. „Geht das schon wieder los! Du frisst uns noch die Haare vom Kopf, Virgil." Sie hielt eine Tasche hoch. „Bert hat was mitgebracht." Sie ging in die Küche.
Jasper räusperte sich. „Du hast Mut", sagte er kurz. „Den hätte ich auch gern." Nach diesem Bekenntnis ging er und ließ Virgil verblüfft zurück.

Am Nachmittag versuchte Virgil sich auszuruhen, aber er konnte nicht einschlafen. Was er zu Jasper gesagt hatte, hatte in dem Augenblick gestimmt. Da hatte er keine Angst gehabt. Aber nun überfiel sie ihn plötzlich. Bald würde er im Studio sitzen, auf dem großen Stuhl unter dem Zeichen des Sündenbocks. Würde er sich trauen den Mund aufzumachen? Würde er sich trauen, das zu sagen, worüber er nachgedacht hatte? Und würden sie ihn ausreden lassen? Unruhig drehte sich Virgil auf die andere Seite. Was würde Sara denken, wenn sie ihn da sitzen sah? Vielleicht saß sie ja mit in der Runde und wurde gezwungen, so eine virtuelle Waffe auf ihn zu richten! Aber sie hatte ihm so ernsthaft versprochen, dass sie da sein würde, nachdem sie gesagt hatte, dass sie sich noch über einiges klar werden müsste … Warum hatte sie Tränen in den Augen gehabt? Worüber musste sie sich klar werden?

Trotz seiner Grübelei schlief er schließlich ein. Er träumte, dass Leute ihn auf den Pontons verfolgten. Er musste seinen Vorsprung halten, sonst würde er niedergeschossen. Er rannte so schnell er konnte, aber plötzlich stand er vor der Flevosee, die in haushohen Wellen über ihm aufragte. Kurz bevor die Wellen über ihm zusammenschlugen, wachte er schweißgebadet auf.

Langsam beruhigte sich sein Herz wieder. Er sah auf den kleinen Wecker neben dem Bett. Es war fünf Uhr, der Augenblick, seine Rolle anzutreten, war gekommen.

Die Rolle als Sündenbock.

Der letzte Sündenbock

Ein kräftiger Wind wehte aus Nordosten. Die Wellen waren hoch, und wenn sie brachen, zog der Wind den weißen Schaum in Streifen mit sich über das Wasser. Auf dem Weg ins Avidium musste Virgil gegen den Wind ankämpfen. Die Pontons tanzten unter seinen Füßen.

Der Wind war im Laufe des Nachmittags kräftiger geworden. Am Morgen hatte die See noch recht normal ausgesehen, auch wenn da schon große Schaumplacken zu sehen gewesen waren. Jetzt war das Meer eine einzige schäumende Masse.

Steven hinter ihm hatte den Arm um Leonore gelegt. Sie drückte sich an ihren Mann, ihr Gesicht war bleich. Jasper und Bert kamen zuletzt. Matt wollte sie im Studio treffen.

Sie gingen an Leuten vorbei, die damit beschäftigt waren ihr Haus besser zu verankern. Sobald er jemanden sah, den er kannte, blieb Bert stehen und beschrieb knapp, was zu erwarten war. Kopfschüttelnd schloss er sich dann wieder der kleinen Gruppe an, die auf ihn gewartet hatte.

„Die hören nicht zu."

„Einige schon.“ Steven hielt seinen Schal fest, den der Wind mit sich zu nehmen drohte. „Ich hab von ein paar Nachbarn gehört, dass sie bereit sind, die Leitungen abzukoppeln, wenn das nötig werden sollte. Aber sie warten bis zum letzten Moment“

Berts Gesicht war düster. „Wenn es dann mal nicht zu spät ist.“ Sie setzten sich wieder in Bewegung. Virgil betrachtete jedes Wohnboot genau, an dem sie vorbeikamen. Er besah sich die Fensterläden, die Trossen, den Bau der Boote und versuchte abzuschätzen. Könnte dieses es aushalten, würde das da liegen bleiben? Was würde mit dem schönen Anbau passieren, wenn ein Windstoß hier längs kam? Das lenkte ihn von seinen Sorgen vor dem ab, was auf ihn zukam.

Er hatte sich gut angezogen. Leonore hatte sich um eine gute Hose gekümmert, und Matt hatte ihm ein Hemd geliehen. Die Haare waren zu einem Pferdeschwanz zusammengebunden, denn selbst jetzt hatte er sich geweigert, als seine Mutter sie ihm schneiden wollte. Er ging so, wie er war, die Hände tief in die Taschen seiner Windjacke geschoben, gegen den starken Wind etwas vorgebeugt, mit breiten Schritten, um das Gleichgewicht zu halten, und mit einem entschlossenen Zug um den Mund.

Sie liefen über die Pontons entlang den Reihen der Schwimmhäuser, die ordentlich in einer Reihe festgemacht waren. Das Stahlgerüst von Elmare Wasserstadt, das sich in den Reihen von Schwimmhäusern, Wohnbooten und anderen umgebauten Schiffen widerspiegelte.

Die freie Stadt Elmare, die wegen ihrer einmaligen Struktur für ökologisch verantwortliches Wohnen zum Vorbild geworden war. Elmare, die helle, blaue, verletzbare Stadt.
In der Halle des Avidiums waren schon viele Menschen versammelt. Peter löste sich aus der Gruppe seiner Freunde und kam mit großen Schritten auf Virgil zu. „Du bist also wirklich zurückgekommen? Hör mal, ich muss dir was sagen."
Virgil ließ sich von ihm zu einer freien Stelle lotsen. „Die haben mich gezwungen mitzumachen. Aber ich wollte das nicht, verstehst du? Ich bin dazu gezwungen worden."
Virgil sah seinen Freund einen Augenblick schweigend an. Dann zuckte er mit den Schultern. „Das musst du selbst wissen." Dann ging er wieder.
Peter holte ihn ein. „Hör doch mal! Ich hab wirklich nicht gewollt, aber du musst verstehen ..."
Virgil blieb stehen und holte tief Luft. „Eins will ich dir sagen. Ich bin zurückgekommen, weil ich das selbst gewollt hab. Und ich stehe hier, weil ich das selbst will. Niemand kann dich zwingen, Peter, etwas zu tun, was du nicht tun willst. Du bist, verdammt noch mal, ein Mensch und keine Maschine!"
Er ging zu seiner kleinen Gruppe zurück und atmete tief durch. Was wollte Peter von ihm? Was hatte er von ihm erwartet? Dass er sagen würde, dass er das schon begreifen würde und dass er es nicht schlimm fände? Sein bester

Freund würde eine Waffe auf ihn richten. Obwohl er das mehr oder weniger erwartet hatte, tat es doch weh. Es gab ihm das Gefühl, dass er ganz allein da vorne stehen würde.

Bert legte ihm einen Arm um die Schultern und blickte ihn prüfend an. „Geht es?"

Virgil nickte schweigend und wischte sich mit dem Jackenärmel über das Gesicht.

„Du fährst deinen eigenen Kurs, du bist ein eigenständiger Mensch und das ist nicht immer leicht." Bert ließ ihn los.

Virgil blickte zu der Gruppe um Peter. War das Lars, der dabeistand? Tatsächlich, selbst der Junge, der ihm zuvor immer wieder geholfen hatte, kehrte sich jetzt von ihm ab. Vielleicht auch Sara. Kurz fühlte er den Drang wegzulaufen, die großen Türen der Halle aufzudrücken und rauszurennen. Wind und Regen, sogar der aufziehende Sturm schienen ihm reizvoller als diese schützende Halle. Er stand nur ein par Schritte von der Tür entfernt, wegzulaufen wäre so einfach. Doch Virgil wusste, dass er es nicht machen würde. Er hatte einen Entschluss gefasst, und an den würde er sich halten.

Als sich die Leute vom Studio einen Weg durch die Menge bahnten, gab er dem Bedürfnis, sich hinter Steven zu verstecken, nicht nach, sondern machte einen Schritt nach vorne. Breitbeinig stand er da. In der Halle wurde es still. Sätze wurden abgebrochen, Gespräche stockten und alle Augen richteten sich auf den Jungen, der da alleine stand.

Einer der Männer blickte auf das Papier, das er in der Hand hielt. „Herr Wensveen? Würden Sie mitkommen?"
Leise, aber deutlich sagte Virgil: „Sie müssen mich mitnehmen. Virgil Wensveen. Ich komme anstelle meines Vaters."
Die Männer wechselten überraschte Blicke, und einer von ihnen meinte, dass diese Veränderung des Programms mit Herrn Zuidema besprochen werden müsste. Virgil blieb eigensinnig stehen.
„Dann komm mal mit", sagte der Mann mit dem Drehbuch endlich. „Wir gehen ins Studio."
Titus Zuidema hatte sein Büro im obersten Stockwerk des Avidiums. Durch das große Fenster hatte man einen großartigen Blick auf die Flevosee. Hohe Wellen schlugen unten auf den Kai, Schaumfetzen trieben darüber hin. Die See war unruhig, der starke Wind peitschte das Wasser zu mächtigen Brechern auf.
„Eine kräftige Brise", sagte Titus Zuidema, der über das Wasser blickte. Den Drehstuhl zum Fenster gewandt, saß er mit ausgestreckten Beinen da.
„Mein Großvater würde das Sturm nennen", sagte Virgil, der wusste, wie genau es Seeleute mit der Bezeichnung von Wind nahmen.
Bei diesen Worten drehte sich Titus Zuidema um. Voller Überraschung starrte er Virgil an. „Du!" Er beugte sich vor und stützte die Ellbogen auf den Schreibtisch. „Ich hab gedacht, du wärst spurlos verschwunden, bei Nacht und Nebel und mit unbekanntem Ziel?"

Virgil hatte keine Lust, ausgerechnet Titus Zuidema zu erzählen, dass er in Novamonde gewesen war. Mit einer Kopfbewegung deutete er nach draußen und sagte: „Windstärke acht, vielleicht auch schon neun. Das wird ein schwerer Sturm.“

„Wir sind doch nicht hier, um über das Wetter zu reden.“ Titus schob seinen Stuhl zurück. „Ich vermute, du kommst wegen der Sendung heute Abend. LiveMV, sorgfältig vorbereitet, in der Hauptrolle dein Vater, Steven Wensveen.“

Virgil bohrte mit der Spitze seines Schuhs eine Höhle in den flauschigen Teppich. „Sie haben doch eigentlich mich gewollt. Jetzt bin ich da.“

Titus betrachtete ihn einige Zeit ohne ein Wort zu sagen. Dann meinte er leise: „So was hab ich noch nie erlebt. Du bietest dich freiwillig an?“

„Ja.“ Er hob die Schultern. „Es geht doch nicht um meinen Vater, es geht um mich. Ich bin der dritte Sohn, ich bin es, der nicht nach Elmare passt.“

„Du wärst besser nicht gekommen!“ Titus Zuidemas Stimme war scharf geworden. Er drückte auf einen Knopf, und eine Klappe ging auf. Titus nahm die Flasche, die da stand, und goss sich ein Glas halb voll. „Tatsächlich. Du passt nicht nach Elmare! Du begreifst nichts von den Regeln, von der Logik des Spiels! Wie kannst du dich freiwillig anbieten, dich als Hauptdarsteller für den heutigen Abend präsentieren! Du hast kein bisschen Schuldgefühl, du hältst deine eigenen Fehler für

Heldentaten! Sicher hältst du sehr viel von dir, stimmt's? Schuldbewusstsein kennst du gar nicht!"
Er kippte den Inhalt des Glases in einem Schluck runter. Virgil verstand überhaupt nichts mehr. Er hatte erwartet, Titus Zuidema wäre froh, ihn anstelle seines Vaters zu haben.
„Du denkst, du hättest eine Heldentat vollbracht!", sprach Titus Zuidema weiter. Er goss sich nochmals ein. „Du unterwirfst dich nicht dem System, sondern stellst deine eigene Meinung darüber. Du verfällst der Sünde des Hochmuts! Stolz ist der Grund, warum du heute hier vor mir stehst! Aber Hochmut kommt vor dem Fall. Eigenwilligkeit wird sich als weniger wertvoll erweisen als die Teilnahme an der Ordnung dieser Gemeinschaft!"
„Ich mache einfach, was ich selbst wichtig finde!", sagte Virgil heftig. „Sie haben gesagt, dass ich ein Anarchist bin. Aber ich schmeiß nicht mit Bomben und ich probier nicht, anderen Menschen meine Meinung aufzudrängen. Ich mach einfach die Dinge, bei denen ich ein gutes Gefühl hab."
„Und welche Norm legst du dem zugrunde? Welche Moral, nach welchem Maßstab weißt du, ob du richtig handelst oder schlicht falsch? Ist es nicht besser, eine solche Einschätzung den Menschen zu überlassen, die gemeinsam als Frucht jahrelanger Erfahrung einen Maßstab entworfen, eine Moral entwickelt haben?"
„Das weiß ich nicht." Virgil blieb hartnäckig. „Solche Sachen wissen Sie besser als ich. Aber Sie müssen mich nehmen und nicht meinen Vater."

Titus Zuidema trank das zweite Glas leer und sah seinen Gegenspieler über den Rand des Glases hinweg an. Als er wieder sprach, hatte sich seine Stimme verändert. Es klang, als wäre er besorgt. „Virgil, du bist noch jung. Nicht du bist an deinem eigenwilligen Verhalten schuld, sondern deine Erzieher. Sie haben dir nicht beigebracht, das Wertesystem von Elmare anzuerkennen. Ohne ein eindeutiges System, in dem Menschen zusammen eine Gemeinschaft bilden können, entsteht in der Tat Anarchie."

„Oder jeder gibt einem anderen die Schuld, und niemand traut sich mehr was zu tun, das vielleicht auch mal schief gehen kann!", antwortete Virgil. Die letzten Tage hatten ihn davon überzeugt, dass er Recht hatte. „Ich hab einiges falsch gemacht, und andere haben dafür die Schuld bekommen. Ich bin heute Abend hier, um das richtig zu stellen. Ich bin selbst verantwortlich für das, was ich getan habe."

Titus Zuidema schüttelte unbehaglich den Kopf. „Als ich so alt war wie du jetzt, hab ich auch diesen Standpunkt vertreten." Er schwenkte verärgert sein Glas. „Ich erkenne deine Gedanken, ich erkenne die Gesinnung wieder, in der sie ausgesprochen werden. Aber ich bin vernünftig geworden. Ich habe mich entschieden. Jawohl, Virgil, ich habe mich entschieden." Er stand auf und machte einen Schritt auf Virgil zu. „Hast du geglaubt, ich hätte diese Position erreicht, wenn ich nicht vernünftig gewesen wäre? Ein Mensch muss wissen, wann der richtige Mo-

ment ist, sich zu beugen, sich zu fügen, sich anzupassen. Dein Bruder Jasper hat das viel besser begriffen. Der wird es noch weit bringen. Du hast einen unbeugsamen Charakter." Er hob sein Glas, als würde er ihm zuprosten. „Ich werde dir jetzt was sagen. Ich bewundere dich." Er lächelte, aber es war ein bitteres Lächeln.
Virgil schwieg, weil er nicht wusste, was er auf diese letzte Bemerkung antworten sollte. Bewunderung? Da hatte er aber nichts von gemerkt.
„Aber das", sagte Titus Zuidema langsam, „wird mich bestimmt nicht davon abhalten, heute Abend meine Sendung zu machen. Im Gegenteil." Ein Windstoß ließ die Fensterscheiben beben, der berühmte Moderator schrak zusammen und schauderte kurz, als ob ihm kalt wäre. Auf dem Kai fiel ein leeres Fass um und polterte über einen Anleger, irgendein loses Teil schlug im Wind. Titus stellte sein Glas mit einem Knall auf den Schreibtisch. „Gut. Wir können anfangen."

Der Saal war erleuchtet, die Bühne dunkel. Virgil stand zwischen den Kulissen und sah die Leute hereinkommen. Trotz des stürmischen Wetters war der Saal ziemlich voll. Sie freuten sich auf einen Abend voller Spannung und Sensation.
Unter seiner Kleidung hatten sie an verschiedenen Stellen seines Körpers Metallplättchen angebracht. Virgil konnte sich schon denken, wofür die gut sein sollten. Klebstreifen hielten sie auf seiner Haut und gaben ihm das Gefühl,

nicht richtig atmen zu können. Er steckte einen Finger unter den Streifen rund um seinen Hals und überlegte kurz, ob er ihn abreißen sollte. Doch sie passten auf ihn auf, ständig standen Leute vom technischen Dienst in seiner Nähe.

Im Saal wurde es dunkel. Wo war Sara? Im Saal war sie nicht, und sie war auch nicht hier hinten bei den anderen, die gleich auf den Stühlen des Tribunals Platz nehmen würden. Seine Familie hatte er gesehen, in der vordersten Reihe. Bert hatte sich so breit gemacht, dass er gleich zwei Plätze in Beschlag nahm. Matt saß mit Lindy neben ihm. Aber Jasper stand auch hier hinten in der Nähe von Peter.

Ein Scheinwerfer wurde auf die Bühne gerichtet. Die Kameras liefen. „Heute Abend: live aus dem Studio von Elmare Titus Zuidema mit seiner Sendung ‚Der Sündenbock'!" Im Saal ertönte Applaus und gedämpftes Jauchzen. Auf einem großen Bildschirm an der Rückseite des Saals waren die Multiviser-Bilder zu sehen. Virgil erkannte das Zeichen des Sündenbocks, das langsam verschwand und den Bildern aus dem Studio wich.

„Glücklich bin ich, froh und glücklich, heute Abend wieder mit einer ganz besonderen Sendung bei Ihnen zu sein!" Titus Zuidema kam die Treppe auf der Bühne herunter, gekleidet in seinen schwarzen Smoking mit blütenweißem Hemd. „Heute Abend wollen wir für Sie einen wichtigen Bereich unserer Gemeinschaft ausleuchten, einen wesentlichen Bestandteil des Systems von El-

mare. Ein Thema, das Ihnen allen sehr am Herzen liegt: die Erziehung unserer Kinder."
Er machte eine Pause. Virgil sah, dass eine Frau nach vorne kam und den ersten Sitz in Beschlag nahm. Ihr Kostüm war makellos und ihre Haare waren zu einem ordentlichen Knoten aufgesteckt. Plötzlich hörte er jemanden in sein Ohr flüstern: „Die Direktorin." Virgil blickte sich um und sah Peter. „Die kann auch froh sein, dass nicht sie, sondern einer von ihren Schülern die Schuld kriegt."
Virgil nickte kurz. Er schaffte es nicht, gegenüber seinem früheren Freund besonders nett zu sein. „Du aber auch!", war seine knappe Antwort. „Die meisten Ideen hatten wir gemeinsam!"
Ein Mann vom technischen Dienst kam zu ihnen. „Still, wir sind auf Sendung."
„An unserer Schule geben wir alle unser Bestes. Nicht nur den schulpädagogischen, sondern auch den moralischen Aspekten kommt unsere volle Aufmerksamkeit zu. Natürlich waren wir schon längere Zeit über das auffällige Verhalten eines unserer Schüler informiert." Die Direktorin formulierte ihre Sätze sorgfältig und blickte mit erhobenem Kopf in die Kamera, die auf sie gerichtet war. „Da gab es einige Jungen, die sich zu einer Skatergruppe zusammengeschlossen hatten. Nun ist es in diesem Lebensalter normal, auffallen zu wollen, indem man bestimmte Risiken auf sich nimmt."
„Frau Huysman, finden Sie es normal, wenn junge Men-

schen mit ihrem Leben spielen?", fragte Titus Zuidema mit ernster Stimme. „Finden Sie es normal, dass junge Leute Regeln und Vorschriften mit Füßen treten?"
Die Direktorin schüttelte den Kopf. Auf dem großen Bildschirm wurde ihr Gesicht gezeigt. Eine Spur von Unsicherheit war zu erkennen. „Natürlich nicht. Wir haben immer wieder Maßregeln getroffen, die jungen Menschen mit den Folgen ihres Verhaltens zu konfrontieren." Sie berichtete von dem Wettkampf auf dem Kai, bei dem sich einer der Jungen das Bein gebrochen hatte. „Wir haben diesen Schülern ernsthaft ins Gewissen geredet, und ich hatte den Eindruck, dass es danach besser wurde."
Der große Bildschirm zeigte die Halfpipe, wo ein paar Jungen zu sehen waren, wie sie übten. Virgil erkannte einige aus der Schule und verglich ihr Können mit seinem. Er fand, dass er ein viel besserer Skater war. Währenddessen ging der Kommentar von Titus Zuidema weiter. Mit besorgter Stimme sprach er über die Kinder von Elmare, die ihrem Schicksal überlassen wurden und denen die notwendige Betreuung fehlte, die sie nach seiner Meinung unbedingt brauchten, um zu vorbildlichen Mitgliedern der Gemeinschaft heranzuwachsen.
„Schulung, Betreuung und weiterbildende Kurse hätten statt dieses sinnlosen Übens angeboten werden können! Die Kinder von Elmare wachsen zu zukünftigen Rebellen heran! Sie haben ein Recht auf unsere Hilfe, ein Recht auf eine gute Ausbildung, die ihnen im Leben weiterhelfen kann. Aber bekommen sie das? Nein! Sie tun und

lassen, was ihnen in den Sinn kommt, sie geben sich Vergnügungen hin, die dazu führen, dass sie sich verletzen, ernsthaft verletzen! Es mangelt ihnen an nichts, Elmare hat dafür gesorgt, dass sie alles bekommen, was sie brauchen. Ihre materiellen Bedürfnisse sind gestillt, über nichts brauchen sie sich Sorgen zu machen. Wissen Sie, dass, sobald die primären Wünsche des Menschen erfüllt sind, sich andere Wünsche einstellen, insbesondere künstlerische Interessen entstehen? Hat ihre Schule ihnen in dieser Hinsicht etwas geboten? Wir sind eine hoch entwickelte Gesellschaft! Das Ergebnis müsste sein, dass sich auch der junge Mensch besser entwickelt. Ich zeige Ihnen ein Beispiel, wie das sehr wohl geht, wenn das natürliche Bedürfnis junger Menschen, sich zu entfalten, in die richtigen Bahnen geleitet wird!"

Jetzt wurden Bilder vom Schuljournal gezeigt. Titus Zuidema erklärte währenddessen, wie das funktionierte: die Aufgaben die die jungen Leute sich selbst stellten, die Zeit, die sie in die Vorbereitungen steckten, ihren Enthusiasmus und ihren Einsatz. „So geht es auch!", schloss Titus, und der Bildschirm zeigte die Direktorin, die ein sehr verantwortungsbewusstes Gesicht machte. „Wenn wir den jungen Menschen Derartiges nicht bieten, werden sie andere Herausforderungen finden, Grenzen überschreiten und die Gefahr suchen. Gnädige Frau, sind Sie davon in Kenntnis gesetzt worden, dass einer ihrer Schüler in das Infocenter eingebrochen ist?"

Frau Huysman schrak auf und schüttelte den Kopf. „Ich

hatte natürlich meine Vermutungen. Aber ich weiß noch immer nicht, wer es gewesen ist."

„Heute Abend haben wir eingeladen: Patty Linthorst, tätig im Infocenter."

Virgil spürte einen kalten Schauder über den Rücken laufen. Sie waren gut vorbereitet. Virgil hatte die Ansprache schon verstanden, es schien eine in sich schlüssige Sache zu sein. Warum empfand er dann im tiefsten Inneren, dass es doch ganz anders war? Gerade weil so gut für sie gesorgt wurde, hatte er Lust, alles anders zu machen. Er hatte selbst Pläne machen wollen und sie nicht von oben auferlegt bekommen wollen. Andere Menschen konnten ihm nicht vorschreiben, was seine Bedürfnisse waren, das wusste er ja selbst kaum.

„Es waren doch noch Kinder! Ich habe gedacht, es wäre ein Spaß, der ihnen aus dem Ruder gelaufen ist. Meiner Meinung nach ..."

„Gnädige Frau!", unterbrach Titus sie mit strenger Stimme, „müssen wir in einem solchen Fall unser eigenes Urteil fällen oder nach den Regeln handeln, die uns das System bietet? Können wir unsere Meinung über das übergeordnete allgemeine Interesse stellen? Gerade weil es Kinder waren! Kinder brauchen Begleitung, haben ein Recht auf Maßregelung! Sonst lernen sie richtiges Verhalten nie! Ihre nachgiebige Haltung hat dazu beigetragen, dass andere Menschen hier als Sündenbock gesessen haben! Sind Sie sich dessen bewusst?"

„Aber ich hab gedacht ...", die Frau war offensichtlich aus

dem Konzept geraten und Virgil empfand Mitleid mit ihr. Nun bekam sie die Schuld, obwohl sie einfach nur nett gewesen war.
„Dadurch, dass Sie geschwiegen haben, war die Schule nicht in der Lage einzugreifen." Titus' Gesicht nahm nun den Bildschirm ein. „Durch das Zurückhalten wichtiger Informationen konnten die Eltern nicht reagieren und ihren Sohn zurechtweisen. Und dadurch konnte es immer schlimmer werden."
Noch bevor das Bild wechselte, wusste Virgil, was sie nun zu sehen bekommen würden. Anfangs waren die Bilder nicht besonders scharf, aber er erkannte sie schneller als alle anderen, weil er selbst dabei gewesen war. Auf dem Dach des Avidiums. Er sah sich mit großen Schritten weggehen, Saras Skateboard unter dem Arm. Er sah sich mit Peter am Geländer stehen und reden. Wie blöd, dass er damals noch gedacht hatte, Peter hätte ihn an Titus Zuidema verraten. Kurz kam ein Mädchen ins Bild, von hinten aufgenommen, aber die Kamera schwenkte schnell weiter zu den beiden Jungs, die zum Start bereit waren. Auf ein unsichtbares Zeichen hin setzten sie sich in Bewegung und wurden schneller. Die Kamera wechselte den Standpunkt und Virgil sah sich selbst, wie er die unterste Stufe der Treppe nahm. Trotz allem staunte er über sich selbst. Er hatte tadellos das Gleichgewicht bewahrt und sich genau im richtigen Moment geduckt. Dann kam der Moment, in dem er direkt vor dem Geländer stoppte, und den Bruchteil einer Sekunde später war auch Peter im Bild.

Der Augenblick in dem sich Peter über das Geländer beugte, war in Zeitlupe wiedergegeben, und es schien wirklich so, als würde er abstürzen. Dann kam Steven ins Bild. Mit großen ausladenden Schritten ging er auf die beiden Jungen zu. In dem Augenblick, als Virgil Peters Schultern packte, wurde das Bild angehalten.

„Hier sehen Sie nun alle das Ergebnis falscher Erziehung. Tollkühne Abenteuer, unverantwortliches Verhalten, lebensgefährliche Situationen, die nur mit knapper Not gut ausgehen."

Das Bild rückte Stückchen für Stückchen weiter, Virgils Gesicht erschien groß im Bild.

Er bekam einen Stoß in den Rücken, und wie benommen ging er zu dem Stuhl, der für ihn hingestellt wurde. Das Zeichen des Sündenbocks flammte über ihm auf, und die auf ihn gerichteten Scheinwerfer blendeten ihn. Er sah nichts mehr, nicht den Saal, seine Eltern nicht und auch nicht Titus Zuidema, der da irgendwo vor ihm stehen musste.

„Meine Damen und Herren, ich stelle Ihnen den Sündenbock des heutigen Abends vor: Virgil Wensveen."

Langsam gewöhnten sich seine Augen an das grelle Licht, und er sah sein eigenes Gesicht überlebensgroß ihm gegenüber auf dem Bildschirm. Sara hatte Recht, die zusammengebundenen Haare standen ihm wirklich. Virgil konnte es nicht unterdrücken, trotz der ernsten Situation musste er lächeln. Auf dem Bildschirm sah er, wie sich seine Mundwinkel hoben.

„Selbst hier und jetzt kann dieser junge Mann den Ernst der Situation nicht akzeptieren!" Titus ging sofort darauf ein. „Er findet seine Taten wohl auch noch lustig. Er ist das Sinnbild einer verdrehten Moral, die ihm von seinen Erziehern beigebracht worden ist. Viele von Ihnen wissen bereits, dass Virgil Wensveen ein drittes Kind ist. Trotz der vorbildlichen Familienplanung von Elmare haben seine Eltern freudig seine Geburt begrüßt. Hier sehen Sie den Erfolg ihrer Bemühungen." Die Kamera schwenkte auf die erste Reihe, und kurz waren Leonore und Steven im Bild.

„Ich werde Ihnen jetzt einen Eindruck davon liefern, wie er denkt."

Virgil sah wieder sich selbst auf dem Bildschirm, nun im Avidium. Sein Gesicht wurde eingezoomt. Plötzlich hörte er seine Stimme: „Was wollen Sie von mir?" Dann sah er sich selbst weglaufen, während er noch den Leuten hinter sich zuschrie: „Suchen Sie einen neuen Sündenbock? Wie widerlich! Menschen sind wichtiger als Vorschriften!" Dann sah er sich über die Pontons weglaufen, eine schlacksige Gestalt mit den Händen in den Taschen.

„Zum Glück sind nicht alle jungen Leute in Elmare so unhöflich und provokant. Ich stelle Ihnen nun das Tribunal des heutigen Abends vor. Frau Huysman, die Direktorin der Schule von Elmare und Frau Linthorst, die im Infocenter arbeitet, haben Sie schon kennen gelernt. Mitglied des Tribunals sind auch Jasper Wensveen, der Bruder unserer Hauptperson, und natürlich Virgil Wensveens Freunde, einer wie der andere junge Leute, die ihre Ansichten in wesentlichen Punkten verbessert haben!"

Hatte Titus Peter, Lars und die anderen Jungen von der Skatergruppe davon überzeugt, dass er, Titus, Recht hatte? Virgil betrachtete seine Freunde. Wie einfach wäre es, so zu tun, als wäre auch er mit Titus einig, als wäre er genau so wie die anderen. Aber er war nicht wie alle anderen.

Virgil hustete und hörte das Geräusch verstärkt durch die Lautsprecher im Saal. An seinem Hemdkragen war ein kleines Mikrofon befestigt. Unbehaglich rutschte er auf dem Stuhl hin und her. Wie konnte er seinen Plan ausführen und die Menschen von Elmare vor dem Sturm, der sich näherte, warnen? Hier im Studio war alles vorausgeplant, hier hatte Titus Zuidema die Fäden in der Hand. Nervös zog Virgil an dem dünnen Streifen, der um seinen Hals lag. Er hoffte, dass es ihm gelingen würde. Sein Plan erschien ihm plötzlich nicht mehr durchführbar.

Dadurch, dass er seinen eigenen Gedanken nachgegangen war, hatte er verpasst, was Titus Zuidema zuletzt gesagt hatte. „Ihr Jungen findet also auch, dass Virgil all die Schwierigkeiten angestiftet hat?"

Keiner von seinen Freunden antwortete. Sie bewegten unruhig die Füße und vermieden es, ihn anzusehen. Doch die Direktorin sagte mit scharfer Stimme: „Das finde ich in der Tat! Es ist ein Skandal, wie eigenmächtig sich dieser Junge verhalten hat. Ich begrüße es sehr, dass hier ein

Beispiel herausgestellt wird. Es soll seinen Mitschülern eine Lehre sein!"

Eine Lehre, ein Beispiel. War das alles, was sie in ihm sah? Nahm sie ihn auch noch als Mensch, als jungen Menschen wahr, der noch in seiner Entwicklung steckte? Virgil guckte zu Frau Huysman, sah aber, dass sie nicht zu ihm, sondern zu Titus Zuidema hochblickte, als sei er ihr Held und Vorbild.

„Und was meinst du selbst dazu, Virgil?"

Nun musste er offenbar seine Schuld bekennen und sagen, dass er alles nicht so gemeint habe. Das konnte er machen, sagen, dass es ihm Leid täte, dass er nicht richtig darüber nachgedacht hätte. Dann wäre er so wie alle anderen.

Virgil öffneten den Mund und sagte. „Ich fühle mich nicht schuldig. Aber ich fühle mich verantwortlich."

„Sie hören, welche selbstherrliche Antwort dieser junge Mann gibt." Titus hatte sich mit ernstem Gesicht der Kamera zugewandt. „Aber wir wollen ihn weiter anhören. Virgil, worin besteht deiner Meinung nach der Unterschied?"

„Ich will nicht, dass andere Leute für etwas, das ich getan hab, den Kopf hinhalten müssen. Ich war im Infocenter, aber es war kein Einbruch, es war ein Irrtum. Und es tut mir Leid, dass der Mann vom Reinigungsdienst die Schuld bekommen hat. Ich hab mit ihm in Novamonde gesprochen, und er sagt, dass er ein ökologischer Flüchtling ist, denn ..."

Seine Stimme wurde ausgeblendet. Virgil wurde wütend. Er hatte gedacht, das wäre eine gute Einleitung, um dann über die Wetterexperimente von Novamonde zu sprechen, aber sie gaben ihm keine Chance.

„Sie sehen, liebe Zuschauerinnen und Zuschauer, dass sich dieser Junge in keinster Weise schuldig fühlt! Sollen wir weiterhin solche Kinder hervorbringen? Oder müssen wir ihnen nicht Respekt vor den Normen und Regeln unserer Gemeinschaft beibringen? Was ist Ihre Meinung? Drücken Sie den roten Knopf auf ihrer Armlehne, wenn Sie finden, dass dieser Junge heute Abend zu Recht als Sündenbock ausgewählt wurde!"

Kurz darauf stand das Ergebnis auf der Anzeigetafel. Im Gegensatz zu den früheren Sendungen war das Ergebnis fast ausgeglichen. Nur eine kleine Mehrheit war der Meinung, dass Virgils Verhalten falsch war. Aber Titus Zuidema reichte das vollständig aus. Mit triumphierenden Armbewegungen wandte er sich an das Tribunal. „Also los! Gebt euer Bestes!"

Virgil klammerte die Hände um die Armlehnen seines Stuhls. Nun würden sie loslegen.

Im Saal wurde es still. Virgil sah, dass Lars Peter anstieß. Der nickte und verschränkte demonstrativ die Arme vor der Brust. Lars machte es ebenso. Ein Junge hatte eine der virtuellen Waffen aufgenommen, legte sie aber wieder hin, als er Lars und Peter so dasitzen sah.

Virgil sah, wie Leonore Stevens Arm gepackt hielt und sich vorbeugte. Ihr Gesicht war angespannt. Er sah Bert,

der die Faust gegen die Wange gedrückt hatte und äußerst grimmig dreinblickte. Steven selbst hielt seinen Kopf sehr aufrecht und schaute unverwandt zu seinem Sohn. Virgil fühlte sich durch diesen Blick unterstützt, der ihm sagte, dass sein Vater gut fand, was er getan hatte und tat, und das war wichtiger als alles, was Titus Zuidema heute Abend gesagt hatte.
„Darf ich wissen, was dieses Verhalten zu bedeuten hat?", fragte Titus und seine nur mühsam unterdrückte Wut war ihm deutlich anzuhören.
In das Mikrofon, das auf ihn gerichtet wurde, sagte Peter leise: „Er ist mein Freund. Und ich hab genauso mitgemacht wie er." Und Lars fügte hinzu: „Er ist aus freien Stücken zurückgekommen. Weil er nicht gewollt hat, dass sein Vater hier sitzt. Und er ist mein Freund."
„Dann seid ihr genau wie er!", schrie Titus Zuidema. Er schnappte die Waffe, die vor Peter auf dem Tisch lag und hielt sie einem anderen Jungen hin. „Und du? Zeigst du uns, dass wenigstens ein Mitglied eurer Familie weiß, was sich gehört?"
Virgil sah Jaspers mehrfach vergrößertes blasses Gesicht vor sich auf dem Bildschirm. Er sah, wie Jasper nach seiner Brille tastete, ob sie auch richtig saß. Die Hand seines Bruders bewegte sich auf die Waffe vor ihm zu. Virgil holte tief Luft. Würde Jasper auf ihn schießen? Wie es Matt beim ersten Sündenbock getan hatte? Aber Jaspers Hand schob mit zitternden Fingern die Waffe weg. Kaum verständlich sagte er: „Das kann ich nicht. Er ist mein Bruder."

Titus Zuidema zog die Waffe zurück und richtete sie auf Virgil. „Ich werde selbst tun, was ihr nicht zu tun wagt!"

Der erste Schuss traf ihn in die Kehle. Virgil sackte zusammen und japste nach Luft, konnte aber nicht atmen. Er wusste ganz genau, dass er sterben würde, wenn er jetzt nicht schnell einatmen würde. Er griff mit beiden Hände an den Hals und versuchte, das eiserne Band abzureißen, doch er spürte, dass er keine Kraft mehr hatte, seine Finger wurden gefühllos. Er schloss die Augen und sah Lichtblitze. Er fühlte sich, als wäre er unter Wasser und würde ertrinken. Der Druck in seinem Kopf wurde zu einem bleiernen Gewicht und seine Lungen standen in Flammen. So war es also, wenn man starb, ertrank. Er musste sich ergeben, Widerstand war sinnlos.

Später erzählte Steven ihm, dass er gesehen hatte, wie Virgil bewusstlos zurückgesunken war. Sein Vater war aufgesprungen, um ihm zu helfen. Virgil war viel zu weit weg, um etwas davon mitzubekommen. Er erlebte die Bilder, die ihn nun umspülten, als Wirklichkeit. Er hatte sich ergeben, und mit dem Ergeben kamen seltsame Träume. Es war, als versinke er im Wasser, tiefer und tiefer, Kilometer tief im Meer, das sich mit seinen wütenden Wellen über ihm schloss. Er taumelte, sich um sich selbst drehend, immer weiter in die pechschwarze Tiefe und fühlte zugleich das Gewicht des Wassers über sich. Er würde nicht mehr zurückkehren können, der Abstand war zu groß geworden. Plötzlich erreichte er den Meeresboden, seine Finger spürten Sand und schwankendes Seegras. Er überließ sich den Wellen, die ihn trugen, als hätte er kein Gewicht. Er wurde eins mit den Wellen, er wurde zu einer Welle, die auf den Strand schlug, nein, er war ein Mensch, der an den Strand gespült wurde wie ein Stück Treibholz, Holz von einem Wrack. Da war die Sonne, Wärme. Seine Füße trugen ihn über den Strand, pflügten durch den lockeren Sand. Er kletterte eine Düne hoch, die zur Treppe mit einem Aussichtsturm wurde. Weit weg ein Feuer mit Menschen drum herum. Tanzende Gestalten. Er war einer von ihnen, er tanzte um das Feuer. Sie legten ihm ein Tuch um die Schultern, das wie ein schweres Gewicht auf ihm lastete. Er musste genau so sein wie sie. Sie hatten doch auch alle so ein Tuch um die Schultern? Es war ganz normal, so zu leben, sich unter einem so schweren Gewicht zu bewegen. Warum drückte es ihn dann nieder? Er fiel auf die Knie und dann vornüber auf den Boden, der sich vor ihm öffnete. Ein Labyrinth, dunkle Gänge, lebendig eingeschlossen, begraben. Plötzlich ein Licht weiter vorne, eine tanzende kleine Flamme, die immer größer wurde. Er musste auf das Licht zuhalten. Eine Gestalt stand zwischen ihm und dem Feuer, warf ihren Schatten auf Virgil, der mit dem Schatten verschmolz, mit der Gestalt verschmolz. Es war, als hörte er Stimmen, die ihn aufforderten mitzugehen. Die Gestalt wurde durchsichtig. Dahinter sah Virgil ein Tor, durch das Licht fiel. Er würde durch das Tor gehen müssen, dann würde er im Licht aufgehen, selbst Licht werden. Aber da waren noch andere Stimmen, irdische Stimmen, die an den Rand seines Bewusstseins drangen. „Er ist mein Sohn, ein Sohn, auf den man stolz sein kann, lasst ihn in Ruhe, lasst mich zu ihm, werden Sie ein Mensch, werden Sie zum Mensch …"

„Das Böse verschwindet nicht, wenn man einen Sündenbock ausdeutet." War das seine Stimme? Warum war die so laut? „Das sitzt in dir selbst drin, du kannst es nicht auf jemand anderen abschieben. Du kannst es auch nicht auf ein System schieben. Wir selbst sind verantwortlich. Ich bin verantwortlich."

Virgil machte die Augen auf und fand sich wieder zurück unter dem Zeichen des Sündenbocks im Studio von Titus Zuidema. Benommen und verwirrt schüttelte er den Kopf und die Bilder verschwanden allmählich. Hatte er wirklich etwas gesagt? Er sah, dass alle ihn anblickten und verstand den Ausdruck auf einigen Gesichtern nicht.

In der ersten Reihe kämpfte Steven mit zwei Männern in der Uniform des Ordnungsdiensts. War das die Stimme seines Vaters, die er gehört hatte? Als Steven sah, dass Virgil wieder bei Bewusstsein war, beruhigte er sich. Sie wechselten einen Blick miteinander. Leonore legte die Hand auf den Arm ihres Mannes. Steven entspannte sich und lehnte sich im Sitz zurück. Die beiden Wärter wandten sich ab.

„Unerhört!" Die Direktorin sprang auf. „Wie kann er es wagen, solche Worte zu sagen! Es ist seine Schuld, dass die anderen ungehorsam sind. Wegen ihm versagt das

Schulsystem! Er steckt seine Freunde mit diesen individualistischen Ideen an!“ Sie riss eine Waffe an sich und richtete sie auf Virgil. Ein rotgelbes Feuerwerk schlug ihm entgegen. Virgil sprang auf und versuchte mit den Händen das Feuer zu löschen, das gierig nach seinen Kleidern griff und seine Haare in Flammen aufgehen ließ. Es schien flüssig zu sein. Er konnte es von seinen Armen abwischen und es formte einen Ball in seinen Händen. Seine Haut verbrannte, sein Fleisch und seine Sehnen verglühten, und die Knochen seiner Hände wurden versengt. Er war davon überzeugt, dass die Illusion wirklich war: Er hatte keine Hände mehr und würde nie mehr schreiben können oder arbeiten, er würde keinen Bolzen mehr halten und mit der anderen Hand festschrauben können. Nie mehr würde er zeichnen und nie mehr Saras Harre streicheln, ihren weichen Körper anfassen können. Virgil hob seine brennenden Hände und sah, dass sie ihre Gestalt wieder annahmen, aber er hielt eine Fackel, die mit ihrer gleißenden Flamme alle Farben um ihn herum veränderte.

Das Licht fiel auf Titus Zuidema und Virgil sah sein verzerrtes Gesicht. Wovor hatte der Mann solche Angst? Das Licht beleuchtete die Gestalt von Frau Huysman. Ihre Kleidung war voll mit schwarzem Ruß, als wäre der Feuerball auf sie selbst zurückgeschlagen. Ihre Haare waren zerzaust und hingen ihr strähnig ins Gesicht. Ihre Augen waren groß vor Angst. Was hatten die Menschen für eine Angst! Virgil richtete das Licht auf den Saal und sah das Publikum. Er sah Angst und Hilflosigkeit. Alle hatten sie so viel zu verlieren. Deshalb hielten sie so verbissen an der vertrauten, bestehenden Struktur fest. Seltsam, dass er das jetzt auf einmal so klar sah!

„Wir müssen loslassen.“ Seine Worte schossen wie Flammen in das dunkle Studio. „Wir müssen die Dinge loslassen, die uns behindern. Ihr haltet euch an veralteten Grundsätzen fest. Dadurch gibt es keinen Platz für etwas Neues. Wenn der Sturm losbricht, werden sich gerade eure alten Sicherheiten als Gefahr herausstellen.“

Das Feuer ebbte ab. Virgil betrachtete seine Kleider. Es war keine versengte Stelle zu sehen. Seine Finger waren noch alle da und seine Haut unversehrt. Was hatte er unter dem Einfluss der virtuellen Waffen gesagt? Er hatte vor ihrer Wirkung Angst gehabt, aber es schien so, als würde er dadurch immer stärker. Ob sie etwas in ihm lösten, von dem er selbst nicht einmal gewusst hatte, dass es in ihm steckte?

Er sah, dass Steven von seinem Sitz aufsprang und auch Matt war aufgestanden. Virgil hörte seinen Vater schreien: „Ich will, dass diesem empörenden Schauspiel jetzt ein Ende gemacht wird!“

Bevor jemand reagieren konnte, ergriff Titus Zuidema eine der Waffen und hielt sie hoch. Seine Hände zitterten. „Sie! Wie können Sie sich unterstehen! Sie sind der Erste … der Einzige …“, er beendete den Satz nicht, sondern zielte auf Virgils Kopf und schoss.

Es explodierte ihm in den Augen, er schrie und fühlte,

wie es durch seinen Mund nach innen drang. Er würgte, wollte spucken und mit einer Hand auf dem Magen versuchte er, sich zu übergeben. Tränen liefen ihm über das Gesicht, er spürte gelben Schaum im Mund und übergab sich auf den Boden. Kleine gewundene Dinger, Würmer und Ungeziefer wimmelten in dem Erbrochenen herum. Bei diesem Anblick kippte Virgil wieder vor und ein neuer Schwapp von Erbrochenem landete auf dem Boden. Alles, was er gegessen hatte, lag ihm zu Füßen und nahm wieder die Gestalt an, die es hatte, bevor es zum Nahrungsmittel geworden war. Lebendige Fische, abgeschuppt und vor seinen Augen in Stücke zerhackt. Ihn schauderte beim Anblick dieser Nahrung, die er gedankenlos gegessen hatte, mit der er sich ernährt hatte, ohne sich klarzumachen, dass sie aus lebendigen Wesen bestand, genau wie er. Er wischte sich den Mund sauber, wurde aber den schlechten Geschmack nicht los.
Plötzlich stand jemand neben ihm. Eine Hand berührte ihn leicht und reichte ihm ein Glas mit klarem Wasser. Durstig trank Virgil davon, es spülte seinen Mund sauber und fühlte sich kühl und angenehm an, wenn er es schluckte. Dann lag etwas auf seiner ausgestreckten Hand: eine Scheibe Brot. Er führte das Brot zum Mund und probierte es. Es war gesund, es nährte und erfrischte ihn, wie er es noch nie erlebt hatte. Er sah, wie die gelbe Pfütze zu seinen Füßen kleiner wurde und dann ganz verschwand. War das also auch eine Illusion gewesen? Aber er schmeckte das Brot noch auf der Zunge, als ob er wirklich davon gegessen hätte.

Todmüde schloss Virgil die Augen. Er stand in einem Kreis und war von Gestalten umgeben, die er nicht gut voneinander unterscheiden konnte. Wer waren die Menschen, die da im Dunkeln standen, bei denen die Schatten auf ihren Gesichtern verhinderten, dass er sie richtig sehen konnte? Er strengte sich an und sah sich selbst – Virgil, der Schüler, der Unruhestifter mit der Tasche unter dem Arm, war er das? Er sah sich selbst auf dem Skateboard. Er sah sich im Infocenter hinter ein paar Regale geduckt. Er sah sich in Novamonde. Er sah sich mit Sara. Er sah sich auf Berts Schiff, sah sich mit Jasper raufen, mit Leonore reden und mit seinem Vater schreien. Die Gestalten tollten im Kreis um ihn, schneller und immer schneller umkreisten sie ihn. Er musste sie stoppen, er musste eine auswählen, sonst würde er in ihrem Tanz verschwinden. Aber wer war er? Er öffnete den Mund und schrie lautlos: „Wer bin ich?“

Mutig, aufbrausend, gutherzig, ungeduldig, nüchtern, liebevoll, voller Lust – all die Bestandteile gehörten zu ihm, und in ihm vereinigten sich alle diese Virgils. Er war einfach er selbst. Er öffnete die Augen und sah den Saal. Er musste sie warnen, das war sein Plan gewesen. Worte stiegen in ihm auf, die nicht von ihm waren und dann doch wieder von ihm. Virgil wusste nicht, aus welcher Quelle sie stammten.

„Hier in Elmare ist ein System geschaffen worden, das für Sicherheit sorgt. Von diesem System seid ihr alle abhängig. Aber es ist nicht länger sicher. Es nähert sich ein

Sturm, noch heute Nacht kann eine Flutwelle über Elmare kommen. Elmare wird überspült, wenn wir nicht aktiv werden. In Novamonde sind Experimente gemacht worden ..."

Abrupt brach seiner Stimme der Lautsprecherton ab, die Lichter flackerten und der Bildschirm wurde blass. Die Kameraleute gaben den Technikern hinter ihnen Zeichen. Titus Zuidema fragte im Befehlston, was los sei. Jemand von der Technik antwortete: „Der Strom ist ausgefallen. Moment, wir haben wieder ein Bild." Die Bildschirme flackerten matt auf, und langsam kamen die Bilder zurück. Hatte die Stromstörung mit den Experimenten zu tun? Bald würde das Unwetter losbrechen, und er hatte noch immer nichts von den verlängerten Blitzen erzählt. Virgil holte tief Atem, um seinen Bericht loszulassen, als Titus Zuidema auf ihn zusprang und ihm das Mikrofon vom Kragen riss. „Weg mit dir! Du hast diese gesamte Sendung lächerlich gemacht! Verschwinde!" Er zog ihn vom Stuhl hoch. Im Saal war es unruhig, die Leute fragten sich vermutlich, was da eigentlich vor sich ging.

Schritte waren zu hören. Virgils Aufmerksamkeit wurde auf den Mittelgang gerichtet. Er sah eine zierliche Gestalt auf das Podium zulaufen, in der Hand hielt sie einen Hefter. Wieder hatte sie ihre feuerrote Jacke an, und die Haare tanzten ihr um die Schultern. Sara sprang auf die Bühne und lief ohne sich um die Kameraleute und um die Mitglieder des Tribunals zu kümmern auf ihren Vater zu.

„Titus, lässt du Virgil vielleicht los!"
Virgil schenkte ihr einen dankbaren Blick.
Titus ließ ihn los und drehte sich zu seiner Tochter um. „Was hast du hier zu suchen?"
Sara hielt den Hefter mit den Papieren hoch. „Erkennst du die?"
Titus warf einen Blick auf den Hefter und verlor jede Farbe. Virgil sah, wie er in sich zusammenfiel, als würde er plötzlich um Jahre altern. „Du hast meinen Schreibtisch durchsucht."
„Ich will, dass du Virgil ausreden lässt." Sara nahm ihrem Vater das Mikrofon aus der Hand und gab es Virgil. „Sag es jetzt."
Virgil blickte direkt in die Kamera. „In Novamonde experimentieren sie mit einer neuen Methode, Energie zu gewinnen. Sie versuchen Blitzeinschläge bis auf zwei Sekunden zu verlängern. Das hat Auswirkungen auf das Wetter."
Bert war jetzt auch auf die Bühne gekommen und stellte sich neben seinen Enkelsohn. „Leute, ein schweres Unwetter zieht heran. Der Wind hat heute Abend schon bis auf Sturmstärke zugenommen. Wenn die Blitze so einschlagen, wie es mein Enkel gerade gesagt hat, kriegen wir einen gewaltigen Wolkenbruch, der sich vielleicht mit den Flutwellen verbindet. Wenn ihr diese Flutwellen überleben wollt, macht ihr am besten eure Schwimmhäuser von den Pontons los. Ich denke, dass ihr und eure Familien im Avidium am sichersten seid." Seinen Wor-

ten folgte ein heftiger Windstoß, der das ganze Gebäude erschütterte. Bert fügte noch hinzu: „Aber an eurer Stelle würde ich mich mächtig beeilen!“
„Warum haben wir davon nichts gewusst?“, rief ein Mann aus dem Saal.
Bert zog die Schultern hoch. „ In Novamonde war diese Nachricht bekannt. Aber ihr hört ja nur noch die Nachrichten des Herrn Zuidema.“
Mehrere Leute standen auf und eine Frau rief: „Warum hat Herr Zuidema darüber nichts gesendet?“
Alle Augen waren auf Titus Zuidema gerichtet, der neben seiner Tochter stand.
Sara wandte sich von ihm ab. „Ich will es nicht sagen. Ich will nur, dass die Leute von Elmare gewarnt werden.“
Virgil blickte auf den Hefter, den sie noch immer in der Hand hielt. Warum hatte sie die Kontoauszüge von Titus mitgenommen? Er sah zu Bert und bemerkte, dass sein Großvater auch darauf blickte.
Steven sprang auf die Bühne und griff sich das Mikrofon. „Werden Sie vielleicht von Novamonde bezahlt, Herr Zuidema? Damit wir in Elmare nicht gegen ihre selbstsüchtigen Pläne protestieren können, mit denen sie unsere Gesellschaft in Gefahr bringen?“
Wie eine Welle überflutete die Bestürzung den Saal. Man konnte hören, wie „Korruption“, „Skandal“ und „Betrüger“ gerufen wurde. Die Direktorin stand auf und ging auf Titus Zuidema zu. Virgil sah ganz genau hin, aber er konnte leider keinen Fleck auf ihrer Kleidung finden.

„Stimmt das?“, fragte sie mit hoher und entschiedener Stimme. Weil sie ihr Mikrofon noch trug, war sie bis in den letzten Winkel des Studios zu verstehen. „Ist das alles nur eine Farce, ein Täuschungsmanöver gewesen, um Ihren eigenen Geldbeutel dick zu machen?“, mit einer weiten Armbewegung zog sie das gesamte Studio mit ein.
Titus Zuidema sah sie nur dumpf an.
„Ihnen geht es also nicht um Elmare?“ Die Direktorin kam in Fahrt. „Sie haben nur vorgegeben, dass diese Gemeinschaft, die wir mit unseren eigenen Händen aufgebaut haben, Ihnen am Herzen liegt?“ Sie wandte sich ab und sagte mit erstickter Stimme: „Und ich habe Sie hoch gelobt. Ich habe wirklich gedacht … Ich habe geglaubt, dass Sie genauso denken wie ich. Elmare, eine Stadt mit ungeahnten Möglichkeiten.“
In Gedanken ergänzte Virgil das, was sie sagte: „Jeder als eine kleine Untereinheit auf seinem Platz, sodass alles perfekt zusammenarbeitet … “ Waren das nicht die Worte von Titus Zuidema, die Sara ihm berichtet hatte?
„Dann sind Sie schuldig!“ Die Direktorin zeigte mit bebendem Finger auf Titus Zuidema. „Sie haben lebensnotwendige Informationen zurückgehalten. Wenn Elmare untergeht, tragen Sie die Schuld!“
Aus dem Saal rief ein Mann: „Setzt ihn auf den Stuhl vom Sündenbock!“ Er bekam Beifall, und andere johlten und hoben die Fäuste.
Mit einem Ruck zog Virgil das Band von seinem Hals, das die Elektroden an ihrem Platz gehalten hatte. Er schmiss

sie auf den Boden und zertrat sie. Dann griff er sich das Mikrofon, das Steven immer noch hielt, und blickte in den Saal. „Titus Zuidema ist nicht der Einzige, der Schuld hat. Wenn er ein Sündenbock ist, dann sind alle als seine Schafe hinter ihm hergerannt. Es ist wichtig, dass wir uns selbst das Denken erlauben. Das kann niemand sonst für uns tun.“ Er lief zum Sündenbockstuhl und schmiss ihn um.

Im Saal wurde es still. Die Leute vermieden es, sich gegenseitig anzusehen. Da rief Bert: „Ihr kümmert euch jetzt besser um eure Häuser!“, und langsam leerte sich der Saal.

Titus Zuidema verschwand mit hängenden Schultern zwischen den Kulissen, und Virgil empfand kurz Mitleid mit ihm. Dann sah er Sara. Sie trug den Kopf hoch erhoben, aber in ihren Augen glitzerten Tränen. Er legte den Arm um sie und spürte, wie sie sich Schutz suchend an ihn schmiegte.

Das Licht flackerte und es wurde kurz dunkel im Saal, doch gleich darauf gingen die Lichter wieder an. „Es wird nicht mehr lange dauern.“ Bert hatte sich an Steven gewandt. „Hast du schon was unternommen?“

„Das Schwimmhaus ist völlig abgekoppelt und komplett abgeschottet. Wir bleiben am besten hier und warten, bis das Unwetter losbricht.“

Leonore legte ihren Arm um Saras Schultern. „Komm, mein Kind, wir suchen uns zusammen eine geschützte Stelle.“

Draußen schlugen die Wellen über die Pontons und der weiße Schaum wehte hoch nach oben. Bert schüttelte den Kopf, als er die wild tobende See sah. „Ich bin froh, dass wir da nicht mehr durch müssen. Wir können nur noch das Beste hoffen.“

Sie nahmen die Rolltreppe nach unten. In der Halle des Avidiums war es eng. Viele Leute, die im Studio gewesen waren, trauten sich nicht mehr nach Hause. Ein paar Einzelne wagten es doch und Virgil sah die wenigen einsamen Gestalten gegen Wind und Wellen ankämpfen.

Immer mehr Menschen kamen ins Avidium. Virgil war froh, dass seine Warnung sie noch rechtzeitig erreicht hatte. Frauen mit verschlafenen, weinenden Kindern auf dem Arm fanden einen Platz im Krankenhaus, das auch als Notunterkunft eingerichtet war. Männer in wasserdichten Anzügen wagten sich über die Pontons, um Leute zu warnen und zum Avidium zu bringen.

Der Sturm kam aus Nordosten und die Wellen schlugen über den Handelskai. Virgil dachte an die Halfpipe. Ob die stehen bleiben würde? Oder würde sie fortgeschwemmt? Die Lampen der Einkaufspromenade waren gelöscht, die Türen fest verschlossen. Es war zu hoffen, dass die Läden vor den Fenstern und Türen fest saßen.

Dann hörte er Berts harsche Stimme hinter sich und drehte sich um. Die Leute vom Sicherheitsdienst hatten den Auftrag bekommen, die Zugangstüren des Avidiums zu schließen.

„Das kommt überhaupt nicht infrage!“, polterte Bert.

„Da kommen doch noch ständig Leute rein, die einen sicheren Ort suchen. Lasst doch die Türen einfach unabgeschlossen. Benutzt doch mal euren Verstand, verdammt noch mal!“
Zu seiner Überraschung hörte Virgil, wie die Männer brummten: „Ja, Sie haben ja Recht.“
Virgil blickte in Richtung Novamonde. Die große Stadt, der Koloss, dem sie fast zum Opfer gefallen wären. Sah er da in der Ferne Licht aufblitzen? Verdammt, das musste das Elmsfeuer sein! Er winkte Bert und Steven. „Seht mal, das Feuer über dem grünen Turm!“
Bert ballte seine großen Hände zu Fäusten. „Und das bei dem Sturm“, sagte er leise. „Dass die sich das wagen!“
Er wandte sich an die Wärter. „Jetzt könnt ihr die Türen verschließen. Es geht los!“
„So ein Egoismus“, murmelte Steven. „Natürlich bietet das Unwetter ideale Bedingungen für Blitze, aber die denken keinen Moment über die Folgen für die Menschen auf See nach!“
„Sie haben die Schiffe im Hafen gehalten, Paps“, sagte Virgil. „Da, jetzt ist es am stärksten!“
Das Elmsfeuer hatte seinen Höhepunkt erreicht. Ein gleißend weißer Pfahl riss den Himmel auf und eine grelle, weit verzweigte Schicht von Blitzen zuckte durch die Luft. Aber während sie sonst in wenigen Augenblicken wieder verschwunden waren, blieb dieser Überblitz sichtbar. Es war, als würde der Himmel zerteilt, und die Stadt darunter war deutlich zu erkennen. Eine gespenstische

Erscheinung. Virgil merkte, wie er den Atem anhielt, solange sie andauerte.

Dann ertönte ein unglaublicher Donner. Es war, als würde der Himmel explodieren, und alle im Avidium zogen mit den Händen über den Ohren den Kopf ein. Zu gleicher Zeit riss der Himmel auf. Kilometer hohe Wolken ergossen sich in einem Wolkenbruch, wie es ihn noch nie gegeben hatte. Er prasselte auf das Dach des Avidiums, der schwere Wind schlug die großen Tropfen mit Wucht gegen die Fensterscheiben.

Bert hatte die Hände gefaltet und murmelte etwas vor sich hin. Ein paar Worte konnte Virgil verstehen: „Lass es noch ein wenig fortbleiben, in Gottes Namen, lass es wegbleiben!"

Aber es blieb nicht weg. Der tosende Wind, der über die Flevosee brauste, versammelte all seine Kraft zum Ansturm auf Elmare. Die Wellen wurden immer höher, die Wellentäler tiefer und tiefer und die ganze See schien bedeckt mit widerwärtigem weißem Schaum.

Die Wellen donnerten gegen das Avidium. Das Gebäude bebte unter der Kraft der Naturgewalt. Dann zog das Meer sich kurz zurück. Es schien, als ob der Regen nachließe und der Wind abnahm.

Bert zeigte auf die andere Seite des Avidiums. Und da näherte sich Gefahr. Eine riesige Flutwelle schlug gegen das Gebäude. Fenster zerbarsten, Meerwasser drang ein und flutete durch die Gänge. Die untersten Stufen der Rolltreppe standen unter Wasser. Die Menschen klammerten sich aneinander, Kinder weinten, Frauen schrien. Virgil hielt sich an Steven fest. Als er zu seinem Großvater blickte, sah er, dass ihm die Tränen über die Wangen liefen.

„Eine zweite Hiobsnacht“, murmelte der alte Seemann. „Eine zweite Hiobsnacht! Hört das denn niemals auf?“

Nach dem Sturm

Mitten in der Nacht, als die Lichter im Avidium gedämpft waren und sich alle todmüde einen Platz zum Schlafen gesucht hatten, um das Ende des Unwetters abzuwarten, suchte Virgil nach Sara. Er fand sie im Studio mit Leonore, beide hatten sich auf einem Sessel aneinander geschmiegt. Virgil setzte sich leise neben sie und dachte, sie schliefe, aber als er ihr ins Gesicht sah, bemerkte er, dass ihre Augen weit geöffnet waren.

„Ich begreif das nicht", flüsterte sie. „Er hatte doch alles, was er nur wollte. Ein schönes Haus, ein gutes Einkommen, eine Arbeit, durch die er berühmt geworden war …"

Virgil zog sie an sich. „Und eine Tochter, auf die er stolz sein konnte." Sie schwiegen beide kurz und hörten auf das Heulen des Windes draußen.

„Ich hasse ihn", sagte Sara. „Ich hab gedacht, dass ich stolz auf meinen Vater sein könnte. Aber er ist ein Betrüger. Ich will ihn nicht mehr sehen." Über ihre Wangen liefen Tränen, die Virgil wegstreichelte.

„Aber er ist doch dein Vater. Ich weiß auch nicht, warum er das alles gemacht hat. Meine Eltern … Wenn mein Vater wütend wird, sorgt Leonore dafür, dass er sich wieder beruhigt. Sie legt eine Hand auf seinen Arm oder sie sieht ihn an, und dann wird er wieder ruhiger."

„Du hast es gut. Nach dem Tod meiner Mutter hat er immer mehr getrunken. Glaubst du, dass er sie vermisst?"

„Bestimmt."

„Mit deinen Eltern hast du Glück. Deine Mutter hat heute Abend mit mir gesprochen. Sie war unheimlich lieb. Aber Virgil, wie kam das, dass du all die Sachen gesagt hast?"

„Ich weiß es auch nicht", sagte Virgil. „Das ist von allein gekommen. Ich war selbst überrascht."

„Virgil, der letzte Sündenbock."

„Zum Glück. Die Sendung war widerwärtig." Virgil spürte einen Schauder über seinen Rücken laufen, als er daran dachte, was er an diesem Abend alles durchgestanden hatte.

Leise fragte Sara: „Wie war das, als Titus auf dich geschossen hat?"

„Ich kann es kaum beschreiben. Es war, als würde ich sterben oder ertrinken. Und dann hab ich ständig Bilder gesehen, wie Träume." Er erzählte, was er gesehen hatte, und Sara hörte aufmerksam zu. Sie schauderte, als es um das Essen ging, das vor seinen Füßen wieder lebendig wurde.

„Bah, wie eklig!"

So gemeinsam mit Sara im Dunkeln traute sich Virgil offener zu sprechen als sonst. „Ist dir das auch schon mal so gegangen, Sara, dass du was Scheußliches geträumt hast und aufwachst, aber doch noch nicht richtig wach bist? So ein Gefühl hab ich im Studio gehabt. So ein Gefühl, dass der Traum weiterging, aber dass ich den Albtraum anders ablaufen lassen konnte, wenn ich das wollte. Und zugleich war ich das nicht so richtig ich selbst, der den Traum umgesteuert hat. Da ist so eine Kraft in mir hochgekommen, die den ganzen Kram umgedreht hat. Eine Kraft, die ich von mir noch nicht gekannt hab und die durch das Schreckliche aufgestiegen ist. Das klingt jetzt bestimmt dumm und wirr."

„Überhaupt nicht. Was meinst du mit umdrehen?"

„Der Wunsch, der Wille, die Dinge in Ordnung zu bringen, ins Gleichgewicht. Das hat immer zusammengehört."

„Wie das Licht zur Dunkelheit gehört?"

„Genau!" Virgil war sehr erleichtert, dass sie ihn verstand. „Es ist genau wie das Licht, das du nur dann siehst, wenn du weißt, was Dunkelheit ist! Und du? Wie bist du drauf gekommen, den Schreibtisch deines Vaters zu durchsuchen?"

„Ich hab es nicht glauben wollen, aber als du gesagt hast, dass sie Sylvia Geld gegeben haben, damit sie verschwindet, hab ich gewusst, dass da was dran sein muss. Unehrlichkeit widert mich so an, Virgil. Das hat mich an dir so angezogen. Du sagst einfach, wie es ist, du redest da nicht so drum rum, wie Titus es immer tut. Bei dir weiß ich zumindest, woran ich bin. Das war ganz schön schwer, den Schreibtisch aufzubekommen. Das ganze Haus hab ich nach den Schlüsseln abgesucht. Weißt du, wo ich sie gefunden hab? Hinter dem Bild von deiner Mutter! Ich hab all seine Papiere durchgesehen, bis ich gefunden habe, was ich gesucht hab. Wir sind von Novamonde dafür bezahlt worden, dass wir nach Elmare gezogen sind. Deshalb konnte Titus die Anteile von dem Mann kaufen, der weggezogen ist. Da ist ganz schön viel Geld auf seinem Konto."

„Du musst nicht ‚wir' sagen", erwiderte Virgil. „Das war allein Titus' Angelegenheit. Du hast damit nichts zu tun gehabt."

„Aber ich bin doch ganz schön froh, dass er nach Elmare gezogen ist", flüsterte Sara. „Sonst wäre ich dir nicht begegnet."

Sie umarmten sich und schliefen dann ein, todmüde von allem, was sie mitgemacht hatten. Sie merkten nichts davon, dass der Wind schwächer wurde und dass der schwere Regen nachließ. Sie wurden auch dann nicht wach, als der neue Tag anbrach und es hell wurde.

Schließlich rüttelte Leonore sie sanft wach. „Hört mal, es ist Morgen. Jetzt wacht mal auf!" Sara schlug die Augen auf und wurde rot, als sie merkte, dass sie sich im Schlaf eng an Virgil geschmiegt hatte. Ihn wach zu bekommen, kostete etwas mehr Mühe. Er brummte nur und versuchte sich umzudrehen. Aber er lag nicht im Bett, sondern auf einem Sessel und wäre bei diesem Versuch beinahe auf den Boden gefallen.

„Auch dir einen guten Morgen!“, sagte Leonore trocken, als sie das unwirsche Gesicht ihres Sohnes sah.
Virgil wischte sich das verwuschelte Haar aus dem Gesicht. Er war erst halb wach und versuchte sich zu erinnern, was eigentlich alles passiert war. Sara zog ihn mit sich auf den Flur, von wo aus man durch ein großes Fenster über Elmare blicken konnte.
Das Chaos, das sie unter sich sahen, war unbeschreiblich. Zuerst glaubte Virgil, am Fuße des Avidiums wäre lauter Treibholz angeschwemmt worden. Doch dann begriff er, dass das die Überreste von Schwimmhäusern sein mussten. Er blickte über die Wasserstadt, doch Elmare, wie er es kannte, bestand nicht mehr.
Schwimmhäuser, die man rechtzeitig abgekoppelt hatte, waren in der Nacht abgetrieben und lagen nun weit draußen auf der Flevosee. Andere waren ineinander gekracht, Scheiben waren zersplittert, Türen standen weit offen. Schiffe, die man nicht von den Pontons gelöst hatte, waren gekentert und lagen nun unter Wasser, die Unterseite nach oben gekehrt. Die See hatte sich beruhigt, und Wellen spülten über die traurige Szenerie hinweg. Alle Viertel waren durcheinander gewirbelt worden, die ordentlichen Reihen von Schiffen an den Pontons gab es nicht mehr. Elmare war in einer Nacht total verändert worden. Alle Schiffe, die Viertel, einfach die ganze Struktur waren durcheinander.
„Wir müssen ganz neu anfangen“, sagte Virgil leise. Er drehte sich um. „Ich geh zu Bert. Wir müssen versuchen, die Hopper 7 zu finden.“

„Ich weiß nicht, wo ich hin soll“, sagte Sara unsicher.
Leonore, die hinter ihnen stand, sagte sanft: „Ich glaube, dass dein Vater dich gerade jetzt braucht.“
Sara seufzte.
Zusammen mit Steven und Bert verließ Virgil das Avidium. Es regnete nicht mehr, aber graue Wolken trieben über sie hin. Sie mussten über die Trümmer eines Schwimmhauses klettern, das auf die Pontons geschlagen war. Es waren noch mehr Leute draußen, die nach ihren Häusern suchten, doch dort, wo sie gelegen hatten, war nun nichts mehr zu finden.
In Anbetracht dieses heillosen Durcheinanders machte Bert ein grimmiges Gesicht.
„Dafür muss Novamonde bezahlen!“, sagte er entschieden. Virgil nickte. Er konnte sich nicht vorstellen, dass die große Stadt bei einer solchen Katastrophe nicht helfen würde. Sie war schließlich dafür verantwortlich!
Das Viertel der Künstler trafen sie noch einigermaßen intakt an. Steven hielt nach ihrem Schwimmhaus Ausschau, aber die Stelle, wo es gelegen hatte, war leer. Auch die Nachbarn waren auf der Suche nach ihren Häusern. Einer hatte Glück. Sein Haus war nur ein paar Meter weiter getrieben worden und dann an ein anderes gedrückt zum Stillstand gekommen.
Steven zeigte darauf. „Da kannst du mal sehen, dass die neuen Materialien ihren Preis wert sind!“
„Es wundert mich“, sagte Bert, „dass der Kahn noch heil ist. Sicher Kunststoff?“

Steven nickte.
Virgil zeigte über das aufgewühlte Wasser der Flevosee. „Bert, da liegt die Hopper 7!"
Der alte Küstenfrachter dümpelte noch an derselben Stelle, wo Bert ihn festgemacht hatte. Ein Problem war allerdings, dass der Ponton dort, wo Stevens Haus gelegen hatte, zerschlagen war. Ohne groß zu überlegen zog Virgil Jacke und Schuhe aus. Und bevor Steven ihn zurückhalten konnte, sprang er in das kalte graue Wasser und schwamm mit kräftigen Zügen zur Hopper 7. Dann packte er die unterste Sprosse der Leiter und kletterte hoch. An Deck winkte er seinem Vater und Bert triumphierend zu.
„Schmeiß uns ein Tau rüber!", rief Bert.
Virgil machte ein Tau auf dem Achterdeck los und warf das Ende seinem Großvater zu. Es fiel zwar ins Wasser, aber dicht genug bei der Stelle, wo Steven und Bert standen.
Kurze Zeit später lag die Hopper 7 an ihrem neuen Liegeplatz und alle waren an Bord. Bert kochte Kaffee, während Virgil sich trockene Kleider anzog, die sich noch an Bord befanden.
„Ich hab doch gesagt, dass das Schiff einige Schläge aushalten kann!", sagte Bert zu Steven. „Gut, ich muss nachher die Ladeluken kontrollieren, es wird Wasser in den Laderäumen stehen, aber es ist ein solides Schiff!"
Virgil grinste, als er Steven seufzen hörte. „Ja, Papa." Er blickte über das Wasser und sagte noch: „Ich bin mal gespannt, wo unser Schwimmhaus ist."

Sie fanden es ein paar Kilometer von Elmare entfernt. Es hatte den schweren Sturm überlebt, weil es ziemlich stabil und von Steven gut verrammelt worden war. Fenster und Türen hatten völlig dicht gehalten, sodass kein Wasser eingedrungen war. Sie schleppten es nach Elmare zurück. Es war das erste Schwimmhaus von vielen, die von Bert auf der Flevosee wieder aufgefunden wurden.

Virgil, Steven und Bert arbeiteten den ganzen Tag ununterbrochen. Im Laufe des Tages kam auch Hilfe von fremden Schiffen, die vorbeikamen, um sich über die Lage zu informieren. Über Elmare kreiste ein Hubschrauber, der von der Katastrophe Aufnahmen machte. Die Leute fingen an, das schlimmste Durcheinander aufzuräumen, und einige nahmen die ersten Reparaturen in Angriff. Die Pontons wurden einigermaßen wiederhergestellt, damit die Leute wieder Plätze für ihre Häuser finden konnten.
Langsam kamen die Hilfsleistungen in Gang. Schiffe mit Decken und Lebensmitteln trafen aus Novamonde ein. Familien, die kein Haus mehr hatten, konnten im Avidium unterkommen. Es kamen Techniker mit entsprechender Ausrüstung, damit der Strom wieder angeschlossen werden konnte.
Tagelang wurde gearbeitet, gezimmert und Vorkehrungen wurden getroffen. Und nach einer Woche legte die erste Fähre aus Novamonde wieder in Elmare an. Männer in dunklen Anzügen und mit schwarzen Köfferchen in der Hand gingen über die reparierten Pontons zum Avidium.

Virgil, der die Fähre ankommen gesehen hatte, berichtete Steven davon. Sein Vater saß gerade auf dem Dach des Schwimmhauses und besserte einen Schaden aus. Alles, was außen am Haus angebracht gewesen war, war weg. Steven wollte ein neues Geländer anbringen und Virgil hatte ihm die Pläne dazu gemacht.
„Eine Abordnung aus Novamonde?" Steven unterbrach seine Arbeit. „Das wurde aber auch Zeit!"
Leonore, die einen großen Hausputz machte, kehrte gerade etwas Abfall nach draußen und fragte: „Was wurde aber auch Zeit?"
Virgil erzählte ihr, dass gerade Leute aus Novamonde angekommen waren. „Es wird wohl noch eine Weile dauern, bis die Leitungen in den Pontons wiederhergestellt sind", sagte er. „Also funktioniert der MV nicht. Schade, ich würde gern wissen, was da besprochen wird."
„Ich finde das Trinkwasser ist das größere Problem", sagte Leonore. „Es ist ein Glück, dass Bert gerade seinen Trinkwasservorrat aufgefüllt hat, aber die meisten Leute müssen mit dem Wasser auskommen, das von Novamonde rübergebracht wird."
Steven nickte. „Es gibt noch sehr viel zu tun."
Gegen Mittag kam ihr Nachbar Wilhelmsen vorbei. „Heute Abend ist eine öffentliche Versammlung", teilte er mit. „Alle sind dazu eingeladen. Es gibt eine Menge zu besprechen!"
Steven blickte auf seine Arbeit, mit der er gerade beschäftigt war und nickte nachdenklich. „Ja, du hast Recht, ich

geh bestimmt hin. Ich denke, dass wir alle hingehen sollten."

Nach dem Abendessen mit Suppe aus den Notvorräten, die Novamonde hatte austeilen lassen, und etwas trockenem Brot machte sich die ganze Familie auf den Weg ins Avidium. Sie waren nicht die Einzigen, die Pontons waren voller Menschen, die in dieselbe Richtung gingen.

Auch im Avidium gab es überall deutlich sichtbare Sturmschäden. Die Rolltreppen standen noch immer still, weil das Meerwasser irgendetwas in der Mechanik angefressen hatte. Die Einkaufspromenade war geschlossen und das Glas der Überdachung total verschwunden. Die Scherben der zersplitterten Fenster waren auf einen Haufen gekehrt worden, und überall waren die Fenster mit Brettern vernagelt. Taschen, Tüten und Essensreste lagen in der Halle verstreut. Virgil stolperte über einen Kinderschuh, bevor er hinter Steven die still stehende Rolltreppe nach oben stieg.

In dem Gebäude war es düster und wegen der vielen zerbrochen Fensterscheiben kalt. Steven drückte die Eingangstüren des großen Versammlungssaals auf und setzte sich dann mit seiner Familie in die hinterste Reihe.

Dieser Versammlungssaal glich mit seinem freien Raum in der Mitte, wo ein paar Stühle und ein Pult standen, einer Arena. Der Saal füllte sich rasch. Zwischen den Sitzreihen saßen Leute in den Gängen auf dem Boden, und die Türen zu den Fluren wurden offen gelassen, weil auch da Leute standen. Offensichtlich war fast ganz Elmare anwesend. Unruhig blickte sich Virgil um, aber Sara konnte er nirgends entdecken. Doch kurz bevor die Versammlung eröffnet wurde, sah er, wie sie sich noch hereindrängte. Sie blieb ganz oben stehen und schaute sich suchend um.

Virgil stand auf und winkte ihr. „Hier ist noch Platz!"

Maulend rückte Jasper zur Seite, während Sara sich zwischen den Leuten durchzwängte und sich dann neben Virgil setzte.

Ein Mitglied der Kommission, des obersten Rats von Elmare, eröffnete die Versammlung. „Es ist die Frage gestellt worden, warum die Bevölkerung von Elmare nicht über die Experimente in Novamonde in Kenntnis gesetzt worden ist. Das wollen wir gerne in aller Ausführlichkeit beantworten. Doch vorweg muss ganz klar festgestellt werden: Wir sind von Novamonde unzureichend unterrichtet worden." Er blickte zu den anderen Mitgliedern der Kommission, die plötzlich sehr damit beschäftigt waren, ihre Papiere hin und her zu schieben. „Kommissionsmitglied Heinders weiß mehr darüber. Herr Heinders, bitte."

„Ich weiß gar nichts." Ein kleiner Mann mit ungesund rotem Gesicht stand auf. „Die Kontakte mit Novamonde haben vor meiner Zeit stattgefunden." Er setzte sich wieder.

Der Vorsitzende räusperte sich und blickte seine Kollegen Hilfe suchend an.

Die schwiegen hartnäckig, bis endlich eine Frau aufstand

und sagte: „Wenn ich mich richtig erinnere, hat Novamonde uns eine Mitteilung zukommen lassen, die besagte, dass sie sich mit Wetterexperimenten beschäftigten. Ein Schaden könne aber auf keinen Fall entstehen, hieß es.“ Sie setzte sich wieder.

„Sie haben es gehört.“ Der Vorsitzende blickte mit einem aufgesetzten Lächeln in den Saal. „Novamonde hatte uns versichert, es könne nichts passieren.“

Ein Mann im Saal stand auf. „Also haben Sie den Leuten aus Novamonde aufs Wort geglaubt? Warum kam das nicht im MV? Dann hätten wir selbst …“ Er brach ab und schien über seine eigenen Worte nachzudenken.

„Natürlich ist das im Nachhinein gesehen nicht klug gewesen. In Zukunft werden wir diese Dinge besser überprüfen“, sagte der Vorsitzende hastig. „Wir hätten natürlich eine Delegation schicken können, die eine Untersuchung hätte durchführen und der Kommission einen Bericht zur Beurteilung vorlegen können …“

Virgil schnaubte. Wieder war es das alte Lied. Die Leute von Elmare gaben der Kommission die Schuld, und die schob sie weiter auf Novamonde.

Ein anderer Mann stand auf. Er wollte wissen, welche Rolle Titus Zuidema gespielt hatte.

„Das wird noch näher untersucht.“ Virgil spürte, wie Sara ihre Finger in seinen Arm drückte. „Im Moment sieht es so aus, dass Herr Zuidema vom meteorologischen Institut bezahlt wurde. Durch die Sendungen von Herrn Zuidema waren wir hier in Elmare so sehr auf unser eigenes System ausgerichtet worden, dass unsere Aufmerksamkeit von den Geschehnissen anderswo abgelenkt wurde. Ich persönlich bin allerdings der Meinung, dass Herr Zuidema von unserem Leben hier in Elmare aufrichtig fasziniert war. Die Wetterexperimente in Novamonde sind auf unbegrenzte Zeit eingestellt."

Im Saal wurde es unruhig, und Steven stieß Virgil an. „Gut so!"

„Und die Delegation hat uns versichert, dass Novamonde beim Aufbau eines neuen Elmare mit finanziellen Mitteln helfen wird."

Halblaut murmelte Steven: „Was für ein scheinheiliges Schauspiel!"

Virgil war ganz seiner Meinung. Geld zu geben war wohl das Mindeste, was Novamonde tun konnte. Sie hatten die Verantwortlichen von Elmare im Vorfeld falsch unterrichtet, und sie hatten dafür gesorgt, dass die Bürger von Elmare keine Informationen bekamen und deshalb auch nicht gegen die Experimente protestieren konnten! Er dachte an die große Stadt, in der sich niemand um den anderen kümmerte. Genauso wenig schien es Novamonde zu kümmern, dass Elmare beinahe durch die Flutwelle von der Landkarte gewischt worden wäre!

„Die Kommission schlägt vor, dass die alte Struktur von Elmare vollständig wiederhergestellt wird. Die alten Viertel sollen genau so wieder eingerichtet werden. Schließlich ist über diesen Entwurf vor vielen Jahren ausführlich gesprochen worden. Er wurde nach vielen Versammlungen gemeinsam für gut befunden. Wir finden, dass dieser Plan …“

Er wurde von einem Mann mit weißen Haaren unterbrochen, der aufgestanden war und mit zittriger Stimme in den Saal rief: „Das finde ich überhaupt nicht! Wir vom Viertel der Pensionisten finden, dass das anders geregelt werden muss. Wir wollen den Platz selbst aussuchen, wo wir die letzten Jahre unseres Lebens verbringen. Die meisten von uns wollen bei der Familie anlegen.“

Der Vorsitzende der Kommission blickte über seine Lesebrille erschrocken in den Saal. „Ja, aber …“

Noch mehr ältere Menschen standen auf. Virgil sah auch seinen Großvater mitten in einer Gruppe älterer Leute, die alle einen aufgeregten Eindruck machten. „Wir wollen, dass wir die Wahl haben!“, wurde gerufen. „Es ist schließlich unser Leben! Wir wollen selbst bestimmen, wie das aussieht!“

„Also deshalb habe ich Bert in den letzten Tagen nicht gesehen“, sagte Steven leise. „Der hat einen Aufstand der Senioren mit vorbereitet.“

Virgil kicherte. Das war wirklich was für Bert.

Nun stand ein junger Mann auf. „Ich bin völlig der Meinung meines Vorredners. Wir müssen eine Möglichkeit zur Wahl haben. Dasselbe gilt für die zentrale Versorgung. Ich will selbst bestimmen, an welchem Tag ich meine Wäsche wasche.“

„Ja!“, stimmte ihm eine Frau bei. „Oder wann das Licht angeht.“

„Und auch der MV!", riefen andere. „Wie wollen den MV anmachen können, wann es uns passt."
„Ich glaube, der Sturm hat die Leute ganz schön zum Nachdenken gebracht", meinte Leonore zufrieden. „Es hat ihnen offensichtlich gut getan, einmal kräftig durchgerüttelt zu werden."
Virgil nickte.
Nach dieser stürmischen Versammlung gingen die Leute aufgewühlt auseinander und in der Halle wurde in zahlreichen Grüppchen noch heftig diskutiert. Eines war sicher: Das neue Elmare würde deutlich anders aussehen als das alte.
Virgil blieb etwas zurück, um mit Sara reden zu können. Er fragte sie, wie es ihr mit Titus ginge.
„Er ist wie gelähmt", sagte sie und seufzte. „Das ganze Haus ist durcheinander gewirbelt, alles liegt kreuz und quer herum und er sitzt nur auf dem Sofa und starrt vor sich hin. Ich hab ihn gefragt, ob wir wieder zurück nach Novamonde ziehen. Aber er antwortet nicht."
„Willst du das? Zurück nach Novamonde?" Virgil sah sie fragend an.
Sie schüttelte heftig den Kopf. „Nein. Durch das, was du erzählt hast, ist mir noch deutlicher geworden, wie schlimm es da war. Der Gestank, die Enge, Menschen, die sich nicht umeinander kümmern. Ich will hier bleiben, hier in Elmare."
„Vielleicht kannst du ja bleiben", meinte Virgil. „Schließlich versteht er ja wirklich was vom MV. Nur glaub ich,

es wäre besser, wenn er selbst keine Sendung mehr moderiert!"
Sara nickte. „Das hast du wirklich Recht."
Er brachte sie nach Hause. Hand in Hand liefen sie über die Pontons und umarmten sich zum Abschied vor Saras Haus.
Auch dieses Viertel hatte sich total verändert. Das Schwimmhaus des Architekten war ganz verschwunden. Virgil vermutete, dass der Mann doch keine so guten Pläne machte, wie er im MV behauptet hatte!

Nach einigen Wochen fing die Schule wieder an. Virgil war mitgeteilt worden, dass besonders er in der großen Aula bei der Versammlung am ersten Schultag nach der großen Katastrophe erwartet wurde. Nervös überlegte er, was sie nun schon wieder von ihm wollten. Sara wartete auf ihn an der Kreuzung zu ihren Vierteln, und zusammen gingen sie zum Avidium. Das Leben in Elmare begann sich langsam wieder zu normalisieren. Die Halle war aufgeräumt, die Rolltreppen repariert. Sie gingen zur Aula, wo Virgil schon von Goman und Bredius erwartet wurde.
„Aha, Herr Wensveen!", sagte Goman in seiner bekannten sarkastischen Art. „Doch wieder in der Schule!"
„Trotz deines besonderen, ich möchte fast schon sagen ‚berühmten Verhaltens'!", fügte Bredius hinzu und tauschte mit seinem Kollegen einen verständnisinnigen Blick.

Virgil wusste nicht so recht, was er antworten sollte, und murmelte nur irgendetwas. Ließen sie ihn denn nie in Ruhe, konnte er sich nicht einfach ohne aufzufallen zu seinen Freunden setzen! Er entwischte den Lehrern und ging nach vorne.
Peter ließ seine Kumpel stehen und kam auf Virgil zu. Seine Haare waren wieder fast so lang wie früher. „So, da ist ja unser Sündenbock!“, sagte er vergnügt. „Wollen wir uns nicht mal wieder was Schönes ausdenken? Ich hab so richtig Lust auf einen Skaterwettkampf!“
„Mir fällt nichts ein“, sagte Virgil. „Und die Halfpipe ist sowieso weg.“ Der Sturm hatte die rostige halbe Röhre ins Meer geschleudert.
Peter lachte. „Hör mal, ich will schnell noch was sagen. Du hast Recht gehabt. Lars und ich haben darüber gesprochen. Wirklich, das war ganz schön bescheuert von uns, da mit verschränkten Armen vor der Kamera im Tribunal zu sitzen! Wir hatten ja überhaupt keinen Bock drauf.“
Virgil nickte. Auch jetzt wusste er nicht recht, was er antworten sollte.
Sara zog ihn am Arm. Sie guckte verschmitzt. „Wollen wir uns nicht setzen?“ Bevor er etwas antworten konnte, hatte sie ihn zur ersten Reihe mit nach vorne gezogen. Sie drückte ihn auf einen Stuhl und ließ sich neben ihn fallen.
„Schülerinnen und Schüler!“ Die Direktorin war auf die Bühne gestiegen. „Setzt euch.“ Langsam wurde es ruhig in der Aula.

„Heute ist ein besonderer Tag." Frau Huysman blickte ihre Schülerschaft wohlwollend an. „Besonders, weil die Versorgungseinrichtungen von Elmare wieder soweit hergestellt sind, dass wir zur Normalität übergehen können. Besonders, weil in den vergangenen Wochen so viel passiert ist. Es wurde hart gearbeitet, um unsere Wasserstadt wieder einigermaßen in Ordnung zu bringen. Vieles hat sich verändert, denn wir können nicht auf dem Vergangenen beharren, wir müssen nach vorne blicken. Es heißt immer: ‚Die Zukunft gehört der Jugend.' Ich möchte eher sagen: Ohne die Jugend gibt es keine Veränderungen! Durch das, was geschehen ist, bin ich dazu gekommen darüber nachzudenken, auf welche Weise diese Schule funktioniert hat. Die Lehrerinnen, Lehrer und ich haben oft zusammengesessen, um über die Regeln und Zielsetzungen der Schule neu zu beraten."

Virgil hatte keine Ahnung, was die Direktorin mit ihrer Ansprache im Sinn hatte, aber mit Saras Hand in seiner fand er es keineswegs unschön hier zu sitzen. Vielleicht bekam er ja noch zu hören, dass sie ihn von der Schule schmeißen wollten, schließlich hatten sie ihn ja wohl nicht umsonst extra eingeladen!

„Nicht alles kann man mit Regeln und Vorschriften erfassen, nicht jeder Tag kann so verlaufen, wie wir Erwachsenen es uns zuvor überlegt haben." Frau Huysman blickte ernst in den Saal. „Wenn ich aus der letzten Zeit etwas gelernt habe, dann ist es das, dass der Mensch selbst denken muss! Das ist eine Fähigkeit, auf die wir stolz sein können, die Fähigkeit des Menschen, seine eigenen Schlüsse zu ziehen und danach zu handeln. Es scheint auch so zu sein, dass junge Menschen ein Ventil brauchen. Ihr braucht eine Herausforderung, ihr braucht sie, um in Spiel und Wettkampf eure eigenen Grenzen zu finden."

„Hm", brummte Peter, der neben Virgil saß. „Ich bin grenzenlos!"

Frau Huysman warf ihm einen strengen Blick zu und sprach weiter: „Wir haben bei den Eltern und bei Menschen, die der Schule nahe stehen, eine Spendensammlung durchgeführt. Dadurch ist genügend Geld zusammengekommen, um eine neue Halfpipe auf dem Handelskai aufstellen zu lassen!"

Virgil blickte sie verblüfft an. Das war das Letzte, was er erwartet hätte! Peter hatte sich aufgerichtet und stieß Virgil an. „So was Verrücktes! Hoffentlich ist die höher als die alte!"

„Aber das ist nicht der einzige Grund, warum wir heute Morgen hier zusammengekommen sind", sprach die Direktorin weiter, nachdem das Gemurmel über ihre Ankündigung abgeklungen war. „Ich habe euch auch eingeladen, um einen Schüler herauszustellen, der sich auf ganz besondere Weise hervorgetan hat. Virgil Wensveen, kommst du mal zu mir?"

Virgil stöhnte und stand langsam auf. Was hatte er jetzt zu erwarten? Er blickte Sara kurz an, die ihm einen Stups gab. „Geh doch einfach!" Schleppend stieg Virgil auf die Bühne, er fühlte sich unsicher und ungelenk.

„Virgil, du hast Sachen gesagt, die mir zu denken gegeben haben.“ Frau Huysman stand vor ihm und versuchte seinen Blick zu fangen, aber Virgil blickte hartnäckig an ihr vorbei. „An dem Abend, als du da gesessen hast, auf dem Stuhl des Sündenbocks, da hast du versucht uns zu warnen. Du hast gesagt, wir hätten Angst. Du hast gesagt, dass wir unbeweglich sind. Und du hast Recht gehabt.“
Nun sah Virgil sie doch an und traf auf Augen, die ihn freundlich anblickten.
„Du bist immer ein Außenseiter gewesen.“ Sie lächelte ein wenig, als sie das sagte. „Du hattest keinen Pass, und als dritter Sohn standest du tatsächlich überall außen vor. Auch hier in der Schule hast du eine außergewöhnliche Position eingenommen. Doch du hast immer hart gearbeitet. Nur durch deine, hm, originellen Ansichten hast du öfters für Konflikte gesorgt.“
Virgil hob unbehaglich die Schultern.
„Ich hab bei der Kommission ein Ersuchen eingereicht. In Anbetracht der Tatsache, dass du während der letzten Sendung des Sündenbocks die Menschen in Elmare gewarnt hast, sind sie darauf eingegangen. Virgil Wensveen, hier hast du deinen Pass.“
Fassungslos blickte Virgil auf das kleine Plastikkärtchen, das sie hochhielt. Er sah, dass sein Name darauf stand. Ein Pass. Jetzt konnte er wie jeder andere den Kontrollpunkt passieren, mit der Fähre nach Novamonde fahren und im Krankenhaus geholfen bekommen. Zum ersten Mal in seinem Leben gehörte er dazu! Auf der anderen Seite bedeutete

ein Pass, dass alles, was er tat, registriert wurde. Während ihm diese Gedanken durch den Kopf schossen, begriff Virgil, dass der Besitz des Passes Vorteile brachte, aber auch Nachteile. Vielleicht war Elmare ja eines Tages so weit, dass sie das Kontrollieren nicht länger nötig hatten. Und er kannte natürlich genügend Tricks, um Kontrollen zu umgehen …

Mit einem Grinsen hielt er die Hand hin, und Frau Huysman übergab ihm seinen Pass. In diesem Augenblick fingen alle im Saal an zu klatschen und zu schreien. Virgil sah, wie Peter auf seinen Stuhl stieg und am lautesten von allen schrie: „Hurra! Es lebe Virgil Wensveen, unser Sündenbock!"

Dann sah er Jasper. Sein Bruder hielt sich etwas abseits, aber klatschte auch. Virgil schaute Sara an. Sie lächelte und streckte die Hände nach ihm aus.

Virgil nahm den Pass und steckte ihn in die Tasche seiner Windjacke. „Danke", sagte er unbeholfen. „Vielen Dank, Frau Huysman. Ganz herzlichen Dank!" Kräftig schüttelte er der Direktorin die Hand, sprang von der Bühne, winkte in den Saal und setzte sich dann schnell wieder zu Sara.

„Aber ihr seid noch nicht erlöst!", sagte Frau Huysman ins Mikrofon. „Peter und Lars, kommt ihr bitte mal nach vorne?"

Peter sprang auf die Bühne, strich sich die Haare aus der Stirn und sagte feierlich: „Also hört mal zu, wir haben auch Geld gesammelt, die Freunde von Virgil, mein ich. Von der Halfpipe haben wir nichts gewusst, aber das

trifft sich ja klasse! Yes!" Ausgelassen wedelte er mit den Armen, und durch den Saal ging eine Welle von Gelächter. „Lars, wo bist du?"
Lars kam mit einem großen Paket angelaufen. Viele Hände griffen nach Virgil und hoben ihn wieder auf die Bühne. Sara stand gleich wieder neben ihm und zog ungeduldig an dem Papier. Virgil riss das Geschenkpapier auf und enthüllte sein Geschenk.
Es war ein absolut perfektes Skateboard. Virgil fühlte das Gewicht in seinen Händen und eine Welle von Glück überrollte ihn förmlich. Das war das vollendetste Skateboard aller Zeiten, ein Brett für Profis, von dem er kaum zu träumen gewagt hätte.
Mit beiden Händen hielt er es über den Kopf und rief: „Heut Nachmittag auf der Halfpipe!"
„Die Herausforderung nehme ich an!", schrie Peter zurück.
In der sonst so stillen Aula herrschte ein Höllenlärm, alle redeten und schrien durcheinander. Es dauerte ziemlich lange, bis die Direktorin sie wieder zur Ruhe brachte.
„Leute", rief sie durch das Mikrofon. „Der Unterricht fängt jetzt an. Aber ich sehe euch heute Nachmittag auf dem Handelskai an der Halfpipe!"

Virgil fiel es schwer, sich auf den Unterricht zu konzentrieren. Immer wieder fühlte er in seine Jackentasche, ob der Pass noch da war. Jetzt gehörte er auch dazu. Es war schon verrückt, was so ein kleines Stückchen Plastik aus-

machte! Hätte er das in Novamonde bei sich gehabt, hätte er nicht so viele Probleme bekommen. Aber dann wäre er auch Sylvia Coninck nicht begegnet. So hatte alles wieder zwei Seiten. Er dachte an Sara. Es war schwer für sie gewesen, ihren eigenen Vater bloßzustellen, aber seitdem hatte sie einen besseren Kontakt zu Titus und der versuchte, weniger zu trinken. Das hatte sie erzählt. Zusammen hatten sie und ihr Vater das Schwimmhaus neu eingerichtet und es war dort viel gemütlicher geworden.
Virgils Blick glitt zu dem Skateboard, das neben seinem Tisch lag. Er konnte kaum abwarten, es auszuprobieren. Leonore würde zwar meckern, wenn er damit nach Hause kam, sie hatte schon zu oft seine Hosen flicken müssen!

Von seinen Freunden umringt ging Virgil am Nachmittag zum Handelskai. Am Kontrollpunkt hielt er an und zauberte seinen Pass aus der Jackentasche. Während die anderen zuguckten und aus Spaß lästerten, steckte er das Kärtchen in den Apparat. Es war ein spannender Augenblick. Virgil stellte sich vor, dass der Pass nicht funktionieren würde. Dann ginge gleich der Alarm los!
Der Apparat knarrte, als müsste er darüber nachdenken, wie er diese neue Situation verarbeiten sollte. Doch nach wenigen Augenblicken kam der Pass anstandslos wieder heraus. Virgil nahm ihn und schwenkte ihn in der Luft, als ob er gerade in der Lotterie gewonnen hätte.
Sara lachte. „Da merkt man, dass du daran nicht gewöhnt bist!“

Als die neue Halfpipe in Sicht kam, blieb die ganze Gruppe beeindruckt stehen. Die Halfpipe war aus glänzendem Metall und viel höher als die alte. An der oberen Kante gab es eine Plattform mit Geländer. Virgil lief zur Treppe und kletterte hoch. Er sah sich um. Ein perfekter Tag zum Skaten. Es gab kaum Wind, die Wellen der Flevosee waren ruhig und die Sonne schien hell. Er ging zum Rand der Halfpipe und testete, wie er es gewohnt war, das Metall. Es federte kaum, der Widerstand war minimal. Mit ein bisschen Schwung konnte er seine berühmte Drehung machen, bei der Sara so erschrocken war.
Mit seinem neuen Skateboard unter den Füßen auf der Halfipe zu stehen erzeugte in ihm ein unbeschreibliches Glücksgefühl. Virgil wippte über die Kante und sein Brett sang auf dem Metall. Sofort bekam er Fahrt, stieg an der anderen Seite hoch und ließ es wieder zurückrollen. Erst musste er das Brett kennen lernen, jedes war anders, und er hatte keine Lust, den Flieger zu machen, wenn ihm alle zusahen.
Er versuchte es aufrecht stehend mit ausgebreiteten Armen, aber selbst bei so viel Widerstand kam er leicht wieder bis an die andere Kante. Virgil sprang mit dem Brett wieder nach oben und berührte es mit den Fingern an der Seite. Unter ihm wurde gepfiffen.
Nach dem er mehrere Minuten lang alle Bewegungen seines Skateboards ausprobiert hatte, konnte er nicht mehr widerstehen. Er nahm Anlauf, ließ das Brett auf die Halfpipe fallen und sprang drauf, hockte sich sofort hin, nie-

dergeduckt, um Fahrt zu machen. Auf dem Handelskai wurde es still.

Sobald er sich der anderen Oberkante näherte, stand er auf, gab dem Skateboard einen Dreh mit den Füßen, sprang ab und drehte sich selbst um seine eigene Achse.

In perfektem Timing setzte er zusammen mit seinem Skateboard auf der Halfpipe auf. Er sauste nach unten, ließ das Brett wieder nach oben fahren, sprang auf die Plattform und fing es dort auf.

Unten wurde geklatscht und gepfiffen. Er sah, dass Sara gespannt zu ihm herguckte.

„Das mach ich für dich!", rief er nach unten. „Und wenn es daneben geht, kann ich immer noch ins Krankenhaus. Ich hab jetzt ja einen Pass!"

Sara verzog das Gesicht und Virgil lachte. Als er mit dem Brett nach unten sauste, hatte er das Gefühl, es mit der ganzen Welt aufnehmen zu können. Es würde nicht danebengehen, er war in Topform. Die Haare flatterten hinter ihm, als er nach unten abtauchte.

Es war nicht nötig, noch ein zweites Mal nach unten zu sausen, um mehr Schwung zu bekommen. Die Halfpipe war hoch genug und sein Brett lief so schnell, dass er beschloss, es direkt zu probieren.

Er kam zum Rand der Halfpipe, und kurz schien es, als stünde er in der Luft still, dann warf er sich hoch und schlug, das Brett immer noch an den Füßen, einen Salto rückwärts. Sauber kam er auf das Metall zurück, fuhr nach unten und drehte das Skateboard mehrere Male um

sich selbst, genau in der Mitte der Halfpipe. Dann sprang er ab, fing sein Brett auf und machte eine Verbeugung vor seinem Publikum.
Es ergab sich, dass er genau vor der Direktorin landete. Durch seinen Sprung auf den Kai spritzte etwas Dreck auf ihr tadelloses Kostüm.
„Entschuldigung“, sagte Virgil erschrocken. „Ich hab Sie nicht gesehen.“
„Das sah aber lebensgefährlich aus, was du eben gemacht hast“, sagte sie kopfschüttelnd.
Virgil versuchte es zu erklären. „Ich weiß immer genau, was ich tun muss.“
Sie nickte ihm lächelnd zu, nahm ein Taschentuch heraus und fing an, die schlimmsten Dreckspritzer von ihrer Kleidung zu wischen.
Sara kam auf Virgil zu. Mit beiden Händen hielt sie den Delfin auf ihrem Rücken fest. „Ich will das auch so können wie du!“
„Ich bring es dir bei“, versprach Virgil. Er küsste sie, er konnte einfach nicht anders. Dann sahen sie zu, wie die anderen sich auf der Halfpipe austobten.
Peter versuchte auch einen Salto, überlegte es sich aber auf halbem Weg und kam nach einem völlig kuriosen Sprung wieder auf sein Brett.
„Üben, Alewijn!“, brüllte Virgil mit Sara im Arm. „Ganz viel üben!“ Mit einem übermütigen Lachen drehte er sich zu Sara. „Aber den ersten Preis kann er sowieso nicht gewinnen, denn den hab schon ich.“